KB261264

한국근대문학의 작가의식

상허학회

  이번 호는 특집 원고가 없는 대신에 종래의 문학사와 문학연구에서 소홀히 다루어졌던 연구주제를 심도 있게 다룬 논문들로 이루어졌다. 그렇지만 그 근저에는 근래의 한 연구경향이 가로놓여 있다고도 할 수 있다. 그 연구경향이란 우리가 보편성, 혹은 보편주의라고 부르는 문학적 현상을 가로질러 그 현상의 기원을 탐색하면서 동시에 그를 통해 그 보편성, 혹은 보편주의를 역사화시키려는 연구자들의 의욕적인 시도들이다. 물론 이 학회지에 실린 논문이 모두 그러하다는 것은 아니지만 대부분이 이러한 경향에 포섭된다고 할 수 있다는 것이다. 편의상 해방 이전과 이후를 나누어 본다면 해방 이전의 문학현상에 대한 연구가 5편이고 이후의 연구가 5편이다. 연구 경향이 점차 해방 이후로까지 확장되는 경향을 보여준다고 하겠다.

  또한 이태준 관련 논문이 오랜만에 투고되어 수록되었다. 문혜원의 논문이 그것으로 문혜윤의 「1930년대 어휘의 장과 문학의 계발」은 1930년대 문학의 풍성함의 원인으로 어휘에 초점을 맞추고 있다. 본 논문은 근대계몽기로부터 이어져온 어문운동이 조선어문의 '근대화'를 알리는 중요한 결과물들을 속속 산출하던 1930년대에 주목하였다. 그것의 한 결실이라고 할 수 있는 『문장강화』에 초점을 맞추면서 『문장강화』의 어휘 측면을 분석하고 있는 것이다. 이를 보다 정교화하기 위하여서는 통사적 측면이 탐구되어야 하는데 이에 대한 차후의 연구를 기대해 본다.

　차승기의 「근대문학에서의 전통 형식 재생의 문제」는 1920년대 '시조부흥론'에 내재해 있는 보편주의를 탐구하고 있다. 흔히 시조부흥론은 일반적인 근대문학 개념과 대칭되는 곳에서 의미를 부여받아왔다. 하지만 본 연구에서는 그러한 특수주의를 비판하고 특수주의란 보편주의와 서로 대립적으로 짝을 이루는 개념이지 어느 쪽도 상대항으로부터 벗어나는 것이 아니라는 전제 하에서 시조부흥론의 근대문학적 성격을 분석하고 있다. 국민문학, 혹은 민족문학의 개념은 이미 근대문학의 이념 안에 내재하고 있는 것이기 때문이다. 한기형의 「『개벽』의 종교적 이상주의와 근대문학의 사상화」는 왜 천도교는『개벽』을 탈종교화했는가, 그리고 왜 종합잡지라는 매체형식을 통해 여론의 구심력을 확보하려고 노력했는가라는 문제의식에서 출발하고 있다. 본 논문은 그러한 이유로서 천도교의 근대화전략을 들고 있다. 다시 말해 천도교는 근대화를 추진하면서 식민지 대중의 정치적 대변자가 되려고 노력하였다는 것이다. 이러한 노력의 일환으로 사회주의 운동을 적극 흡수하게 되었는데 이로써 우리는 카프 작가들이『개벽』으로 대거 진출하게 된 연유를 이해할 수 있게 된다. 이혜원의 「김소월과 장소의 시학」은 개별 작가론에 해당한다. 본 논문은 그동안 김소월 시에 대한 주제론적·양식론적 탐색이 내포하고 있는 보편적인 구조 도출이라는 한계를 극복하고 인문학적 지리학이라는 개념을 활용하여 보다 구체적으로 김소월 시에 나타나는 '장소'의 정체성에 주목하고 있다. 이러한 연구의 미덕은 시의식과 상상력의 구조를 편성하는 공간 분석과 달리 구체적이고 실존적인 장소에 대한 시인의 감정과 태도, 그리고 당대 현실, 혹은 풍속과의 관련까지도 검토할 수 있다는 데에 있다. 박헌호의 「식민지 조선에서 작가가 된다는 것」은 제목 그대로 일제 하에서 작가가 된다는 것의 의미가 무엇이냐를 탐구하고 있다. 이 물음은 해명하기가 상당히 어렵다. 그렇지만 이 주제를 소화시키지 않을 경우 식민지 문학에 대한 올바른 이해가 불가능하다고 해도 과언이 아닐 것이다. 본 논문에서는 그것을 해명하기 위하여 매체와의 관련성을 탐구하고 있는데 물론 이러한 관련성에 대한 탐색만으로 그것이 온전히 드러난다고 할 수는 없을 것이다. 그렇지만 보다 심화된 연구를 위한 전제로서 본 논문의 의의는 아무리 강조해도 지나치지 않을 것이다.

해방 이후의 연구는 주로 파시즘적 현상의 구성과정에 초점을 맞추고 있다. 김철의 「두 개의 거울: 민족 담론의 자화상 그리기」는 식민지 시기 작가인 장혁주와 김사량에 대한 분석이다. 그러나 본 논문의 초점은 그 시대의 작가나 작품론을 목표하고 있기보다는 '한국인들이 장혁주와 김사량을 읽어온 방식'에 대해 맞추고 있다. '민족주의적 시각' 혹은 '민족해방적 시각'에 입각한 읽기 방식에 내재해 있는 한계성에 주목하고 있는 본 논문은 만약 그렇게만 읽을 경우 두 작가에게서 얻을 수 있는 보다 풍부한 의미들을 보지 못할 뿐만 아니라 제국과 식민지 사이의 복잡하고 다층적인 문화변용의 실태를 보지 못함으로써 정작 천착해야 할 제국주의 지배의 본질을 이해하지 못하게 된다는 문제의식에서 출발하고 있다. 신형기의 「허준과 윤리의 문제」는 허준의 1946년 작 「잔등」을 분석하고 있는 논문이다. 본 논문은 해방기의 한 소년을 통해 '강인한 우리'의 표상에 대한 기대와 두려움이라는 양면성을 분석하고 있다. 이는 다시 민족의 도덕과 인간의 윤리라는 대립구도로 설정될 수 있는데 이 사이에서 실천적 선택을 강요받고 있는 주체는 양심에 따라 북한을 선택하지만 주체로의 귀환에는 실패함으로써 인간의 윤리라는 것이 얼마나 어려운가, 혹은 당시의 강요된 도덕으로의 주체화가 얼마나 강고한가를 분석하고 있다. 이봉범의 「잡지 『문예』의 성격과 위상」은 여러 모로 주목을 요하는 논문이다. 본 논문은 '문예'라는 잡지를 통해 순수문학과 그것의 권력화가 어떻게 결합하는지를 분석하고 있다. 사실 문협정통파의 기수인 조연현이 '문예'의 주재자였다는 사실은 문협정통파의 순수논리가 '문예'와 불가분의 관련성을 가졌을 것이라는 심증을 굳혀 준다. 본 논문은 그러한 심증을 실증적으로 분석해 보여주었다는 미덕 외에 그동안 순수문학과 권력화라는 양립할 수 없는 현상을 어떻게 이해할 것인가라는 딜레마에 일종의 해답을 주었다는 데에 큰 의의가 있다. 김진기의 「'정치적 자유'의 한 양상」은 최인훈의 1960년대 소설을 대상으로 하여 반공주의라는 지배이데올로기에 자유주의적 사유가 어떻게 대립했는가를 분석하고 있는 논문이다. 본 논문은 기왕에 연구된 파시즘론, 민족주의비판담론 등에 내재해 있는 한계들을 보완하여 그것을 자유주의라는 틀로 채워 넣으려는 시도라고 할 수 있다. 물론 이 자유주의담론의 유효성은 1960년대 소설들에 국한되어 있다. 김용희의 「미적 근대성의 해방적 가치와 새로운 타자성의 의미」는 서정주의 『질마재신화』를 분석하고 있는 논문이다. 본 논문은 흔히 예술적 자율성이 내포하고 있는 한계, 즉 주객관의 절대적 통합을 통한 궁극적 합일의 서정이라는 영원성과 심미성이 현실의 고통을 은폐한다는 신비주의의 한계를, 지적하기보다는 그것이 갖고 있는 창조적 해방적 충동을 강조하고 있다는 면에서 『질마재신화』에 대한 새로운 해석을 유도하고 있다.

지금 상허학회는 다양한 실험을 통해 새로운 모습을 선보이려 노력하고 있다. 학회지 발간을 3회로 증간하는 것도 그 하나이지만 보다 우수한 논문을 담보하기 위해 편집 규정에 대해서도 끊임없이 토론하고 있다. 크고 작은 발표대회를 4회로 확대했는가 하면 한국사회의 주류담론이나 새로운 담론의 모색에 있어서도 적극적이다. 상허학회 산하 세미나팀도 적극적으로 운영되고 있다. 그것은 보다 이상적인 학회의 모델이 어떠해야 하는가에 대한 진지한 탐색의 모습이라 해도 과언이 아니다. 앞으로도 상허학회는 학문후속세대들이 보다 우수한 학문적 수준에 도달할 수 있도록 최선을 다할 것이며 그러면서도 회원들의 학문적 고충이나 애로에 대해 겸허하게 귀기울여 나갈 것을 약속드린다.

2006년 6월 30일
상허학회 편집위원회

❖ 목　　차 ❖

근대문학에서의 전통 형식 재생의 문제[*]
-1920년대 시조부흥론을 중심으로

차 승 기[**]

목 차

1. 머리말
2. '자기'로의 복귀 또는 시조 형식의 발견
3. 노래의 국민, 국민의 노래
4. 시조의 혁신, 또는 심정과 율격의 결합
5. 맺음말

1. 머리말

이광수의 「문학이란 하오」(『매일신보』 1916. 11. 10~23)가 '근대문학'의 개시를 상징적으로 선포한 이래 한국 근대문학은 서양의 근대문학 개념을 한편으로는 준수하고 한편으로는 적용하면서 진행되어왔다고 해도 크게 틀리지 않을 것이다. 하지만 "금일, 소위 문학이라 함은 서양인이 사용하는 문학이라는 語義를 취함이니, 서양의 Literatur 혹은 literature라는 語를 문학이라는 語로 번역하였다 함이 적당하다. 고로,

---

* 이 논문은 한국학술진흥재단 지원으로 연구됨(KRF-2003-005-A00003).
** 동경외국어대학 외국인 연구자.

문학이라는 語는 재래의 문학으로의 문학이 아니요, 서양어에 문학이라
는 어의를 表하는 者로의 문학이라 할지라"[1]는 이광수의 말은 단순히
서양문학의 '이식'을 주장하는 데에서 그치는 것은 아니었다. 즉 이광수
가 "방금, 서양 신문화가 浸浸然襲來하는지라. 조선인은 마땅히 舊衣를
脫하고, 舊垢를 洗한 후에 此 新文明中에 전신을 목욕하고 자유롭게
된 정신으로 新정신적 문명의 창작에 착수할"[2] 것을 호소하면서, "조선
문학은 오직 장래가 有할 뿐이요, 과거는 無하다"[3]고 단정적으로 진술
했다 할지라도, 이는 한낱 '과거단절'과 '신문명의 수용'만으로 근대문
학이 형성될 수 있음을 뜻하는 것은 아니었다. 그가 「문학이란 하오」에
서 분명히 한 것 중의 하나가 문학이 '정(情)의 만족'을 목적으로 하는
'미적인 것'의 영역에 속한다는 사실이었다면, 무시할 수 없는 또 다른
하나는 과거의 '정신적 문명'으로부터 중국문화의 영향을 축출함으로써
일국문학사로서의 '조선문학'의 범위를 확정하고자 한 것이다. 그는 조
선문학을 "조선인이 朝鮮文으로 作한 문학"이라 정의내리고, 삼국시대
이두로 씌어진 작품은 조선문학 안에 포함하되 "한문의 노예"가 되었던
이후 시기에는 조선문학에 포함할 유산이 별무하다고 평가하고 있기 때
문이다.[4] 이렇게 볼 때 그가 새롭게 건설할 것을 주장한 문학에 있어서
의 "新정신적 문명"이란, 감정의 해방을 골자로 하는 (적어도 이광수 자
신에 의해 그렇게 이해된) '서양적=근대적' 문학 개념에 입각함으로써
중국의 문자, 사상, 제도의 지배로부터 벗어나 당대 **조선인**의 사상과 감
정을 표현하는 일과 긴밀히 관련된 것이었다고 하겠다.[5]
　　이광수에게 당대 조선과 조선인은 새로운 출발점에서 바야흐로 '시

---

1) 이광수, 「文學이란 何오」, 『이광수전집』 1, 삼중당, 1962, 507쪽.
2) 이광수, 위의 글, 512쪽.
3) 이광수, 위의 글, 518쪽.
4) 이광수, 위의 글, 517-518쪽 참조.
5) 「문학이란 하오」에서 드러나는 '문학'이라는 번역어의 통언어적 실천(translinguistic
　practice) 및 근대 초기 한국에서의 문학 개념 형성과정과 문화적 민족주의의 관계에 대
　해서는 황종연, 「문학이라는 譯語」, 『동학어문논집』 32집, 1997, 참조.

작'하려는 몸짓을 보이고 있는 것으로 이해되었다. 1910년대의 이광수가 자신을 포함한 조선의 청년들에게 특권적인 의미를 부여하고 새로운 '민족'의 창시를 주장하고 있었음은 잘 알려져 있거니와,6) 이렇게 '시작'이 가능할 수 있었던 것은 그가 기존의 유교적 문화, 제도, 도덕을 중국 기원의 것으로 타자화했기 때문이었다.7) 말하자면 변화하는 세계에 대응하지 못하고 패망한 이조 오백년의 역사를 중국에 속하는 것으로 단정함으로써 과거를 청산한 새로운 '시작'이 가능하다고 여겼던 것이다. 물론 중국 지배의 과거를 단절시키는 담론이 현재의 일본 지배를 긍정하는 효과를 낳기도 하지만,8) 이렇듯 새로운 '시작'을 선언하면서 과거를 부정하기 위해 구 조선의 역사를 중국 지배의 역사로 이해한 것은 이광수에게만 국한된 것이 아니었다. 문학, 특히 시의 영역에서 이같은 방식의 과거부정은 어렵지 않게 확인할 수 있다. 무엇보다도 서양의 19세기 시들을 통해 개인 감정의 분출을 근대시의 근본 동력으로 이해하게 된 지식인들에 의해 과거 시가가 부정될 때, 그 중요한 부정적

---

6) 「今日 我韓靑年과 情育」, 『대한흥학보』 1910. 2.; 「今日 我韓靑年의 境遇」, 『소년』 1910년 6월; 「朝鮮사람인 靑年에게」, 『소년』 1910. 8. 등. 이 글들에서 '청년'들이 지니는 특권적 의미가 "大皇祖의 理想發展"(「今日 我韓靑年의 境遇」, 『이광수전집』 1, 479쪽)으로부터 비롯되는 것으로 말해지고 있다는 점은, 중국 지배하에 있었던 과거를 부정하는 담론과 더불어 중요한 이데올로기적 효과를 낳는다.

7) 이광수는 구 조선이 중국사상과 문화의 지배하에 있어 왔다는 판단하에 민족적 정체성을 '중국인'에 비유하기까지 한다. "吾人의 近代祖先이 懶惰無爲하여 吾人에게 物質的財産을 遺치 아니함을 痛恨하는 同時에 彼等이 精神的으로까지 無能無爲하여 精神的財産을 遺치 아니하였음을 寃恨하노라. 然이나, 此는 다만 吾人의 祖先의 罪만이 아니라, 中國思想의 侵入이 實로 朝鮮思想을 絶滅하였음이니, 此 中國思想의 暴威下에 幾多 金玉같은 朝鮮思想이 枯死하였는고. 無心無腸한 先人들은 愚하게도 中國思想의 奴隷가 되어 自家의 文化를 絶滅하였도다. 今日 朝鮮人은 皆是, 中國道德과 中國文化下에 生育한 者라. 故로 名은 朝鮮人이로되, 其實 中國人의 一模型에 不過하도다." 이광수, 「文學이란 何오」, 512쪽.

8) "合邦以來로 萬般 文物制度가 悉皆 新文明에 依據하였거니와 思想感情과 此를 應用하는 生活은 依然한 舊阿蒙이니, 從此로 新文學이 蔚興하여 新하여진 朝鮮人의 思想感情을 發表하여서 後代에 傳할 第一次의 遺産을 作하여야 할지라." 이광수, 위의 글, 같은 쪽.

지표는 중국 한시의 영향이라는 데에서 찾아졌다.

이는 근대 초기 자유시의 이론을 확립하는 데 중요한 기여를 한 이들에게서 전형적으로 나타났다. "인격은 육체의 힘의 조화"이며, "그 육체의 한 힘 즉 호흡은 시의 음률을 형성하는 것"9)이라고 주장하며 '호흡률'에서 자유시의 리듬을 찾고자 한 김억은 과거의 시가에 대해 언급하면서 '일국문학사'의 견지에서 중국시가의 영향을 배제하고자 하였으며,10) 주요한에게도 과거의 대표적 시가 중 하나인 한시는 "중국을 순전히 모방한" 것이며, 시조는 "형식은 다르나 내용으로는 역시 중국을 모방한" 것에 불과한 것이었다.11) 이들이 시조 및 과거의 시가형식에 대해 지니고 있는 문학사적 지식의 정확성 여부를 떠나서 새로운 '근대시'를 창시하고자 한 젊은 지식인들이 과거 부정의 중요한 근거를 타자의존성에서 찾았다는 것은 주목할 만하다. 그럼으로써 이들은 (이광수와 마찬가지로) 타자의존적이지 않은 '다른 과거'와 언제든지 연결될 수 있는 통로를 열어놓게 된다. 전통적 문학 형식을 대하는 이들 신문학 담당층들의 태도는 1920년대 중반 '시조'에 대해 새롭게 평가하고 그것을 '부흥'하고자 하는 흐름이 문단에 생겨났을 때 보다 분명한 성격을 드러내게 된다.

그동안의 한국 근대문학 연구에서 1920년대 시조부흥론은 크게 두 갈래의 입장에서 다루어져 왔던 것으로 보인다. 우선 가장 대표적인 것은, 시조부흥론을 프롤레타리아 문학 대 민족주의 문학, 또는 '서구적 근대문학' 대 '국민주의 문학'이라는 대립틀을 통해 보는 입장이다.12)

---

9) 김억, 「詩形의 音律과 呼吸」, 『泰西文藝新報』, 1919. 1. 12.

10) 김억, 「作詩法(4)」, 『朝鮮文壇』, 1925. 7, 79-80쪽 참조. 이 글에서 김억은 중국으로부터 제재와 사상을 빌려왔을 뿐만 아니라 중국의 평측법을 모방한 음조로 이루어진 고려 이후의 조선 시조가 엄밀한 의미에서 조선의 시가가 아니라고 주장한다. 그러나 고려와 조선 이전의 시조, 즉 고구려의 고국천왕, 을파소 등이 지은 시조는 고구려인들의 "고유한 사상과 감정"이 담겨 있기 때문에 조선 시의 전형으로 평가된다.

11) 주요한, 「노래를 지으시려는 이에게(1)」, 『朝鮮文壇』, 1924. 10, 47쪽.

12) 김윤식, 『한국 근대문예비평사 연구』, 한얼문고, 1973; 김용직, 『한국 근대문학의 사적

물론 동일한 틀 안에서도 문학사를 바라보는 연구자의 관점에 따라 평가 자체는 극단적으로 갈라지기도 한다. 때로는 서구지향적 문학 개념을 반성하고 조선문학의 독자성과 특수성을 고려하는 계기를 부여해 준 것으로 평가되기도 하였고, 때로는 민족주의 문학 계열이 카프와 주도권 투쟁을 벌이면서 정당성의 근거로 제시했을 뿐 실질적으로는 복고주의에 흐르고 말았다고 비판되기도 하였다.

또 다른 하나는, 시조부흥론을 '전통 서정시론의 계보' 또는 '국문학의 주체적 전통'이라는 더 큰 맥락 속에서 독자적인 시론을 형성해가는 과정의 하나로 보는 입장이다.13) 이 관점은 서구적 근대화 및 식민주의화의 지배적인 흐름 속에서 그것에 맞서거나 그것을 벗어나고자 한 독자적 시학의 전통을 구성함으로써 '전통성'과 '서정성'의 가치를 제고하고자 하는 포괄적인 기획과 맞닿아 있는 것으로 보인다. 그리하여 시조부흥론은 단순히 특정 사조나 경향에 대한 반발로 출현한 우연적인 현상도 아니고 민족주의 문학 계열(또는 국민문학파)만의 독점물도 아닌, 한국 근대문학에서 전통시론을 형성할 수 있게 한 중요한 계기로서 적극적으로 평가된다.

그러나 이렇게 구별되는 두 입장은, 표면적으로든 암묵적으로든, 보편주의 대 특수주의라는 틀을 공통적으로 전제하고 있는 것으로 보인다. 프롤레타리아 문학이나 서구적 근대문학 개념과 대립되는 위치에 놓일 때는 물론이고, 독자적인 전통시론 속에 자리매김될 때도 마찬가지로, 시조부흥론은 일반적인 근대문학(시) 개념과 대칭되는 곳에서 의미를 부여받게 된다. 그럼으로써 시조부흥론과 일련의 전통 시가 형식에 대한 논의가 지닌 '특수성들'(독자성 및 고유성에서 회고성 및 퇴행성까지)이 부각될 수 있었다. 그러나 보편주의와 특수주의는 서로 대립

이해』, 삼영사, 1977; 전승주, 「1920년대 민족주의문학과 민족담론」, 『민족문학사연구』 24호, 2004. 등.

13) 홍흥구, 「1920년대 시조부흥론 재검토」, 『국어국문학』 제112호, 1994; 최승호, 「전통서정시론의 시대적 변천」, 『어문학』 73집, 2001. 등.

적으로 짝을 이루는 개념이지 어느 쪽도 상대항으로부터 벗어나는 것은 아니다. 따라서 '특수성'을 부각할 때 놓치기 쉬운 것은 그것을 특수한 것으로 만들어주는 여백, 즉 일반적인 근대문학 개념이다. 말하자면 시조부흥론에서 발화되고 있는 조선적 독자성 담론이 그 특수성 때문에 긍정되거나 부정될 경우, 그 담론이 어떻게 근대문학 개념 안에서 산출되었는지를 간과하기 쉽다는 것이다. 앞서 간략히 살펴 본 것처럼 이러한 '특수성' 담론은 1910년대 이광수에게서도 나타나는 바, 근대문학의 이념에 이미 '민족문학'의 개념이 내재해 있었음을 고려할 때, 1920년대 시조부흥론이 근대지향성과 대립되는 의미에서의 '전통지향성', 또는 서구적인 문학 개념과 대립되는 의미에서의 '국민문학'만으로 이해되어서는 안 될 것이다.[14] 이러한 관점에서 본 연구는, 시조부흥론을 근대문학의 이념에 내재하는 '국민문학(민족문학)'의 개념에 실질을 부여하고자 한 시도의 일환으로 보는 데서 출발하고자 한다.

2. '자기'로의 복귀 또는 시조 형식의 발견

1920년대 민족주의 계열의 문화운동은 근본적으로 근대적 인간 개조운동이자 자본주의문명 수립운동이었다.[15] 1910년대의 실력양성운동을 이어받으면서 주로 『개벽』과 『동아일보』를 통해서 개진된 부르주아 민족주의자들의 문화운동은, 민족의식의 자각과 자본주의문명 수립을

---

14) 이러한 입장에서 볼 때, 최근 최남선의 시조부흥론을 새롭게 다룬 오문석의 「한국근대시와 민족담론」(『한국근대문학연구』 8집, 2003)은 풍부한 시사를 준다. 오문석은 최남선의 시조부흥론이 자유시 운동에 대한 일종의 '민족적 보충'으로서의 성격을 지니고 있음을 지적하면서, 그 논의 안에서 작동하고 있는 초월적 시선 및 '세계문학'의 시선을 비판적으로 다루고 있다. 본 연구는 이 논문의 시각을 공유하면서, 시조부흥론과 일련의 전통 시가 논의를 통해 1920년대 근대문학 개념 내에서 전통 형식을 재생한다는 것이 어떤 의미를 지니고 있었는지를 살펴보고자 한다.
15) 박찬승, 『한국근대정치사상사연구』, 역사비평사, 1992, 302-303쪽.

위해 '조선'과 '조선인'의 문화적 정체를 뚜렷이 하는 한편 부르주아 계급을 중심으로 계급간의 분열과 갈등을 봉합하고자 하는 목적을 지니고 있었다.16) 1924년 10월에 창간된『조선문단』이라는 잡지는 이러한 부르주아 민족주의의 문화운동을 문학의 영역에서 전개하기 위한 매체로서의 성격을 지닌 것이었다.17) 각 분야별 권위자를 동원하여 문학개론(이광수), 시작법(주요한, 김억), 소설작법(김동인) 등을 연재함으로써 문학에 대한 전문적 지식과 담론의 생산을 주도하는 한편,18) 근대문학의 개념에 입각하여 '일국문학사'의 테두리를 확정하고자 하였다. 주요한이 한시와 시조에 중국산의 꼬리표를 붙여 '조선문학'에서 배제하고자 한 글(「노래를 지으시려는 이에게」)도, 김억이 구 조선의 시조에서 중국의 사상과 평측법의 영향을 읽어내고 고구려의 시조에서 조선시의 전형을 찾고자 한 글(「작시법」)도 모두『조선문단』에 실려 있다는 것은 우연이 아니다. 그리고 이와 동일한 맥락에서 '시조부흥'을 외치는 최남선의 두 편의 글이『조선문단』을 통해 발표된다.

이렇게 볼 때 시조를 '국민문학'의 토대로 삼고자 한 최남선의 생각은 하루아침에 그의 머릿속에서 생겨난 것이 아니다. 그것은 한편으로는 부르주아 민족주의의 문화운동이 문학의 영역에서 전개되는 연장선 위에서 비롯된 것이었고, 다른 한편으로는 이광수의 「문학이란 하오」 이후 문학의 민족적(국민적) 경계를 자명한 것으로 받아들이는 문학사적 규율과 관습의 반복적 실천이 낳은 하나의 결과였다.19) 최남선이 이

---

16) 이광수, 「中樞階級과 社會」, 『開闢』, 1921. 7; 김기전, 「有産者, 有識者」, 『開闢』, 1922. 6. 등 참조.

17) 방인근이 편집한『조선문단』창간호의 「卷頭辭」는 "사람은 하나가 되어야 하겟다. 언제까지나 이러케 서로 미워하고 서로 다톨 수는 업는 것이 아닌가"(1쪽)라는 호소로 민족주의적 통합의 메시지를 전달하면서 시작하고 있다.

18) 차혜영, 「1920년대 초반 동인지 문단 형성 과정」, 『상허학보』 7집, 2001. 참조. 이 논문에서는 주로 『창조』, 『폐허』 등의 동인지 문인들 중심으로 문단이 형성되는 과정에 '전문적 지식인의 정당화 욕구'가 작동하고 있음을 밝히고 있는데, 『조선문단』에 이르러서는 "대가 시스템과 민족주의라는 이념적 정당화 방식"(133쪽)으로 변모하는 것으로 보고 있다.

흐름에 덧붙인 것이 있다면, 시조에 특권적인 의미를 부여하면서 그것을 근대문학 완성을 위한 필수불가결한 전통으로 분명하게 자리매김하고, 나아가서 '국민문학'의 경계를 자연적인 것으로 만들었다는 점이다. 그렇다면 최남선은 어떻게 시조에서 '국민문학'의 토대를 찾게 되었는가.

그의 '시조부흥론'은 감격 어린 '자기 복귀'의 선언으로부터 시작하고 있다.

> 봄은 조선의 동산에도 조선심의 老木에도 돌아왔다. 조선인의 오래 눈 쓸찌엇든 눈이 차차 바로 무엇을 보게 되고 남의 거울에 빗최는 **자기**의 그림자를 보게 되고, 그리하야 버렷든 **자기**를 도로 차즈며 모르든 **자기**에 새 정신을 차리게 되엇다. 봄의 큰 불은 겨울에게 지질렷든 온갖 것을 모조리 녹이고야 말려 한다. 쌩쌩한 얼음에 눌린 **조선심**도 自家本具의 힘을 발휘하야 묵음의 磨光과 새롬의 진취에 久遠한 젊은 긔운을 보이기 비롯하얏다.[20]

> 턱업시 쮜기 전에 든든히 것기부터 해야 할 것을 정신차리지 아니치 못하며 황새 남을 싸르기 전에 뱁새 나를 도라보기에 생각이 가지 아니치 못하며, 우리 집이 목조인지 石築인지 우리 家垈가 沙土인지 岩床인지를 굴러보아야 할 것에 요량이 밋지 아니치 못할 째가 될 밧게 업섯다. **자기** 스스로를 모르고, **자기** 스스로에 터 잡지 안코, **자기** 스스로와 상응하지 아니

---

19) 특히 「문학이란 하오」에서 이광수가 '국민문학'의 경계를 규범적인 것으로 받아들이는 데 영향을 미쳤던 미카미 산지(三上參次)와 다카츠 쿠와사부로(高津鍬三郞)의 일본 최초의 일국문학사인 『日本文學史』(1890)(이광수, 「文學이란 何오」, 518쪽 참조)는 김억의 "국민적 문학"(「詩壇一年」, 『東亞日報』 1925. 1. 1)에 대한 상상에도 중요한 지표 역할을 한 것으로 보인다. 구인모, 「고안된 전통, 민족의 공통감각론: 김억의 민요시론 연구」, 『한국문학연구』 23집, 동국대 한국문학연구소, 2000, 293쪽 참조.
한편 이광수 개인에게 있어서도 이 때 형성된 '국민문학' 개념은 1920년대 중반까지 줄곧 지속되고 있었던 것으로 보인다. 그는 "민요에 나타난 리즘과 사상은 그 민요를 부르는 민족의 특색을 들어낸 것이니 그럼으로 그 민족의 문학은 민요(전설도 포함하야)에 긔초하지 아니치 못할 것이다. 엇던 나라에서나 시가는 그 나라의 민요를 뿌리로 발달한 것이다"라고 주장한 바 있다. 이광수, 「民謠小考(1)」, 『朝鮮文壇』, 1924. 12, 28쪽.
20) 최남선, 「朝鮮國民文學으로의 時調」, 『朝鮮文壇』, 1926. 5, 2쪽. 강조는 인용자.

하는 詩心 詩態가 결국 개구리 밥 가튼 것, 아즈랑이 가튼 것, 아니, 허수
아비 가튼 것을 알게 되엇다.[21]

여기서 반복적으로 확인되고 있는 '자기'는 새롭게 발견된 자기로서
'조선심'에 다름 아니다. 흥미로운 것은 이 '자기'가 언급될 때마다 '남'
과 대칭을 이룬다는 점이다. 즉 '자기'는 '남'의 거울을 통해 비쳐진 '그
림자'로서, '황새'를 통해 비교된 '뱁새'로서 자각되고 있다. '남—자기'
의 관계는 철저하게 불균등한 것으로 인식되고 있는데, 사실 이러한 불
균등성에 대한 자각은 1910년대부터 공동체적 자기 인식이 나타날 때
마다 줄곧 반복되곤 했던 것이다. 서구적 타자의 눈을 통해 표상된 이
미지를 받아들임으로써, 그 불균등성의 낙차 속에서 민족적 자기를 인
식함으로써, 자기경멸적 과거인식과 이상주의적 근대인식이 촉발되곤
했다는 것은 익히 알려진 사실이다. 그런데 최남선은 이 글에서, 생명력
넘치는 봄의 이미지를 빌려, 동일한 불균등성 속에서의 자기 인식을 오
히려 희망찬 비전으로 이끌고 있다. 더욱이 여기서의 '봄'은 과거가 없
기 때문에 모든 가능성의 미래만이 주어져 있는 소년에게 부착된 익숙
한 이미지이기는커녕, 타자의 거울에 비친 그림자와 '뱁새'의 지위를 인
식하고 그곳에 거주하는 자에게 주어진 이미지이다. 따라서 "노목(老
木)"의 회춘이다. 최남선에게 시조의 부흥이란 노목의 회춘에 대응하는
것이다.

그러나 노목이 회춘하기 위해서는 죽음과의 싸움에서 삶이 승리해야
만 한다. 최남선에게 있어 '국민문학'의 토대는 노목으로서의 조선의 역
사 속에서 삶과 죽음을 분별하고, 그 중에서 죽음을 제거하고 삶을 건
져 올림으로써만 발견될 수 있는 것이었다. 조선의 역사에서, 그리고 조
선의 문학사에서 죽음은 다름 아닌 중국의 문화, 제도, 도덕이 지배했던
과거이다. 신문학 담당층이 중국의 영향으로부터 조선문학을 배제함으
로써 일국문학사의 테두리를 확정하려 했음은 이미 언급한 바와 같다.

---

21) 최남선, 위의 글, 3쪽. 강조는 인용자.

그러나 부정의 작업만으로는 새로운 삶을 건져 올릴 수 없다. 1920년대 부르주아 민족주의 문화운동의 테두리 속에서, 과거 조선의 문학과 문화를 '퇴행성, 후진성'의 지표인 중국으로부터 분리시키려는 움직임은 지속되었지만, '긍정적인 것(the affirmative)'으로서의 새로운 과거를 발견하는 데 있어서는 고대문화사를 통해 조선역사와 문화의 특질을 찾고 있던 최남선에 비할 바가 아니었다. 최남선에게 시조는 중국의 지배와 영향을 지우고 남는 한낱 잔여물이 아니라, 그 자체 더 깊고 오랜 '노래'의 전통 속에서 발원하는 주체적 형식으로 발견된다.

그가 볼 때, "중간에 支那文化 중심의 시기로 들면서 원체 古形古義가 몹시 毀滅"[22]되었지만, 원래 시조는 고조선의 종교행사에서부터 불려졌던 '노래가락'으로부터 기원하는 것이었다.[23]

> … 고조선의 문화는 종교 중심의 그것이오, 고조선인의 생활은 제사 중심의 그것이다. 정치나, 俗尙이나, 문학이나, 예술이나 무엇이든지 그 존재와 발전은 한갈가치 祭典을 중심으로 하얏섯다. 원체 종교란 것이 신이란 力에 대한 제사란 표현을 하는 것이어니와, 신에 대하야 사람의 嘆仰希願하는 바 至情을 표현하는 본위적 방법은 다른 것 아닌 음악이니, 恐怖하야 그 怒氣를 쓰기도 노래와 춤으로며, 경모하야 그 환심을 사기도 노래와 춤으로며, 神力을 加被하고 神事을 시행하는 표적도 쏘한 노래와 춤으로이엇다. 조선의 神事로 말할지라도 「공수」니 「푸념」이니 「사설」이니 「말명」이니 하는 것이 요하건대 모다 「노래가락」의 일종들이요, 「노래가락」이란 것은 당초부터 神을 깃겁게 하려는 필요상으로 맨드러진 것으로, 철두철미가 종교적 성질의 것이엇다.[24]

민속학적 탐구를 통해 규정된 조선인의 생활과 감정의 핵심에 '노래'

---

22) 최남선, 「時調胎盤으로의 朝鮮民性과 民俗」, 『朝鮮文壇』, 1926. 6, 7쪽.
23) 새롭게 부흥되어야 할 시조를 고조선의 '노래가락'과 연결시키는 최남선의 문학사적 논리는 새로운 조선을 개시할 '청년'의 정당성을 '대황조'에게서 찾는 이광수의 '갱생의 시간 정치학'에 상응하는 것이라 하겠다.
24) 최남선, 위의 글, 5쪽.

가 놓여 있다. 그것은 비록 종교적인 성질을 가진 것이었지만, 여기서
종교는 '정치', '속상(俗尙)', '문학', '예술' 등이 분화되기 이전의 단계,
즉 그 자체가 여타의 정신생활 중의 하나로 분화되기 이전 단계의 종교
인 것이다. 이렇듯 본질주의적인 기원의 지점에 놓여 있는 '노래'는 정
치적, 사회적, 계급적, 문화적 분화 이전의 단일한 '조선인'이라는 표상
을 상기시키면서 시조의 모태가 된다. 그러므로 신문학 및 자유시 운동
의 담당층들이 그토록 전전긍긍했던 '탈중국'의 과제는 일순간에 해결
된다. 시조는 중국 이전의 과거에서 발원하는 것이기 때문에 도중에 중
국문화에 의해 훼손당했다 하더라도 본질은 변하지 않으며, 근본적으로
"聲樂的 人種"[25]에 속하는 '노래'의 민족 조선인에게 중국의 영향이라
는 것은 부차적인 것에 불과한 것이 되는 것이다.

　　그렇다면 왜 다름 아닌 시조인가? 그것은 새롭게 발견된 '긍정적인
것'이 기원론적으로 확인될 수 있는 본질에서 그치는 것이 아니라 '부
흥'이 가능할 수 있는 생산적 잠재력을 가진 것이어야 하기 때문에 선
택된 결과로 보인다. 최남선이 볼 때 조선은 "문학의 소재에 잇서서는
아모만도 못하지 아니하고, 또 그것이 胞胎로 어느 정도만큼의 발육을
遂한 것도 사실이지마는 대체로는 文學的成人 成立文學 내지 完成文學
의 國 又 國民이라기는 어렵다."[26] 오직 하나 시조를 제외하면 말이다.

　　시조는 조선인의 손으로 인류의 운율계에 제출된 一詩形이다. 조선의
　풍토와 조선인의 성정이 음조를 빌어 그 渦動의 一形相을 구현한 것이다.
　音波의 우에 던진 朝鮮我의 그림자이다. 어쩌케 자기 그대로를 가락 잇는
　말로 그려낼가 하야 조선인이 오랜오랜 동안 여러 가지로 애를 쓰고서 이
　째까지 도달한 막다른 골이다. 조선심의 放射性과 조선어의 纖維組織이
　가장 壓搾된 상태에서 표현된 「功든 塔」이다.[27]

---

25) 최남선, 위의 글, 3쪽 참조.
26) 최남선, 「朝鮮國民文學으로의 時調」, 4쪽.
27) 최남선, 위의 글, 같은 쪽.

시조는 "句調, 音節, 단락, 체제의 정형을 가진 유일한 成形文學"으로서, "말로, 調로, 쏘 가락으로다 그곳의 자연과 인정을 아울러 착 드러붓게, 털억 한아 들이씰 틈 업시 홈싹 표현"[28]한 형식으로 이해되고 있다. 시조의 '부흥'이 주장될 수 있었던 근거 중의 하나는 이렇듯 시조가 '완성된 형식'으로서 평가되고 있었다는 데에 있다. 시조의 재생 가능성은 그 안에 담겨 있다고 여겨지는 '조선심'뿐만 아니라 무엇보다도 그 형식적 탁월성에 기댈 때 찾아질 수 있었던 것이다.

그러나 정작 무엇이 시조를 형식적으로 탁월하게 만들어주는지에 대해서 그는 구체적으로 언급하는 바가 없다. '조선의 풍토와 조선인의 성정'이 표현된 '조선아(朝鮮我)'의 그림자로서 오랜 역사를 가진 시가 형식이라는 환원적 진술 이외에 그가 시조의 형식적 특징으로 드는 것은 그것의 '정형성'이 있을 뿐이다. 유일한 '성형문학(成形文學)' 또는 '성립문학(成立文學)'으로서의 시조의 권위는 그것이 오랜 시간에 걸쳐 정형적인 틀을 유지해왔다는 사실에서 힘입고 있는 것으로 보인다. 더욱이 이 오래된 정형성이야말로 세계문학(또는 서구적 근대문학)에 용해되지 않고 그 안에서 조선의 이름을 유지할 수 있는 견고성으로 이해되고 있다. 여기서 주목할 것은 최남선이 시조를 발견하고 그 형식적 탁월성을 높이 평가하게 되는 과정에 이미 세계문학의 시선이 작동하고 있었다는 점이다.[29] 그가 정형성과 견고성을 문학적·형식적 탁월성과 의심 없이 맞바꿀 수 있다고 생각하기 위해서는 타자의 거울이 전제되어야 했다. 다른 장르가 아닌 유독 시가에서 '국민문학'의 토대를 찾기 위해서는 세계문학에 비추어 조선문학이 "소설로, 희곡으로 도모지가 아직 발생기(내지 발육기)에 잇다 할 것이지, 이것이오 하고 내노흘 완성품은 거의 업다"[30]는 절망이 선행되어야 했고, 또한 시조가 회춘(부

---

28) 최남선, 위의 글, 5쪽.
29) 최남선의 시조부흥론에서 작동하고 있는 '세계적인 것'의 시선을 그의 단군론과 더불어 비판적으로 분석한 것으로는 오문석, 앞의 논문, 87-91쪽 참조.
30) 최남선, 「朝鮮國民文學으로의 時調」, 4쪽.

흥)할 수 있다고 믿기 위해서는 "조선 뼉다귀, 조선 고갱이로써 한 시만이 우리가 세계에 내노흘 뜻잇는 시요, 쏘한 세계가 우리에게 기다리는 갑잇는 시"[31]라는 깨달음이 있어야 했던 것이다.

3. 노래의 국민, 국민의 노래

최남선이 시조의 형식적 탁월성을 찬양하면서도 그 탁월성의 문학적 근거를 분명히 설명하지 않은 것은, 사실 설명할 필요가 없기 때문이기도 했다. 세계문학에 참여하면서도 '조선'의 표식이 지워지지 않을 만큼 견고한 형식이면 충분했기 때문이다. 사실, 그가 '부흥'하고자 했던 것은 물론 시조였지만, 보다 깊이 염두에 두고 있던 것은 '조선문학'이라는 존재의 정당화였다. 그에게 중요한 것은 조선의 **문학**이 아니라 **조선**의 문학이었던 것이다.[32] 그리하여 시조의 연원을 고대의 '노래'의 전통에서 찾음으로써 근대문학의 국민문학(민족문학)적 울타리에 역사적 깊이를 부여했을 뿐만 아니라, 그렇게 찾아진 전통의 내용을 문화본질주의적인 민족성론으로 채움으로써 시조와 노래를 "다른 데서는 볼 수 업는"[33] 조선만의 것으로 만들었다.

> 사상의 경향으로써 … 우리 조선인은 속으로 속으로 마음을 파들어가는 種人이 아니라 것흐로 것흐로 마음을 소리질으는 종인으로 저 두 가지[내관적 인종과 외선적(外宣的) 인종―인용자] 중에서 유태적인 후자에 부치는 종족이엇슨 듯하다. …
>
> 음악의 발달상으로써 … 우리 조선인은 장단으로 노래를 하는 종인이

---

31) 최남선, 위의 글, 6쪽.

32) 최남선이 1920년대 중반에 시조부흥론을 제기하게 된 직접적인 계기는 "아직까지 조선 신문단은 … 조선적으로는 한걸음도 내어노치 못하얏슴"에 대한 우려였다. 최남선, 위의 글, 6-7쪽.

33) 최남선, 위의 글, 3쪽.

아니라 실로 노래로 장단치는 종인으로, 저 두 무리[기악적(器樂的) 인종과 성악적(聲樂的) 인종-인용자]의 中에서 亞拉比亞적인 후자에 부치는 종족이엇다.[34]

사유의 관습부터 음악적 표현 방식에 걸쳐 이루어진 인류학적 구별을 통해 조선인은 인종적·운명적으로 "노래의 국민"[35]인 것으로 규정된다. 이렇듯 조선 민족의 기원으로부터 존재하며 민족의 본질적 특성과 하나가 된 것이 노래이기 때문에, 그것은 어떤 외적인 필요나 목적에 종속되는 것이 아니다. 게다가 이 노래가 오랜 시간에 걸쳐 최고도로 응축되고 굳어진 형식이 시조이기 때문에, 시조는 이미 그 자체로 인위적인 조작의 차원 너머에 있는 자연에 다름 아니다.[36] 앞서 최남선에게 시조가 선택된 중요한 이유 중의 하나가 그 형식적 견고함에 있었다고 언급했거니와, 말을 바꾸자면, 그 견고함이란 인간의 지배력 너머에서 인간의 변덕을 비웃는 자연의 견고함과 동등한 지위에 있는 것이라 하겠다.

시조가 지니는 이 같은 탁월성이 시간적으로 획득된 것이라면, 또 하나의 차원, 즉 공간적인 차원에서도 시조는 선택될 만한 중요한 이유를 가지고 있었다. 그것은 시조가 위로는 국왕으로부터 아래로는 일반 평민들에 이르기까지 전 민족이 불러온 노래였다는 데 있다.[37] 시조를 하나의 '조선아'의 표현 형식으로 내세우는 것도 그 범계층성을 떼어놓

---

34) 최남선, 「時調胎盤으로의 朝鮮民性과 民俗」, 2-3쪽.

35) 최남선, 위의 글, 4쪽.

36) 최남선에게 시조는 "시의 본체가 조선국토, 조선인, 조선심, 조선어, 조선음률을 통하야 표현한 필연적 일 양식"이기 때문에, 더 이상 인위적인 형식이 아니라 "「쏠」이라고나 할 것, 「개울」이라고나 할 것, 一條溪流라고나 할 것"이 된다. 최남선, 「朝鮮國民文學으로의 時調」, 4-5쪽.

37) 김억은 천황, 귀족은 물론 평민까지 창작하고 향유했다고 하는 일본의 『萬葉集』에 대응되는 것으로 시조 가곡집을 들고 있다. 김억, 「作詩法(4)」, 『朝鮮文壇』, 1925. 7; 구인모, 「시, 혹은 조선시란 무엇인가」, 『한국문학연구』 25집, 동국대 한국문학연구소, 2002, 303-307쪽 참조.

고는 불가능한 것이었다. 시조는 '노래의 국민'의 본성이 오랜 시간에 걸쳐 자연적으로 응집된 결정체일 뿐만 아니라, 민족 전체의 영역에 걸쳐 골고루 향유된 '국민의 노래'이기도 했다는 것이다. 시조가 민족의 기원과 함께 발원하여 지속되어 온 노래의 전통 속에 놓임으로써 자연화 되었듯이, 신분과 계층 등 사회적인 제약을 넘어 시조가 향유되어온 '조선적 문학'의 전통이 확립됨으로써 시조를 토대로 형성되는 국민문학 역시 자연화 된다.[38]

국민문학은 세계문학의 시선 속에서 '다름'을 찾고자 하는 의식에 의해 세계문학과 대칭되는 지점에 정립된 것임에도 불구하고, 단일한 본질을 지닌 민속적 전통 및 민족적 삶에 융합됨으로써 그 '구성된 것'으로서의 성격을 지운 채 스스로를 '자연적인 것'으로 주장할 수 있게 되었다. 본래적인 노래의 기원을 밝힘으로써 중국의존성으로부터 탈피할 수 있었던 것과 마찬가지로, 그 노래의 기원과 맞닿은 시조를 발견함으로써 '원래부터 있었던' 국민문학의 자연적 연속성을 주장할 수 있게 된 것이다. 이러한 국민문학사(론)는 분열과 갈등 없는 민족의 공동체적 정체성을 (재)인식하고 강화하는 효과를 내부에 지니고 있다. 그리하여 최남선의 '시조부흥' 선언 이후『조선문단』,『신민』등의 잡지를 통해 시조를 중심으로 '국민문학'의 개념을 확정하고자 하는 일련의 주장들이 뒤를 잇게 된다.[39]

물론 근대문학의 이념 자체에 이미 국민문학(민족문학)의 개념이 내재한다고 할 때, 그 개념을 자연화하기 위해 시간성과 공간성을 부여하는 행위 자체가 근대문학의 제도적 실천 영역 내에서 이루어지는 것이라고 말할 수 있다. 그러나 시조를 토대로 국민문학의 본질을 규정하고

---

38) 따라서 카프의 김기진이 이 시기 시조부흥론, 민요시론 등의 경향을 "문단상 조선주의"로 비판하면서 그들의 "조선으로 돌아오라"는 구호를 "자연으로 돌아오라"는 말과 비유한 것은 이유가 없지 않았다. 김기진, 「文藝時評」, 『朝鮮之光』, 1927. 2, 91쪽 참조.

39) 손진태, 「詩調와 詩調에 表現된 朝鮮사람」, 『新民』, 1926. 7; 조운, 「丙寅年과 時調」, 『朝鮮文壇』, 1927. 2; 김동인, 「六堂의「百八煩惱」를 봄」, 『朝鮮文壇』, 1927. 3; 「時調는 復興할 것이냐?」, 『新民』, 1927. 3; 김영진, 「國民文學의 意義」, 『新民』, 1927. 3. 등.

24

그 자연성과 연속성을 확증하는 과정에서 정작 시조가 어떻게 근대문학으로서 재생될 수 있는가의 문제는 빠져 있었다. 즉 근대문학의 제도적틀 속에서 시조를 발견하고 그것을 중심으로 '조선문학'의 권리와 본질을 강화할 수 있었음에도 불구하고, 그것을 가능하게 한 조건은 물어지지 않았다. 엄밀하게 말하자면 여기서 시조의 '부흥'이란, 시조가 견고한 형식으로 응축시킨 노래의 부흥, 그리고 그 노래에 담겨 있는 조선민족의 '본래적인 모습'의 부흥이다.

　개별 작가와 시인들에 의해 시조 창작은 줄곧 이루어지고 있었지만, 최남선의 선언 이후 시조에 대한 논의를 통해 반복된 것 중의 하나는 일종의 '민족성론'이라고 할 수 있는 '조선' 및 '조선인'에 대한 문화본질주의적이고 일반화된 억견들의 표명이었다. 이미 최남선 자신이 시조에서 조선인의 '민성(民性)'을 읽어내고자 했거니와, 손진태는 과거의 시조들에 속요와 크게 차이나지 않는 '속적(俗的)'인 내용들이 많이 포함되어 있다는 점을 들어 시조가 결코 귀족문학으로 국한될 수 없는 전 민족의 노래임을 확인하고 시조의 내용을 통해 조선인의 '민족성'을 규정하고자 한다. 시조에 표현된 "연애에는 향락적 색채가 농후히 보이면서도 결코 비속한 점이 업스며, 점잔한 태도를 일치 안이하엿"[40]는데, 각 시대의 상황에 따라 "중세에는 소박하엿스며, 해학에 富하엿스며 향락적"이었던 반면 "이조에 잇서서는 퇴영적, 은둔적, 폐퇴적"[41]이었다고 규정한다. 이렇듯 시조를 통해 '조선'과 '조선인'의 민족성을 확인하고, 그것으로 당대의 문학에 "민족적 색채"[42]를 부여하고자 한 것이 시조부흥론의 한 효과였다.

　또한 문화본질주의적으로 민족성을 발견하고 확인하는 작업과 함께 시조의 '노래'로서의 성격을 강화하는 일도 함께 진행되었다. 민족 고유의 리듬을 보존하고 있는 노래야말로 개인, 계급, 사조(思潮)의 벽을 허

---

40) 손진태, 「詩調와 詩調에 表現된 朝鮮사람」, 『新民』, 1926. 7, 25쪽.
41) 손진태, 위의 글, 39쪽.
42) 김영진, 「國民文學의 意義」, 『新民』, 1927. 3, 92쪽.

물고 차이를 메울 힘을 가진 것으로 기대될 수 있기 때문이다. 이러한 힘은 노래의 형식이 지니고 있는 근본적인 교감성에서 오는 것이기도 하다. 근대적 자유시가 인쇄매체를 통해 활자화된 형태로 소통되는 글쓰기 방식과 분리될 수 없는 형식이라면, 따라서 시간의 지연과 개인적 생산−소비를 특징으로 하는 형식이라면, 노래는 기본적으로 현장에서 입과 귀와 음성을 통해 확인되는 공동체적 교감의 형식인 것이다.[43] 그러므로 과감하게 말해서, 최남선 자신이 시조를 노래의 가장 탁월한 결정체로 설명했음에도 불구하고, 노래를 복귀시킬 수 있다면 그것이 반드시 시조여야 할 필연성은 없다. 어떤 계기가 주어진다면 시조보다 더욱 노래의 성격이 강한 민요에서 '국민문학'의 토대를 발견할 수도 있는 것이다.

사실 시조부흥론이 제기된 이후 1927년에 접어들면서 '국민문학'의 토대를 '민요'에 두고자 하는 흐름이 더 뚜렷해진다. 이는 특히 일본의 『진인(眞人)』 동인들이 편찬해 낸 『조선민요의 연구(朝鮮民謠の硏究)』(1927) 출간과 관계가 있는 것으로 보인다.[44] 이 책에는 최남선, 이광수, 김억의 글이 함께 실려 있는데, 최남선의 글에서 민요는 "민중의 거짓 없는 감정이 허식 없는 형태로서 발로된" 것으로서 "野聲이요, 또한 天聲"의 성격을 부여받고 있다.[45] '야성' 또는 '천성'이라는 비유에서도

---

43) 손진태는 과거의 시조와 구별하기 위해 굳이 '詩調'라는 표기를 고집하는데, 흥미로운 것은 '詩調'라는 표현에서 강조되는 것이 '詩'가 아니라 '調'라는 데에 있다. 즉 과거 시조와의 차이를 구별하는 것 못지않게 근대적인 신시와의 차이를 강조하고 있는 것이다. 신시와의 차이가 '노래'로서의 성격에 있음은 물론이다. "詩調는 詩인 동시에 歌이며, 曲이 잇스며, 調가 잇는 것이다. 반다시 歌이며 曲이 잇는 점에 今日의 新詩와 相異가 잇는 것이다" 손진태, 앞의 글, 11쪽.

44) 『조선민요의 연구』라는 책의 발간과 그것이 '국민문학'론에 미친 중요한 영향을 고찰하면서 식민지 지식인들의 '자기' 발견 속에 투사되어 있는 제국의 오리엔탈리즘을 분석한 연구로 구인모, 「조선민요의 발견, 일본 오리엔탈리즘의 한 단면」, 『동아시아 비교문학의 전망』, 동국대 한국문학연구소 편, 동국대학교 출판부, 2003. 참조.

45) 최남선, 「조선민요의 개관」, 『眞人』, 1927. 1; 『육당 최남선 전집』 9, 현암사, 1974, 394쪽에서 재인용(일어판으로부터의 번역은 조용만).

엿볼 수 있듯이, 최남선에게 민요는 가장 자연성에 가까운 노래형식이다. 따라서 "연마와 완성은 민요의 금물"46)이라고까지 선언하게 된다. 시조부흥론에서는 노래가 여러 시대에 걸쳐 응축된 형식이 시조라고 주장했지만, 이곳에서는 오히려 그 단계를 훨씬 뛰어넘어 '형식부여 이전'에서 노래와 만나고 있다. 이렇게 볼 때, 시조부흥론의 핵심이 시조의 재생보다는 노래의 재생, 그리고 노래에 담긴 민족적 본질의 재생에 있었음을 다시 확인할 수 있다. 최남선에게 조선민요의 연구는 "참된 조선, 본래의 조선, 적나의 조선을 총괄적으로 연구하는 것과 同價値"47)인 것이다. 이러한 '민족성' 탐구를 위해 민요는 시조보다도 더욱 효과적이고 풍부한 자원들을 제공해준다. 따라서 그가 굳이 '시조의 부흥'을 고집할 필요는 없었던 것이다. 최남선을 비롯한 이른바 국민문학론자들이『조선민요의 연구』에서 나타나는 오리엔탈리즘의 양상인 '심미주의'와 '원시주의'를 공유하고 있었다면,48) 그들이 시조에 대해서는 (고전적인) 심미주의적 태도를, 민요에 대해서는 (낭만적인) 원시주의적 태도를 취하면서 양자로부터 '조선' 또는 '조선인'의 문화적 정체성을 찾아 '국민문학'의 정의를 이끌어내고자 했다고 봐도 좋을 것이다.

'조선적인 것'을 찾고자 하는 최남선 및 국민문학론자들의 시도에 변형된 오리엔탈리즘이 작동하고 있다는 것은, 무엇보다도 시조(또는 민요)를 통해 국민문학을 확립하려는 과정에서 '일국문학'을 제도화하는 근대문학의 조건은 은폐된 채 본질화된 민족성론이 되풀이되고 있음을 뜻한다. 그리하여 근대문학의 장 속에서 시조가 '형식'으로서 재생될 가능성은 진지하게 탐구될 수 없었다. 시조의 '재생'의 문제가 본격적으로 다루어지기 위해서는 시가 더 이상 '노래'로서 존립할 수 없는 조건에 대한 인식이 선행되어야 하기 때문이다.

---

46) 최남선, 위의 글, 같은 쪽.
47) 최남선, 위의 글, 398쪽.
48) 구인모, 앞의 논문, 419쪽 참조.

4. 시조의 혁신, 또는 심정과 율격의 결합

최남선이 제기하고 이른바 국민문학론자들에 의해 그 당위성이 인정된 '시조부흥론'은 '국민문학'의 통일된 범위와 역사를 확정하는 담론적 실천의 산물이었다. 따라서 '시조부흥론'의 담론장 내에서는 '조선'과 '조선인'의 민족성론을 반복적으로 발화함으로써 '국민문학'의 동일성과 역사성을 재확인할 수 있을 뿐이었다. 시조가 부흥되어야 하는 것은 다름 아니라 그것이 "조선다운 조선인다운 坬한 조선말에 들어맞는"[49] 노래 형식이기 때문이었다. 그러므로 "시조를 시적 가치가 잇게 하랴면 무엇보담도 그 漢臭的 **내용**을 **打破하여야**"[50] 된다는 견해가 자연스럽게 제시된다. 시조가 노래의 전통에 뿌리내리고 있음을 확인하고 그 내용을 중국적인 것에서 조선적인 것으로 바꾸면 '시적 가치'가 획득될 수 있으리라는 생각에는, 과거의 형식과 근대적인 문학 개념, 과거의 '민속'과 근대적인 개인 사이에 발생할 수 있는 모순 또는 갈등에 대한 고려가 끼어들기 어렵다. '국민문학'의 내용을 채울 수 있는 '조선적인 것'의 전형, 타자의존적이었던 과거를 배제함으로써 드러날 수 있는 국수주의적 순수성을 확인할 수만 있다면 그것은 시조여도 민요여도 문제가 되지 않는 것이었다.

이에 반해 이병기는 시조를 통해서 '조선적인 것'을 확증하기보다는 시조 자체를 하나의 살아있는 형식으로 이해하고자 한다. 그 역시 시조를 통해 '조선문학'의 역사와 정체성을 확립하고자 한 최남선 및 국민문학파의 지향을 공유하고 있었음은 물론이다. 그 역시 시조를 조선 고유의 시 형식으로 확신했으며 과거의 시조에 '조선 정조'가 표현되어 있다고 보고 있었다. 그러나 과거 시조에 표현된 사상과 정서를 본질화하여 하나의 '조선문학'을 정당화하려 하기보다, 그는 자유시가 기본을

---

49) 염상섭, 「疑問이 웨잇습니까」, 『新民』, 1927. 3, 80쪽.
50) 양주동, 「漢臭的 內容을 打破하라」, 『新民』, 1927. 3, 86쪽. 강조는 인용자.

이루는 근대문학(시)의 조건을 염두에 두면서 "지금 조선인의 사상 감정"[51]을 표현하기 위해 시조를 재생할 가능성을 모색하고자 했다. 이런 의미에서, 그가 전개하고자 했던 것은 '시조부흥'이라기보다는 그의 말대로 "시조 신운동"[52]이라고 해야 할 것이다.

그는 자유시와 시조가 충분히 공존할 수 있다고 보고, 그것이 시인 개인이 선택할 수 있는 여러 시형들의 하나로 여기고 있었다. 그에게 중요한 것은 자유시가 표상하는 추상적인 '자유'와 시조가 표상하는 엄격한 '정형률'의 대립이 아니라, 양자 모두에 걸쳐 있는 시인 개인의 독창적인 '법칙'이었다.

> 자유시라 하여도 아무 법칙도 업시 종작업시 주책업시 문자만 늘어놋는 것이 아니라. 작가의 그 쓰는 법칙이 잇고야 할 것이다. 그러챤흐면 시도 아무것도 아니될 것이다. 그럼으로 작가 자긔가 독창한 법칙이나 쏘는 선택하여 쓰는 법칙이 잇고야 할 것이다. 이 의미로 보면 매우 평이하고 자유롭게 된 시조의 법칙이 자유시에 비하여 백보의 차이도 업슬 것이다. 오히려 법칙도 모르며 자유시를 짓는 것보다 편의하고 용이할 것이다.[53]

상대적으로 엄격한 법칙을 가지고 있는 시조의 틀에 맞추어 언어를 응축시키는 일이 어려운 만큼이나 각각의 시 한편에 고유한 내적 리듬을 부여하면서 자유시를 쓰는 것이 어렵고, 또 반대로 특정한 형식에 구애되지 않는 자유시가 쓰기 쉬운 만큼이나 시조처럼 이미 주어져 있는 법칙을 참조해 창작하는 일이 쉽다고 주장한다. 그에게 시조는 '민족성론'의 예증을 위한 자료도 아니고, 과도기적인 자유시운동이 궁극적으로 도달하게 될 '조선시'의 고향도 아니었다.[54] 오히려 변화된 생활·

---

51) 이병기, 「무엇이든지 精誠스럽게 하자」, 『新民』, 1927. 3, 77쪽.
52) 이병기, 「시조의 현재와 장래」, 『新生』, 1929. 6, 32쪽.
53) 이병기, 「무엇이든지 精誠스럽게 하자」, 77-78쪽.
54) 이러한 입장은, 시조부흥의 가능성 여부를 묻는 『신민』의 앙케이트에 이병기와 함께 답하면서, "만근(挽近) 조선의 소위 자유시 운동이라는 것은 일시적 과도기 운동에 불

사상·감정을 담아내기 위해 근대적인 문학예술의 한 장르로서 혁신되어야 할 전통 시 형식의 하나였던 것이다.

이병기가 시조에서 혁신되어야 할 가장 중요한 부분이라고 여겼던 것은 무엇보다도 시조의 '노래'로서의 성격이었다. 시조를 노래와 노래에 담긴 민족적 본질에 뿌리내리도록 하려 했던 최남선류의 '시조부흥론'과는 반대로, 이병기에게는 시조에서 '노래'를 제거하는 것, 말하자면 시조를 '문학'으로 위치지우는 것이 근대적인 변화 속에서 시조를 부흥시키는 유일한 길이었다. 그러기 위해서는 고시조와 근대시조가 분명히 구별될 필요가 있었다. 그가 볼 때 "고시조 작가들은 그 **作**보다도 그 **唱**을 더 힘썼으며, 어떤 의미로는 그 **作**도 오로지 **唱**하기 위하여 한 것 같이 볼 수 있을 만큼, 매양 유희적 기분이 농후"55) 하였다. 그에게 고시조와 근대시조는 '창'과 '작'에 의해 분명하게 구별된다. 고시조가 노래에 의해, 노래의 고정된 반복적 리듬에 의해 지배된 형식이었다면, 즉 작품으로서의 시조보다 노래의 법칙이 선행하는 것이었다면, 새롭게 혁신되어야 할 근대시조는 언어로써 표현하고 만들어내고자 하는 마음이 선행하고 그것이 시조의 외적 리듬을 규정하는 것이다. 이제 시조의 법칙을 제정하는 것은 이미 주어져 있는 노래의 리듬이 아니라 시조를 만드는 개개의 시인의 몫이 된다. 나아가서 그는 "시조의 **唱**은 시조의 **作**과는 딴 것"56)이라고 말하면서, 근대시조가 고시조와는 전혀 다른 생산조건에서 만들어져야 함을 강조한다.

그렇다면 '창'에 선행하여, '창'과 무관하게 '만들어[作]'지는 것은 무엇인가? 그것은 다름 아닌 "감정의 의미"57)이다. 이곳에서 그의 시조

과한 것으로 결코 깊흔 뿌리를 박을 것이 못된다고 생각하는 동시에 시조부흥운동은 이와 반대되는 의미에 그 의미가 자못 深遠하다"(주요한, 「시조부흥은 신시운동에까지 영향」, 『新民』, 1927. 3, 83쪽)며 시조가 자유시를 대체할 대안인 듯이 이해하는 주요한의 입장과 비교된다.

55) 이병기, 「시조와 그 연구」(1928), 『가람문선』, 신구문화사, 1966, 242쪽. 강조는 인용자.
56) 이병기, 위의 글, 256쪽.
57) 이병기, 위의 글, 245쪽.

론은 개인의 자유로운 감정의 표현을 근간으로 한 근대적 '시' 개념에 기초하여 전개되고 있다. 그의 시조론에서 시조는 노래에서 분리됨과 동시에 본질화된 민족 정서의 구현체이기를 그치고, '조선 근대문학'의 포괄적인 영역 안에서 개인의 감정을 의미화하는 하나의 시 형식으로 전화된다. 그러나 아직 '감정의 의미'만으로는 시도 시조도 성립되지 않는다. 그 의미와 일체가 될 수 있는 적절한 운율이 있어야 하기 때문이다. 당연하게도 이때의 운율은 '창'과는 전혀 관계가 없는 것이다.

> … 운율은 시적 리듬이라야 합니다. 이것이 음악적 리듬과는 다릅니다. 음악적 리듬은 소리 그것에만 감각이 있을 뿐이고, 시적 리듬은 시로 쓰인 언어 그것의 의미를 생각게 하는 것이라야 합니다. 그래서 시적 리듬과 음악적 리듬과는 마땅히 구분하여 보아야 합니다.[58]

시조에서 '노래'를 제거하고 그곳에 '시적 리듬'을 놓음으로써 이병기는 시조를 과거의 형식적 정형율격으로부터 해방시켜 개인의 감정을 담는 그릇으로 변형시키고자 하였다. 노래로서의 고시조가 작품에 선행하는 율격에 의해 지배되었다면, 근대시조는 작품을 통해서만 실현되는 리듬, "자기의 독특한 「리듬」"에 근거해야 함을 분명히 한 것이다. 이렇게 하여 그는 시조를 지나간 시대에 고착된 양식으로부터 구출하여 자유시의 시대에도 여전히 씌어질 수 있는 '문학'의 한 형식으로 변형시키고자 하였으며, 시대를 초월해 민족의 본질적인 경험에 참여할 수 있다는 민족주의적 자기 동일성의 신비화된 울타리로부터도 시조를 분리시키고자 하였다.[59]

---

58) 이병기, 위의 글, 248-249쪽. 이병기가 이곳에서 제시한 '운율론'은 이후 '격조론'의 형태로 정리된다. "… 오늘날부터는 음악으로 보는 시조보다도 문학으로—시가로 보는 시조로, 다시 말하면 부르는 시조보다도 짓는 시조, 읽는 시조로 하자는 것이다. 따라서 그 격조도 달라질 것이다." 「시조는 혁신하자」(1932), 『가람문선』, 325쪽 참조.

59) '이념적 경직성과 자기도취'에서 벗어나 전통을 대하는 이병기의 태도는 한 연구자에 의해 '탈조선주의'로 명명된 바 있다. 황종연, 「조선주의로부터의 이탈」, 『국어국문학

비록 시조가 음수율에 입각한 정형성을 외적 형식으로 지니고 있을
지라도, 개인의 감정에서 출발하여 그 심정에 부합하는 율격을 찾아가
는 입장에서는 더 이상 엄격한 음수율을 준수하는 것만이 시조형식의
전부라고 할 수 없었다. 그리하여 이병기는, 엇시조와 사설시조가 평시
조만큼 '단형시'로서의 합리성을 갖고 있지 못함에도 불구하고 오히려
평시조로부터 발전된 점이 있음을 주목했다.[60] 개인의 감정의 요구에
따라, 그 감정의 의미에 부합하는 리듬에 따라 외적 형식은 어느 정도
변형될 수 있는 것이다. 이런 점에서 1930년대 말 이병기가 '연시조(聯
詩調)' 형식에 대해 "시조의 역사성과 시조의 정형시적 가치를 무시한
공연한 功勞"[61]라며 비판하는 조윤제와 대립할 수 있었던 것도 이해할
수 있다.

이병기가 최남선을 비롯한 국민문학론자들과 달리 시조의 '국민문
학'적 성격 중에서 '문학'의 측면을 중시하고 시조의 '시적' 혁신을 꾀
할 수 있었던 것은 무엇보다도 그 자신이 직접 시조 형식을 연구하고
변형시키며 '작(作)'하는 입장에 서 있었기 때문이기도 하겠지만, 또한
그가 시조 한편 한편을 '작품'으로 이해하고 있었기 때문인 것으로 보
인다. 그는 "종래의 노래들을 아무리 훌륭한 걸작이라 하드라도 그건
그 하나에 그칠 뿐이다. 그걸 천인만인이 그대로 모방하여 짓는 데도
아무 소용이 없다"[62]고 말한 바 있다. 그에게 시조, 또는 전통적인 문학
형식은 민족 공동체의 본질과 직결되어 있는 어떤 이념적 (이데올로기
적) 존재가 아니라 그 자체 하나의 유일무이한 작품으로 경험된다. 하나
하나의 작품은 그것이 다른 작품으로 대체될 수 없다는 의미에서, 그리
고 하나의 작품이 그와 독립해 있는 다른 작품에 의해 완성될 수 없다
는 의미에서 자기 충족적인 것이다. 이병기가 전통 형식인 시조를 근대

논문집』 13집, 동국대학교, 1986. 참조.
60) 이병기, 「시조와 그 연구」, 254쪽 참조.
61) 조윤제, 「시조의 본령」, 『人文評論』, 1940. 2, 31쪽.
62) 이병기, 「조선 고전문학의 정수」, 『新東亞』, 1935. 9, 4쪽.

문학의 조건 위에서 부흥시키고자 했다면, 그것은 시조에 체현되어 있다는 '민족성'의 재확인이 아니라 작품의 생산을 통해서였다.

5. 맺음말

1920년대 중반 최남선의 '시조부흥' 선언과 함께 이루어진 전통 시가 형식 재생을 둘러싼 논의는, 근대문학의 형성과정에서 전통적인 글쓰기 형식이 어떻게 (재)인식되는지, 그리고 근대문학의 조건 위에서 전통적 형식이 어떻게 재생될 수 있는지를 숙고하는 데 중요한 참조점을 제공해준다. 근대 세계에서 과거는 미래에 대한 비전에 따라 언제나 과소평가 되거나 과대평가 될 운명에 놓여 있지만, 식민지 조선에서 그 진폭은 더욱 컸던 것으로 보인다. 시조는 초기 신문학 담당자들에 의해 부정되어야 할 과거의 지표가 되었으나 최남선의 선언 이후에는 민족의 생활·감정·사상의 본질에 닿아 있는 유산으로 평가되었다.

사실 시조의 부흥이 '국민문학 건설'의 대의 아래에서 외쳐질 수 있기 위해서는 일국문학사의 자명성을 내포한 근대문학 개념이 전제되어야 했지만, 동시에 시조부흥론은 당시 신문학 담당층들이 근대문학의 근대성을 추상적으로 이해한 채 지향하고 있었음을 드러내주기도 한다. 추상적인 근대지향과 추상적인 과거인식은 맞물려 있다. 신문학 담당층들이 서구적 근대문학을 도달해야 할 이상으로서 설정하고 그것을 추구하게 만들었던 욕망과 연동(連動)하는 동력 중의 하나는 중국의 지배하에 있었던 과거를 부정하는 힘이었다. 따라서 '탈중국' 또는 '중국 이전'의 다른 과거를 확인하고 동일시하게 되자 근대문학 추구의 욕망에 내재해 있던 긴장감도 사라지게 되었다. 따라서 '낯선 새로움'으로서의 근대문학이라는, 과거와 근본적으로 달라진 조건에 대한 의식이 현저하게 약화될 수 있었던 것이다. 최남선의 시조부흥론은 본질주의적인 자기동일성의 담론을 재생산하고 그 담론의 발화를 가능하게 한 조건을 은폐시켰다는 점에서, 정작 과거의 형식이 재생될 수 있는 가능성에 대한 논의 자체를 닫아버렸다고 하겠다.

이에 반해 근대시가 씌어지고 있는 조건을 줄곧 의식하면서 시조를 탐구한 이병기의 경우는, 과거의 문학 형식이 어떻게 근대문학으로 존속될 수 있는지를 보여준 한 사례로 평가할 수 있을 것이다. 그는 동일한 형식이 그 생산 조건의 변화에 따라 질적으로 변형된다는 것을 유념하면서, 전통 형식을 그 기원에로 환원하지 않으려 애썼던 것으로 보인다. 비록 그 기원이 '노래'에 있다 할지라도, 근본적으로 소통의 관계와 수단이 달라진 근대에서 시조는 '근대시'로서가 아니면 재생될 수 없음을 분명히 하고 있다. 그가 직접 창작한 시조의 성공 여부를 떠나, 근대문학의 조건을 자각하고 그 조건 위에서 과거를 대면하고 있음을 자각할 때에만 전통 형식을 근대문학의 제도적 틀과 생산적으로 충돌시킬 수 있음을 일깨워주고 있다는 점에서, 그의 시조론은 문학에 있어서의 '전통/근대', '지역성/세계성'의 문제를 사고하는 데 중요한 시사를 준다. 시조를 본질화된 민족 형식으로부터 벗어나게 하고자 한 그의 시도는, 이후 1930년대 말 '반근대'의 맥락에서, 이상화된 노스탤지어 없이 과거와 만나고자 하는 지향으로 이어진다.

주제어 : 시조부흥론, 국민문학, 탈중국, 전통 형식, 감정의 의미

◆ 참고문헌

1. 기본 자료

『태서문예신보』『개벽』『조선문단』『조선지광』『신민』『신생』『신동아』『인문평론』
이광수, 『이광수전집』 1, 삼중당, 1962.
이병기, 『가람문선』, 신구문화사, 1966.
최남선, 『육당 최남선 전집』 9, 현암사, 1974.

2. 단행본

김윤식, 『한국근대문예비평사연구』, 한얼문고, 1973.
김용직, 『한국 근대문학의 사적 이해』, 삼영사, 1977.
박찬승, 『한국근대정치사상사연구』, 역사비평사, 1992.

3. 연구논문

구인모, 「고안된 전통, 민족의 공통감각론」, 『한국문학연구』 23집, 동국대 한국문학
        연구소, 2000.
구인모, 「시, 혹은 조선시란 무엇인가」, 『한국문학연구』 25집, 동국대 한국문학연구
        소, 2002.
구인모, 「조선민요의 발견, 일본 오리엔탈리즘의 한 단면」, 동국대 한국문학연구소
        편, 『동아시아 비교문학의 전망』, 동국대학교 출판부, 2003.
오문석, 「한국근대시와 민족담론」, 『한국근대문학연구』 8집, 2003.
전승주, 「1920년대 민족주의문학과 민족담론」, 『민족문학사연구』 24호, 2004.
차혜영, 「1920년대 초반 동인지 문단 형성 과정」, 『상허학보』 7집, 2001.
최승호, 「전통서정시론의 시대적 변천」, 『어문학』 73집, 2001.
홍흥구, 「1920년대 시조부흥론 재검토」, 『국어국문학』 112호, 1994.
황종연, 「조선주의로부터의 이탈」, 『국어국문학논문집』 13집, 동국대학교, 1986.
황종연, 「문학이라는 譯語」, 『동학어문논집』 32집, 1997.

◆ 국문초록

근대 초기 신문학 담당층들에게 서구적인 의미에서의 새로운 근대문학의 규범적 개념은 도달해야 할 이상으로서 놓여 있었다. 그러나 그 이상추구의 동력을 제공했던 것은, 자유로운 정신을 향해 나아가고자 하는 지향성 못지 않게 자유를 속박했던 과거에 대한 부정이었다. 그 과거란 단적으로 말해서 중국에 의해 지배된 과거였다. 이러한 과거 인식에 의해 특히 시조와 같은 전통 형식은 중국 한시 및 중국적 사상·정서에 지배된 것으로 부정되곤 했다.

그러나 한시의 형식적 번안에 불과하다고 여겨왔던 시조는, 1920년대 중반 최남선의 시조부흥 선언을 통해 '조선적 문학'의 토대가 되었다. 일련의 고대사 연구와 병행된 그의 시조부흥론은 시조의 기원을 고대 종교제의의 '노래'에서 찾으면서 중국의 영향으로부터 시조를 구제하고, 그로부터 민족성의 본질을 규정하고자 했다. 그러나 '탈중국' 또는 '중국 이전'의 다른 과거를 확인하고 동일시하게 되자 근대문학 추구의 욕망에 내재해 있던 긴장감도 사라지게 되었다. '낯선 새로움'으로서의 근대문학이라는, 과거와 근본적으로 달라진 조건에 대한 의식은 약화되고, 본질주의적인 자기동일성의 담론이 재생산되었다. 이로 인해 최남선의 시조부흥론은 정작 과거의 형식이 재생될 수 있는 가능성에 대한 논의 자체를 닫아버렸다고 하겠다.

이에 반해 이병기는 시조가 '노래'로서 존재하던 시대는 지나갔다고 판단하고 그 형식을 '시'로 변형시키고자 했다. 그는 정당한 의미에서 시조를 부흥하고자 한다면, 당대의 변화된 근대적 조건을 고려해야만 한다고 주장하면서, 시조에서 '노래'를 제거하고 그곳에 '시적 리듬'을 놓는다. 근대문학의 조건을 자각하고 그 조건 위에서 과거를 대면하고 있음을 자각할 때에만 전통 형식을 근대문학의 제도적 틀과 생산적으로 충돌시킬 수 있음을 일깨워주고 있다는 점에서, 그의 시조론은 문학에 있어서의 '전통/근대', '지역성/세계성'의 문제를 사고하는 데 중요한 시사를 준다.

◆ SUMMARY

Rebirth of Tradition in Modern Literature

– 1920's Revival of Shijo(時調)

Cha, Seung-Ki

For early modern literary men, the standardization of modern litera-ture as defined by the West was still an ideal to be attained. However, the motivation at the heart of such a pursuit stemmed as much from a denial of a past perceived as a fetter to freedom as from the pursuit of freedom of thought in and of itself. The past to be denied was apast dominated by China. In this context, traditional forms such as shijo were often criticized as embodying Chinese poetics and sentiments.

In the mid-1920's, through Ch'oi Namson(崔南善)'s declaration for shijo revival, shijo which had been criticized as mere adaptations of Chinese poetry came to take on the foundational position of "Korean literature." In Choi's studies which were contemporaneous with research on a series of ancient history, he recuperated the shijo from Chinese influence by locating its origins in traditional religious practices, and thus attempted to define a national essence in shijo. However, such "decentering of China" through defining and identifying with a past prior to China, ironically resulted in loosening of tensions that necessitated the pursuit of modern literature. It weakened the understanding of modern literature itself as that which is 'unfamiliar' and 'new,' as fundamentally different from the past, and reproduced a discourse of essentialist self-identification. Therefore, Ch'oi Namson's shijo revival in fact foreclosed the possibility of a discourse on the rebirth of a past form.

In contrast, Yi Byonggi(李秉岐) declared the passing of an age in which shijo had once existed as 'song,' and he attempted to reform the shijo as 'poetry' in the new modern era. He believed that in order to truly revive the shijo, it was necessary to examine the changing conditions of the times, and he attempted to eradicated the "song" of the shijo and in its place, he located 'poetic rhythm'. Yi believed that only by becoming aware of the conditions of modern literature and by reencountering the past from that perspective, can a traditional form productively face-off with the institutional framework of modern literature. In this sense, Yi's theories on the shijo can offer an important hint in understanding the binaries of 'tradition/modern' and 'region/world' in literature.

Keyword : the Argument for Resurrection of Shijo, National literature, Decentering China, Traditional form, Significance of Affect

－이 논문은 2006년 3월 30일에 접수, 소정의 심사를 거쳐 2006년 5월 31일에 최종적으로 게재가 확정되었음.

『개벽』의 종교적 이상주의와 근대문학의 사상화*

한 기 형**

목 차

1. 천도교의 미디어 정책: 인민성, 근대성, 사회적 헤게모니

3·1운동 이후 천도교가 당면했던 과제는 어떻게 교단의 낙후된 구조를 개혁하면서 동시에 3·1운동으로 고양된 사회구성원들의 천도교에 대한 우호적 에너지를 교단 내부로 흡수할 것인가에 모아져 있었다. 이것은 천도교의 근대적 존립 여부를 결정짓는 중대한 문제였다. 이 때문에 천도교는 자신의 정체성과 종교정책을 재설정하게 되었다. 새로운 목표는 식민지 근대화의 환경에 적응하면서 동시에 그것을 넘어서는 종교적, 사회적 비전을 수립하는 일이었다. 그것은 근대종교로서 천도교

---

 * 이 논문은 한국학술진흥재단 지원으로 연구됨(KRF-2004-005-A00006).
** 성균관대학교 동아시아학술원 교수.

의 구체적 위상을 구축하려는 시도였다. 문제 해결을 위해 천도교 내부의 다양한 고민이 시작되었다. 그리고 이 역사적 과업을 책임진 그룹이 '천도교청년회'라는 이름으로 등장했다.[1]

1919년 9월 천도교 청년회의 모체인 '천도교청년교리강연부'가 李敦化, 鄭道俊, 朴來弘, 朴達成, 申泰鍊, 金玉斌 등을 중심으로 창립되었다. 교리강연부 창립에 즈음하여 대종사장 鄭廣朝는 서대문 감옥에서 교주 손병희를 만났다. 이 자리에서 정광조는 '천도교청년교리강연부'를 중심으로 '교리의 연구 선전'과 '조선 신문화의 향상 발전'의 조짐이 있음을 보고했다. 손병희는 정광조의 보고를 듣고 청년들의 활동을 힘써 지원하라는 지시를 내렸다.[2] 이 대화에서 나타나는 흥미로운 사실은 '교리강연부'의 목적이 '교리의 연구 선전'과 '조선 신문화의 향상 발전'이라는 다소 거리가 있는 두 가지 방향으로 설정되었다는 점이다. 이 말을 적극적으로 해석하면 천도교 측이 '교리의 연구 선전'과 '조선 신문화의 향상 발전'이라는 두 과제를 상호 밀접한 것으로 파악하고 있었다는 뜻이 된다. 이는 근대의 주체화와 천도교 신학의 발전을 하나의 체계 안에서 사고했다는 것을 의미했다.

천도교 내부인사였던 閔泳純은 '교리강연부'가 천도교의 '羽翼, 耳

---

1) 천도교의 근대화 과정과 그 정책 내용에 대해서는 다음의 논문들을 참고했다.

이요섭, 「천도교의 잡지 간행에 관한 연구ー『개벽』을 중심으로」, 중앙대 신문방송대학원, 1994.

윤해동, 「한말 일제하 천도교 김기전의 근대 수용과 민족주의」, 『역사문제연구』 창간호, 1996.

조규태, 「1920년대 천도교의 문화운동연구」, 서강대 박사논문, 1998.

정용서, 「일제하 천도교 청년당의 운동노선과 정치사상」, 『한국사연구』 105집, 1999.

최수일, 「1920년대 문학과 『개벽』의 위상」, 성균관대 박사논문, 2001.

고진호, 「한말 신종교의 문명론ー동학, 천도교를 중심으로」, 서울대 박사논문, 2002.

김정인, 「일제강점기 천도교단의 민족운동연구」, 서울대 박사논문, 2002.

정혜정, 「일제하 천도교의 '수운이즘'과 사회주의의 사상논쟁」, 『동학연구』 11집, 2002.

허 수, 「일제하 이돈화의 사회사상과 천도교」, 서울대 박사논문, 2005.

2) 천도교 청년회 중앙본부 편, 『천도교청년회팔십년사』, 글나무, 2000, 98쪽.

目, 手足, 舟楫, 干城'이라고 천명했다.3) 이 발언을 통해서도 교리강연부가 천도교 개혁의 추진체라는 점이 확인된다. '교리강연부'의 임원은 정도전(부장), 김옥빈, 박달성, 李斗星, 박래홍, 孫在基, 方定煥, 李敦化, 黃敬周, 崔赫, 朴用准 등으로 구성되어 있었다. 이 가운데 이돈화, 이두성, 방정환, 박달성은 『개벽』 간행의 중심인물이었다.

'교리연구부'는 1920년 4월 '천도교청년회'로 명칭을 바꾸고 본격적인 활동을 시작했다. 사업의 내용은 ㉠ 지방조직의 건설 ㉡ 순회 강연회를 통한 교세의 확장 ㉢ 출판 사업 등 세 가지였다. '교리연구부'는 창립 3개월만에 지방지부 10개소와 600명의 부원을 확보했다.4) 이를 통해 천도교 지방조직이 새롭게 재구축 되었다. 천도교의 젊은 이론가 이돈화는 1920년부터 1922년 3년 간 총 79회의 강연에 참가하면서 매월 2회 이상 전국을 순회했다.5) 지방조직의 확대와 강연을 통한 교세 확산은 천도교 근대화의 실질적인 기반이 되었다. 그리고 그 과정에서 『개벽』이 창간되었다.

『개벽』의 창간에 천도교의 치밀한 종교전략이 개입되어 있었던 것은 분명했다. 그러나 천도교는 『개벽』을 종교적 선전 도구로 활용하지 않았다. 오히려 천도교는 『개벽』을 종교라는 울타리를 넘어선 사회적 공공매체로 성장시키는데 진력했다. 그러면 왜 천도교는 『개벽』을 탈종교화 했는가?6) 그리고 왜 '종합잡지'라는 매체형식을 통해 여론의 구심력

---

3) 민영순, 「금일의 소득」, 『천도교회월보』 111호, 1919. 11, 33-34쪽.(『천도교청년회팔십년사』, 99쪽 재인용)

4) 『천도교청년회팔십년사』, 101쪽.

5) 허수, 「일제하 이돈화의 사회사상과 천도교」, 서울대 박사논문, 2005, 175쪽, 부록 2 참조.

6) 『개벽』에 대한 집중적인 연구를 수행한 최수일은 『개벽』이 천도교를 잡지 내용에서 가급적 배제한 원인을 ㉠ 대중성 확보 ㉡ 현실문제에 대한 직접 개입으로 고통을 당해온 천도교의 '피해의식'이 작용한 결과라고 분석했다(최수일, 「1920년대 문학과 『개벽』의 위상」, 성균관대 박사논문, 2001, 52-53쪽). 필자는 최수일의 첫 번째 견해에는 전적으로 동의한다. 특히 '타종교를 가진 독자들의 거부감을 희석하고 각 계층의 다양한 욕구를 반영하려 했던 것'이 『개벽』의 편집 원칙이었음을 지적한 것은 매우 날카로운 판

42

을 확보하려고 노력 했는가? 우리는 이 질문에 대한 보다 진전된 해답을 찾아가는 과정에서 『개벽』과 천도교의 내적 맥락에 대한 새로운 이해를 얻을 수 있을 것이다.

3·1운동 이후 천도교는 근대 종교로의 변화를 추구했다. 당시 종교계에서 천도교와 대립적 구도에 놓여 있던 기독교가 서구 근대성의 총체적 표상이라는 점은 천도교의 그러한 고민을 강제한 요인 가운데 하나였다. 종교가 근대의 사회구조 안에서 제도화되지 않고서는 살아남기 어렵다는 문제의식이 부상하기 시작한 것이다. 천도교가 종교적으로 근대화하기 위해서는 신학의 정교화 및 합리화, 교인의 확충과 조직화, 근대사회와의 접속회로 구축, 민중종교에서 근대종교로의 이미지 전환 등이 필요했다. 그런데 『개벽』의 간행은 위의 네 가지 문제와 모두 깊은 관계를 맺고 있었다.

천도교 근대화정책과 『개벽』의 연관성을 분석하기 위해 우리는 먼저 『개벽』의 일관된 정치지향과 현실참여의 태도에 주목해야 한다. 총 72호가 간행되는 동안 수없이 이루어진 『개벽』에 대한 탄압은 『개벽』이 1920년대 사회 모순의 중심에 서있었다는 것을 극명하게 보여준다.7) 그런데 『개벽』에 대한 식민체제의 억압은 일방적인 것이 아니라 『개벽』 자신이 능동적으로 창출한 쌍방향적 갈등구조의 산물이었다.8) 『개벽』은 식민지 사회의 정치적 갈등의 중심 속에 자기 자신을 밀어 넣은 것이다. '천도교청년회'는 본래 신문을 간행하려다 여의치 않아 『개벽』을

단이다. 하지만 두 번째 판단은 인정할 수 없다. 그러한 피해의식이 본질적인 것이었다면 천도교 핵심세력이 관여한 『개벽』의 끈질긴 정치적 지향은 합리적으로 설명될 수 없기 때문이다.

7) 『개벽』과 검열의 관계에 대해서는 한기형의 「문화정치기 검열체제와 식민지 미디어」(『대동문화연구』 51집, 2005)와 최수일의 「근대문학의 재생산 회로와 검열─『개벽』을 중심으로」(『대동문화연구』 53집, 2006) 등을 참고할 것.

8) 최수일은 『개벽』이 '대중의 정치의식 각성'을 위해 '정치시사' 관련 기사의 비중을 매우 중시했다고 지적한 바 있다(최수일, 「1920년대 문학과 『개벽』의 위상」, 성균관대 박사논문, 2001, 60-61쪽).

창간했던 것인데,9) 이를 통해서 우리는 '천도교청년회'가 의식적으로 여론을 조성하고 그 여론의 중심에 서고자 했다는 사실을 알 수 있다. 『개벽』의 정치지향은 그러한 의지의 산물이었다. 여론의 중심에 선다는 것은 모험적인 도전과 희생 없이는 불가능한 일이었다. 그리고 『개벽』의 주도자들은 그 여론구심력을 확보하기 위해 감당하기 어려운 수준의 고통을 감내해야 했다.

하지만 『개벽』의 희생이 비생산적인 소모만은 아니었다. 『개벽』의 강렬한 정치성에 의해 야기된 식민체제의 탄압은 역으로 『개벽』의 사회적 비중을 극단적으로 확대했다. 창간 후 많은 시간이 지나지 않아 『개벽』은 식민지사회 비판적 공론장의 구심체가 되었다. 필자는 이를 '미디어적 중심성'이란 개념으로 설명한 바 있다.10) 『개벽』의 여론 장악력은 곧 『개벽』의 판매량을 통해 입증되었다. 전성기 때 일 만부에 달했다는 『개벽』의 판매부수는 당시의 독서 관행을 고려할 때 그 10배 이상의 사람들에게 읽혔다는 것을 뜻했다. 이것은 『개벽』의 정치성이 그 상업적 성공의 필수 조건이었다는 것을 말해준다. 가장 정치적인 잡지가 가장 상업적일 수 있다는 역설은 곧 한국의 근대사회가 그만큼 정치적 해방의지에 목말라 있었다는 것을 의미했다. 고도의 정치적 긴장이 『개벽』의 사회적 용인을 확장하고 심화시킨 내적 조건이었다.

이렇듯 독자대중의 지지로 성장한 『개벽』은 따라서 어떠한 경우라도 그들의 정치적 기대와 여망을 배반할 수 없는 상황 속에 빠지게 되었다. 『개벽』은 스스로 선택한 '위험한 헤게모니'의 중심에 서게 된 것이다. 『개벽』이 끝내 식민체제와의 타협을 거부하고 강제 폐간을 받아들인 역사적 배경이 여기에 있다. 그러나 『개벽』의 사회적 헤게모니는 곧 천도교의 위상을 굳건히 하는데 중요한 역할을 하였다. 『개벽』의 표면적 비종교성은 결과적으로 천도교의 종교적 위상을 강화하는데 기여했다.

---

9) 「속간될 개벽지에 대하여」, 『신인간』 266호, 1969. 7(앞의 『천도교청년회80년사』 104쪽에서 재인용).

10) 한기형, 「문화정치기 검열체제와 식민지 미디어」 참조.

44

『개벽』의 탈종교화는 그러한 점을 고려한 고도의 정책 판단의 결과였다.

그렇다면 『개벽』의 정치성은 어떻게 표현되었는가. 그것은 먼저 종교적 상상력과 정치적 상상력의 결합이라는 형태로 나타났다. 『개벽』의 창간사(1920. 6)에는 다음과 같은 표현이 들어있다.

> 哲人은 말하되 다수 인민의 聲은 곳 신의 聲 이라 하엿나니 신은 스스로 요구가 없는지라. 인민의 소리에 應하야 其 요구를 발표하난 것이오, 신은 스스로 渴仰이 없는지라. 인민의 소리에 응하야 또한 기 渴仰을 나타내는 것이라. 다수 인민의 갈앙하고 且. 요구하는 소리는 곳 신의 갈앙하고 요구하는 소리니 이 곳 세계 개벽의 소리로다. … 인민의 소리는 이 『개벽』에 말미암아 더욱 커지고 넓어지고 철저하여지리라. 오호라 인류의 출생 수십 만 년의 오늘날, 처음으로 이 『개벽』 잡지가 나게 됨이 어찌 우연이랴.

'신과 인민의 소리를 같은 것이다'라는 명제 속에는 갑오농민전쟁의 이데올로기가 그대로 함축되어 있다. 이 글의 핵심은 '신은 스스로 渴仰이 없는지라. 인민의 소리에 응하야 또한 기 渴仰을 나타내는 것이라'라는 표현 속에 들어 있는데, 이 말의 뜻은 인민의 의지 속에 신의 의지가 현현된다는 것이다. 따라서 신의 의지는 인민의 의지를 실천하는 속에서 확인되는 것이다. 이러한 태도는 신의 영역과 인간의 영역을 명확히 분리하는 기독교적 세계관과 근본적으로 구분되는 민중적 종교관의 소산이었다. 1920년대 천도교 선교전략이 보여준 종교의 인민적 세속화, 政敎合一의 기반과 동력은 여기에서 비롯된 것이다.[11] 천도교 핵심 이론가 이돈화의 구기가 강하게 느껴지는 윗글에서 우리는 인민성의 중심에 섬으로써 그 인민의 삶과 연계된 사회정치적 문제와 필연적으로 만날 수밖에 없었던 천도교의 기본 입장을 확인하게 된다. 『개벽』은 그 점에서 천도교 인민성의 근대적 소통 매개로 창간된 것이다.

---

11) 천도교 '敎政一致'론에 대해서는 앞의 정용서 논문을 참조할 것.

이것은 잡지라는 근대 미디어가 인민의 소리를 청취하여 신의 소리로 전화시키는 역할을 맡게 된 것을 의미했다. 인민에게 다가서기 위해 미디어라는 문명의 기제를 적극 활용하려는 천도교의 태도는 기독교의 그것과는 사뭇 구별되는 것이었다. 기독교는 기본적으로 정치적 미디어의 설립에 소극적이었다. 기독교가 소유했던 근대 미디어들은 대체로 순수한 종교성의 범위 안에 머물러 있었다. 경우에 따라 현실문제에 관심을 갖거나 사회운동의 후원에 나서기는 하였으나 근본적인 선을 넘는 경우는 많지 않았다. 그것은 식민지 시기뿐만 아니라 20세기 전 기간 동안 기독교가 보여준 일관된 태도였다. 사회정치적 문제에 깊이 관여하는 대신 기독교는 주로 교육과 의료, 자선사업에 몰두했다. 기독교는 자신들의 선교 역량을 비정치적 방향에 집중한 것이다.

그 일차적 이유는 교세 확장을 위한 식민체제와의 불화 회피, 그리고 선교사들의 교파적 보수성 등에 있었다. 그러나 본질적인 원인은 기독교 자체가 서구 근대성을 전체적으로 대표함으로써 스스로 막대한 정치력을 보유하고 있었다는 점에서 찾아야 할 것이다. 기독교는 근대 초기 급진적 민족주의자들의 깊은 관심을 받았다. 식민지화 이후에는 한국의 독립에 연대할 수 있는 유일한 세력인 서구인의 정신적 구심체로 인식되었다. 3·1운동에 기독교 세력이 집중 참여하자 그러한 인상은 현실로 입증되었다. 그 결과 기독교는 정치적 구원의 가능성을 담지한 종교로 한국인들에게 받아들여졌다. '근대문명'과 '해방의 조력자'라는 이중의 이미지가 기독교라는 표상체계에 부여됨으로써 기독교 주체들은 더 이상 정치적 구심력을 위한 별도의 장치가 필요 없게 된 것이다.[12]

반면 천도교는 기독교와 같은 원천적 후광이 없었다. 천도교가 근대

---

12) 한국과는 달리 중국에서는 기독교의 해방적 역할이 미미했다. 『개벽』 24호(1922. 6)에 발표된 林柱의 「중국 비종교운동의 현상과 그 원인」에 의하면 중국 반기독교운동의 직접적 계기가 세계기독학생동맹 대회의 중국 개최(53쪽)였다고 지적했다. 서구의 공격적 기독교 선교정책이 오히려 중국에서 역효과를 나타냈다는 사실은 천도교가 비종교적 선교정책에 진력한 원인을 이해하는데 간접적인 도움이 된다.

46

의 인민 속으로 들어가기 위해서는 스스로 근대의 주인이자 인민의 벗임을 입증해야만 했다. 천도교의 오랜 전통이었던 농본적 인민주의 경향과 3,1운동의 주도라는 정치적 정당성은 중요한 자산이었지만, 그것은 이미 과거의 것이었다. 현재진행형이면서 확산적 매카니즘을 내장한 새로운 접근법이 천도교에게는 필요했던 것이다. '천도교청년회'가 『개벽』을 중심으로 근대문명, 미디어, 정치성, 인민성이라는 기제들을 결합하려고 한 것은 이 때문이었다. 『개벽』은 그것이 근대미디어라는 점에서 근대성의 핵심 기제이자 소통회로였고, 그 내용을 통해 천도교의 종교적 이상주의라 할 수 있는 인민성을 선전하였다.

그러한 『개벽』 창간의 종교정책적 배경을 이돈화는 "新宗教된 자—정대한 신앙과 견고한 根氣로서 適時代의 교리를 선포하며 合眞理의 신앙을 선전함을 요구하는 바로다"라는 표현으로 설명했다. 이돈화는 "違時代의 신앙과 後시대의 미신으로 인민을 導하야 반문명적 소굴에 지도함에 이르러는 이 실로 神明의 죄인"이라는 전제하에 천도교 근대화가 1920년대의 조선적 현실과의 실질적 결합을 통해 수행되어야 한다는 점을 강조했다.[13] 이돈화는 「인내천의 연구」에서 천도교 신학의 새로운 방향을 다음과 같이 구체화했다.

다시 말하면 여러 구신앙의 중으로 오즉 불변의 진리를 摘取하야 그를 융화케하고 又此에 과학적 사상을 조화하야 철학적 이상을 加添하야 원만 무결케 된 현대적 신앙이었다. 然하면 현대적 신앙이라 함은 종교에 問하여 교리에 不悖하며 과학에 問하야 과학에 不違하며 철학에 質하야 철학에 적합한 신앙이겠다. 현대의 요구는 실로 이러한 신앙이겠다. 그리하야 그들은 신신앙으로써 종교의 통일을 圖코자 함은 확실히 현대사상이겠다.[14]

이돈화는 이 글에서 천도교의 새로운 신학 즉 '신신앙'의 본질을 구

<hr>

13) 이돈화, 「최근 조선에서 起하는 각종의 신현상」, 『개벽』 창간호, 1920. 6, 17-18쪽.
14) 이돈화, 「인내천의 연구」, 『개벽』 2호, 1920. 7, 66-67쪽.

신앙의 정수와 현대의 '과학적 사상'과 '철학적 이상'을 동시에 결합한 것이라고 설명했다. 여기서 '과학적 사상', '철학적 이상'은 앞서 언급된 '適時代性'인 것을 의미한다. 그렇다면 무엇이 시대에 적합한 것이며, '과학적 사상'과 '철학적 이상'의 실질적 내포는 어떠한 것인가? 필자는 이것을 이돈화가 천도교 근대화를 위해서 근대문명적 사유 및 제도와 천도교의 결합, 그리고 '구신앙'의 '불변진리'라 할 수 있는 천도교 인민주의의 근대적 재해석을 요구한 것으로 이해한다. 『개벽』이라는 탈종교환된 미디어를 통해 근대의 다양한 사유와 문화를 천도교의 영향권 속으로 포섭한 것이 전자와 연결된다면, 후자의 문제의식은 초기 근대 사회의 핵심사상이었던 사회진화론의 반인민성을 해체하는 방식으로 표현되었다.

창간호에 발표된 「세계를 알라」는 『개벽』의 반사회진화론적 태도를 분명히 했다.

> 우리의 과거는 이성의 訴求로는 심히 不思議의 中에 잇서왓도다. 優對劣者行爲, 富對貧者行爲, 智對愚者行爲, 내지 强對弱者行爲, 物質對精神行爲, 모도가 불공평이엇고 모도가 不理想이엇다. 優者의 措處는 잇엇스나 劣者의 해석은 업섯스며 富者의 대우는 잇섯스나 빈자의 제도는 업섯스며 智强者의 무대는 잇섯스나 愚弱者의 낙원은 업섯나니 이것이 과거 사회의 병적 상태이엇스며 과거 세계의 비인도, 부정의한 실험이엇도다.(창간호, 6쪽)

이 글의 필자는 사회진화론을 부정함으로써 근대 초기 한국 계몽주의 정신사의 전 과정을 거부했다. 그리고 그 대안으로 상호부조의 정신에 기반한 '강약공존주의', '病健相保主義'를 주창했다. 이러한 주장의 이면에는 1차 대전의 경험에서 확인한 우승열패적 문명에 대한 강렬한 공포가 자리 잡고 있었다. 그리고 사회진화론적 문명관이 한국의 식민화를 초래한 세계사적 기류를 만들어냈다는 현실 진단도 반영되어 있었다. 이 글은 사회진화론을 폐기하고 상호부조의 사회질서를 새롭게 건설하는 것이야말로 인류가 당면한 '개조'의 본령이라고 보았다. 그런데 상호부조는 원칙적으로 평등한 상호관계, 자립과 자존의 상태를 전제로 하는 것이다. 이 글의 필자 또한 그점을 강조했다. 이것은 자연스럽게 침략주의에 대한 비판으로 연결되었다.

사회진화론 대신 상호부조론을, 전자의 추상적 낭만성 대신 후자의 비극적 현실주의 세계관을[15] 주창한 초기 『개벽』의 사상적 지평은 '적시대성'의 내용이 어디로 나아가야 할 것인가에 대한 방향을 지시했다. 사회주의 사상의 수용과 인민성에 근거한 강렬한 종교적 유토피아즘이 초기부터 『개벽』의 지면을 장식했던 것은 그러한 천도교의 정책적 관점이 반영된 현상이었다.[16] 『개벽』은 출범 당시부터 사회주의와 친연한 신학적 태도를 가지고 있었고, 스스로 종교적 이상주의의 경향성을 짙게 드러내고 있었다. 농민의 고단한 삶에 대한 강렬한 문제의식은 그러한 태도의 소산이었다. 따라서 『개벽』 후반부(1924~1926)의 현저한 사회주의적 경향은 그 점에서 천도교가 전략적 동반자로 선택한 사회주의의 확산과 진전 과정이 자연스럽게 『개벽』 지면에 반영된 것과 천도교측이 그러한 상황을 능동적으로 자기화한 이중의 결과로 이해해야 할 것이다.[17]

---

15) 『개벽』 창간호의 권두시는 그러한 비극적 현실주의의 단초를 잘 보여준다. "아―풍운! 아― 霹靂!!/ 모래가 날리고 돍이 닷도다/ 나무가 부러지며 풀이 쓸어지도다/ 아―黑天地로다 修羅場이로다/ 天의 惡이냐? 世의 罪이냐?/ 아니 이것이 混沌이 아닌가?/ 아― 銃創! 아―殺到!!/ 머리가 떨어지고 다리가 끈혀지도다/ 이놈도 거꿀어지고 저놈도 잣바지도다/ 아― 와텔루로다 아 垓下野로다/ 生을 爲함이냐? 死를 爲함이냐?/ 아니 이것이 翻覆이 아닌가?/ 새바람이 일도다 한 빛이 빛이도다/ 왼 세계는 燦爛한 光의 세계로다/ 평화의 소리가 높도다 개조를 부르짖도다/ 왼 인류는 新鮮한 自由의 人類로다/ 운이 來함이냐? 時가 到함이냐?/ 아니 이것이 開闢이로다"

16) 최수일은 이를 정신개조와 사회개조를 아울렀던 『개벽』의 포괄적 개조사상과 그 기반이 되었던 이돈화의 3대 개벽사상(정신개벽·민족개벽·사회개벽)의 연계 속에서 설명하고 있다.(「1920년대 문학과 『개벽』의 위상」, 89면, 106쪽) 최수일과 필자의 공통된 판단은 『개벽』의 전/후기가 내용의 차이에도 불구하고 천도교의 종교정책에 의해 일관된 사상적 맥락 속에서 간행되었다는 점이다.

17) 1923년 이후 천도교가 주창한 범인간적 민족주의, 지상천국론 등 사회주의 운동과의

2. 『개벽』의 문학: 천도교 인민주의의 선전 회로

초기 근대사회에서 문학은 '특별한 언어'였다. '리터래쳐'로서의 문학은 서구 근대성과 연계된 신지식의 일종이자 첨단의 언어로 받아들여졌다. 그 활성화된 간접화의 언어양식은 억압적 사회 환경에서 시대의 정치성을 드러내는 통로가 되기도 했다. '정론의 강요된 부재'라는 시대 상황에서 문학은 당대 지식인들의 내면의식을 솔직히 드러낼 수 있는 거의 유일한 문체형식이었다. 문학은 그 점에서 근대성과 정치성, 그리고 문명의 권위를 동시에 지니고 있는 사회제도였다.[18]

아울러 1910년대 최남선이 보여준 톨스토이 민중성에 대한 특별히 관심에서도 알 수 있듯, 근대문학은 그 내적 맥락에서 천도교의 종교적 이상주의와 소통할 수 있는 자질도 가지고 있었다.[19] 근대문학의 주요한 경향 가운데 하나였던 강렬한 사회비판 의식은 모든 종교가 공통적으로 내장하고 있는 억압받는 자, 그리고 사회적 약자들에 대한 구원의 목소리와 유사성을 지니고 있었다는 것을 상기할 필요가 있다. 대부분의 근대종교들은 문학의 형식을 선교의 수단이나 종교이념의 대중적 설파의 목적으로 활용했다. 최제우의『용담유사』나 최병헌의『성산명경』과 같은 경우가 그 사례라 하겠다. 이점에서『개벽』의 문학 중시는 일차적으로 당대독자들의 근대문학에 대한 관심을 반영한 것이었지만, 간접적으로는 천도교 사회이념의 확산 의도와 연계되어 있었다는 추정도 가능하다.

1910년대『청춘』현상문예의 성공은 문학이 신지식층을 포함한 광범한 독서대중에게 익숙해 질 수 있는 가능성을 실험했다. 손병희의 사

접근은 허수의 논문 2장을 참조할 것.

18) 이점에 대해서는 한기형의「근대어의 형성과 매체의 언어 전략—언어, 미디어, 식민체제, 근대문학의 상관성」,『역사비평』, 2005. 여름호 참조

19) 톨스토이 민중성에 대한 근대 초기 작가들의 관심에 대해서는 채진홍의「홍명희의 톨스토이관 연구」(『국어국문학』132집, 2002)와 한기형의「근대잡지와 근대문학의 제도적 연관」(『대동문화연구』48집, 2004)를 참조할 것.

위로 '천도교청년회'의 숨은 실력자였던 방정환이 『청춘』 현상문예의 매니아였다는 점은 익히 알려져 있는 일이다. 『개벽』의 주도자 중 하나였던 박달성 또한 『청춘』 현상문예를 통해 문학에 입문한 경험을 가지고 있었다.[20] 천도교청년회의 주도세력이 『청춘』의 현상문예를 통해 근대사회에서 문학이 차지하는 위상과 영향력을 학습했다는 것은 주목할 만한 사실이다.

『개벽』의 주도층은 근대문학이 지녔던 이러한 다양한 기제들과 한국적 특수성을 예리하게 활용했다. 그들의 문학 중시 정책은 문학의 은유적 정치성에 큰 호감을 가지고 있던 신지식층과 독서대중의 기대를 사로잡았다. 『개벽』의 문학은 그 자체가 『개벽』이 추구한 정치성의 간접적 표지로 인식되었다. 가장 정치적인 잡지가 가장 문학적이라는 것은 결코 모순된 현상이 아니었다. 『개벽』에 나타난 정치성과 문학성의 결합은 『개벽』의 사회적 위상을 극대화하려는 편집전략의 결과로 이루어진 현상이었기 때문이다.

하지만 『개벽』의 문학은 1910년대 『청춘』의 문학과는 근본적인 차이가 있었다. 문학이 그 자체로 은유적 정치성을 발휘할 수 있었던 것이 1910년대의 상황이었다고 한다면 3·1운동 이후 그러한 조건은 변화되었다. 미디어의 허용에 의한 근대문화제도의 성장 및 사회전반의 다원적 변화는 문학이 '은폐된 정치성'의 영역에만 머물 수 없는 원인이 되었다. 이제 문학이 정치적이기 위해서는 그 내용의 정치성을 구체적으로 획득해야만 했다.

최수일의 분석에 의하면 『개벽』에서 문학의 비중은 전체기사 대비 37.9%(소설 100여 편/ 시 500여 편/ 수필 150여 편)이다. 이는 『개벽』의

---

20) 청춘현상문예와 방정환에 관해서는 한기형의 「근대잡지 『신청년』과 경성청년구락부」 (『서지학보』 26집, 2004), 「최남선의 잡지발간과 초기근대문학의 재편」(『대동문화연구』 45집, 2005), 박현수의 「한국근대문학의 재생산, 독자에서 주체로—방정환을 중심으로」 (『한국근대문학 재생산 구조의 제도적 연원』, 성균관대 동아시아학술원 연구발표회 논문집, 2005. 5. 21) 등을 참고할 것.

주역들이 가장 관심을 쏟았던 '정치시사' 기사 14.9%의 두 배를 초과하는 분량이다.[21] 만약 『개벽』이라는 텍스트 안에서 '정치시사' 기사와 문학 작품이 사상 내용에 있어 상호 이질적인 것이었다면 『개벽』이라는 매체의 사회적 의미망은 큰 혼란에 빠졌을 것이고, 『개벽』의 정체성 구현에 본질적 장애가 되었을 것이다. 그러나 『개벽』에서 그러한 근본적 모순은 거의 나타나지 않았다. 그 점에서 『개벽』의 문학은 '정치시사'의 기사가 추구하는 세계관의 보완적 구성물이었다.

『개벽』의 주역들은 결코 문학 그 자체의 보급에 매달리지는 않았다. 그들은 문학의 절대성에 대한 숭배자들이 아니었다. 이점이 『창조』 동인들과의 차이점이었다. 반면에 그들은 문학의 사회적 기능을 중시했다. 그들은 그들의 이념지향과 『개벽』이라는 매체가 담아낼 문학의 성격을 결합함으로써 근대문학에 대한 이데올로기적 선택을 감행했다. 이렇게 구성된 『개벽』 문학의 특질은 천도교 인민주의의 선전 회로로 문학을 활용하는 것이었다. 따라서 『개벽』 문학작품의 성격 변화가 사회주의 운동과 『개벽』의 관계가 밀접해진 1923년 후반 이후의 현상이라는 일부의 이해방식은 교정되어야 한다.[22] 필자는 『개벽』의 문학이 시기적으로 그 성격이 분절되어 있었다는 그러한 관점에 동의하지 않는다. 필자는 『개벽』이 초기부터 천도교 인민주의 시각에 의해 작가와 작품을 선별했으며, 그 결과 자연스럽게 사회주의적 가치에 접근해가게 되었다고 생각한다.[23]

---

21) 최수일, 「1920년대 문학과 『개벽』의 위상」, 성균관대 박사논문, 2001, 60면, 71쪽.

22) 일찍이 김원경은 『개벽』이 "사회주의적 풍조로 전환한 것은 1923년 후반 경부터이며 문예작품도 이에 따라 일본 내지 러시아적인 프로적 경향문학에 동경을 가지게 된 것은 1925년경인 것이다"(김원경, 「『개벽』지와 경향문학」, 『서울교육대학교 논문집』, 1972, 80쪽)라는 지적을 한 바 있다. 김원경의 연구는 그 내용의 실증적, 해석학적 판단의 타당성 여부를 떠나 『개벽』과 사회주의 문학의 연관성을 깊이 있게 거론한 선구적 업적이다.

23) 최수일은 이점과 관련하여 『개벽』이 내적인 사상 투쟁의 과정에서 방정환, 이돈화를 중심으로 사회주의적 가치를 자기화했으며, 그 결과 『개벽』은 신경향파문학의 시원지가 될 수 있었다고 판단했다. 이러한 관점은 프로문학의 성립에 대한 임화적 구도의 해

　물론 1920년대 초반은 국내 사회주의 운동의 초기인 만큼『개벽』의 문학에 반영되어 있는 사회주의적 경향성 또한 그 성격이 뚜렷하지 못했다. 그러나 1923년 이후 사회주의 운동이 고조기에 들어서면서 사회주의문학의 내용 또한 구체화되기 시작했다. 사회주의 운동의 성장과 연계된 사회주의 문학의 질적 변화는『개벽』이라는 사회주의적 가치에 능동적인 매체의 존재를 배제하고는 설명하기 어려운 현상이다. 그리고 그 배경에는『개벽』을 통해 실천되었던 '천도교 인민주의'라는 종교정책이 작동하고 있었다.

　이러한 가설을 검토하기 위해 먼저 전반기(1920. 6∼1923. 5) 3년 간『개벽』에 발표된 작가와 작품 편수를 분석했다. 대상은 시, 소설, 비평, 희곡, 이론 등 명백한 근대문학 양식으로 한정했다. 이 자료를 통해 초기『개벽』이 어떠한 작가와 작품을 의식적으로 선택했는지가 드러날 것이다.

　전반기『개벽』의 문학을 이끌었던 인물들은 문화부장 현희운(현철)

〈표 1〉 전반기(1920. 6∼1923. 5)『개벽』장르별 작가와 작품 현황

소설	현진건	15	염상섭	10	방정환	5	변영로	3	김동인	3
	김명순	3	나도향	2	주요섭	2	민태원	1		
시	김석송	21	김 억	12	김소월	7	황석우	3	노자영	3
	방정환	2	김명순	2	주요한	2	오상순	1	신태악	1
이론	김 억	16	현 철	14	양건식	3	임노월	2	이광수	2
	염상섭	1	운정생	2						
비평	현 철	6	황석우	3	김유방	2	이익상	2	박종화	2
희곡	현 철	30	김유방	1						

* 소설, 희곡은 총게재물의 수(창작+번역+연재)/ 시는 발표된 호수

　체하고 근대문학사의 흐름을 매체와의 관계 속에서 새롭게 포착했다는 점에서 매우 중요한 연구사적 의의를 지닌다(최수일, 「1920년대 문학과『개벽』의 위상」, 성균관대 박사논문, 2001, 207-212쪽).

을 필두로 현진건, 염상섭, 김형원, 김억, 황석우, 양건식, 김소월 등 이었다. 그리고 이익상, 박종화, 주요섭, 김동인, 나도향, 김명순, 김유방도 몇 편의 작품을 기고했다. 방정환의 참여가 활발했다는 점도 눈에 띠는 대목이다.

전반기『개벽』에는 '폐허파'의 적극적 참여 흔적이 뚜렷하다. 1920년 7월에 결성된『폐허』의 동인은 남궁벽, 오상순, 황석우, 변영로, 염상섭, 이익상, 민태원이었고 이들과 1920년대 초반 사회주의운동이 밀접히 관계되어 있었다는 점은 이미 조영복에 의해 언급된 바 있다.[24] 하지만 이보다 더욱 두드러진 현상은 '폐허파'의 일원이었던 황석우와 인연이 있는 인물들이 전반기『개벽』에 대거 포진되어 있다는 점이다. 황석우가 1910년대 유학생 사회에서 아나키스트로 유명했다는 점은 익히 알려져 있는 일이다. 그 당시 염상섭이 황석우의 추종자였다는 사실도 최근의 연구를 통해 밝혀졌다.[25] 1920년대 초반 '사회주의적 경향성'을 대표하는 매체였던『신생활』에 염상섭의「묘지」(1923)가 연재된 것은 그러한 염상섭 이력의 연장선에서 이해할 필요가 있다. 황석우는 1916년 아나키즘 운동의 일환으로 동경에서『근대사조』를 간행했다.[26]『근대사조』에 관련된 인물은 김억, 최승구, 庾錫祐, 李寅相, 安在鴻, 鄭泰新, 崔相浩, 그리고 인쇄소이자 위탁판매소였던 현대사 사장 玄僖運(현철)이었다.[27]

---

24) 조영복,「사회주의 사상가들의 시」,『1920년대 초기시의 이념과 미학』, 소명출판, 2004.

25) 한기형,「초기 염상섭의 아나키즘 수용과 탈식민적 태도」,『한민족어문학』43호, 2003.

26) 이 잡지는 황석우가 국내로 반입하다 적발되어 모두 압수된 것으로 알려졌으나 최근 아단문고에 소장되어 있는 사실이 확인되었고 아단문고 측의 동의를 받아 이 논문의 초고가 발표된 대동문화연구원 연구발표회 논문집(『동아시아 근대지식의 형성에서 문학과 매체의 역할과 성격』, 2005. 6. 18)에 수록, 공개되었다. 황석우과『근대사조』의 관계에 대해서는 이호룡의『한국의 아나키즘』(사상편, 지식사상사, 2001, 89쪽)을,『근대사조』와 근대시 형성의 문제에 대해서는 정우택의「한국 근대시 형성기의 매체와 사상 —『근대사조』를 중심으로」(앞의 심포지움 발표논문)를 참조할 것.

27) 아나키즘과 근대문학의 관계에 대해서는 이종호의「일제시대 아나키즘 문학 형성 연구」(성균관대 석사논문, 2005)를 참고할 것.

이 가운데 정태신, 김억, 현철이 『개벽』과 밀접하게 연결된다. 황석우와 아나키즘 운동을 함께하다 이후 사회주의 단체 북성회의 중요 멤버가 되는 정태신은 초기 『개벽』에 「근대노동문제의 진의」(창간호), 「막쓰와 유물사관 일별」(3호) 등 사회주의에 관한 이론적 글을 기고하게 된다. 전반기 『개벽』의 중심적 필자였던 김억은 『근대사조』에 평문 「영길리 문인 오스카 와일드」를 발표했다. 김억은 와일드의 문학을 "심각 세계의 깁흔 밋해서 울어 나오는 슬픈 절망의 부르짓음"(『근대사조』, 14면)이라 규정하고, 그의 인간성을 "박애적으로 타인의 모든 것과 조화하려 하엿다"고 평가하였다. 김억은 이후 에스파란토 운동에 참여했고 「에스파란토 自修室」이란 글을 세 번(27~29호)에 걸쳐 『개벽』에 연재했다.[28] 그리고 현철은 『개벽』의 문화부장으로 활동하게 된다.[29]

『개벽』 창간의 주역이었던 방정환이 일찍부터 사회주의적 지향을 드러낸 점도 주목할 만한 일이다. 오스카 와일드의 『행복한 왕자』를 번안한 『왕자와 제비』, 저명한 사회주의 운동가이자 작가였던 사카이 도시히코(堺利彦, 1871~1933)의 글을 번역한 「깨어가는 길」(『개벽』, 1921. 4), 초기 『개벽』에 연재된 풍자물 「은파리」의 계급의식 등은 방정환이 일찍부터 사회주의에 상당한 이해와 공감을 가지고 있었다는 것을 암시한다.[30]

『개벽』 주도자들의 친사회주의적 경향과 『폐허』 동인들의 『개벽』 참여는 초창기부터 『개벽』의 문학에 어떠한 특정한 사상적 경향이 저류했

---

28) 오스카 와일드에 대한 조선인 문학청년들의 관심은 김억에만 있었던 것은 아니었다. 이보영 교수는 1910년대 염상섭 좌경화에 오스카 와일드의 영향이 컸을 것이라 추정하고 특히 오스카 와일드의 「사회주의 하의 인간의 영혼(The Soul of Man Under Socialism)」의 중요성을 강조했다.(이보영, 「염상섭과 사회주의」, 『난세의 문학』, 예림기획, 2001, 429-432쪽) 「사회주의 하의 인간의 영혼」에 대해서는 숀 쉬한의 『우리시대의 아나키즘』(필맥, 2003, 59쪽)을 참조할 것.

29) 『근대사조』를 둘러싼 인적 네트워크에 대해서는 정우택의 「소월 최승구 · 아나키즘 · 『근대사조』」(『한국 근대시인의 영혼과 형식』, 깊은샘, 2004)를 참조할 것.

30) 염희경, 「방정환과 사회주의」, 『아침햇살』, 2000년 봄호 참조.

다는 추정을 가능케 한다. 위에서 살펴본 것은 그 점에 대한 정황 증거에 해당한다. 하지만 보다 중요한 것은『개벽』자체의 텍스트 분석이다. 이를 위해 먼저 전반기『개벽』의 문학을 주도한 현철의 시각을 살펴보려고 한다.『개벽』16호(1921. 10)에 발표된「문학상으로 보는 사상」에서 현철은 '사상적 문학'의 중요성을 피력했다. 그는 "우수한 문학일수록 그 사상이 충실하여 사람을 깨닫게 할 힘이 만흔 것"이라는 전제하에 문학자는 '사상가인 동시에 철학가'이며 '深曲한 판단력을 가진 인생비평가'(91쪽)라고 정의했다. 이러한 관점에 의해 '화조풍월의 虛影'과 '인생생활의 표면'을 그리는 사람은 '진정한 문학자'가 아니라고 규정했다. 탈현실적 문학 경향을 부정하는 태도인 것이다. 그는 자신의 문학관을 다음과 같이 요약했다.

> 모든 문학이라고 하는 것은 인생을 해설한 것이다. 다못 해설 뿐만 아니라 상상으로써 해설한 것이다. 이 누추한 현실의 표면을 썻어 버리고 이상적 인생을 묘사한 것이다. 如斯 히 理想의 인생을 提取하야 그 인생의 내면의 진리, 인생의 정수를 現出하랴고 하는 것이 참으로 大文學의 눈뜨는 바이다. 한번 다시 말하면 문학자는 인생의 底面에 秘藏한 진실을 착취하는 것이 本務요, 인생의 最奧의 진실을 묘사하는 것이 본령이다.(93쪽)

현철은 문학이란 "실제의 사물을 그대로 묘사하는 것이 아니고 그 사물이 문학자의 심중에 所與된 바 印象을 서술하는 것(94쪽)"이라고 하여 객관적 자연주의를 비판했다. 문학이 "인생 최오의 진실을 묘사"해야 한다는 그의 진술은, 사상언어로서 문학의 사회역사적 의미를 천명한 것이다. 이것은 다른 한편에서 '문학적 자율성'에 근거한 '미적 독자화'의 길을 거부한 것으로 이해된다. 이러한 태도는 확실히 김동인이 창도한『창조』의 길과는 다른 방향의 선택이었다. 이러한 미학적 태도는 인간의 역사적 존재상황에 대한 문학적 해석을 중시하는 작품 경향에 대한 동의로 이어지게 되었다. 현철이 제창한 '민중극'론에는 이러한 그의 예술관이 실천적으로 구체화되어 있다.「문화사업의 급무로 민중

56

극을 제창함」(『개벽』 10호, 1921. 4)에서 현철은 민중교화의 방법으로
연극이 가지는 중요성을 역설하고 예술의 역할이 '진실·평등·공제·
상조의 진리'를 찾는데 있다고 말했다.

> 사회주의자는 이 민중극으로 그 주의를 주장하며 현시 露國은 그 국력
> 으로써 연극을 장려하야 전국 민중을 속성으로 다소로 교화하는 것은 모
> 도 이러한 이유가 있는 까닭이다. 우리의 理想 요구를 실현하게 하는 적당
> 한 예술부분은 극장이다. 언제나 우리 민족 간에도 이러한 운동이 일어나
> 서 허위·계급·빈부·혼돈·시기를 진실·평등·공제·整理·상조의 진
> 리를 찾어 年年世世로 기천 기만의 민중이 한 가지 모듬에 교화·쾌락·
> 자극·鬱散의 구할 극장을 요구하게 될는지.(114쪽)

이 글에서 현철은 사회주의자들이 사상전파의 수단으로 민중극을 활
용하고 사회주의 국가인 러시아가 연극을 민중교화의 수단으로 삼고 있
음을 강조하고[31] 한국에서도 민중연극 운동을 통해 사회모순의 해결과
민중문화의 확산이 이루어지기를 소망했다.

현철은 『개벽』 창간호부터 9회에 걸쳐 번역 희곡 「隔夜」를 발표했다.
이 작품은 두 단계의 번역과정을 거쳐 만들어진 작품이다. 원작은 이반
세르게에비치 투르게네프(1818~1883)의 「나카누네(Накануне)」(1860)였
다. 이를 현철이 동경의 예술좌 부설 연극학교를 다닐 때 은사였던 쿠
스야마 마사오(楠山正雄)가[32] 1915년 「その前夜」라는 제목으로 희곡화
했고 이를 다시 현철이 번역한 것이다. 우리에게 『처녀지』『첫사랑』

---

31) 현철의 사상과 작품 활동에 대한 종합적 평가는 유민영의 「근대극의 선구자 현철」
  (『한국근대연극사』, 단국대학교 출판부, 2000)를 참고할 것. 유민영은 이 글에서 현철의
  진보적 문예관과 연극활동을 소개하고 그의 예술관을 "마르크스 문예사상과 그 연원에
  있어서는 어느 정도 만날 수 있다고 말할 수 있을 것 같다"(650쪽)고 평가했다.
32) 楠山正雄(1984~1950)는 연극평론가이자 아동문학가로 활동했다. 와세다대학 영문학
  과 출신으로 島村抱月의 영향을 강하게 받았다. 와세다대학 강사와 島村이 조직한 藝
  術座의 간사를 역임했다. 「전날밤」은 1918년 예술좌의 각본부원으로 있을 때 각색한
  것이다.(『日本近代文學大事典』 제1권, 講談社, 1977, 530쪽)

『아버지와 아들』 등으로 잘 알려진 투루게네프의 「전날 밤」은 조국의 혁명을 위해 싸우는 불가리아 혁명가 인사로프와 그에게 공감한 러시아 여인 엘레나의 삶을 그리고 있다. 당대 러시아의 급진적 비평가 도브롤류보프는 이 작품을 '혁명적 민주주의자'의 입장에서 이해하고, 러시아 혁명가의 모범적 전형으로 주인공 인사로프를 평가했다고 한다.33) 현철은 해설을 통해 "이 작품에 나오는 모든 인물이 오늘날 로서아를 설명하는 것 같은 마음이 키인다. 여주인공 에레나가 1850년대의 로서아의 활동적 신혁명의 선구자임과 그 부친의 완고한 사상, 청년의 조각가, 철학가, 애국자 모든 성격이 우리로 하여금 十看百讀의 가치가 있을 줄 생각한다"(창간호, 152쪽)고 말했다. '오늘날 로서아를 설명'한다는 말은 이 작품을 통해 러시아 혁명의 과정과 필연성을 이해할 수 있다는 것을 뜻한다. 이것은 현철이 러시아 혁명과정과 한국의 현실을 우회적으로 비교했다는 것을 암시한다.

현진건은 『개벽』 3호(1920. 8)에서 아르쯔바셰프 미하일 페트로비치 (1878~1927)의 「슈아스쩨예(Счастье)」를 「행복」이라는 제목으로 번역했다.34) 이 소설은 매독으로 코가 떨어지고 얼굴이 썩어가는 창녀 '샤수가'가 허기를 면하기 위해 한밤중에 가학성 변태성욕자에게 매를 맞고 돈을 받는 장면을 그리고 있다. 이렇게 얻은 돈을 가지고 음식점으로 향하는 샤수가의 모습을 묘사하는 것으로 종결되는 이 작품은, 생존의 고통에 대한 '참혹한 리얼리즘'을 선명하게 드러내고 있다. 가령 "이 음산한 황무지 한복판에 와서 샤수가는 처음으로 자기의 의미업는 존재의 무서운 것을 곰곰 생각하고 울기 시작하엿다. 어려서 움직이지도 잘 못하고 부운 눈에 눈물이 그렁그렁 넘치여 코대신 움석드러간 헌듸 자최

---

33) 김학수, 「슬라브적 우수와 슬픔의 예술적 감흥」, 『첫사랑』(뚜르게네프 번역소설집), 주우, 1983, 20-21쪽.

34) 아르쯔바셰프는 1901년 단편소설 『파샤 투마노프』로 문단에 데뷔했고 대표작으로 장편 『사닌』과 『최후의 일선에서』가 있으며, 혁명적 리얼리즘 계열의 작가로 알려져 있다. 도스토예프스키와 모파상의 뒤를 이어 인간의 동물적 본성을 파헤치려고 했다는 평가를 받고 있다.

의 어두운 구녕 속에 흘러들어가 어렷다. 어느 뉘 하나 그 눈물 본이는 업다. 달은 전과 가티 빗취고 전과 가티 맑고 맑은 푸른 빗 석긴 光線을 헛텃다"(131쪽)와 같은 묘사는 시대적 궁핍의 중심으로 단박에 독자의 감각을 끌고 들어갔다.

『개벽』의 시단을 이끌었던 석송 김형원의 시에 나타나는 일관된 민중성 또한 『개벽』문학의 명료한 성격화를 이끈 요소 가운데 하나였다. 김형원은 『개벽』 1주년 기념호(1921. 7)에 발표한 「무산자의 절규」를 통해 "나는 무산자다/ 아모 것도 갓지 못한 (중략) 사랑도 가족도/ 사회도 국가도/ 현재의 아모 것도/ 아! 나는 저주한다!/ 그리고 오직/ 미래의 합리한 생활을/ 아 나는 요구한다!"(119쪽)라고 썼다.

이러한 작품들은 현철이 말한 것과 같이 '사상으로서의 문학' 혹은 '인생 最奧의 진실을 그리는 문학'이라는 과제에 육박해 들어갔다. 국내의 사회주의운동과 그 사상내용이 아직 구체적 자기 구심력을 갖추지 못했던 1920~21년의 시점에서 『개벽』의 문학이 이렇듯 독자적으로 문학적 민중성의 경지와 분석적 리얼리즘의 수준을 획득해 나가고 있었다. 그리고 1920년과 21년에 걸쳐 발간된 초기 사회주의 관련 잡지인 『아성』과 『공제』의 문학 수준이 도저히 『개벽』의 그것에 미치지 못했다는 점은 『개벽』의 문학 필진이 깊이 있는 사회적 문제의식과 최고의 예술적 기량을 소유한 인물들로 포진되어 있었다는 것을 의미했다.35)

이상에서 필자는 몇 가지 사례 확인을 통해 전반기 『개벽』의 문학이

---

35) 하지만 『개벽』의 모든 작품이 인민주의의 사상적 경향성 속으로 수렴되어갔던 것만은 아니었다. 예컨대 1910년대의 아나키스트 황석우의 작품은 의미를 알 수 없는 감상적 정서의 방출로 구성되어 있다. "네 靈을 실어가는 네 微笑의 꽃가마(花輿)야"(「미소의 花輿」, 3호)라는 표현이나 "소녀여, 惡魔의 嫉妬깁흔 으르렁거리는 웃음가튼 이여"(「발傷한 순례의 소녀」)와 같은 구절은 황석우의 아나적 정신이 극단화된 개인화, 탐미화의 길로 기울어지고 있음을 보여준다. 이점에서 황석우의 아나키즘은 문학적 민중성의 방향이 아니라 개인주의적 자유정신의 포즈를 취하고 있었다는 점이 분명해진다. 여기서 사회주의의 한갈래였던 아나키즘이 볼세비즘과 개인적인 탐미주의의 두 가지 자장 안에서 움직였다는 사실을 확인할 수 있다.

일정한 사상적 자장 안에서 움직였을 가능성에 대한 가설적 탐색을 해보았다. 아직 필자의 판단이 논증되었다고 보기는 어렵다. 앞으로 상당한 보완을 해나갈 수밖에 없을 것이다. 그러나 지금 단계에서 한 가지 분명히 말할 수 있는 것은 전반기『개벽』의 문학이 뚜렷한 정책방향과 자기성격을 가지고 있었다는 점이다.

3. 『개벽』과 사회주의문학: 지식에서 사상으로, 문학의 위치 전화

1910년대의 문학은 기본적으로 '지식의 언어'라는 성격을 지니고 있었다. 이점에서 문학은 서구 근대지식을 운반하는 매개체 가운데 하나였다. 『소년』과『청춘』의 번역문학은 그러한 근대문학의 기원적 상황을 알려주는 표지 가운데 하나였다. 그러나 1910년대 문학이 첨단 지식의 성격만을 지니고 있었던 것은 아니었다. 정론의 억압과 배제라는 사회환경 속에서 '문학어'가 근대어의 정점에 위치되면서 정치적 언어로서의 기능까지도 동시에 수행하게 되었다. 물론 당시 문학의 정치성이란 표현될 수 있는 것은 아니었고, 따라서 문학이란 존재 자체로 사회적 발화를 수행하는 '은폐된 정치성'이란 특질을 지니고 있었다.36)

그런데 근대문학의 '생래적 정치성'은 3·1운동 이후 언어의 내부로부터 '표현된 형상'이라는 세계로 자신의 모습을 드러냈다. 따라서 『개벽』의 문학이 보여준 정치성은 1910년대 문학 속에 內燃했던 억압된 욕구의 폭발이라는 성격을 가지는 것이었다. 이런 점에서 1920년대 예술지상주의적 경향은 문학의 외연과 범위를 확장하고 예술로서 문학의 독자성이란 관념을 분명히 하는데 기여했지만, 다른 한편에서는 政論의 억압으로 인한 문학의 형상적 정론화라는 근대문학의 특수한 상황과 대

---

36) 이점에 대해서는 한기형의「근대어의 형성과 매체의 언어전략」,「근대잡지와 근대문학 형성의 제도적 연관」,「최남선의 잡지발간과 초기 근대문학의 재편」등의 논문을 참조할 것.

립되어 있었던 것도 사실이다. 문학을 통한 정치적 언어가 가능해지면서 예술지상주의는 무엇을 은폐할 것인지에 대한 방향을 잃어버린 모호한 위치에 남을 수밖에 없었기 때문이다.

1920년대 문학에서 '문학의 독자성'은 정론적 가치라는 영역에서 자신의 아이덴틴티를 극대화 할 수 있었다. 따라서 '예술의 자율성'이란 관념은 그 주장의 표면적 매력에도 불구하고 자신의 구체적 정체를 스스로 입증하는데 많은 한계를 가질 수밖에 없었다. 『백조』의 탐미주의가 결국 사회주의 문학으로 투항한 것은 이점과 연관되어 있었다. 여기에는 탐미주의 속에 내장되어 있던 극한적 자유와 자율에 대한 동경이란 아나키한 자질과 사회주의의 부분적 상동성이 작용한 측면도 있었지만, 근본적으로는 '백조'적 방식이 더 이상 자율적 진화의 동력을 생산할 수 없었기 때문이었다. 말하자면 사회주의는 탐미적 개인주의의 세계에 빠져있던 예술가 지식인들이 정신적 와해상태의 치유를 위해 선택한 대안이라는 성격이 강했다. 그런 점에서 1920년대 예술지상주의는 시대와 사회의 본질을 구도하는 언어라기보다 근대적 교양을 장식하는 수사학에 더 가까웠다고 해야 할 것이다.

그러나 『개벽』의 문학은 앞에서 살펴본 것처럼 처음부터 '사상의 언어'를 지향했다. 『개벽』의 문학은 상당한 지점에서 현철이 말한 것과 같이 '사실과 고찰'에 의한 사상의 방향(「문학상으로 보는 사상」, 91쪽)을 자기의 본분으로 선택했다. 「표본실의 청개고리」를 비롯해 「암야」, 「제야」 등 이른바 염상섭 초기 삼부작이 모두 『개벽』을 통해 발표되었던 것은 『개벽』이 무거운 문학을 지향했다는 단적인 증표가 된다. 그러나 전반기 『개벽』 문학의 사상내용은 모호할 수밖에 없었다. 인민주의라는 대전제는 있었지만 사상의 정립을 위한 시각을 어디에 고정할지에 대한 기준이 분명치 않았기 때문이다. 사회주의 운동의 진전은 이점에 대해 뚜렷한 방향을 제시했다. 볼세비즘으로 무장한 사회주의자들은 그들이 추구하는 사상운동, 혁명운동 속에서 문학의 새로운 정체성을 확립하도록 요구했다. 『개벽』 후반기의 문학은 이러한 요구에 대한 적극적 동의

〈표 2〉 후반기(1923. 6~1926. 8)『개벽』장르별 작가와 작품 현황

소설	현진건	9	박영희	8	이익상	6	김동인	6	이기영	5
	나도향	4	김기진	4[37]	박종화	3	조명희	3	송영	3
	염상섭	2	주요섭	2	최서해	2	최승일	2	유완희	1
시	이상화	9	김석송	5	김억	4	주요한	4	김동명	3
	김창술	3	김기진	2	김소월	2	이은상	2	조명희	2
비평	박영희	13	김기진	12	박종화	6	이익상	4	이상화	4
	염상섭	3	임정재	2	현진건	2	김억	2		
이론	김기진	8	박영희	8	이상화	3	박종화	1	김소월	1
희곡	박영희	4	김영팔	2	조명희	2	김운정	2	염상섭	1

* 소설, 희곡은 총게재물의 수(창작+번역+연재)/ 시는 발표된 호수

와 참여로 나아가기 시작했다. 여기에는 새로운 인물, 그리고 천도교 진영의 협력이라는 두 가지 조건이 필요했고 그것은 별다른 무리 없이 충족되었다.

후반기『개벽』문학의 현저한 특징은 박영희, 김기진, 이상화, 이기영, 조명희, 송영, 김창술, 김영팔 등 사회주의 사상과 운동에 경도된 새로운 인물의 등장과 그들의 주도권 장악, 현진건, 김석송의 건재, 이익상, 나도향의 약진, 염상섭, 김억의 위상 약화 그리고 현철, 황석우의 퇴장 등으로 요약할 수 있다. 이러한 현상은『폐허』파의 퇴조와『백조』파의 부상을 의미했다. 우리는 방정환이 후기『백조』의 동인이었다는 사실을 상기할 필요가 있다. 1922년 겨울 방정환과 김기진은 박영희의 추천으로『백조』동인이 되었다.[38]『백조』삼호(1923. 9)의「육호잡기」에도 "김기진 방정환 두분 형님이 새로이 백조 동인이 되어주셨다"는 박종화의 기록이 남아있다. 그런데 방정환과 박종화, 박영희는 방정환이 중심이 되었던『신청년』(1919)을 매개로 연결된다.[39] 이후 박영희는 방

<hr>

37) 최근 최수일에 의해 발굴된 검열 삭제본「트릭」(『개벽』63호) 포함(「트릭」에 대해서는 최수일의「식민지 제도와 지식인의 새로운 통찰」,『상허학보』15집, 2005. 참조).
38) 김팔봉, 홍정선 편,『김팔봉문학전집』II, 문학과지성사, 1988, 344쪽.

정환의 주선으로 개벽사에 입사하였고(1924. 4),[40] 김기진 또한 방정환의 요청으로 「프로므나드 상티망탈」을 『개벽』 37호(1923. 7) 발표하게 된다.[41]

『개벽』의 후반기 문학과 관련하여 흥미로운 사실은 전반기의 중심 작가 가운데 현진건, 김석송, 나도향, 이익상 등 사회성 짙은 작가들은 살아남은 반면 황석우, 김억 등은 비중이 약화되거나 아예 필진에서 빠져버린다는 것이다.[42] 여기에는 작가 개인의 사정들도 영향을 미쳤겠지만 『개벽』 내부의 시선에서 본다면 이념적 문학의 구심력이 더욱 강화되고 있음을 뜻했다. 이점은 지도비평가로서 박영희, 김기진의 위상이 뚜렷해지는 것과 맞물려 있는 현상이라고 할 수 있다. 특히 중요한 사항은 『개벽』이 후반기의 문학 담당자로 뚜렷한 좌경적 선회를 보여주고 있던 박영희를 영입했다는 일이다. 『개벽』의 문학 책임이 현철에서 박영희로 넘어간 것은 사회주의 운동의 성장과 조응된 현상으로 해석될 여지가 농후하다.[43]

『개벽』 문학의 사상적 구체화는 문인들만의 차원에서 이루어진 일은 아니었다. 천도교 이론가 이돈화는 여러 번에 걸쳐 사회주의 이상의 타당성과 필연성을 지지하는 발언을 했다. 그는 『개벽』 49호(1924. 7)에 기고한 「천국행」에서 천국의 개념에 대한 자신의 의견을 다음과 같이 제시했다.

---

39) 박영희와 박종화는 최승일 등과 함께 2기 『신청년』의 핵심인물이었다. 『신청년』은 3·1운동 직전 방정환과 '경성청년구락부'가 중심이 되어 간행된 문예동인지이다(한기형, 「『신청년』과 경성청년구락부」, 『서지학보』 26집, 2004).

40) 손해익, 『박영희의 문학연구』, 시문학사, 1994, 58쪽.

41) 김팔봉, 홍정선 편, 『김팔봉문학전집』 II, 문학과지성사, 1988, 186쪽.

42) 『개벽』과 사회주의의 관계에 대해서는 최수일의 「1920년대 문학과 『개벽』의 위상」(성균관대 박사논문, 2001) 109-122쪽을 참조할 것.

43) 현철이 문예부장직을 사임한 것은 1922년 10월, 박영희가 편집에 관여하기 시작한 것은 1924년경부터이며. 박영희가 정식으로 문예부장에 취임한 것은 1925년 1월의 일이었다고 한다.(최수일, 「1920년대 문학과 『개벽』의 위상」, 성균관대 박사논문, 2001, 73쪽)

　　과거에서 우리 祖先들이 천국을 理想하며 극락세계를 동경하며 仙境을 추구한 것이 결코 허위가 아니며 몽환이 아님을 알지라. 그들은 장래 세계의 도래할만한 인류의 前途를 이상적으로 사람의 性의 중에서 스스로 동경하엿든 것이라. 자기네가 자기네의 힘으로써 아직 건설치 못한 것, 자기네의 시대에 아즉 출현치 못할 이상을 정신적 무형적으로 예상하야 후세 자손에게 유전하여준 것이었다. 인류는 이 이상향을 동경한지 오래였다. 우리들의 현대인은 조선이 유전하여준 그 이상을 但히 이상으로써 保留하여둠이 결코 올치 아니하니 이제로부터 그 보류를 해방하야 **실제의 천국을 이 지상에 건설할 여명기가 來하엿음을 깊이 각오함**이 현대인의 무거은 사명이 되리라.(11쪽)

　　이 글에서 이돈화는 천국의 실재성을 강조하였다. 그는 천국이 존재하지 않는 것이 아니라 건설되지 못했을 뿐이라는 주장을 내놓았다. 그가 말하는 천국의 실재성이란 계급, 귀천 등 사회 모순이 해결된 상태를 의미했다. 이돈화의 천국 실재화 주장은 종교적 이상주의의 언어로 표현되었으나, 실제로는 사회주의의 혁명적 프로젝트를 용인하고 정당화하는 의미를 담고 있었다. 이돈화 사상의 사회주의적 경향성은 '민족주의의 배타적 속성을 경계하며 민족주의를 이기주의의 확대'로 이해했던 『개벽』 주체들의 판단을 대변하고 있었다.44) 「천국행」의 후편은 글의 논리 구성상 보다 구체적인 논의가 담겨질 예정이었으나 검열로 삭제되어 발표되지 못했다.

　　『개벽』 문학에 대한 사회주의의 충격은 작가집단 외부로부터 제기되었다. 임정재는 2회에 걸쳐 「문사 제군에게 여하는 일문」(37, 39호/ 1923년 7, 9월)을 통해 근대문학의 구심력 강화, 혹은 자기 세계 구축, 그리고 이른바 문학의 자율성 등 문학장의 독립적 구조화의 움직임을 강력하게 비판했다. 그는 문학의 독자적 주체화가 곧 문학의 부르주아적 고립화를 의미한다고 보았다. 임정재는 "프로레타리아 예술운동은 인간을 기계화하는 생산규율에 반항하는 전인류의 행복과 평화 우에 築한 사상

---

44) 허수, 앞의 논문, 94-95쪽.

감정이 권력계급을 파괴하고 신사회를 조성하는데 그 과정으로 예술의 형식을 쓰고자 선전하는 것"(39호, 33쪽)이라고 정의했다. 이 문장에 의하면 '사상 감정'은 '예술 형식'의 상위개념이자 조종 중심의 의미를 가진다. 따라서 예술 형식은 궁극적 대상이 아니라 도구적 대상, 혹은 과정적 대상의 위치를 가지게 되었다. 이것은 근대문학이 성장하면서 문학에 주어진 과도한 가치부여와 지나친 숭배에 대한 근본적 부정을 뜻하는 태도였다.

적어도 근대문학이 형성된 이후 문학의 위치가 이처럼 어떤 다른 존재의 하위범주로 격하된 상황은 발생하지 않았었다. 전반기 『개벽』의 문학이 사회 문제에 관심을 집중했지만 그것은 기본적으로 문학의 세계 안에서 이루어진 일이었다. 사회문제에 대한 관심이 문학의 분열이나 문학에 대한 회의를 강제하지 않았다. 오히려 그것은 문학의 역할과 가치 그리고 사회적 비중을 강화하는데 기여했다. 결과적으로 문학의 구심력은 보다 공고해진 것이다. 그러나 임정재는 그러한 관점을 근본적으로 수정해야 한다는 주장을 내놓은 것이다. 임정재는 자신의 생각을 다음과 같이 요약했다.

> 뿔조와 예술이 현상 姑息 즉 모순의 동굴에서 인간해방을 실현하지 안은 것은 즉 뿔조와 예술에는 인간성이 유린되엇다는 것이다. 따라서 인간성이 유린된 작품은 작품이 아니다. 그럼으로 인간성은 완전한 인간성이 아니다. 또한 인간의 참담한 선혈과 인간 유린의 현상에서 완전히 인간이 잇다는 인간으로서는 인간 파멸의 공포를 느낄 것임으로 환경과 생활 우에 형성된 예술에 인간성이 유린되엇다 하면 예술의 생명의 표현이 잇슬 수가 업다. 또한 인간성이 떠난 生이 잇슬 수 가 업스며 생명의 표현이 업는 예술이라는 것은 조성되지 못하는 연고로 뿔조와 예술은 예술이 아니다.(39호, 33쪽)

임정재는 문학이 현실의 모순에 직접 참여해야만 예술로서 완성된다고 보았다. 그러나 참여의 주체는 예술 그 자체가 아니라 예술의 행위 주체 곧 작가 자신이다. 따라서 작가의 실천이 예술의 본질을 결정하는 요인이며 예술의 품격은 작가의 실천행위에 의해 규정되는 것이다. 임정재는 결론적으로 "진정한 자아를 소유하려하며 완전한 生 즉 진정한 민중을 생각하려하는 시인, 소설가, 화가, 극작가, 음악가들은 사회운동에 참가할 것이다"라고 말했다. '궁극적 정신의 총화'로 상승해 나가던 근대문학의 역사적 의미는 이렇게 해서 근본적 의문의 대상으로 전화된 것이다.

임정재는 글의 말미에서 "고식과 停滯로 부패된 인간은 폼人 사회에서 掃除할 것이다. 그러므로 소제물인 문사 제군은 상아탑을 나와서 위대한 공포를 당해 보아라. 그러면 제군에게 이 공포는 생활의식에 심각한 생명을 줄 것이니"라고 냉소적인 문장을 덧붙였다. '위대한 공포'라는 말이 무엇을 뜻하는지는 분명치 않지만 임정재의 의도는 충분히 전달되었을 것이다. 특히 러시아혁명의 과정 속에서 이루어진 거대한 사회집단의 인위적 교체라는 역사 정황은 그러한 발언에 상당한 실감을 실어주었다. 이 글은 '문화사 일파의 떼까단적 경향과 문인회 일파의 째나리즘적 경향'이란 부제를 달고 있는데, '문화사'는 백조파를, '문인회'는 조선문인회를 지칭하는 것이었다. 특히 조선문인회의 중심인물은 염상섭이었는데 후반기『개벽』에서 염상섭의 위상 약화는 이런 상황들과 연결되어 있었다.45)

문학이 그 자체로 '궁극적 그 무엇'이 아니라는 사회주의자들의 주장은 기존의 작가들이나 작가 지망생 모두에게 심각한 질문이 되었다. 그러한 관점은 역사적 사회주의가 가지는 거대한 헤게모니를 배경으로 당시 문인들의 문학관에 심대한 균열과 변화를 주었다. 박종화는 '학대받는 문학'이라는 표현으로 민중의 관심에서 멀어진 혹은 민중에 대한

---

45) 김윤식 교수는 이러한 정황을 염상섭의 '서울 중산층 보수주의'와 프로문학 혹은 사회주의와의 '생리적' 이질성이란 관점에서 파악하고 있다.(김윤식,『염상섭연구』, 서울대학교 출판부, 1999, 253-261쪽) 그러나 염상섭 문학의 기원에 녹아있는 아나키즘의 흔적들을 고려할 때, 이것은 보수주의와 진보주의의 대립이라기보다 문학의 존재방식에 대한 이해의 차이라는 측면에 더 많이 관계된 것이 아닌가 생각한다.

관심이 부재한 문단을 질타했고(「갑자문단종횡기」 54호), 김기진은 생활의식의 분열이 미의식의 분열을 일으키고 거기서 부루주아 미학과 프로레타리아 미학의 차이가 일어났다고 주장했다(「계급문학시비론」 56호). 박영희는 그의 유명한 평문 「신경향파의 문학과 그 문단적 지위」(64호)에서 1925년의 문학이 "쁘르즈아 문학의 전통과 전형에서 버서나와서 새로운 경향"(4쪽)을 보였다고 선언했다.

임정재에서 김기진, 박영희로 이어진 사회주의 문학에 대한 여러 사람의 발언 속에는 근대문학의 성격에 대한 새로운 구도가 들어있었다. 그런데 이러한 변화와 연계된 주목할 만한 현상이 있었다. 그것은 50호 전후부터 『개벽』의 지면에서 문학의 비중이 현저히 강화된다는 점이다. 36호부터 72호까지 『개벽』의 소설란을 통해 총 89편의 작품이 발표되었는데 36호에서 54호까지 33편, 55호(1925년 1월)부터 72호까지 54편이 발표되었다. 시의 경우 앞 시기에 24회, 뒷 시기에 44회 게재되었다. 여기서 우리는 사회주의문학의 대두와 함께 『개벽』의 문학 비중이 현저히 확대된 것을 알 수 있다. 사회주의 문학의 이론적 방향은 문학적 절대화에 대한 비판, 그리고 문학이 혁명에 복무해야 한다는 논리로 요약되었다. 이러한 태도의 등장으로 문학의 사회적 위상은 상대적으로 약화되었다. 그럼에도 『개벽』의 문학은 급격한 양적인 성장을 이룬 것이다. 우리는 이점을 어떻게 설명할 수 있을까?

이것은 사회주의에 대한 식민체제의 억압이 야기한 결과였다. 사회주의에 대한 탄압이 가속화되자 문학으로 사상의 언어로 대신하려는 노력이 시작된 것이다. 단적인 예로 『개벽』 46호(1924. 4)는 「세계 사회주의운동의 현세」 「적색조합과 황색조합」 「러시아의 공산당」 「칼리북네히트와 로샤 룩셈뿌르크를 追想함」 「노농운동과 기 단결방법」 「조선청년총동맹에 대하야」 등 총 6편의 사회주의 관련 기사를 삭제 당했다. 1925년 치안유지법이 발효되면서 사회주의 선전활동에 대한 압박의 강도는 더욱 강해졌다. 1925년 이후 『개벽』의 문학 강화는 검열로 야기된 사회주의 선전의 어려움에 대한 대안 확보의 결과였다. 이 과정에서

『개벽』의 사회주의 문학에는 두 개의 정치성이 결합하게 되었다. 그 하나는 사회주의 문학이 본래적으로 가지고 있던 혁명도구론적 차원의 정치성, 다른 하나는 합법적 사회주의 선전 수단의 협소화로 야기된 문학에 대한 과도한 선전매개로서의 의미 부여였다. 내용의 정치성과 존재의 정치성이란 이중의 함의가 『개벽』의 문학에 주어진 것이다. 이점에서 『개벽』의 문학은 문학 이전에 사상의 문건으로 잡지 속에 편제되고 있었던 것이다.

　『개벽』이 폐간되고 난 이후의 일이긴 하지만 김기진과 박영희 사이에서 이루어진 이른바 '내용형식 논쟁'에서 박영희가 승리한 것은 따라서 필연적인 일이었다. "문학의 줄목적은 작품을 선전 삐라화 하는데 있다. 선전문 아닌 문학은 프로문예가 아니요, 프로문예 아닌 모든 문예는 문예가 아니다"[46]라고 말했다는 박영희의 당당한 선언의 이면에는 문학의 존재성격에 대한 새로운 감각이 들어 있었다. 여기서 '선전 삐라'라는 표현은 근대문학이 도달할 수 있는, 혹은 도달해야하는 '사상어'로서의 최상승적 상태에 대한 매우 진지한 사실적 심리상태를 반영하고 있다. 문학을 통해 사상과 혁명을 전파한다는 관점은 문학의 자율성을 해치는 태도로 오랫동안 비판되었지만, 당시 사회주의자들의 입장에서 그것은 문학의 사회역사적 기능과 가치에 대한 가장 높은 수준의 평가를 의미하는 것이었다. 이 과정에서 카프 작가들은 '사상의 문학'을 자신의 사명으로 받아들이는데 주저하지 않았다. 그리고 무엇을 말할 것인가 보다는 무엇을 전달할 것인가가 그들의 주요한 관심사가 되었다.

　참고로 1920년대 초반 사회주의자들이 문학을 사상의 선전방식으로 활용한 흥미로운 사례 하나를 소개한다. 사회주의자 鄭栢은 『신생활』 8호(1922. 7)에 路草라는 필명으로 「理想鄕의 男女生活」이란 작품을 발표했다. 이 작품은 창작이 아니라 19세기 영국에서 작가이자 공예가, 디자이너, 사회주의자로 유명했던 윌리암 모리스(William Morris, 1934~

---

46) 김윤식, 『근대문예비평사연구』, 일지사, 1976, 51쪽 재인용.

1996)의 *News from Nowhere*(1891)를 부분 번역한 것이었다.47) 그런데 정백의 번역은 모리스 원문을 직역한 것이 아니었고 貝塚澁六이라는 인물의 번역본을 중역한 것이다. 그러면 貝塚은 누구였는가. 그는 다름 아닌 앞서 언급된 사카이 도시히코(堺利彦)였다.

사카이는 고토쿠 슈스이(幸德秋水) 등과 함께 일본 사회주의를 개척한 인물이다. 러일전쟁 당시 '비전론'을 주창했으며, 1904년 고토쿠와 함께 『공산당선언』을 일본 최초로 번역하는 등 구미의 사회주의 사정, 사회주의 사상과 러시아 혁명의 동향, 유토피아문학 등의 일본 소개에 노력을 기울였다. 사카이는 1904년(명치 37년) 1월부터 4월까지 주간 『平民新聞』(8-23호)에 모리스의 *News from Nowhere*를 『理想鄕』이라고 번역하면서 모리스 작 『無何有鄕の消息』을 抄譯한다고 부기했다. 정백은 사카이 번역본의 제7장 「博物館, 百五歲の老翁, 男女の關係」를 재번역해 그것을 『신생활』에 발표한 것이다.

「이상향의 남녀생활」의 내용은 남녀평등, 삶의 풍요, 형벌의 부재 등 인간적인 삶의 조건이 완벽하게 갖추어진 이상사회에서 이루어지는 생활의 단편을 묘사하고 있다. 즉 사회주의적 개혁이 실현된 이후의 세계의 변화상을 보여주려는 것이다. 정백은 이를 "사회주의 이상이 실현된 때를 상상하고 그 사회 상태를 묘사한 것"(『신생활』 8, 92쪽)이라고 정리했다. 이러한 정백의 발언은 "추상적인 사회주의의 설명은 쉽게 사람들의 귀에 들어가지 않는다. 그래서 천재적인 예술가가 장래에 일어날 사회주의의 응용, 확충, 발전의 모양을 생각하여 한 개의 鑄型을 만들고 그것으로 구체적으로 사람들에게 보여주려고 한 것"이라는 『理想鄕』 서문의 사카이 언급과 그 내용과 일치한다. 말하자면 이 작품의 목적은 사회주의에 의한 세계개조의 당위성을 문학 형상을 통해 선전하려는 의도의 소산인 것이다. 이것은 소설의 번역이 사회주의 사상과 사회주의적

---

47) 이 작품은 최근 박홍규에 의해 『에코토피아 뉴스』(필맥, 2004)라는 제목으로 완역되었다. 특히 책 후반부에 「윌리암 모리스의 생활사회주의와 유토피아 사상」이라는 장문의 역자 해설이 붙어 있어 이 작품의 시대적 의미를 이해하는데 큰 도움이 된다.

개혁활동의 소개와 선전을 위해 활용된 구체적인 사례라고 할 수 있다.

4. 천도교와 사회주의의 불화: 『개벽』 이후 천도교 미디어와 사회주의 문학

　천도교와 사회주의의 전략적 동거가 언제부터 깨어지게 되었는지는 분명하지 않다. 6·10만세운동에서 천도교 세력과 사회주의가 연합하여 활동했다는 점과 『개벽』이 폐간되게 된 표면적 이유가 72호에 실린 사회주의 관계 논설인 朴春宇의 「모스코에 신설된 국제농학원」 때문이었다는 점을 고려할 때, 적어도 1926년까지 양 측의 협력은 유지되고 있었다. 정혜정은 천도교와 대립한 사회주의 세력이 주로 국제주의적 교조성이 강한 그룹이었음을 지적하고, 두 세력의 분열시점을 신간회 해소 이후로 파악하고 있다.[48] 하지만 천도교와 사회주의 세력의 대립과 분열은 양측의 전략적 목표가 서로 완전히 일치할 수 없었던 근본적 이유로 인해 그 이전부터 어느 정도는 예상되었던 일이다.

　이돈화는 『개벽』 66호에 기고한 「문명화한 야만인」에서 "엇더한 혁신운동에든지 계급의식이 생기지 안은 운동이 업는 것과 동시 양심운동도 병행하지 안음이 업나니 이 두 가지 의식은 필요불가분 임과 동시에 우는 자연적 발로로 볼수 잇다. 그리하야 엇도한 혁신운동을 보든지 양심운동이 선발대가 되고 계급의식의 운동이 후발대 겸 全勝隊가 되는 경향이 있나니"(3쪽)라고 말했다. 이 발언의 취지는 상식적인 차원에서 계급운동의 계기가 정의심에 기초하고 있음을 설파한 것처럼 보이기도

---

48) 정혜정, 「일제하 천도교의 '수운이즘'과 사회주의의 사상논쟁」, 『동학연구』 11집, 2002; 정혜정의 연구에 의하면 양측 대립의 핵심은 천도교 수운이즘과 사회주의자들의 반종교 운동, 천도교의 영도권 주장과 계급 헤게모니, 물심일치론과 맑스주의적 유물론에 대한 상호 논쟁 등이었다.(170쪽) 천도교 비판에 적극적인 그룹은 유진희, 남철수, 김동민, 김약수 등 민족소멸론과 국제주의를 주장하는 그룹이었다. 그런데 이들의 주장은 그 노선을 둘러싸고 사회주의 내부의 논란을 만들기도 하였다.

하지만, 천도교의 이른바 '물심일치론'을 염두에 둘 때 사회주의자들의 지나친 '物' 중심 태도에 대한 간접적 비판의 텍스트로도 읽힌다.[49]

미디어 자료의 차원에서 천도교와 사회주의의 분열은『개벽』폐간 이후 구체화되었다.『개벽』의 후속지라고 할 수 있는『별건곤』,『혜성』,『제일선』에서 사회주의자들의 문장은 자취를 감추었다. 물론 사회주의 문학의 게재도 거의 이루어지지 않았다. 정확한 통계는 아니지만『별건곤』에 게재된 카프 관련 인사의 글은 김석송의 글 2편, 김영팔 글 4편, 박영희 소설 1편, 이기영 소설 1편, 박팔양 글 1편, 심훈 글 1편, 이익상 글 2편, 최승일의 소설 3편, 최학송의 글 1편 정도이다. 그 분량도『별건곤』전체로 볼 때 미미할뿐더러 특히『별건곤』이 창간된 1926년 11월 이후 프로문학의 변화된 지형을 대표하는 인사들은 완벽하게『별건곤』과 거리를 두었다. 이기영과 박영희도 창간호에 한편의 소설을 투고한 것이 전부였다. 특히 후반기『개벽』의 문학을 담당했던 박영희와『별건곤』의 단절은 쉽게 이해하기 어려운 일이었다.

대중문화의 코드로 나아갔던『별건곤』과 달리 사회정치적인 문제에 집중하면서『개벽』의 실질적인 후속지를 자처했던 1930년대 초반의『혜성』과『제일선』의 경우도 사정은 마찬가지였다. 참고로 두 잡지에 작품을 기고한 작가 명단을 제시한다.

〈표 3〉에서 나타나는 것처럼 이 두 잡지에 카프 관련 작가들의 모습은 찾아보기 힘들다. 권환, 백철, 안회남, 이찬, 임화가 각 1회 정도의 작품을 발표하기는 했지만 전체적으로 그 비중은 대단히 작았다. 대신 김동인, 채만식, 강경애, 남우훈, 최고악, 박노아, 박재륜, 김화산 등과 해외문학파의 비중이 두드러진다. 이들 가운데 1920년대부터 활동한 작

---

49) 허수는 이를 천도교의 사회주의에 대한 비판적 수용이자 차별화 과정으로 이해했다 (허수, 앞의 논문, 108쪽). 그 시점은 대략 1925년 전후였다. 이 시기 이돈화는 사회주의의 계급의식과 민중주의를 비판하고 '초월의식'과 '창조충동'을 역설하게 된다(허수, 111쪽). 그러한 사회주의 견제의 사상적 바탕에는 '생명의 의식화와 의식의 인본화'라는 일종의 '생명주의 역사관'이 자리 잡고 있었다(허수, 112쪽).

〈표 3〉『혜성』과 『제일선』 소재 작가와 작품 현황

	『혜성』	『제일선』
소설	김동인(5), 채만식, 이무영(각 3), 강경애(장편 7) 이태준, 안필승, 이천규, 최윤수(각 1)	南又薰(6), 崔孤岳(4), 강경애(장편 3), 유치진, 鄭日秀, 金在炤, 姜鷺鄕(각 2), 蔡道憲, 장덕조, 이영철, 尹活彬, 金大鳳, 閔鳳鎬, 李東珪, 이석훈, 이무영, 김동인, 이종명, 김유정, 김기림, 강경애, 조용만, 박노아, 朴魯洪, 이석훈(각 1)
비평	김진섭, 백철	안회남, 이헌구, 백철(각 2), 김광섭, 신고송, 황하청 김진섭, 이헌구, 여효, 김용제(각1)
시	박로아(4), 김억(2), 이광수, 유도순, 김화산, 同人, 전우한, 권환, 백철(각1)	朴載崙(3), 백철, 김화산, 박노아(각 2), 이규원 이병기, 김일엽, 김해강, 권환, 金長權, 이찬, 김기림, 김여수, 임화(각 1)
희곡	남우훈(4), 채만식(3), 김영팔(2) 황영호(1), 최정익(삭제)	최정익(1)

가는 김동인과 채만식 정도이며 1930년대에 들어와 문학에 입문한 이들이 대다수였다. 위의 표를 보면 1930년대 천도교 미디어가 적어도 문학의 영역에서 탈사회주의와 신인의 영입이라는 새로운 방향성을 설정한 것이 분명해진다. 문학의 영역에서만 그랬던 것은 아니었다. 일반 논설의 경우도 상황은 비슷했다. 『개벽』과는 달리 『별건곤』, 『혜성』, 『제일선』에서 사회주의자들의 기고문은 거의 실리지 않았다. 배성룡, 허정숙 등의 글이 한두 편 실리기는 했지만 그다지 비중 있는 내용은 아니었다.

이것은 확실히 천도교 미디어 집단과 사회주의의 소원해진 관계를 반영하는 현상이었다. 일군의 사회주의 세력과 천도교 사이에서 벌어진 종교논쟁은 양측의 거리를 더욱 멀어지게 한 요인이 되었다. 하지만 문제의 본질은 양 집단이 독자적인 세력화를 추구하려는 것에 있었다. 1920년대 후반부터 천도교 청년당은 사회주의 세력과 농민 획득 경쟁에 나섰고 천도교 신파 또한 독자적인 정치세력화를 추진하기 시작했다.[50] 이 과정에서 천도교와 사회주의의 전략적 동거는 와해되었다. 그러한 현실 상황은 자연스럽게 미디어 내부에 반영되었다. 천도교는 『별

---

50) 허수, 앞의 논문, 123쪽.

건곤』『조선농민』『제일선』『혜성』 등을 통해 천도교 미디어의 독자화를 도모했다. 사회주의 세력도 천도교 미디어와의 관계를 단절한 채 『조선지광』『신계단』『비판』 등 합법적 미디어 공간을 확보해 나갔다. 『혜성』과 『제일선』은 여러 차례에 걸쳐 기존 신문의 비판에 주력했는데[51] 이는 미디어를 통한 사회적 헤게모니를 유지하려는 천도교 측의 정책의지가 반영된 현상이었다.

5. 남는 문제들

천도교와 사회주의의 분열은 양 집단의 성격상 예고된 일이었다. 하지만 그 시점에서 반드시 그럴 필요가 있었는지에 대해서는 논란의 여지가 있다고 생각한다. 왜냐하면 그들의 분열과 대립의 득실표가 분명치 않기 때문이다.

『개벽』이 폐간(1926)된 이후에도 천도교 측은 『개벽』이 행사했던 미디어 권력의 유지를 바랬지만 그것은 불가능한 일이었다. 사회주의가 배제된 상황에서 『개벽』의 사회적 헤게모니를 유지할 수는 없었기 때문이다. 사회주의 또한 자기 세력의 합법적 선전활동에 상당한 제약을 받게 되었다. 『개벽』과 천도교라는 거대 종교집단의 배후 지원을 상실함으로써 그들의 합법 공간은 더욱 좁아질 수밖에 없었다. 1920년대 후반 『조선지광』에 나타나는 참혹한 검열의 장면들은 적어도 『개벽』에서는 있기 어려운 일이었다. 이것은 사회주의 운동에 종교적 차단막이 제거된 결과로 나타난 현상 가운데 하나로 추정된다.

합법 미디어 공간의 축소는 사회주의의 현상적 약화라는 이미지를 만들어 낼 가능성이 있었다. 과거의 전략적 동반자였던 천도교에 대한

---

51) 야뢰, 「민간신문공죄론」, 『혜성』, 1931. 8; 벽상생, 「삼신문비판기」, 『혜성』, 1931. 12; 이적봉, 「조선민간신문죄악사」, 『제일선』, 1932. 8; 「新聞屍의 유령전」, 『제일선』, 1932. 10; 홍랑, 「타락된 민간신문」, 『제일선』, 1933. 2; 「신문무용론」, 『제일선』, 1933. 2. 등.

일부 사회주의자들의 반종교 투쟁은 사회주의 진영 내부의 비판대상이 되기도 했다.[52] 천도교는 사회주의와 결별함으로써 근대화정책의 구체성 상실이라는 위기에 봉착했다. 분열로 인해 양쪽 모두의 역량 약화가 초래된 것이다. 그런데 식민체제는 이러한 균열을 날카롭게 파고 들었다. 종교단체가 발행하는 『개벽』을 폐간시키면서 사회주의자들의 합법 매체인 『조선지광』의 발간을 지속적으로 허용했던 식민정책의 현상적 모순 속에는 그러한 식민지 미디어 정책이 개입되어 있었다.[53]

하지만 이 글의 주제와 관련하여 보다 중요한 문제는 『개벽』이라는 복잡한 근대 미디어 공간 속에서 생장한 한국의 근대 사회주의 문학이 지녔던 역사적 성격에 대한 다각적인 분석이다. 『개벽』이 폐간된 이후 사회주의문학의 거점은 『조선지광』으로 이전되었다. 발표 매체의 변화가 사회주의 문학의 표현방식과 존재형태에 일정한 영향을 미쳤으리라는 가설적 판단은 가지고 있지만 그것을 아직 해명하지는 못했다. 필자는 한국 근대 사회주의문학의 성격을 해명하기 위해서는 사회주의문학 텍스트 내부의 분석만 아니라 그 텍스트가 서식했던 매체의 특성, 그리고 사회주의문학에 대한 지속적 견제와 허용을 정책적으로 반복했던 식민지 검열체제, 그리고 사회주의문학에 대한 지식인과 대중의 시선과 그 변화 등을 종합적으로 검토해야 한다는 생각을 가지고 있다. 이 글은 그러한 문제의식을 구체적으로 거론해 본 첫 번째 논문이다. 다음의 과제는 사회주의문학의 기원과 성장의 과정 속에서 잡지 매체가 수행한 역할을 확인하는 것이다.

주제어 : 『개벽』, 천도교, 종교적 이상주의, 사회주의, 문학의 사상화

---

52) 정혜정, 앞의 논문, 172-3쪽

53) 이 문제에 대해서는 「식민지 검열체제와 사회주의 관련 잡지의 정치역학―『개벽』과 『조선지광』의 역사적 위상 분석과 관련하여」(《식민지시기 검열과 한국문화》 동국대 한국문화연구단 학술회의 논문집, 2005. 11. 26)를 통해 필자의 의견을 발표했다.

◆ **참고문헌**

1. 기본자료
『개벽』『신생활』『별건곤』『제일선』『조선지광』『혜성』『천도교회월보』

2. 단행본
김윤식,『근대문예비평사연구』, 일지사, 1976.
김윤식,『염상섭연구』, 서울대학교 출판부, 1999.
손해익,『박영희의 문학연구』, 시문학사, 1994.
유민영,『한국근대연극사』, 단국대학교 출판부, 2000.
이호룡,『한국의 아나키즘』, 지식사상사, 2001.
조영복,『1920년대 초기시의 이념과 미학』, 소명출판, 2004.
천도교청년회중앙본부 편,『천도교청년회팔십년사』, 글나무, 2000.

3. 연구논문
고진호,「한말 신종교의 문명론」, 서울대 박사논문, 2002.
김원경,「『개벽』지와 경향문학」,『서울교육대학교 논문집』, 1972.
김정인,「일제강점기 천도교단의 민족운동연구」, 서울대 박사논문, 2002.
염희경,「방정환과 사회주의」,『아침햇살』, 2000년 봄호.
윤해동,「한말 일제하 천도교 김기전의 근대 수용과 민족주의」,『역사문제연구』창
         간호, 1996.
이보영,「염상섭과 사회주의」,『난세의 문학』, 예림기획, 2001.
이요섭,「천도교의 잡지 간행에 관한 연구」, 중앙대 신문방송대학원, 1994.
정용서,「일제하 천도교 청년당의 운동노선과 정치사상」,『한국사연구』105집, 1999.
정우택,「소월 최승구·아나키즘·『근대사조』」,『한국 근대시인의 영혼과 형식』, 깊
         은샘, 2004.
정혜정,「일제하 천도교의 '수운이즘'과 사회주의의 사상논쟁」,『동학연구』11집,
         2002.
조규태,「1920년대 천도교의 문화운동연구」, 서강대 박사논문, 1998.
채진홍,「홍명희의 톨스토이관 연구」,『국어국문학』132집, 2002.
최수일,「1920년대 문학과『개벽』의 위상」, 성균관대 박사논문, 2001
최수일,「식민지 제도와 지식인의 새로운 통찰」,『상허학보』15집, 2005.

한기형, 「초기 염상섭의 아나키즘 수용과 탈식민적 태도」, 『한민족어문학』 43집, 2003.
한기형, 「『신청년』과 경성청년구락부」, 『서지학보』 26집, 2004.
한기형, 「근대잡지와 근대문학의 제도적 연관」, 『대동문화연구』 48집, 2004.
한기형, 「근대어의 형성과 매체의 언어 전략」, 『역사비평』, 2005. 여름호.
한기형, 「문화정치기 검열체제와 식민지 미디어」, 『대동문화연구』 51집, 2005.
허 수, 「일제하 이돈화의 사회사상과 천도교」, 서울대 박사논문, 2005.

◆ **국문초록**

『개벽』은 천도교의 근대화 전략에 의해 창간된 잡지였다. 천도교는 근대화를 추진하면서 식민지 대중의 정치적 대변자가 되려고 노력했다. 이러한 태도는 인민성을 중시하는 천도교의 본래적 속성, 그리고 정치적 헤게모니를 통해 사회적 위상을 강화하려는 이중의 종교적 배경을 가지고 있었다.『개벽』은 그러한 천도교의 종교정책을 탈종교적 방식으로 수행했다.『개벽』은 창간 초기부터 사회진화론의 경쟁주의를 거부하고 상호부조에 근거한 강력한 인민주의적 세계관을 주창하였다. 그리고 문학은『개벽』의 지면에서 그러한 인민주의를 실천하는 중요한 동력으로 규정되었다.

천도교는 사회주의운동의 성장을 적극적으로 흡수하면서 천도교 신학의 이념적 내용을 구체화하는 한편 사회주의 세력과의 현실적 연대를 모색했다. 그러한 정치적 선택은 후반기『개벽』의 뚜렷한 사회주의적 지향을 통해 표현되었다.『개벽』이 초기 사회주의문학의 중심매체가 될 수 있었던 것은 이와 같은 천도교의 종교 정책이 있었기 때문이다. 이 과정에서『개벽』의 문학은 '사상의 언어'로 그 성격이 변모되었다. 그러한 변화는 문학적 절대성의 추구라는 근대문학의 당초 성격을 거부하는 의미로 이해되었다.

◆ SUMMARY

The Religious Idealism of *The Beginning of the World*(『開闢』) and Ideologization of Modern Literature

Han, Kee-Hyung

The Beginning of the World(『開闢』) was a magazine founded by a modernization strategy of Cheondo-gyo(天道敎, The Cheondo Religion, The Religion of the Heavenly Way). Promoting the modernization of Korea, Cheondo-gyo made efforts to become a political mouthpiece for the colonized people. This line of Cheondo-gyo was originated from a double background — the native attribute of the Cheondo-gyo itself which values people, and the intention of strengthening its social phase through improving political influence. This means that *The Beginning of the World* carried out its religious policy by a non-religious way. Since its first appearance, *The Beginning of the World* denied competition-oriented tendency of the social-evolutionary theory, and strongly emphasized people's view of the world based on mutual aid. And literature appeared on *The Beginning of the World* was recognized to be important dynamic to practice people-oriented movement.

Positively embracing the development of socialist movement, Cheondo-gyo tried to find practical solidarity with socialist side while fortified the logical contents of its theology. Such a political choice was obviously represented its socialistic directivity. This policy of Cheondo-gyo was the reason why *The Beginning of the World* could become a representative medium for socialist literature. In this process, the nature of literature on *The Beginning of the World* turned to be 'ideological language'. And this change was understood to deny the initial attribute of modern literature, namely the pursuit of absolute value as modern knowledge and aesthetics.

Keyword : *The Beginning of the World*(『開闢』), Cheondo-gyo(天道敎),
The Religious Idealism, Socialism, Ideologization of Literature

-이 논문은 2006년 3월 30일에 접수, 소정의 심사를 거쳐 2006년 5월 31일에 최종적
으로 게재가 확정되었음.

김소월과 장소의 시학

이 혜 원*

목 차

1. 서론

최근 들어 그 논의가 더욱 활발해지고 있는 인문학적 지리학은 사상과 경험의 시간화가 주도적이었던 근대의 사회이론에 대한 비판과 대안으로서의 의미가 크다.[1] 서구의 이성 중심적인 사유와 역사의 변증법적 발전과정에 대한 회의가 점증하면서 공간성에 대한 감수성이 새롭게 요

---

* 고려대학교 문예창작과 교수.

[1] "즉 근대 사회이론은 칸트가 말한 연속 nacheinander이나 맑스가 우연적인 제약을 받는 '역사 발전 making of history'이라고 매우 미화하여 정의한 맥락 속에서 세상을 이해한다는 것이다. 이러한 인식론적 태도가 지속됨에 따라 비판적 성찰과 해석의 성격을 규정함에 있어 '역사적 상상력'이 그 특권적인 위치를 계속 차지해왔다." 에드워드 소자, 이무용 외 역, 『공간과 비판사회이론』, 시각과 언어, 1997, 21-22쪽.

청되고 있는 것이다. 인문학적 지리학은 기존의 과학적 지리학에서 대상으로 하는 지식보다 그에 선행하는 직접적인 경험의 세계를 중시한다. 인간 존재와 세계가 관계하는 방식에 대한 탐구라는 점에서 인문학적 지리학은 현상학적 지리학이라 할 수 있다. 주체와 대상의 관계를 지향성으로 파악하는 현상학의 방식처럼 그것은 인간과 생활세계의 직접적 연관성을 주목한다. 이는 서구의 근대 이성이 도외시했던 주변성과 구체성에 대한 재인식의 필요에서 기인하는 것이다. 인문학적 지리학은 지리적 환경과 관련되는 인간의 다양한 의식작용을 이해하고 지리적 세계에 대한 주관적 경험의 의미를 파악하려 한다. 그동안의 객관적·양적·기하학적인 '사실중심적' 공간개념을 주관적·질적·위상수학적인 '인간중심적인' 공간개념으로 옮겨감으로써 지리적 세계를 주관적 의미연관에서 이해하고자 하기 때문이다.[2] 이는 지리적 세계와 관련된 인간의 주관과 감성, 경험과 행동, 그리고 인간과 자연의 직접적인 관계를 연구함으로써 오랫동안 근대적 이성에 의해 도외시되었던 인간 삶의 주변성과 직접성을 새롭게 고찰하려는 시도라 할 수 있다.

인문학적 지리학의 등장으로 인해 주관적이고 실존적인 생활공간의 이해가 심화되어 왔다. 공간과 인간의 구체적 관련성을 중시하는 인문학적 지리학에서는 지리적 실제를 강조하기 위해 '장소'라는 개념을 즐겨 사용한다. 장소는 인간의 의도나 태도나 목적이 집중되어 초점으로 작용하는 특별한 공간이다. "이처럼 모든 것의 초점이 되는 장소의 특성 때문에, 장소는 주위 공간의 일부이면서도 그 공간과는 별개이다. 그러므로 장소는 세계 경험에 질서를 부여하는 기본적인 요소가 된다."[3] 장소를 통하여 인간은 세계 속에 자리 잡고 근원적인 안정감을 획득할 수 있다. '집'은 인간에게 안정감과 정체성을 제공하는 대표적인 장소이다. 우리가 체험을 통해 더 잘 알 수 있게 되는 공간은 장소가 된다. 장

---

2) 정진원, 「인간주의 지리학의 이념과 방법」, 『지리학논총』 11집, 1984, 79쪽.
3) 에드워드 렐프, 김덕현 외 역, 『장소와 장소상실』, 논형, 2005, 104쪽.

소란 "보통 오랜 시간에 걸쳐, 평범한 사람들의 일상생활을 통해 형성되어야만 한다. 그들의 애정으로 장소에 스케일과 의미가 부여되어야 한다."[4] 장소의 개별성과 구체성을 중시하는 인문학적 지리학은 문학작품에 나타나는 풍부한 경험 자료들에서 장소와 관련된 인본주의적 통찰력을 자주 발견한다. 그리하여 1970년대 후반부터는 방법론을 비롯한 연구업적이 누적됨으로써 지리학적 현상으로서 문학 작품을 연구하는 문학지리학이 출현하기도 했다.[5] 문학지리학에서는 문학작품 속에 구체적으로 표명되는 지리적 공간에 대한 인간의 경험과 의식을 통해 장소와 지각의 관련성을 검토한다. 문학지리학에서는 인간집단의 삶이 영위되는 지표에 대한 구체적인 이해를 가능하게 한다는 점에서 지리현상으로서의 문학 작품의 의의를 중시한다. 문학작품은 특정한 장소에 대한 이미지를 형성하는 데 결정적인 요소가 된다. 따라서 문학지리학에서는 문학작품 속에 구체적으로 표명되는 지리적 공간에 대한 인간의 경험과 의식을 통해 장소와 지각의 관련성을 검토한다. 문학에서는 역으로 문학지리학을 이론적 배경으로 하여 문학작품에 대한 새롭고 심층적인 이해를 도모할 수 있다. 이러한 연구는 그동안 우리 문학 연구에서 중심을 이루어왔던 주제론적·양식론적 탐색과 변별되는 풍속사적 탐구를 활성화시킬 수 있는 계기가 된다. 문학에서 지리적 배경은 환경에 대한 인간적 체험의 가치와 욕망에 대한 지식을 제공할 수 있다.

　우리의 문학연구에서 인문학적 지리학에 대한 관심은 최근에 고조되기 시작한 문화연구나 탈식민주의 이론과 밀접한 관련을 지니고 있다. 상/하의 위계나 중심성/주변성의 해체를 도모하려는 일련의 시도와 맞물려 지역문학에 대한 관심이 서서히 고조되고 있는 것도 주목할 만한 현상이다. 가속화되는 도시화로 인해 장소 상실이 심각해지는 현실 속에서 생태문학, 도시문학, 지역문학 등과 연계되는 인문학적 지리학의

---

4) 에드워드 렐르, 같은 책, 173쪽에서 재인용.
5) 이은숙, 「지리학과 문학의 만남」, 『문학지리·한국인의 심상공간·중』, 논형, 2005, 25쪽.

가치는 더욱 증대되고 있다. 문학연구와 관련된 인문학적 지리학의 참조는 소설 쪽에서 보다 활발하게 이루어지고 있으며 장소애가 내포하는 탈식민성의 허상을 지적한 경우가 많고,[6] 작문 교육의 일환으로 서사 쓰기 과정에서 장소의 구체성을 도입하는 방법을 제안한 것도 있다.[7] 시에 대해서는 지역문학 연구의 일환으로 문학지리학을 적용한 박태일의 연구가 선구적이며, 장석주가 '우리 시의 지리학'에서 시인들의 고향과 장소애를 구명하고 있는 작업이 대표적이다.[8] 인문학적 지리학의 자료가 되었던 문학이 역으로 그것을 이론적 배경으로 하여 새롭고 심층적인 작품 이해를 도모하고 있는 것이다.

본고에서는 김소월 시에 나타나는 '장소'의 정체성에 주목하여 시인의 장소 경험이 발현되는 양상과 의미를 살펴보고자 한다. 장소에 대한 연구는 당연히 공간에 대한 연구와 친연성을 갖는다. 장소에 대한 관심이 시작되기 이전 김소월 시의 공간의식을 해명한 주목할 만한 선행연구는 다름과 같다. 김현자는 의식현상학적 방법을 원용하여 김소월 시의 공간적 상상력의 질서를 재구성하였다.[9] 김소월 시의 고립적인 공간이 소멸과 불귀의식을 반영하는 것으로 파악하였다. 시인의 상상력을 역동적으로 구조화하는 분석자의 능동적인 역할이 돋보이지만 지나치게 자의적인 인용으로 개별 작품의 유기적인 구성과 의미가 해체되는 문제를 내포한다. 김은자도 공간의식을 중심으로 김소월 시에 나타나는 의식의 지향성을 밝혔다.[10] 유랑의식을 기본항으로 삼고 이와 관련된 무덤 안의 집이라는 허무의식이 무덤의 자리로서의 산에 이르고 여기에

---

6) 박정수, 「허윤석 소설의 토포필리아―그 반근대적 장소애의 포스트 식민성에 대해」, 『한국문학이론과 비평』 20집, 2003. 9.

　　김종구, 「「메밀꽃 필 무렵」의 시공간과 장소애」, 『한국문학이론과 비평』 20집, 2003. 9.

7) 한귀은, 「지형도 그리기로서의 서사 쓰기의 방법과 실제」, 『어문학』 87집, 2005. 3.

8) 박태일, 「김영수 시와 문학지리학」, 『한국문학논총』 15집, 1994. 12, 461-487쪽.

　　장석주, 「우리시의 지리학」, 『현대시학』, 2005. 7~2006. 3.

9) 김현자, 「김소월 한용운 시에 나타난 상상력의 변형구조」, 이화여대 박사논문, 1982.

10) 김은자, 「한국현대시의 공간의식에 관한 연구」, 서울대 박사논문, 1986.

식물적 재생의 장소라는 의미가 부가되면서 집 또는 섬이라는 모성적 지향에 도달하게 된다고 본다. 이 논문 역시 시인의 의식을 재구성하는 분석자의 주관적 개입이 두드러진다. 윤석산은 김소월 시의 공간을 크게 방황과 동경의 공간으로 분류하고 각각에 해당하는 공간 인자들을 고루 추출하여 설명하였다.[11] 공간의 성격 규명보다는 김소월 시 전반의 구도를 밝히는 데 치중하고 있다. 김소월 시의 '장소애'를 언급한 최초의 연구로 최만종의 논문이 있는데, 여기서는 현상학적 분석에 치중하여 앞의 공간에 대한 연구들과 크게 변별되지 않는다.[12]

김소월 시를 '공간'이 아닌 '장소'라는 측면에서 구명하고자 본고에서는, 기존의 공간에 대한 연구에서 분석자가 재구성한 의식의 보편적인 구조를 부각시키는 것에 비해, 시인의 장소인식이 갖는 구체성과 개별성에 주목한다. 시의식과 상상력의 구조를 편성하는 데 주력하는 공간에 대한 연구와 달리 구체적이고 실존적인 장소에 대한 시인의 감정과 태도, 그리고 당대 현실과의 관련을 밝힐 것이다. 먼저 장소에 대한 시인의 각별한 애착과 감정의 이미지를 살피고 장소상실로 인한 심각한 유랑의식이 드러나는 양상을 추적할 것이다. 마지막으로는 시인이 추구한 '진정한 장소'와 그것에 대한 지향성을 구현하는 '지리적 능력'을 구명하고자 한다.

2. 장소애와 감정의 이미지

'장소애'(topophilia)는 문학에서 가장 친숙하게 받아들이는 인문학적 지리학의 개념이다. 이-푸투안(Yi-Fu Tuan)이 처음 사용하기 시작한 이 용어는 인간을 둘러싼 자연적 환경, 즉 '공간'에 의미와 가치를 부여하

---

11) 윤석산, 「소월시 연구」, 한양대 박사논문, 1990.
12) 최만종, 「김소월 시 있어서 '장소애'의 현상학적 연구」, 서강대 박사논문, 2001.

여 '장소'로 만드는 활동에서 연유한다. 장소로 만든다는 것은 아무 의미 없이 놓여 있던 자연적 공간을 의미 있게 체계화하고 가치를 부여하는 활동이다. 이-푸투안은 현상학적 관점에서 인간이 환경을 이해하는 방식과 구조를 거론한다. 물리적 환경에 반응하는 인간의 행동 방식 일반이 장소애를 형성한다. 장소는 공간과 달리 자아의 능동적 작용에 의해 의미 있는 경험이 발생하게 한다. 이-푸투안에 의하면 생물학적 개체로서 인간은 개체 보호 본능에서 비롯되는 자기 중심성에 의해 공간을 전/후, 좌/우, 위/아래, 수직/수평으로 분할하고 여기에 미래/과거, 안/밖, 생명 활동에 유리한(친숙한, 안전한) 공간/불리한(낯선, 위협적인) 공간, 성(聖)/속(俗) 등의 이원적 가치를 부여한다.[13] 그는 장소애의 자연적·본질적 요소를 강조하며 자연적 조건과 원형적 상징체계가 자연환경에 대한 개인의 가치를 결정짓는 요인이라고 본다. 자아동일성을 형성하는 장소와 그에 대한 본원적인 애착에 천착하여 그는 집이나 고향과 같은 원형적 공간에 대해 안정감을 느끼는 보편적인 감정을 해명한다. 인간은 공간에 가치를 부여하는 장소애를 통해 자아 동일성을 형성한다는 것이다.

어떤 시인이나 예술가들에게 장소애는 의식의 가장 예민한 부분을 형성하며 독창적인 개성으로 발현되기도 한다. 그들은 장소애를 자신만의 고유한 정서로 육화시킨다. 김소월의 경우는 그의 시에 나타나는 장소의 보편성 때문에 장소애의 측면에서 크게 주목받지는 못하였다. 그간의 연구에서 김소월 시의 장소는 정서의 배경이나 의식의 반영 등의 주변적인 요건으로 인식되어 왔다. 그러나 김소월 시에서 장소를 전경화시켜 볼 때 그의 시에 나타나는 강한 서정성과 민족적 정서를 보다 근원적으로 해명할 수 있을 것으로 본다.

김소월 시에서 장소는 가장 내밀한 심층의 정서와 직접적으로 호응

---

13) Yi-Fu Tuan, *Topophilia: a study of enviromental perception, attitude, and values*, New Jersy: Prentice-Hall Inc, Englewood Cliffs, 1974, pp.16-17.

하면서 그것의 절대성과 지속성을 드러낸다. 그의 시에서 감정의 개입 없이 즉물적으로 묘사되는 자연은 찾아보기 힘들다. 그의 시에 나타나는 자연은 정감의 이미지가 투영된 각별한 경험의 장소이다.

> 우리집뒷山에는 풀이푸르고
> 숩사이의시냇물, 모래바닥은
> 파알한풀그림자, 쩌서흘너요.
>
> 그립은우리님은 어듸재신고
> 날마다 퓌여나는 우리님생각.
> 날마다 뒷山에 홀로안자서
> 날마다 풀을짜서 물에던져요.
>
> — 「풀짜기」 부분14)

이 시의 첫 연에서 그려지는 '우리집 뒷산'은 평범하기 그지없는 풍경에 해당한다. 그러나 이곳은 2연부터 나타나는 화자의 심리와 호응하면서 유의미한 장소로서 선명하게 부각된다. 뒷산의 푸른 풀은 '날마다 피어나는 우리님 생각'과 절묘하게 부합되면서 자연 현상과 마찬가지로 반복되고 지속되는 님에 대한 그리움을 반영한다. '파아란 풀그림자' 역시 시냇물을 따라 흘러가는 '님 생각'을 투영한다. 자연과의 호응 속에서 님을 향한 그리움은 지속성과 영원성을 확립한다.

이처럼 김소월의 시에서 자연은 화자의 정서적 반응과 일치하며 감정의 이미지를 구현하는 장소가 된다. 님에 대한 화자의 간절한 그리움은 장소를 형성하는 가장 기본적인 '관계'의 긴밀함을 보여준다. 장소애는 고립된 상태에서 자동적으로 주어지는 것이 아니라 주체가 타자와 맺는 유대 속에서 발생한다. 집이나 고향이 장소애의 중심을 이루는 것은 그곳에 거주하는 사람들과의 관계와 애착에 기인한다. 그런 애착은 주로 인간 관계의 친밀감에서 비롯되는 것이다. "즉 장소 자체는 인간

---

14) 김소월, 『진달내꼿』, 매문사, 1925, 4쪽. 이후 시 인용은 이 책에 의거함.

의 유대를 벗어나서는 거의 아무것도 줄 수 없다."[15] 장소에서 중요한 것은 그곳의 외관이나 경관이 아니라 그곳에 사는 사람들이라는 것이다.

김소월의 시에서 '님'의 존재는 장소를 형성하는 '관계'의 중요성을 보여준다. 그의 시에서 님은 장소애의 구심점에 해당한다. 님이 있는 곳이야말로 '진정한 장소'이며 돌아가야 할 최후의 거소가 된다. 그의 시의 핵심적 주제인 님에 대한 사랑과 그리움은 진정한 장소에 대한 열망과 장소 상실의 절망감과 정확히 일치한다. 그의 시에서 집을 잃고 외로이 떠도는 처지로 표현되는 많은 화자들은 님과 이별한 상태와 상응한다. 「나의 집」에서 화자가 그리고 있는 이상적인 집은, "들짜에쩌러저 나가안즌메씨숡의/ 넓은바다의물짜뒤에,/ 나는지으리, 나의집을,/ 다시금 큰길을 압페다 두고"에서처럼 '산'과 '바다'와 '큰 길'이 있다. 산과 바다를 고루 갖춘 이상적인 집에 덧붙은 '큰 길'은 그것이 님의 존재로 인해 완성될 수 있음을 강조한다. 큰 길은 부재하는 님을 기다리는 장소이다. 화자가 꿈꾸는 완전한 집은 님과 함께 하는 공존의 장소이다. 님이 부재하는 한 집은 존재의 결여를 입증하는 불완전한 공간일 수밖에 없다. 김소월의 장소애는 이와 같이 타자와의 관계에 대한 열망으로 인해 더욱 각별해진다.

김소월의 장소애가 보다 구체적으로 나타나는 것은 향토 지명이 등장하는 시들에서이다. 그는 지명과 화자의 심리를 절묘하게 부합시켜 그것에 독특한 정서를 부여한다. "나보기가 역겨워/ 가실째에는/ 말업시 고히 보내드리우리다// 寧邊에藥山/ 진달내꼿/ 아름짜다 가실길에 쑤리우리다"(「진달내꼿」)에서 "寧邊에藥山/ 진달내꼿"이라는 짧은 시구는 민족문학의 보편성이 지역문화의 특수성을 배제함으로써가 아니라 바로 그것으로부터 도출된다는 사실을 웅변적으로 보여주는 산 증거이다.[16] 님에 대한 원망과 미련을 위장하려하는 미묘한 갈등은 남녀간의 사랑에

---

15) 이-푸투안, 구동회·심승희 역, 『공간과 장소』, 대윤, 2005, 225쪽.
16) 이혜원, 「한용운·김소월 시의 비유구조와 욕망의 존재방식」, 『현대시의 욕망과 이미지』, 시와시학사, 1998, 53-4쪽.

서 겪을 수 있는 보편적인 감정이지만, 이 시에서는 "寧邊에藥山/ 진달
내꽃"이라는 구체적인 지명과 물물을 통해 체험의 실체로서 그것을 재
현하고 있다. 더불어 이는 서도 잡가인 영변가의 향토 문화적 맥락에
접속됨으로써 역사적으로 유전되어온 보편적 감성과 호응을 이룬다.

> 물로사흘 배사흘
> 먼三千里
> 더더구나 거러넘는 먼三千里
> 朔州龜城은 山을넘은 六千里요
>
> 물마자 함쌕히저즌 제비도
> 가다가 비에걸녀 오노랍니다
> 저녁에는 놉픈山
> 밤에 놉픈山
>
> 朔州龜城은 山넘어
> 먼六千里
> 각금각금 꿈에는 四五千里
> 가다오다 도라오는길이겟지요
>
> 서로 쩌난몸이길내 몸이그리워
> 님을 둔곳이길내 곳이그리워
> 못보앗소 새들도 집이그리워
> 南北으로 오며가며 안이합듸까
>
> 들꼿에 나라가는 나는구름은
> 밤쯤은 어듸 바로 가잇슬텐고
> 朔州龜城은 山넘어
> 먼六千里

— 「朔州龜城」 전문

김소월의 시에서 향토 지명은 감정의 이미지를 각인시키는 작용을

한다. 이 시에서 줄곧 강조되는 것은 '삭주구성'까지의 먼 거리이다. '삼천리' 혹은 '육천리'라는 거리는 실재하는 것이 아니라 도달할 수 없는 절대적 거리감을 나타내는 것이다. 님이 있는 삭주구성에 갈 수 없다는 절망감은 그곳의 험준한 지형에 대한 구체적인 묘사로 인해 더욱 강화된다. 삭주구성까지의 거리감은 님에 대한 그리움에 비례하면서 감정의 이미지를 형상화한다. "님을 둔곳이길내 곳이그리워/ 못보앗소 새들도 집이그리워"에서 드러나듯 님이 있는 곳이야말로 진정한 집이라고 할 수 있다. 그곳에 도달하고 싶은 욕망은 새들의 귀소본능과도 같이 자연스러운 것이다. 이 시에서 삭주구성은 도달할 수 없지만 끊임없이 그리움을 유발하는 욕망의 장소라는 보편적 심상에 도달하고 있다. 이는 삭주구성이 시인의 고향과 그리 멀지 않은 곳이었으며 그가 생업을 영위하며 살았던 지역이라는 실제의 사실과 교차되면서 역설적으로 감정의 이미지를 더욱 부각시킨다. 실재하는 장소가 不歸의 거리로 전이되면서 현실과 이상 사이의 심각한 단절과 괴리가 드러나는 것이다.

> 不歸, 不歸, 다시不歸,/三水甲山에 다시不歸.
> 사나희속이라 니즈런만,/十午年정분을 못니겟네
>
> — 「山」 부분

> 접동/ 접동/ 아우래비접동//
> 津頭江가람까에 살든누나는/
> 津頭江앞마을에/ 와서웁니다
>
> — 「접동새」 부분

> 天安에삼거리 실버들도 /촉촉히저젓서 느러젓다데.
> 비가와도 한닷새 왓스면죠치./ 구름도 山나루에 걸녀서 운다.
>
> — 「往十里」 부분

향토 지명이 등장하는 많은 시에서 고유지명은 시인이 부가하는 감정의 이미지와 결합하면서 보편정서에 호응하며 보통명사화 하는 경향

을 보인다. 험준하기로 유명한 '삼수갑산'은 삭주구성과 마찬가지로 도
달할 수 없는 님과의 거리를 상징하는 장소가 된다. 접동새 전설의 배
경인 '진두강'은 피맺힌 절규와 한을 내포한 장소를 대변한다. '천안 삼
거리' 역시 기약할 수 없는 기로에 있는 사랑과 삶을 상징한다. 구체적
인 향토 지명에 보편적인 감정의 이미지를 덧붙임으로써 시인은 민족
정서가 깃든 장소애를 창조해낸다. 지명의 특성과 그곳에 전해져 내려
오는 전설에 구체적인 사연과 풍부한 정감을 부가함으로써 시인은 그곳
을 독특하게 장소화 한다. 이는 장소에 대한 그의 예리한 자의식과 교
감을 반영하는 것이다.

3. 장소상실과 실향의식

　　그런데 김소월의 시에서 장소애는 장소와의 행복한 일치감과 충족감
만으로 나타나지는 않는다. 오히려 더 많은 시에서 그것은 장소의 상실
로 인한 결핍과 소외의 상태를 동반한다. 그의 시에서는 님이 존재하는
진정한 집이나 본래의 고향을 잃고 떠도는 자의 비애가 주조를 형성한
다. "진정한 장소감이란 무엇보다도 내부에 있다는 느낌이며, 개인으로
서 그리고 공동체의 일원으로서 나의 장소에 속해 있다는 느낌"[17]이지
만, 식민지의 시인으로서 급격하게 변모하는 국토의 곳곳을 경험한 그
로서는 '내부의 느낌'에 머물러 있기가 힘들었다. 1918년에서 1927년까
지 그는 오산, 서울, 동경, 서울, 정주, 구성 등을 전전한다. 주권상실이
라는 전체면의 부분현실로 나타나는 이와 같은 이동현상은, 오늘은 이
곳에 있지만 내일은 저곳으로 가야 하는 떠돌이 근성을 기르게 되고,

---

17) 에드워드 렐프, 앞의 책, 150쪽. 그는 장소감의 발달 가능성이 공간적 이동능력이 증
　　가하고 장소의 상징적 성격이 약화되면서 훼손되어 왔다고 본다. 주로 서구에서의 근
　　대화과정과 관련하여 도시화와 산업화를 장소상실의 원인으로 파악하는데, 근대화와 더
　　불어 식민체험을 겪은 우리의 경우 장소상실의 원인은 훨씬 더 복잡해질 수밖에 없다.

사회와의 유기적 관계를 잃음으로써 소외감, 열등감 등에 잠겨들게 한
다.18) 동경 유학으로 제국주의와 자본주의의 첨예한 실상을 엿본 그는
근대화와 더불어 식민화가 진행되면서 도시/농촌, 근대/전통이 양분화되
고 조직적인 수탈에 직면해있는 조국의 참담한 실상을 더욱 선명하게
자각하게 된다. 동경 유학을 중도에 포기하고 경성에서 몇 달 더 머물
고는 낙향하여 줄곧 그곳에서 살았지만, 이미 식민화를 목격한 그에게
고향은 마냥 '내부의 느낌'으로 지속되지는 않는다.

> 나는 꿈쑤엿노라, 동무들과내가 가즈란히
> 벌싸의하로일을 다맛추고
> 夕陽에 마을로 도라오는꿈을
> 즐거히, 꿈가운데.
>
> 그러나 집일흔 내몸이어,
> 바라건대는 우리에게 우리의보섭대일짱이 잇섯드면!
> 이처럼 써도드랴, 아츰에점을손에
> 새라새롭은歎息을 어드면서.
> ― 「바라건대는 우리에게우리의보섭대일짱이 잇섯더면」 부분

자연 속에서의 자발적인 노동은 전통적인 사회에서 행복감의 원천이
되었던 삶의 방식이다. 그러나 식민지 시대에 그것은 '꿈'에 불과함을
이 시는 여러 번 반복해서 확인하고 있다. '마을로 돌아오는 꿈'과 '집
잃은 내 몸'의 대비는 시인의 꿈과 현실의 거리를 여실히 증명한다. '우
리의 보섭대일 땅'이 없다는 탄식은 식민 현실에 대한 인식을 우회적이
지만 명확하게 반영한다. 그는 건강한 노동의 욕망이 실현될 수 없는
문제적 현실의 원인이 식민지 수탈이라는 외압에 있음을 간파하고 있다.
「나무리벌 노래」에서는 식민지 토지 수탈의 실상이 보다 선명하게

---

18) 최하림, 「식민지시대 시인의 초상」, 『김소월―한국현대시문학대계 6』, 지식산업사, 1986,
   266쪽.

그려진다. 이 시는 1924년 시인의 고향 인근인 황해도 재령군 나무리벌
에서 두 차례나 발생한 동척 소작민들의 소작쟁의에서 착안한 것이다.

新載寧에도 나무리벌
물도 많고
땅 좋은 곳
滿洲 奉天은 못살 곳

왜 왔느냐
왜 왔느냐
자곡자곡이 피땀이라
고향 산천이 어디메냐

黃海道
新載寧
나무리벌
두 몸이 김매며 살았지요

올벼 논에 다은 물은
출렁출렁
벼 자랐나
新載寧에도
나무리벌

— 「나무리벌 노래」 전문

신재령의 나무리벌은 시에서 보여주듯 "물도 많고 땅 좋은 곳"으로
토질이 비옥하고 수리시설도 잘 갖춘 우리나라의 대표적인 곡창지대였
다. '나무리벌'이라는 지명도 이곳 생활이 너무 풍족하여 '먹고 입고 쓰
고도 남는다'는 의미에서 붙여진 것이라고 한다. 일제는 이곳에 동척 농
장을 설치하고 쌀 생산량의 70%를 반출하였으며 수탈 정책을 더욱 강
화해나갔다. 농민들의 반발이 거세지자 일본인들을 대량으로 이곳에 거

주시켰고 땅을 뺏긴 우리 농민들은 만주나 봉천 등지로 유랑을 떠나야 했다. 1924년 동척의 이민정책에 반대하며 토지분배를 요구하는 우리 농민들의 격렬한 소작쟁의에 대응하여 일제는 무리한 이민을 제한하겠다는 성명서를 발표한다. 그러나 약속과 달리 일제는 1927년 재령군 북률면에 '소일본'을 건설하고 만다.[19] 이 시는 일제에 삶의 터전을 빼앗기고 유랑의 길을 떠나는 농민들의 억울한 사연을 그들의 처절한 육성에 담고 있다. 전반부에서 묘사된 참담한 현실은 수탈 이전의 건강하고 행복한 노동의 장면을 그린 후반부의 풍경과 대조를 이루면서 장소상실의 비극적 정황을 재현한다.

집과 땅을 빼앗긴 식민 체험은 극단적 장소상실에 해당하며 인간으로서 최소한의 존엄성마저 박탈된 극한의 상실감을 가져온다. 김소월의 시에는 집과 땅이라는 기본적인 삶의 요건이 상실된 피폐한 현실에 대한 예리한 자각이 깃들어 있다. 그가 체험한 장소상실은 서구의 경우처럼 도시화와 산업화 등의 근대화 과정에서 기존의 삶의 터전이 변화하면서 생겨난 친밀감의 약화나 소외감의 발생과는 성격이 다르다. 그것은 외부로부터 가해진 폭력에 의한 것이며 삶의 기반이 와해되는 근본적인 결핍의 체험이다. 그는 집과 땅의 상실이 보편화된 식민지의 현실을 절대적인 실향의 상태로 파악했으며 거듭되는 절망과 방황의 정서로 그것을 드러내었다.

김소월의 시에서 '길'은 장소상실로 인한 유랑의식과 고립감을 함축하는 대표적인 공간이다. 길은 안식처로서의 집과 고향을 잃은 자아가 외부와 만나는 경계에 해당한다. 그것은 마땅히 있어야 할 '나의 장소'에 속해 있다는 '내부적 느낌'에서 멀어진 자아가 보여주는 불안한 행로를 드러낸다. 그의 시에서 길은 아무런 목적지 없이, 지속적인 방황의 궤적을 보인다.

---

19) 심선옥, 「소월, 정직한 절망의 힘과 언어」, 『실천문학』, 1999. 겨울, 111쪽 참조.

어제도하로밤
나그네집에
가마귀 가왁가왁 울며새엇소.

오늘은
쏘멋十里
어듸로 갈까.

山으로 올나갈까
들로 갈까
오라는곳이업서 나는 못가오.

말마소 내집도
定州郭山
車가고 배가는곳이라오.

여보소 공중에
저기러기
공중엔 길잇섯서 잘가는가?

여보소 공중에
저기러기
열十字복판에 내가 섯소.

갈내갈내 갈닌길
길이라도 내게 바이갈길은 하나업소.

— 「길」 전문

 길은 정주하지 못하고 떠도는 유랑자들의 불안한 거소인 '나그네 집'
이라 할 수 있다. '나그네 집'은 고정되어 있는 내부의 공간이 아니라
항상 유동적인 외부의 공간으로서 안정감과 행복감을 주는 '진정한 장
소'와는 거리가 먼 불완전한 공간이다. 이 시에서는 '가왁가왁'하는 까

마귀의 소리로 '길'의 불안감을 강조하고 있다. 불안하게 부유하는 화자의 처지는 "오늘은/ 쏘몃十里/ 어듸로 갈까", "山으로 올나갈까/ 들로 갈까" 등 지향점 없는 번민과 갈등으로 여실하게 드러난다. "오라는곳이 업서 나는 못가오"라는 고백을 통해 화자의 고립감은 더욱 강화된다. 최종의 거소가 되어 주어야 할 고향조차 그에게는 진정한 장소가 되지 못한다. "차 가고 배 가는 정주 곽산, 그가 나서 자란 곳에도 집과 일터가 모두 없어졌기 때문일 것이다. 식민지는 일할 곳도 없고 쉴 곳도 없는 감옥이다."[20] 식민지 하에서는 어떤 예외도 있을 수 없는 철저한 장소상실의 실상을 그는 냉정하게 파악하고 있다. 그의 시에서 인간사의 정처 없음은 자연의 정처 있음과 대조를 이루며 더욱 확연해진다. 이 시에서 기러기들이 찾아가는 공중의 길이나 「가는 길」에서 흐르는 물의 길은 마땅히 가야할 곳을 향해 가는 자연의 길을 보여준다. 그러나 집과 고향을 빼앗긴 인간의 삶은 '갈래갈래' 찢겨 돌아갈 길 없는 폐허에 직면해 있다. 김소월의 투철한 현실인식이 드러내는 실향의식과 정처 없는 방황은 극단적 장소상실을 경험해야 했던 식민지 시인의 비극적 장소애를 역설적으로 증명한다.

4. 지리적 능력과 진정한 장소

김소월은 장소와의 교감이나 장소상실에 대한 예리한 자각으로 볼 때 지리적 능력이 뛰어난 시인이었다고 할 수 있다. 지리적 능력이란 특정 장소에 존재하는 개인이며, 동시에 광범위한 환경적·사회적 힘으로 이루어진 네트워크의 한 부분으로 존재하는 우리가 삶의 직접성을 깨닫는 능력을 말한다. 이런 관점에서 장소는 집이나 지역 이상의 것이며, 우리가 외부 세계를 내다보는 거점이기도 하다.[21] 이 때의 '직접정'

---

20) 김인환, 『상상력과 원근법』, 문학과지성사, 1993, 49쪽.

은 관찰자가 특별한 매개 없이 직관에 의해 세계를 감수하는 능력이라 할 수 있다. 지리적 능력이 뛰어난 관찰자는 특정 장소의 체험을 통해 그것을 포함한 자신의 시대와 장소의 보편적 의미를 간파할 수 있다. 지리적 능력에서 중요한 것은 자신의 시대와 장소를 전체적으로 통찰할 수 있는 직관과 열린 마음이다. 장소에 대한 참된 태도란 장소 정체성의 전체적 복합성을 직접적이며 순수하게 경험하는 것으로 이해할 수 있다. 이러한 태도는 장소가 인간 의도의 산물이고, 인간 활동을 위한 의미로 가득한 환경이라는 사실을 충분히 인식하고, 장소에 대한 심오하고 무의식적인 정체성을 지니는 데서 나오는 것이다. 무의식적인 경험에서 얻어지는 참된 장소감은 장소에 대한 깊은 정신적 유대에 기인한다. 진정한 장소감이란 개인과 공동체의 일원으로서 '나의 장소'에 속해 있다는 느낌이다.[22] 그러므로 정체감의 원천을 이루는 이 진정한 장소감의 상실은 치명적인 정체성의 위기를 초래할 수 있다. 국토의 곳곳에서 벌어지는 수탈과 실향의 참상을 목도하며 절망과 탄식을 금할 길 없었던 시인은 '님'과 이별하고 '집'으로 돌아갈 길 없는 암담한 상황으로 자신의 시대를 규정한다. 그의 시가 당대의 보편정서와 탁월하게 부합하는 것은 전체성에 대한 통찰에 기인한다. 직관과 감성에 호소하는 그의 시적 능력은 장소상실이 극심했던 식민지의 부정적 현실을 투시하는 지리적 능력과 상통하는 것이었다. 가장 근원적인 터전인 집과 고향의 상실을 상징적으로 재현함으로써 그는 기본권이 박탈되었던 식민 통치의 과도한 폭력성을 환기시킨다. '근대'와 '문명'의 위용 아래 '전통'과 '자연'이 일거에 식민화되는 과정을 목도하며 그는 전통과 자연을 회복하는 길이 식민 상태에서 벗어나는 한 방법임을 각성하였다. 그의 시에서 그려지는 '진정한 장소'는 건강한 노동이 이루어지고 있는 원초적인 대지와 평화롭고 자족적인 자연이다.

---

21) 에드워드 렐프, 앞의 책, 7쪽.
22) 같은 책, 148-150쪽 참조.

世界의씃튼 어듸? 慈愛의하눌은 넓게도덥혓는데,
우리두사람은 일하며, 사라잇섯서,
하눌과太陽을 바라보아라, 날마다날마다도,
새라새롭은歡喜를 지어내며, 늘 갓튼쌍우헤서
—「밧고랑우헤서」 부분

이 시에서는 나와 님과 세계가 행복하게 융화되어 있는 '진정한 장소'를 그려 보이고 있다. '늘 같은 땅 위에서' 이루어지는 평화롭고 안정된 노동은 '새로운 환희'를 제공하는 삶의 동력이다. 이 곳은 내가 노동의 주체로서 능동적으로 참여하는 '나의 장소'라 할 만하다. 이 곳에서의 노동은 '生命의 向上'을 이루는 진정한 삶의 방식이다. 시인은 이처럼 소박하고 순수하기 그지없는 세계를 꿈꾸었다.

엄마야 누나야 江邊살쟈,
뜰에는 반짝이는 金모래빗,
뒷門박게는 갈닙의노래
엄마야 누나야 江邊살쟈.
—「엄마야 누나야」 전문

「엄마야 누나야」 역시 김소월 시에서 보기 드문 진정한 장소를 보여준다. 그의 진정한 장소에서 단순성과 소박함은 기본적인 요건인 듯하다. 지극히 단순하면서도 강력한 호소력을 발휘하는 이 시의 비결은 그것이 매우 보편적인 장소감과 맞닿아 있기 때문이다. 강변과 반짝이는 햇빛과 갈잎이 노래 등 조화롭고 자족적인 자연의 풍광은 거소의 욕망에서 기본적인 요건에 해당하는 것이다. 조화를 이룬 자연과 친밀한 가족관계는 보편적인 행복감의 원천이다. 조금 더 심층적으로 접근해보자면 이 시는 '엄마', '누나', '자연' 등 모성적인 존재로 회귀하고자 하는 본원적인 욕망을 반영한다. 자연의 빛과 노래를 간직한 모성적인 율동의 공간은 잠재의식 속에 내재하는 태초의 장소에 대한 기억을 환기시

킨다. 이 시는 오래 전의 기억과 만날 때 충족감으로 다가오는 장소의
신비화 경향과 관련이 있다.

　인문학적 지리학에서는 이러한 장소감을 퇴행적 충동으로 부정하기
보다는 인간 의식의 가치를 내포하는 의미 있는 유산으로 인정한다. 에
쿠멘(인간적 거처)의 윤리적 원리를 규명하고 있는 오귀스트 베르크는,
각 장소는 그 장소가 지니는 신비한 힘이 존중되는 가운데 관리되어야
하며, 장소가 지니는 신비한 힘은 장소의 물리적 성질에 있는 것이 아
니며 비오토프(구체적인 지역과 생물군으로 성립된 생태계) 자체에 있
는 것도 아니고 인간존재가 물리적 장소와 비오토프와 맺고 있는 에쿠
멘적 관계 속에 있다고 본다.[23] 장소의 신비한 힘을 인정하는 것은 인
간의 주체성을 존중하고 인간의 의식과 비인간의 관계를 윤리적으로 이
끌어가게 한다. 즉 인간은 타자와 자연과의 관계 속에서 자신을 발견하
게 되고 공존을 도모하게 되는 것이다. 타자와 맺는 윤리적 관계에 대
한 자각 속에는 자신과 함께 타자에 대한 존중이 바탕을 이룬다. 진정
한 장소는 나와 타자와 자연이 이루는 균형과 조화 속에서 실현될 수
있기 때문이다. 따라서 진정한 장소의 추구는 식민 통치와 같은 폭력적
관계에 대한 암묵적 부정이 될 수 있으며 오늘날과 같은 광범위한 자연
파괴에 대해서도 비판적 대안을 이룰 수 있다.

　　山에는 꼿픠네
　　꼿치픠네
　　갈 봄 녀름업시
　　꼿치픠네

　　山에
　　山에
　　픠는꼿츤

---

23) 오귀스탱 베르크, 김주경 역, 『대지에서 인간으로 산다는 것』, 미다스북스, 2001, 215쪽.

저만치 혼자서 피여잇네

山에서우는 적은새요
꼿치죠와
山에서
사노라네

山에는 꼿지네
꼿치지네
갈 봄 녀름업시
꼿치지네

— 「山有花」 전문

「산유화」는 김소월의 시 중에서 가장 완전한 자연의 상태로 진정한 장소를 형상화하고 있다. 이 시 역시 단순한 구조와 반복적 리듬이 신비하고 자족적인 자연의 율동을 재현하고 있다. 이 시에서 산과 꽃과 새는 제각기 존재하며 또 절묘하게 조화를 이루며 공존한다. 이는 개별적 구성원들이 공동체적 관계를 형성하며 존재하는 자연의 본질적인 양태와 일치한다. 계절의 순환성을 암시하며 열고 닫히는 이 시의 전개는 자연의 시공간을 함축적으로 재구성하고 있다. 산과 꽃은 불변성과 가변성을 동시에 내포하고 있는 자연의 속성을 대변한다. 산이라는 거대한 자연과 그곳에서 나고 죽는 꽃이라는 생명체는 전체와 부분이 유기적인 조화를 이루는 자연의 구도와 흡사하다. 이 시에서 산과 동등한 비중을 가지며 그곳에 생기와 구체적인 질감을 부여하는 꽃은 전체의 포괄성으로 인해 소실되지 않는 부분의 독존성을 증명한다. '작은 새' 역시 꽃과 짝을 이루며 자연을 구성하는 개체로서 내밀하고 조화로운 공동체를 형성하고 있다. 산이라는 불변의 자연과 공존하는 이 작은 개체들은 진정한 장소를 이루는 공동체의 상호주체적인 삶의 양상을 보여준다.[24] 자연 속에서 피고 지는 꽃과 나고 죽는 작은 새는 바로 그 생성과 소멸의 순환 작용을 통해 미래 주체의 장소로서 작용할 수 있게 된다. 「산유화」의 마지막 부분은 "갈 봄 녀름업시/ 꼿치지네"로 끝나는데, 이는 소멸에 이어지는 생성의 순환적 질서를 암시한다. 소멸은 미래 주체의 장소가 되는 관계의 순환성에서 전제가 되는 요건이며 전체와 부분, 무한과 유한의 유기적인 관련성을 보증하는 현상이다.

> 잔듸,
> 잔듸,
> 금잔듸,
> 深深山川에 붓는불은
> 가신님 무덤까엣 금잔듸,
> 봄이 왔네, 봄빗치 왔네.
> 버드나뭇긋테도실가지에.
> 봄빗치 왔네, 봄날이 왔네,
> 深深山川에도 금잔듸에.
>
> 　　　　　　　　　－「金잔듸」 전문

이 시는 소멸이 생성의 동력이 되는 생명의 비의를 역동적으로 그려 낸다. 김소월 시에서 리듬은 생명의 환희가 드러날 때 유난히 동적이고 고조되는데 이 시의 경우도 예외는 아니다. '가신 님 무덤가의 금잔디'가 '심심산천에 붙는 불'로 타오르는 순간 죽음이 삶으로 역전되는 성스러운 장소가 실현된다. 이러한 새로운 탄생은 죽음을 통해 무화되고 자신을 비워 물질이 되는 존재의 역전을 통해 가능해지는 것이다. 죽음을 통해 인간은 물질로 돌아가며 자연의 일부로서 미래 주체의 장소로 작용할 수 있게 된다. 자연의 일부로서 반복되는 생성의 운동에 참여함으로써 인간은 절대주의나 허무주의에서 벗어나 공동체로서의 윤리를 자각하고 실천하게 된다.

---

24) "개인주체는 언젠가는 죽을 것이지만 공동체의 상호주체적인 삶은 그가 죽은 후에도 계속된다. 그렇기 때문에 개인주체는 앞으로 오게 될 주체의 장소가 된다. 그는 자신의 일과 자손들과 추억, 그리고 흙으로 돌아가는 자신의 육체에 의해서 미래 주체의 장소가 되는 것이다." 같은 책, 238쪽.

100

김소월의 지리적 능력은 그가 장소상실의 실상을 통렬하게 파악하고 있었으며 진정한 장소를 이루기 위한 공동체적 관계를 직관하였다는 데서 증명된다. 그의 의식 속에는 누구보다도 순수하고 강렬한 진정한 장소에 대한 열망이 잠재되어 있었다. 그러나 그는 또한 '조선에 대한 희망'을 간직하기 힘든 절망적인 현실을 냉정하게 직시한 예리한 현실인식의 소유자였다. 그는 대부분의 시에서는 장소상실의 비애가 압도적으로 나타나지만 몇 편의 예외적인 시들에서는 진정한 장소에 대한 근원적 애착을 확인할 수 있다. 그런 시들에서는 죽음을 초극하는 삶의 역동성과 환희가 그려지며 이는 장소상실의 절망감을 넘어서는 지극한 장소애의 발현이며 진정한 장소에 대한 간절한 염원을 투영한다.

5. 결론

본고에서는 인문지리학의 기본 입장과 핵심 개념들에 착안하여 김소월의 시에 나타나는 '장소'의 양상과 의미에 대하여 살펴보았다. 그동안 공간의식의 측면에서만 거론되어 왔던 그의 시에 장소의 개념을 도입함으로써 장소에 대한 그의 각별한 애착과 선명한 현실인식, 진정한 장소에 대한 강한 욕망을 확인할 수 있었다.

인문지리학에서 장소는 공간보다 훨씬 자아의 능동적 작용을 반영하는 것으로 규정된다. 김소월 시에서 장소는 정서의 배경으로만 고정되어 있지 않고 내밀한 심층의 정서와 직접적으로 호응하면서 감정의 이미지를 구현한다. 김소월 시에서 주된 정조를 이루는 님에 대한 화자의 간절한 그리움은 장소를 형성하는 가장 기본적인 '관계'의 긴밀함을 보여준다. 그의 시에서 님은 장소애의 구심점에 해당하며 진정한 장소에 해당하는 최후의 거소를 의미한다. 그의 장소애는 구체적인 지명에 보편적인 감정의 이미지를 부가하는 방식으로도 각별하다. 그는 지명의 특성과 그곳의 전설에 구체적인 정황과 풍부한 정감을 부여함으로써 그곳을 독특하게 장소화한다.

　김소월의 시에서 장소애는 장소와의 행복한 일치감으로 나타나기보다는 장소의 상실로 인한 결핍감으로 드러나는 경우가 많다. 근대화와 더불어 진행된 식민화로 인해 전통사회가 급격하게 파괴되는 현실을 그는 선명하게 자각한 것으로 드러난다. 그는 건강한 노동의 욕망이 실현될 수 없는 식민지의 현실을 극단적인 장소상실로 파악했다. 그의 시에 자주 나타나는 길은 장소상실로 인한 유랑의식과 고립감을 반영한다. 그는 식민치하의 현실을 절대적인 실향과 폐허의 상태로 파악했고 정처 없는 방황으로 일관된 비극적 장소애로 그것을 보여주었다.

　장소와의 교감이나 장소상실에 대한 예리한 자각으로 볼 때 김소월은 지리적 능력이 뛰어난 시인이었던 것으로 보인다. 지리적 능력은 자신의 시대와 장소를 전체적으로 통찰하고 전체와 부분의 유기적 관계를 파악하는 능력이다. 그는 근대와 문명이 전통과 자연을 파괴하는 식민지 현실에서 전통과 자연을 회복하는 길이 그에 역행할 수 있는 방편임을 자각한다. 그는 소박하고 순수하기 그지없는 원초적인 집과 자족적인 자연을 진정한 장소로 추구함으로써 식민 통치의 폭력성에 대해 암묵적인 부정을 행한다. 진정한 장소는 전체와 부분, 무한과 유한이 유기적인 조화를 이루는 곳으로 평화롭게 공존할 수 있는 공동체의 윤리가 실현되는 곳이다. 그는 생성과 소멸을 반복하는 자연에서 진정한 장소의 이상을 발견했으며 죽음을 초극하는 삶의 가능성을 엿보았다.

　김소월이 보여주는 지리적 능력과 장소애는 그가 가장 비극적인 장소상실에 해당되는 식민 현실을 예리하게 자각하고 진정한 장소에 대한 강렬한 열망을 지니고 있었음을 증명한다. 그는 집과 고향, 자연 등 삶의 바탕을 이루는 장소들이 망실되는 심각한 장소상실의 실상을 간파하고 전통과 터전의 회복을 절실하게 추구하였다. 향토지명에 대한 남다른 애착으로 그것에 감정의 이미지를 부여하고 진정한 장소를 이루는 삶의 원리를 추구하는 등 그는 탁월한 지리적 능력을 발휘한다. 수탈과 파괴에 대항하여 유기적 관계와 조화를 지향했던 그의 지리적 능력은 식민 침탈의 폐해가 극심했던 당대는 물론 자연의 훼손으로 진정한 장소가 축소되고 있는 오늘날에도 유효한 반성적 지침을 이룬다.

주제어 : 김소월, 장소, 장소애, 장소상실, 지리적 능력, 진정한 장소

◆ 참고문헌

1. 기본자료
김소월, 『진달내꽃』, 매문사, 1925.

2. 단행본
김인환, 『상상력과 원근법』, 문학과지성사, 1993.
에드워드 렐프, 김덕현 외 역, 『장소와 장소상실』, 논형, 2005.
에드워드 소자, 이무용 외 역, 『공간과 비판사회이론』, 시각과 언어, 1997.
오귀스탱 베르크, 김주경 역, 『대지에서 인간으로 산다는 것』, 미다스북스, 2001.
이－푸투안, 구동회·심승희 역, 『공간과 장소』, 대윤, 2005.
Yi-Fu Tuan, *Topophilia: a study of enviromental perception, attitude, and values*, New Jersy: Prentice-Hall Inc, Englewood Cliffs, 1974.

3. 연구논문
김은자, 「한국현대시의 공간의식에 관한 연구」, 서울대 박사논문, 1986.
김종구, 「「메밀꽃 필 무렵」의 시공간과 장소애」, 『한국문학이론과 비평』 20집, 2003. 9.
김현자, 「김소월 한용운 시에 나타난 상상력의 변형구조」, 이화여대 박사논문, 1982.
박정수, 「허윤석 소설의 토포필리아－그 반근대적 장소애의 포스트 식민성에 대해」, 『한국문학이론과 비평』 20집, 2003. 9.
박태일, 「김영수 시와 문학지리학」, 『한국문학논총』 15집, 1994. 12.
심선옥, 「소월, 정직한 절망의 힘과 언어」, 『실천문학』, 1999. 겨울.
윤석산, 「소월시 연구」, 한양대 박사논문, 1990.
이은숙, 「지리학과 문학의 만남」, 『문학지리·한국인의 심상공간·중』, 논형, 2005.
이혜원, 「한용운·김소월 시의 비유구조와 욕망의 존재방식」, 『현대시의 욕망과 이미지』, 시와시학사, 1998.
장석주, 「우리시의 지리학」, 『현대시학』, 2005. 7~2006. 3.
정진원, 「인간주의 지리학의 이념과 방법」, 『지리학논총』 11집, 1984.
최하림, 「식민지시대 시인의 초상」, 『김소월－한국현대시문학대계 6』, 지식산업사, 1986.
한귀은, 「지형도 그리기로서의 서사 쓰기의 방법과 실제」, 『어문학』 87집, 2005. 3.

◆ 국문초록

　본고에서는 인문지리학의 기본 입장과 핵심 개념들에 착안하여 김소월의 시에 나타나는 '장소'의 양상과 의미에 대하여 살펴본다. 그동안 공간의식의 측면에서만 거론되어 왔던 그의 시에 장소의 개념을 도입함으로써 장소에 대한 그의 각별한 애착과 선명한 현실인식, 진정한 장소에 대한 강한 욕망을 확인할 수 있다.

　김소월 시에서 장소는 정서의 배경으로만 고정되어 있지 않고 내밀한 심층의 정서와 직접적으로 호응하면서 감정의 이미지를 구현한다. 김소월 시에서 주된 정조를 이루는 님에 대한 화자의 간절한 그리움은 장소를 형성하는 가장 기본적인 '관계'의 긴밀함을 보여준다. 그의 시에서 님은 장소애의 구심점에 해당하며 진정한 장소에 해당하는 최후의 거소를 의미한다. 그의 장소애는 구체적인 지명에 보편적인 감정의 이미지를 부가하는 방식으로도 각별하다. 그는 지명의 특성과 그곳의 전설에 구체적인 정황과 풍부한 정감을 부여함으로써 그곳을 독특하게 장소화한다.

　김소월의 시에서 장소애는 장소와의 행복한 일치감으로 나타나기보다는 장소의 상실로 인한 결핍감으로 드러나는 경우가 많다. 근대화와 더불어 진행된 식민화로 인해 전통사회가 급격하게 파괴되는 현실을 그는 선명하게 자각한다. 그는 건강한 노동의 욕망이 실현될 수 없는 식민지의 현실을 극단적인 장소상실로 파악한다. 그의 시에 자주 나타나는 길은 장소상실로 인한 유랑의식과 고립감을 반영한다. 그는 식민치하의 현실을 절대적인 실향과 폐허의 상태로 파악했고 정처 없는 방황으로 일관된 비극적 장소애로 그것을 보여준다.

　장소와의 교감이나 장소상실에 대한 예리한 자각으로 볼 때 김소월은 지리적 능력이 뛰어난 시인이라 할 수 있다. 지리적 능력은 자신의 시대와 장소를 전체적으로 통찰하고 전체와 부분의 유기적 관계를 파악하는 능력이다. 그는 근대와 문명이 전통과 자연을 파괴하는 식민지 현실에서 전통과 자연을 회복하는 길이 그에 역행할 수 있는 방편임을 자각한다. 그는 소박하고 순수하기 그지없는 원초적인 집과 자족적인 자연을 진정한 장소로 추구함으로써 식민 통치의 폭력성에 대해 암묵적인 부정을 행한다. 김소월이 보여주는 지리적 능력과 장소애는 그가 가장 비극적인 장소상실에 해당되는 식민 현실을 예리하게 자각하고 진정한 장소에 대한 강렬한 열망을 지니고 있었음을 증명한다.

◆ SUMMARY

The Meaning and Aspects of "Place" in the Kim Sowol's Poetry

Lee, Hye-Won

The goal of this paper is to study the meaning and aspects of "Place" in the poem of Sowol Kim, on the basis of the key notions and fundamantal view in anthropogeography. In this paper, I affirm the strong desire on real 'Place' and his high enthusiasm and recognition of real life on 'Place', through introducing the notion of place in his poem which has been mentioned in the view of place-conciousness during the previous analysis.

Place is used to be defined as more reflecting the positive response of ego than 'space' in anthropogeography. Place in his poem realizes the image of emotion, responsing to the deep emotion directly, not fixing as background of emotion. His Topophilia is very special, in respects to the way which he adds general emotion to specific name of place. He makes a place to specialize adding concrete situation and rich feeling to the legend of place.

Topophilia, in his poem, is used to be revealed as deficiency feeling through suffering deprivation of place than accord feeling with place. He is seems to recognize the reality which the traditional society was broken so fast, being caused by mordenization and colonization. The road which is used to be shown often in his poem reflects wandering and isolation caused by placelessness. He considers the real life under colonization as absolute wandering and status of ruins. He is try to show us it as tragedic love of place which is consistent of severe wandering.

Sowol Kim must be a poet who has great talent of geography, considering his sharp recognition on deprivation of place and agreement with place. Talent of geography is capability of having an insight into the place and time of his age, the organic relation between whole and part. In his age, tradition and nature is cashed by modernization and civilization under colonization. He realizes that standing against it must be a good way for recovering tradition and nature. He makes resistance voilence of colonization tacitly, persisting in very natural house and self-sufficient nature as a real place.

Keyword ：Sowol Kim, Place, Topophilia, Placelessness, Talent of geography, Real place

ー이 논문은 2006년 3월 30일에 접수, 소정의 심사를 거쳐 2006년 5월 31일에 최종적으로 게재가 확정되었음.

식민지 조선에서 作家가 된다는 것[*]
─근대 미디어와 지식인, 문학의 관계를 중심으로

박 헌 호[**]

목 차

1. 문제의 제한

'식민지 조선에서 작가가 된다는 것'의 의미를 밝히는 것은 한국 근대문학 연구의 난제에 속한다. 이를 해명하기 위해서는 한국 근대문학의 기원에 물길을 대야하며, 근대문학 '장'의 (재)생산구조와 동력에 관한 논의도 이루어져야 하기 때문이다. 우리의 경우 '식민지성'의 문제도 간과할 수 없다고 할 때 논증돼야 할 지점들은 더욱 복잡해진다. 역사적·사회적 구조의 문제를 해명한다 해도 충분치 않다. 한 개인의 영혼을 통과한 문제를 온전히 객관화하기란 사실상 불가능하기 때문이다.

  * 이 논문은 한국학술진흥재단 지원으로 연구됨(KRF-2003-074-AS0064).
 ** 성균관대학교 대동문화연구원 연구교수.

그러므로 이 주제는 한국 근대사에서 문학의 위상과 의미를 묻는 것이며 그 현상형태의 구조적 제반 문제를 질문하는데 이를 수밖에 없다.

논의에 앞서 이 글이 초점과 범위를 제한하고자 하는 것은 이 때문이다. 본고의 목표는 명확하게 규정될 필요가 있다. 이 글은 제도로서의 한국 근대문학이 근대 매체와의 관련 속에서 어떻게 사회적 위상을 확보했으며 어떻게 자신을 구조화하고 표현하게 됐는가를 따져보는데 목표가 있다. 작가되기의 의미를 식민지 상황과 미디어와의 연관 속에서 제한적으로 살펴보려는 것이다. 구체적으로는 식민지 지식인의 존재양태를 개략적으로 살피고 이를 기반으로 매체와 문학, '작가되기'의 상관관계를 고찰하고자 한다.

근대 미디어는 근대가 창출한 제도의 하나이면서 동시에 근대의 기획자이자 전파자로서 특유의 역할을 수행해왔다. 문학의 차원에서도 미디어는 근대문학의 터전이자 재생산구조의 핵심이다. 근대소설의 발생에서 신문과 잡지가 매우 큰 역할을 차지했다는 사실은 상식에 속한다.[1] 미디어와 문학은 원론적인 측면에서 보자면 상호 영향관계 속에서 서로를 추동해온 변증법적 관계에 있다 하겠으나 실제로는 미디어가 문학에 보다 강력한 영향력을 행사했다고 봐야 한다. 더욱이 식민지 미디어는 근대 미디어 일반의 성격과 식민지적 특성을 함께 보유함으로써 한국 근대문학의 형성에서 간과할 수 없는 지위를 차지한다. 식민지 조선에서 미디어는 근대문학을 탄생시킨 장이자 그 양식과 미학, 재생산 방식에 결정적인 영향을 미친 사회적 제도였다. 한국 근대사에서 '작가되기'의 의미를 따질 때 미디어와의 연관관계는 하나의 유효한 접근통로가 될 수 있다.

그 동안 근대'문학'의 개념적·제도적 기원과 그 작동양태에 대해서는 현재 상당한 논의가 이루어졌다.[2] 이를 통해 문학에 드리워진 '후광'

---

1) 이언 와트, 전철민 역, 『소설의 발생』, 열린책들, 1988, 제2장 참조.

2) 민족문학사연구소 기초학문연구단 편, 『한국 근대문학의 형성과 문학장의 재발견』(소명출판, 2004); 권보드래, 『한국 근대문학의 기원』(소명출판, 2000); 김동식, 「한국의 근

이 벗겨지고 제도로서의 실상이 천착되고 있다. 제도적 승인절차인 등
단제도에 대해서도 많은 논의가 있었다.[3] 아직 실증적 연구에 머물러 있
으나 이를 통해 작가되기의 제도적 권력이 어떻게 작동됐는지 가늠할
수 있었다. 또한 한국 근대문학 장의 확립과 폭발적 확장에 기여한 동인
지 문학에 대해서도 오랜 시간 다양한 각도에서 탐구가 행해졌고[4] 문학
의 제도적 기반 중 하나인 독자와 독서시장에 대한 연구도 이루어졌다.[5]

　하지만 근대문학의 주체인 '작가'[6]의 사회적 탄생과 의미화 과정을
탐색한 연구는 여전히 흡족하지 않다. 개별 작가의 문제를 뛰어넘는 일

　대적 문학 개념 형성과정 연구」(서울대 박사논문, 1999); 황종연, 「문학이라는 역어」(문
　학사와 비평연구회 편, 『한국문학과 계몽담론』, 새미, 1999); 김화영, 「문학이라는 제도」
　(『세계의 문학』, 1986. 여름호) 등을 참조할 수 있다.

3) 박헌호, 「동인지에서 신춘문예로─등단제도의 권력적 변환」, 『대동문화연구』 53집, 성
　균관대학교 대동문화연구원, 2006. 3; 김석봉, 「식민지시기 『조선일보』 신춘문예의 제
　도화 양상연구」, 『한국현대문학연구』 16집, 한국현대문학회, 2004. 12; 임원식, 「신춘문
　예의 문단사적 연구」, 조선대 박사논문, 2003; 김춘희, 「한국 근대문단의 형성과 등단
　제도 연구」, 동국대 석사논문, 2000; 김영철, 「신문학 초기의 현상 및 신춘문예제의 정
　착과정」, 『국어국문학』 98집, 국어국문학회, 1987.

4) 최근의 것으로 김춘식, 『미적 근대성과 동인지 문단』(소명출판, 2003)과 상허학회에서
　발행한 『1920년대 동인지 문학과 근대성 연구』(깊은샘, 2000. 8); 『1920년대 문학의 재
　인식』(깊은샘, 2001. 8)의 특집을 참고할 수 있다.

5) 전은경, 「1910년대 소설독자층의 형성과정 연구」, 『한국근현대소설과 매체』(한국현대
　소설학회 제26회 학술연구발표대회 발표집, 2005. 12)와 천정환, 『근대의 책읽기』(푸른
　역사, 2003) 참조.

6) 출발지점에서 '작가'란 무엇인가? 라는 질문을 해봄직하다. 그것은 넓게는 글 쓰는 이
　(Writer)로부터 좁게는 예술적 삶의 권위와 카테고리를 창출하는 권위자(Author)에 이르
　기까지 다양한 차원에서 접근이 가능하다. 작가 역시 근대가 창출한 제도의 하나이며,
　무릇 개념의 정의란 이를 둘러싼 여러 세력들의 치열한 헤게모니 투쟁의 산물이란 점
　을 이해한다면, '작가' 개념을 정의하는 것의 어려움을 인지할 수 있다. 이를 두고 부르
　디외는 "작가나 예술가의 개념과 같은 개념들의 의미론적 흐릿함은 그의 정의를 부여
　하려고 한 투쟁들의 산물이면서 동시에 조건"(피에르 부르디외, 하태환 역, 『예술의 규
　칙』, 동문선, 1999, 296쪽)이라 했다. 그런 점에서 식민지 조선에서 작가가 된다는 것은
　그러한 투쟁의 장에 합류하는 것, 이를 통해 누군가를 배제하고 선택하는 과정에 동참
　했음을 의미하는 것이 될 수 있다. 본고는 그러한 투쟁의 출발점의 한 측면을 그려보고
　자 하였다.

반적인 작가탄생의 메커니즘은 미답보의 상태로 남아 있다. 특히 미디어의 성격과 그것이 식민지 상황에서 지니는 의미를 고려한 차원에서 작가의 탄생과 위상확보의 여정을 탐구한 연구는 쉽게 눈에 띄지 않는다. 많은 경우 작가탄생의 순간은 종종 신화화된 채 창조의 위엄으로 가려져 있거나, '작가 → 문학 → 매체'의 방향에서만 논의가 이루어졌다. 본고는 논의의 방향을 '매체 → 문학 → 작가'로 전환시켜 그 의미를 논구해 보았다. 조선인에 의한 매체 발간이 제한적 수준에서나마 허용된 1920년대 이후를 대상으로 매체와 지식인의 관계를 살펴보고, 이로부터 작가되기의 사회적 위상을 살펴보고자 했다.

2. 식민지 지식인의 존재양태와 미디어

채만식의 「레디메이드」 인생은 식민지 지식인의 상징으로 오랫동안 인구에 회자돼왔다. 채만식 특유의 풍자가 곳곳에서 번뜩이는데, 자식을 교육시키는 것이야말로 평범한 식민지 조선인들이 가장 열렬하게 '근대화'를 실천한 항목이었다는 점에서 비판의 칼날이 예사롭지 않다. 개화의 물결과 망국의 경험 속에서 근대교육의 중요성은 극대화됐다. 교육은 식민권력에 의해서나 민족세력에 의해서나 모두 강조됐다. 여기에 개인적인 신분상승 욕구가 결합하면서 식민지 시기 조선인의 교육열은 지속적으로 증가했다.[7] 고등교육의 경우 여러 가지 한계와 억압이 있었지만, 향학열은 쉽사리 꺾이지 않았다. 이른바 '실력양성론'은 이러한 열풍의 조건이자 귀결로서 식민지 시기 내내 강력한 영향력을 지녔다.[8]

실력양성론은 조선의 현실이 실제로 낙후하다는 사실에 의해서, 또

---

7) 오성철, 『식민지 초등교육의 형성』, 교육과학사, 2000, 제1부 5장 참조.
8) 오성철의 앞의 책에는, 당시 조선의 교육자나 총독부 담당자들도 실력양성론이 교육열을 진작시키는데 결정적인 영향을 주었다고 보고한 사례들이 다양하게 제시돼 있다. 위의 책, 187-191쪽.

한 개인에게 현실의 변혁을 위해 목숨을 내놓을 각오까지 요구하지 않는다는 점에서, 대중적 현실성과 실제성을 지녔던 담론이다. 제반 정세로 보아 아직 독립의 기미가 보이지 않을 때, 내부의 힘을 다지는 일이야말로 가장 현실적인 방법으로 인식될 수 있었다. 그런데 실력양성론은 시간과의 싸움으로 현상한다. 언제까지 실력을 기르며 얼마만큼 길러야 하는지, 양성한 실력을 언제 발휘해야 하는지 정해진 시간표가 존재하기 어렵다. 실력을 양성해야 할 영역이 무한대로 확장될 가능성도 있다. 초창기의 실력양성론이 정치적 입장에 보다 충실했다면 후기로 갈수록 사회적 차원으로 전환되는 것도 이 때문일 것이다.9) 게다가 실력양성론은 개인의 신분상승욕구와 뒤섞일 가능성이 상존한다. 교육을 받는 것만으로는 이기심과 민족애를 구분할 수 없는 까닭이다.

이태준의 「고향」은 그런 점에서 상징적이다. 고학으로 일본 유학을 마친 주인공 '김윤건'은 조선에 가면 "어서 신들메를 끄르지 말고 그대로 뛰어나오시오. 당신만은 몸을 사리고 저편에 붙지 말고 용감하게 우리 속에 와 끼여 주시오. 이렇게 부르짖는 힘차고 씩씩한 친구들이 나를 맞아줄 것"10)이라고 예상하며 귀국선에 오른다. 하지만 현실은 영 딴판이다. 그가 마음을 주었던 사람들은 모두 감옥에 갔고 "오죽한 것들"만 남아 있다. 배웠다는 인간들은 모두 취업과 월급 얘기뿐이다. 그가 경멸하던 인간들은 다 한 자리씩 차지하고 있으나, 정작 자신은 취직 말조차 붙여볼 데가 없다. 작품은 울분에 찬 윤건이 술상을 뒤엎는 것으로 결말이 나지만, 그러기에 그러한 귀결은 더욱 쓸쓸하다.

이 작품이 상징적인 것은 고등교육을 받은 당시 식민지 지식인의 삶의 양태를 보여준다는 점이거니와, 특히 김윤건이 취직 말을 붙여볼 량으로 찾아가는 곳들이 그렇다. 그가 간 곳은 신문사(언론계)와 신간회(운동계), 그리고 학교(교육계)다. 김윤건은 민족애에 불타는 양심적인

---

9) 실력양성론 전반에 대해서는 박찬승, 『한국근대정치사상사연구』, 역사비평사, 1992. 참조.

10) 이태준, 「고향」, 『동아일보』, 1931. 4. 21~29(여기서는 『달밤』, 깊은샘, 1995, 124쪽).

지식인의 표상이다. 그는 "사람의 하루를 갖자. 口腹에만 충실한 개의 십 년은 나는 싫다"[11]고 다짐하는 인텔리겐치아다. 자신의 운명을 집단의 운명과 동일시하며, 당위와 명분, 정신의 가치에 헌신할 각오로 충만한 인간이다. 그러므로 그런 그가 찾아간 곳은 식민치하에 사는 양심적인 지식인의 존재양태와 관련하여 상징성을 지닐 수밖에 없다.

식민치하에서 지식인이 '口腹에만 충실하지 않고' 살아가기 위해 택할 수 있는 직업은 그리 많지 않았다. 직업선택의 폭과 취업가능성의 문제만이 아닌 것이다. 선택의 양극단에 독립운동과 총독부 관리가 있을 수 있겠다. 긴 설명이 필요치 않은 대목이다. 그렇다면 은행이나 회사원 같은 사무직도 고려해 볼 수 있겠다. 언뜻 보아 탐탁지 않게 여길 만한 자리는 아닌 듯하다.

> "어딘데요?"
> "××은행 본점이오."
> "좋은 데 취직하셨습니다."
> 윤건은 속으로 아니나다르랴 하면서도 상대자가 상대자인 만치 마음에 없는 좋은 대답을 하여 주었다.
> "무얼이요…… 하기는 큰일을 못 칠 바에야 내 한 사람이 헐벗지 않도록 하는 것도 작게 보아 조선 사람 하나가 헐벗지 않는 것이 되니까요
> ……."
> "좋은 해석이십니다."[12]

그런데, 왜 아닌가? 일신의 안녕만을 추구하기 때문이다. 민족 현실과 소통할 통로가 없으며, 근본에서 보자면 그 또한 식민 통치에 복무하는 까닭이다. "좋은 해석"이라는 비아냥 속에 평가가 확연하다. 그랬을 때 윤건이 찾아갔던 세 곳이란 다름 아닌 지식인이 몸을 담아도 될 만한 곳, 즉 식민지 지식인이 자신의 가치를 사회화시킬 수 있는 공공

---

11) 이태준, 「고향」, 앞의 책, 134쪽
12) 이태준, 위의 책, 126쪽.

적 삶이 가능한 직업이었다는 해석이 가능하다. 작품에서 그것은 운동단체나 언론계, 교육계로 집약된다.

〈신간회〉는 합법적 운동기관이다. 작품에 문이 닫혀있는 것으로 나온다. 신간회 해소와 관련된 설명이지만, 그것은 또한 식민지 치하에서 합법성이 지닐 수밖에 없는 한계의 표시이기도 하다. 합법성은 권력투쟁의 동기이자 결과이다. 권력은 합법성의 범주와 범위를 확정 혹은 변화시킴으로써 자신이 권력임을 선포한다. 무엇보다 권력은 합법성을 설정하고 추인하는 존재로서 현상한다. 식민지 조선에서 합법성의 선포자는 일제다. 식민치하에서 〈신간회〉와 같은 민족운동단체가 탄압받았다는 상식을 재확인하자는 것이 아니다. 식민권력은 합법성의 영역과 정도를 조율할 권한을 가짐으로써 피지배자의 삶의 동력과 존재양태를 변화시킬 수 있다. 무엇인가를 제한(불법)하거나 허락(합법)함으로써 피식민지인의 삶의 공간을 구획할 수 있는 것이다. 다시 말해 '口腹에만 충실'하지 않은 삶을 살려는 지식인들의 활동 공간 역시 일제가 허락한 영역일 수밖에 없었다.

이를 가장 극명하게 보여주는 것이 3·1운동이며 그 결과 시행된 '문화정치'다. 식민권력은 '문화정치'로의 전환을 통해 스스로 기존에 설정한 합법성의 울타리가 얼마나 자의적이며 가변적인가를 인정한 셈이 됐다. 3·1운동은 조선인들에게 그토록 강고하게만 느껴졌던 식민권력의 정책과 제도에도 균열이 가능하다는, 그 균열이 삶의 다양한 영역에 변화를 미칠 수 있다는 사실을 체감케 했다.[13] 어제까지도 불법이었던 것이 오늘 합법으로 전환되는 광경을 목도하는 일은, 조선인들에게 사회구조와 제도에 대한 새로운 감각과 인식을 선사했다. 그런 점에서

---

13) 나는 여기서 3·1운동에 대한 전체적인 평가를 시도하고 있지 않다. 다만 3·1운동에 대한 연구가 '운동사'적인 영역에만 국한될 것이 아니라, 사회구조와 제도의 변화 그리고 그러한 변화가 인간정신에 미친 영향에 대한 연구로까지 나아가야 한다고 판단한다. 특히 그러한 '변화와 영향'에 대한 생생한 자료를 가장 많이 확보하고 있다고 할 수 있는 문학영역이 감당해야 할 몫은 크다고 본다.

114

3·1운동은 식민권력의 지배구조와 제도에 대한 균열의 감각을 불러일으켰다고 판단할 수 있다.[14)

김윤건이 찾아갔던 나머지 두 곳은 그래서 더 의미심장하다. 교육은 구한말 이래 근대화를 향한 가장 강력한 사회적 실천형태였다. 당연히 많은 지식인들이 교육계에 투신했다. 김성수가 중앙학교를 인수하여 송진우·안재홍·현상윤 등을 끌어들인 것처럼 일본 유학생 출신 중의 상당수가 교육계에 몸을 담았다.[15) 뿐만 아니다. 국내 고등교육기관의 졸업생들도 유사했는데 『청춘』에 따르면, 〈보성〉의 경우 졸업생의 대부분이 교사로 진출하며 나머지는 고등전문으로 진학한다고 했다.[16) 교육열이 높아지면서 신학문을 배운 선생의 수요가 폭증했으니, 이러한 현상이 단지 〈보성〉에 국한된 것은 아니었다.[17) 1919년 5월 현재, 총독부에 따르면 각종 사립학교에 재직한 교사는 일본인이 184명인데 반해 조선인은 1,647명에 이르고 있다.[18) 사립학교의 경우 일본어와 같은 과목이 아닌 이상 대부분 조선인을 선생으로 채용했으리라 추측할 수 있는데, 위의 통계는 이런 추측을 반증한다. 조선인 교사는, 다양한 통로를 통해 충원됐다.[19)

---

14) 3·1운동 이후 '자치론'을 비롯한 다양한 '정책 변경론'이 제기되는 것은 이와 관련이 깊다. 이들 운동노선이 대체로 개량주의에 입각해 있다는 것은 주지하는 바다. 그럼에도 한계 속에서나마 식민지 조선과 조선인의 지위를 변경하려던 이들의 움직임이야말로 제도의 절대성이 의심받고 있다는 사실의 표현으로 볼 수 있다. 해외 독립운동의 활성화와 사회주의 계열의 세력화 등은 더 말할 나위가 없다. 3·1운동은 제도의 '균열가능성'을 보여준 사건이며 이를 계기로 개량과 혁명의 흐름이 나름의 방식으로 활성화됐다.

15) 박찬승, 『한국근대정치사상사연구』, 역사비평사, 1992, 3장 3절 참조

16) 「중학교방문기」, 『청춘』 3호, 1914. 12, 83쪽.

17) 1915년 현재 〈휘문의숙〉은 4회 졸업에 졸업생 130여 명을 배출했으며 이들 중 상당수가 교사로 진출했다고 한다. 「중학교방문기」, 『청춘』 4호, 1915. 1, 85쪽.

18) 손인수, 『한국근대교육사』, 연세대학교 출판부, 1971; 1992, 133쪽.

19) 연희전문의 경우 1924년 4월부터 문과를 시작으로 다른 과 졸업생에게도 무시험 유자격 교원자격을 지정 받았다. 이들은 보통학교나 실업학교에서는 과목을 제한 받지 않았고 고보 이상의 경우 졸업 학과와 유관한 과목들에 대해 교원자격을 부여받았다.

물론 지식인들의 교육계 진출을 민족적 관점에서만 바라볼 필요는 없다. 낙후된 식민지 현실에서 지식인이 취업할 공간은 그만큼 제한적이었다. 『경성일보』의 사장이자 총독의 참모였던 阿部充家는 1920년대 조선이 일본이나 해외에서 유학을 마친 지식인들이 귀국함에 따라 "高等遊民의 巢窟"로 변해간다고 진단하면서 이들이 교육계나 언론계로 진입하는 것을 차단해야 한다고 건의했다.[20] 교육계와 언론계는 지식인이 대중과 만나는 영역으로 그들의 영향력이 대중을 통해 현실화될 수 있는 공간이기 때문이었다. 이처럼 일제는 조선 지식인들의 사회적 진출을 지속적으로 억압했는데, 지식인의 운명이 '레디메이드'돼 있었다는 말은 마냥 문학적 수사만이 아니었다. 교육계는 식민통치 기간 내내 지식인의 주요한 소비처였지만 다양한 차원에서 지식인이 자신의 뜻을 펴기에 부족한 점이 존재했다.

식민권력은 표면적으로는 근대교육을 강조하면서도 내심으로는 우민화 정책을 기조로 하고 있었다. 당연히 표방하는 것과 현실 사이에는 늘 괴리가 존재할 수밖에 없었다. 대표적인 예의 하나가 이공계 교육이다. 일제는 조선인들이 인문계보다는 이공계에 진출하는 것이 도움이 될 것이라 늘 피력했지만 정책의 집행에서는 이를 배반했다.

> 대저 文學이나 藝術은 文明의 꽃인데, 道德과 知識과 富力의 基礎가 없는 社會에 文學·藝術만 繁昌한다 하면 이는 所謂 枯楊生華로 그 根幹의 老衰를 促進하게 될 뿐일 것이외다. 그러므로 眞情을 말하면 나는 現在 우리 朝鮮에 文士가 많이 나기를 願치 아니하고, 科學者, 그 中에도 自然科學者가 많이 나기를 願하는 바외다.[21]

이광수의 바람과 달리 조선인의 과학교육은 여러 난관에 봉착했다.

『연세대학교 백년사』 1, 연세대학교, 1985, 183-184쪽.
20) 강동진, 『일제의 한국침략정책사』, 한길사, 1980, 200쪽.
21) 이광수, 「문학에 뜻을 두는 이에게」, 『이광수전집』 10, 삼중당, 1972, 369쪽.

〈경성제국대학〉의 경우, 모집 첫 해인 1924년의 정원 160명 중에서 조선인 학생은 40명에[22] 불과했다. 1935년에 이르러서도 의학부의 전체 학생 중 일본인은 236명임에 반해 조선인은 71명에 지나지 않았다.[23] 의학부 전체적(1929~1942)으로 보더라도 평균 27%에 불과했고, 상대적으로 조선인의 지망이 많았던 법문학부 또한 전기간을 통하여 평균 4할로 끝내 5할을 넘지 못했다.[24] 전문학교 이하 실업계 학교의 경우에도 일제는 식민지 시기 내내 학교의 증설과 학생의 증원에 소극적이었다. 당연히 기술교육의 정도는 미비했다. 다소 증폭을 보이는 것은 농업기술 분야로 이는 식량공급지로서 식민지 조선의 성격과 관련된다. 특히 공업방면의 경우에는 근원적으로 억제했는데[25] 공업이 근대화의 핵심 부문 중 하나인 까닭이리라. 과학교육 및 고등교육 분야에서의 이러한 차별은 조선 교육주체들의 질적 저하와 연관될 뿐만 아니라 교육계에 대한 고급 지식인들의 진입장벽을 높이는 효과도 지녔다고 판단된다.

교육계의 현실이 이러할 때 식민지 지식인과 언론의 관계는 매우 복잡해진다. 그것은 선택할 수 있는 많은 직업 중의 하나가 아니었다. 이것은 다양한 층위의 분석이 요청되는데, 첫째 3·1 이후 매체 발간을 허락한 일제의 의도를 염두에 두어야 한다. 식민지 합법성의 조정자가 일제라고 했을 때 그들의 의도가 1차 분석 대상이어야 한다.[26] 둘째 조

---

22) 유진오, 「나의 대학생활」, 『젊은 날의 자화상』, 박영사, 1976, 26쪽.
23) 손인수, 위의 책, 193쪽.
24) 馬越 徹, 한용진 역, 『한국 근대대학의 성립과 전개』, 교육과학사, 2001, 156쪽.
25) 이원호, 『한국기술교육사』, 문음사, 1991, 247-263쪽 참조
26) 미디어의 허용이 3·1운동의 전리품적 성격을 지닌다는 것은, 많은 단서조항을 달아야 함에도 불구하고 인정될 수 있는 견해다. 그러나 일제가 계산된 의도를 지니고 미디어를 허용했다는 사실도 간과해서는 안 된다. 최근 이 문제에 대한 주목할 만한 논의가 있었다. 한기형은 무단통치기 미디어의 부재는 한국인들을 식민지적 근대의 주체로 전화시켜 일본 국력의 팽창에 필요한 자원으로 삼으려는 일제의 궁극적 정책에 장애를 초래했다고 주장했다. 그에 따르면 미디어의 허용은 식민지적 근대화의 논리를 조선인들에게 표상하는 주요한 통로였다.(「문화정치기 검열체제와 식민지 미디어」, 『대동문화연구』 51집, 성균관대 대동문화연구원, 2005. 9) 또한 난 미디어의 허용은 '폭발을 방지

선인들의 정치적·사회적 이익을 대변해줄 기관의 미비에서 오는 언론의 상징성을 주목해야 한다. 이와 관련하여 언론이 근대가 창출한 제도이면서 동시에 근대를 추동하는 주요한 수단이었다는 사실과 관련된 사회적 권위도 따져봐야 한다. 마지막으로 정치적 출구가 봉쇄된 식민지 상황에서 지식인의 사회적 활동영역, 인정투쟁의 장으로 언론이 부각되지 않을 수 없었다는 사실도 빼놓을 수 없겠다.

언론의 사회적 위상과 영향력은 대한제국 시기의 신문/잡지의 존재에서 이미 경험된 것이다. 언론계는 '글 쓰는 지식인'의 전통적인 양태를 지니고 있을뿐더러, 국가의 주요현안에 직접 개입하며 민중을 계몽하는 위치에 선다는 점에서 구시대의 지식인들도 거부감 없이 받아들일 수 있었던 몇 안 되는 근대 직업이었다.[27] 당대 현실에서 언론은 현실정치를 비판할 수 있는 거의 유일한 합법 공간이면서 이를 통해 지식인의 사회적 존재의의를 가장 빠르게 전파·확립시킬 수 있는 영역이었다. 특히 3·1운동의 결과 탄생한 민간지들은 "민중의 지지를 받는 중앙권력이 존재할 수 없었던 식민지 상황에서, '현실로 존재하는 식민권력'과 '상상적으로 상정된 반식민권력으로서의 신문'이라는 가상의 대립구도를 설정"[28] 하고 스스로를 '신문정부'로 자임하면서 강력한 영향

하는 굴뚝'의 역할과 함께 식민지 지식인의 관리시스템으로써 필요했다고 주장했다. 전국적 규모의 민간지가 발간됨으로써 역설적으로 이를 억압하는 식민권력의 힘과 권위가 전국성과 일상성, 치밀함을 획득하게 됐다. 이를 보면 미디어의 허용이 일제 식민통치 능력의 향상에도 일정한 역할을 했다는 것을 알 수 있다.(「'문화정치'기 신문의 위상과 반검열의 내적 논리」, 『대동문화연구』 50집, 성균관대 대동문화연구원, 2005. 6) 참조

27) 이런 진술은 신채호나 박은식, 장지연과 같이 구한말 언론계에서 활약한 개신 유학자들을 염두에 둔 것이다. 국가적 위기상황에서 '선비'들이 자신의 뜻을 펼치는 공간으로 언론을 선택한 사실에서 보듯 언론은 근대제도 중 구시대 지식인과의 결합을 가장 자연스럽게 이루어낸 공간이었다. 또한 최초의 근대 신문인 『독립신문』의 서재필을 고려한다면 당시의 언론은 신구 지식인을 함께 아우를 수 있는 근대직업이었다는 의미를 갖는다.

28) 박헌호, 「'문화정치'기 신문의 위상과 반검열의 내적논리」, 『대동문화연구』 50집, 성균관대학교 대동문화연구원, 2005. 6, 217쪽.

력을 행사했다.

식민지 조선에서 언론매체의 위상은 무엇보다 정치 방면의 진출이 차단된 식민지 현실로부터 말미암는다. 정치의 봉쇄는 지식인이 자신의 사회적 존재의의를 확인·제시할 근본 지점을 차단당했음을 의미한다. 이것은 비단 직업으로서의 정치가가 존립하기 어려웠다는 사실만을 뜻하지 않는다. 근대정치는 피지배자의 동의에 기반 하여 사회 각 영역의 문제와 가치를 조정하고 통합하는 역할을 담당한다. 정치의 부재는 그러한 가치의 조정자가 존재하지 않음을 뜻한다. 특히 식민지에서는 식민권력이 제시하는 가치와 피지배자가 지향하는 가치 사이에 뚜렷한 격절이 존재하게 마련이다. 따라서 조선인 언론매체들은 식민권력과 상충되는 가치의 제시자로서, 근대화와 민족해방을 향한 대중의 열망에 부응하는 가치의 제시자로서 식민권력에 버금가는 영향력을 행사할 조건이 구비된 셈이었다. 당시 신문의 권력화 양상을 두고 '신문정부'라고 불렀던 정치적 명명법은 이러한 양상을 극적으로 표현한 것이다.

또한 식민지 조선에서 근대 미디어는 '사회'라는 추상적 개념의 물질적 顯示로 존재했다.[29] 국가가 존재하지 않는 식민지에서 '사회'는 다양한 파장을 지닌 개념이었다. 그것은 같은 직업을 가진 사람들의 전체라는 뜻이 되는가 하면, 종종 이미 사라져 버린 국가 개념에 근접하려는 욕망도 있었다.[30] 사회 개념을 어떠한 차원에서 설정하든, 그것이 개별자의 유기적인 집합체로서의 개념을 유지하기 위해서는 이들을 동

---

29) 앤더슨이 지적했던 것처럼 신문과 소설출판으로 대변되는 인쇄자본주의는 근대의 촉발자이자 산물이며, 민족과 같은 상상의 공동체를 재현하는 기술적 수단을 제공했다. 신문과 소설을 통해 우리는 '사회'를 상상하며 동일한 텍스트를 읽고 있을 또 다른 독자들의 존재를 감지한다. 베네딕트 앤더슨, 윤형숙 역, 『상상의 공동체』, 나남출판, 2002, 45-63쪽 참조.

30) 이 시기 '사회'개념에 대한 자세한 논의는 박명규, 「1920년대 '사회'인식과 개인주의」 (김경일 외 저, 『한국사회사상사연구』, 나남출판, 2003)와 김현주, 「3·1운동 이후 부르주아 계몽주의 세력의 수사학-'사회', '여론', '민중'을 중심으로」(『대동문화연구』 52집, 성균관대학교 대동문화연구원, 2005. 12)를 참조.

일한 시공간 속에서 묶어줄 수 있는 물질적 기초가 필요하다. 식민지 조선에서 근대적 매체가 한 역할 중 하나가 바로 이것이었다.

1920년대 가장 활발했던 출판기획자였던 방정환이 행했던 다양한 잡지의 기획, 출판은 그의 의도와 상관없이 이 점과 연관이 깊다. 그것은 한편으로는 근대화의 진척에 따른 '전문화'의 양상도 지니지만, 또한 『학생』, 『여성』, 『어린이』와 같은 매체의 발간을 통해 추상적 전체로 존재했던 민족을 특정기준에 따라 구체적으로 분할하는 효과를 갖는다. 이를 통해 과거의 신분계급과는 다른 성별과 계층, 직업, 사회적 위상 등에 의해 분할될 수 있는 '또 하나의 사회'라는 감각이 창출될 수 있었다. 이러한 분할은 해당 분류항목에 속한(속한다고 믿은) 개별자들을 균질화하는 효과도 갖는다. 예를 들어 '어린이'는 분류됨과 동시에 집단적으로 고유한 특성을 갖는 존재로 '발견'되며 '학생'과 '여성' 역시 전체 조선민족과 대비되는 '또 하나의 사회'로 분류되고 특성화되는 효과를 창출했다. 방정환의 출판활동이 근대적 '사회'의 형성과 분할, 그리고 균질화에 기여한 의미에 대해서는 새롭게 검토돼야 할 것이다. 이런 맥락에서 미디어에 글을 쓰는 행위는 사회에 대한 능동적인 참여행위이며 그 자체로 자신의 존재가치를 사회화시키는 가치 발현적 행위였다.

게다가 언론은 전국적 동시성으로 특정 사건, 담론, 개인을 전국적인 것으로 부각시킨다. 매체의 권위와 발행부수에 따라 동시성과 전국성은 차이를 보일 수밖에 없겠지만, 미디어만이 지니는 이 같은 전국적 동시성은 자신의 담론을 사회적인 것으로, 즉 공공의 것으로 전환시키고자 하는 지식인들을 끌어내기에 충분했다.

「저널리즘」은 현대에 팽배한 한 개의 滿潮다. 그것은 가치판단을 초월한 엄연한 현실이다. 모든 문화는 「저널리즘」을 분리하여 그 象牙塔을 고수할 수는 없다. 새로운 사상이나 학설이 「저널리즘」의 圈外에 독립하여 그 작용과 반작용을 한 가지로 거절할 때에 그것은 현대에 향하여 동작할 것도 동시에 棄權하지 않으면 안 된다. 「저널리즘」은 민중의 각층을 통하여 浸潤하여 있으며 지구의 전표면을 포위한 電網이며 동시에 세계의 매시간에

일어나는 큰 일, 작은 일을 그대로 反映하고 反應하는 感受機關이다.[31]

김기림이 날카롭게 지적했듯이 언론은 세계의 감수기관이며 각 계층의 민중에게 막대한 영향력을 미치는 권력이다. 단자화된 근대적 개인을 연결하는 유력한 매개가 언론이다. 미디어의 영향력을 등에 업었을 때 어떤 문화든 현실 속에서 강력한 힘이 된다. 제도로서의 미디어는 가치중립적이었으므로, 미디어에 무엇을 실을 것인가는 일차적으로는 주체의 의지에 달려 있었다.[32] 그러므로 많은 지식인들은 자신의 색깔에 부합하는 미디어를 찾아서, 혹은 자신의 의지에 부합하는 미디어를 창출하기 위해 분주히 움직이면서 식민지 조선의 현실을 다양하게 수놓게 된다.

마지막으로 지식인의 전통적인 활동영역인 학문분야를 살펴볼 필요가 있다. 사회가 발전하고 분화된 오늘날에도 대학을 비롯한 학계가 지식인의 주된 활동영역이라는 사실은 크게 변하지 않았다. 하지만 1920년대 식민지 조선은 근대학문이 개화할 토양을 지니지 못했다. 물론 구학문인 漢學의 전통은 엄연히 살아 있었다. 그러나 그것은 시대의 헤게모니를 잃은 것이었다. 더욱이 일제는 한일합방과 동시에 싹터 오르던 신학문의 성과들을 금서목록에 집어넣었다. 조선의 근대학문은 1930년대에 이르러서야 본격적으로 개화한다고 보는 것이 사실에 부합할 것이다. 즉 1920년대 조선은 구학문은 폐지되고 신학문은 부재한 상태로 존재했다. 이는 일제의 억압과 더불어 학문 그 자체의 성격에서 비롯되는 바도 존재한다. 근대학문은 대중적 기반보다는 제도에 의지할 수밖에[33] 없는데, 그 제도적 기반이라 할 대학은 주지하듯이 1924년에야 겨우 설

---

31) 김기림, 「신문기자로서의 첫 인상」, 『김기림 전집』 6, 심설당, 1988, 93쪽.
32) 그러나 실재하는 미디어는 자신의 가치체계를 지니게 마련이며 '검열'에 의해서도 그 내용을 제한 받는다.
33) 이에 대해서는 임형택, 「국학의 성립과정과 실학에 대한 인식」, 『실사구시의 한국학』, 창작과비평사, 2000, 29-31쪽 참조.

립됐다.

　당시의 시대적 상황도 학문의 발전에 우호적이지 못했음은 물론이다. 1910년대의 일본 유학생의 74.8%가 법정 계열이나 상과를 전공했다. 관료 혹은 정치지향적인 경향을 강하게 드러낸 것이다. 1930년에 이르면 그 수치가 54% 내외로 떨어지면서 문학이 20%에 육박하게 된다. 도미 유학생의 경우에는 의학이나 교육, 신학 등이 두드러진다.[34] 선교사들의 도움을 받아 유학하면서 학교나 병원 등에서 일할 것을 약속한 사람이 많았다는 점, 미국의 실용주의적 학풍도 영향을 미쳤을 것으로 판단된다. 뿐만 아니라 교육계 내부에서도 조선인의 사회적 위치를 제한하려는 시도가 끊이지 않았다. 〈경성제대〉 제1회 수석입학생이자 수석졸업생으로서 상징성이 높았던 유진오의 경우가 단적인 예다. 그는 학자가 되고자 했지만 늘 '조수'의 신분을 맴돌았으며, 수석졸업자의 상징성으로 말미암아 오히려 '高等文官' 시험을 보라는 학교당국의 압력에 시달려야 했다.[35] 김성수가 〈보성전문〉으로 불러준 뒤에야 그는 교수의 신분을 획득했다.

　원론적으로 말하면 식민지 조선의 지식인들이 선택할 수 있는 존재양태는 개인의 수만큼 다양하다고 해야 옳다. 하지만 앞서 살폈듯, 민족적 양심을 지키면서 또한 자신의 존재를 사회적으로 표방하면서 인정받을 수 있었던 영역은 그리 많지 않았다. 이런 점에서 식민지 조선의 미디어는 중층적인 의미를 지닌 존재공간이었다. 그리고 그곳에 '문학'이 깃들었다. 식민지 조선에서 언론이 지녔던 위상을 반영하듯 신문과 잡지는 많은 지식인들의 일터였다. 박헌영도 1924년에서 1925년 사이에 『동아일보』와 『조선일보』에 기자로 근무했다.[36] 한국 근대 문학사를 빛낸 많은 문인들이 한때 기자를 겸직했다는 것은 상식에 속한다. 염상섭

---

34) 박찬승, 「식민지 시기 도일 유학생과 근대 지식의 수용」, 『지식변동의 사회사』, 한국
　　사회사학회 편, 문학과지성사, 2003, 162-164쪽 참조
35) 유진오, 『젊은날의 자화상』, 박영사, 1976, 38쪽.
36) 임경석, 『박헌영의 생애』, 여강출판사, 2003, 87-91쪽 참조.

처럼 거의 줄곧 신문사에 몸을 담고 있던 작가도 많았다.

기자와 작가의 친연성은, 둘 다 글을 쓰는 사람이란 점에서, 본래적인 것처럼 보였다. 그 넓은 지면을 글로 메워야한다는 점에서 작가는 첫 번째 기자후보생일 수 있었다. 또한 그들의 다양한 독서경험과 어학능력은 식민지의 지적풍토에서 매우 요긴한 것이었다. 1930년 현재 조선인 전체의 문맹률은 77.74%였는데, 문맹이 아닌 사람들 중에서도 일본어와 조선어를 함께 읽고 쓸 수 있는 사람은 겨우 6.79%에 불과했다.[37] 식민지 조선의 언론계에서 일본어 해독능력이 지녔을 의미는 설명이 필요치 않다. 동경유학생 출신들만이 아니라 훗날 소위 〈해외문학파〉의 많은 사람들이 언론계에 자리를 잡게 되는 것도 이러한 측면에서 이해될 수 있다. 연재소설이 정착되고 대중문화가 본격화되는 시기에 가면 작가의 섭외를 위해서도 작가출신의 기자가 필요했다.[38] 근대 미디어의 사회적 위상에 대한 감각을 결성의 한 축으로 생각했던 〈구인회〉의 존재가 이를 입증한다.[39]

정치적 방면의 기사가 제한적일 수밖에 없는 식민지에서 '문화'는 다층적인 의미를 지닌 영역이었다. 식민지 자본주의의 발전에 따른 통속성의 만연도 무시할 수 없는 측면이다. 이 점은 그 역시 인쇄자본인 민간신문의 판매 전략에서 중요한 고려사항이었음을 인정할 수 있다. 그러나 가장 잘 팔리던 신문, 『동아일보』도 6만 부를 밑돌았고, 식민지

---

37) 방효순, 「일제시대 민간 서적발행활동의 구조적 특성에 관한 연구」, 이화여대 박사논문, 2001, 17쪽.

38) 신문의 연재소설이 일방적으로 상업성을 목적으로 했다는 것은 김동인 이후로 퍼진 왜곡의 산물이다. 당시 신문은 예술적인 단편소설도 꾸준히 연재했으며 수많은 걸작들도 연재했다. 문학사에 길이 살아남은 장편 대부분이 신문연재소설이었음은 이를 반증한다. 신문이 의도했던 '상업성'은 오히려 작가의 명성과 당대의 사회적 풍조라고 보아야 할 것이다. 이광수나 염상섭, 김동인은 그 명성으로 인해, 이기영이나 한설야 등은 〈카프〉의 영향력 등에 의해 지면을 할애 받을 수 있었다. 이들 작가의 작품을 연재하기 전, 신문사가 퍼부은 광고의 핵심은 주로 그들의 '명성'이었다.

39) 박헌호, 「구인회를 어떻게 볼 것인가」, 『식민지 근대성과 소설의 양식』, 소명출판, 2004. 참조.

시기 내내 문맹률이 80%대를 오갔던 상황에서 오늘날과 같은 의미의 통속성을 대입할 수는 없다. 당시 신문 학예면을 오고갔던 담론의 층위는 오늘날의 관점으로 보아도 매우 높은 것이어서 보통의 중등교육을 이수한 사람에게도 난해한 점이 많았을 것으로 추측된다.[40] 몇몇 알려진 통속소설의 성공을 증거로 이 시기 신문소설의 성격을 일반화하거나, 신문과 잡지를 매개로 전개되던 지식인적 담론들의 의미를 평가하는 것은 늘 오류를 자초하는 일이 될 것이다. 다 표현될 수 없었던 정치적 관심이 문화와의 접맥 속에서 내밀화되는 것은 식민지의 한 특성이다. 그런 점에서 식민지 시기 '신문'과 '문화'에 대한 다각적인 접근이 필요하다.

그럼에도 작가는 기자와 다른 위상의 존재였다. 작가는 창조자였으니, 대중문화나 지식인 문화의 형성에서 그들의 역할은 실제적인 것이었다.

> 그러나 그때 내가 룸펜으로 떠돌아다니고 있을 때는 문학으로 생활을 할 수 있다는 생각을 못하고 일종의 감상주의, 무슨 志士的인 프라이드 같은 것으로서 자처하고 살았다. 말이 났으니 말이지 이런 것은 그 시대의 한 풍조였다. 나는 민족의 지도자, 사회의 지도자 하는 긍지가 작가만큼 컸다. 위에서도 말했듯이 이것은 문학하는 사람만이 아니라 신문기자도 마찬가지였다.[41]

인용문을 꼼꼼히 읽어보면 '志士的인 프라이드'와 '指導者 然'하는 태도가 기자보다도 문학하는 사람에게 많았다는 사실을 알 수 있다. 비단 폭죽처럼 타올랐던 근대문학의 후광과 정신세계의 높낮이로만 판단할 일은 아닌 것으로 보인다. 작가들 스스로 천하게 여기던 대중문화의 창달에서도 이들은 빼어난 조정자였다. 이광수의 『무정』이나 나도향의 『환

---

40) 이에 대해서는 조영복, 「1930년대 신문 학예면과 모국어 체험」, 『어문연구』 117집, 한국어문교육연구회, 2003. 참조.
41) 백철, 『진리와 현실』, 박영사, 1975, 291쪽.

124

희』, 그리고 이태준의 장편들이 야기한 정서적 동조현상을 상기해보자.

> 漢圖會社('漢城圖書株式會社'의 줄임말—인용자)의 金鎭憲氏가 「戀愛
> 書簡集」 한 卷을 만들면 有利하다고 再三 勸告하였다. 돈에 주린 나는 羅
> 彬, 小梧等 여러 親舊에게서 戀愛書簡 一篇式 모아가지고 또는 나도 서너
> 篇써서 비로소 「戀愛書簡集」을 發行하엿든 것이다. 幸인지 不幸인지 마침
> 내 이 册이 잘팔려서 不過 一年에 三四百圓의 收入이 생기게 되었다. 나
> 는 이에 勇氣를 얻어가지고 紀行及感想文 「永遠의 夢想」을 써서 出版하
> 였더니 不過三個月에 二千部가 팔리고 따라서 六百餘圓의 利益을 얻게되
> 였다.42)

대중문화의 측면에서도 작가들의 역량과 상품성은 탁월한 것이어서
한 시대를 풍미할 만한 현상을 창출했다.43) 인용문에서 보듯이 비록 전
문출판자의 의도된 기획 아래 출판된 것이지만 이를 묶고 발행하는 데
에는 춘성의 인맥과 '글에 대한 감각'이 없이는 불가능한 것이었다. 노
자영 스스로는 이러한 '성공'이 자신을 문학으로부터 멀어지게 한 원인
이었노라 반성하고 있지만, 대중에게 작가가 미치는 영향력을 증폭시키
는데 기여한 것은 사실이다. 이러한 사회적 대접은 비단 유명한 작가만
의 것은 아니었다.

> 돌이켜 생각하면 이 때는 특이한 社會風潮가 있었다. 일종의 知的인 風
> 土라고 할 수 있는데, 문학이니 예술이니 하고 다니는 사람들 그 태반이
> 룸펜들이었는데, 이 룸펜들에 대하여 그것을 귀중한 족속으로서 존경하고
> 동정해 주는 同情者들이 많이 있은 것이다. 위에서 말한 대로 당시의 문학
> 예술인이나 언론인들에겐 지조가 있었으니 사회에서 그만한 동정이야 당
> 연하지 않겠냐고 할 수 있으나 역시 이것은 귀중한 정신풍토였다. 문학자

---

42) 노자영, 「나의 문단참회록」, 『유수낙화집』, 앞의 책, 58-59쪽.
43) 노자영이 편찬한 『사랑의 불꽃』의 파장과 그 의미에 대해서는 권보드래의 『연애의 시
대』(현실문화연구, 2003)와 천정환의 『근대의 책읽기』(푸른역사, 2003) 2부 4장을 참조
할 것.

나 예술가들이 그렇게 가난하게 살면서도 주위에 대하여 별로 비굴한 생
각을 갖지 않고 살 수 있었다.[44]

당시 작가들의 회고를 보면 이러한 '동정자'들의 돈을 뜯어 잡지를
내고 술을 마시며 방탕을 즐겼던 이야기들이 즐비하다. 원고료가 없고,
작가들도 원고료 받는 것을 모욕으로 알던 시절에도 신문이나 잡지의
담당자들은 정기적으로 작가들을 '모시고' 기생집을 순례했고, 그러한
대접을 당연한 것으로 받아들였다. 근대가 창출한 제도 속에서 근대문
학은 특권적 위치를 누리며 특히 식민지 사회의 정신적 저급함과 비견
되는 창조적 일탈을 즐길 수 있었던 것이다. 이것이 근대문학 일반의
공통된 측면이라 한다면, 그러한 일탈 속에서도 전체에 대한 관심을 잃
지 않았던 것은 식민지 지식인으로서 이들의 특수성이라 할 수 있겠다.

3. 작가라는 이름의 사회적 주체

친구에게서 책 한 권을 빌려 집으로 오는 도중, 수수밭 옆에 앉아 한
시간 만에 독파한 노자영은 얼마 지나지 않아 일기장에 이런 구절을 남
긴다.

그때 日記를 뒤저보면
「나는 아침부터 文學講義를 보았다. 저녁에는 하이네 詩集을 보았다. 「悔
悟」라는 詩 一 篇을 썼다. 文學, 그는 나의 生命이다. 나는 文學과 함께 죽
자. 나의 갈길은 그것밖에 없다. 一生을 그것에 바쳐도 아깝지 않다.」
이러한 斷片도 있고 또는 어느 날 日記에는
「나는 南川河畔에서 詩集을 읽으며 空想을 하다. 찔네나무 그늘에서 이
리저리 누어 뒤굴며 詩를 쓰다. 과연 나에게 詩才가 있는가? 詩, 文學! 사
람의 가장 아름다운 것이 이것밖에 더있을가? 人生의 最高의 殿堂! 나의

---

44) 백철, 앞의 책, 296쪽.

손이 다을수있는 人生의 殿堂은 이것밖에 다시없다…」[45]

근대화의 물결과 함께 불어 닥친 근대문학의 바람은 열병이라는 표현이 어울릴 만큼 거센 유행을 창출하며 식민지 조선의 청춘남녀를 문학의 신도로 만들었다. 노자영이 자신의 일기장에 썼다는 투의 문학예찬은 이 시기를 관통하는 유행어이기도 하다. 이러한 현상은 사회적 출구가 봉쇄된 식민지 상황에서 이식된 문화적 코드들이 과장되거나 신화화되며 사회적 유행을 창출하는 것과 유사하다.[46] 그러나 그것이 왜 하필이면 '문학'이었는가?

이광수는 이를 설명하는데 적절한 작가다. 그는 자신이 본시 소설가를 꿈꾸지 않았음을 누차 천명한 바 있기 때문이다. "나는 어려서부터 文章은 餘技라는 敎訓속에 자랐으므로 文士가 되리라는 생각은 없었다. 처음 東京에 留學을 갈 때에는 世界에 이름난 사람이 되리라는 漠然한 생각밖에 없었"다. 그의 꿈은 "처음에는 學部大臣이 되었다가 나중에는 總理大臣이 된다고 揚言하였다"[47]

그러면 왜 小說을 썼는가. 그것은 불쌍한 父母님의 일, 동생들의 일, 나 自身의 岐嶇한 어린 時代의 잊혀지지 않는 情다운 記憶을 그려 보고 싶은 衝動에서 나온 것이라 할 것이다. 〈無情〉도 그 첫 부분인 英彩의 어린 時代는 곧 나의 어린 시대의 정다운 또는 쓰라린 기억이었다. 이것이 내가 처음에 小說에 붓을 대게 된 動機이다.[48]

이광수는 정치에 대한 관심을 숨기지 않았고 또한 글을 쓴다 해도 사상가나 교육자가 되기를 꿈꾸었다고 말했었다. 그런 그가 '정다운 기억을 그려보고 싶은 충동'에서 소설을 쓰게 되었다고 토로한다. 『무정』

---

45) 노자영, 「나의 문단참회록」, 『유수낙화집』, 청조사, 1935, 56-57쪽.
46) 권보드래, 『연애의 시대』, 현실문화연구, 2003. 참조.
47) 이광수, 「多難한 半生의 途程」, 『이광수전집』 8, 삼중당, 1973, 451쪽.
48) 이광수, 위의 글, 위의 책, 452쪽.

에 만연한 유치한 설교의 부분이 도리어 자신에게는 소중한 자랑거리였다고 고백할 정도로, 사상가로서의 위치를 지니고자 했던 이광수에게 소설은 언어 속에서 반추되는 정감의 기록이었던 것이다. 그리고 그 자신의 자랑과는 달리 그의 작품이 충격한 것은 보다 더 많이는 정감의 기록으로서의 그것이었다.

> 그러나 내가 文學에 대한 熱焉한 憧憬을 가지기는 春園의 無情을 읽은 후이었다. 그 作品은 黎明期에 있어서 겨우 눈을 뜨는 나에게 熱火같은 불덩이를 집어넣었다. 그때부터 나는 文學에 대한 타는듯한 熱情을 가지게 되었다.49)

> 그리다가 春園의 「無情」을 읽어보고나서 비로소 나의 新文學에 對한 憧憬은 絶頂에 達하게 되었는데 그때 내 나이는 二十前後였다. 「無情」을 읽은 이후로 나는 新小說도 지버치우고, 전혀 春園, 六堂의 作品을 愛讀하게 되었다.50)

춘성과 민촌의 회고에서 보듯 춘원의 『무정』과 초기 작품들은 달아올랐던 근대문학에 대한 열정에 불을 붙인 신호탄이었다.51) 박태원도 이기영처럼 이광수의 글을 읽은 뒤부터는 당시 '이야기책'으로 통하던 고전소설이나 신소설과 즉시 결별했다고 회고한다.52) 그들은 새로운 세상을 본 것이니, 과연 이광수의 무엇이 이들로 하여금 문학으로 달음질치게 하였을까. 여기서 박영희의 회고를 되새겨보자.

---

49) 노자영, 「나의 문단참회록」, 위의 책, 56쪽.

50) 이기영, 「문학을 하게 된 동기」, 『문장』 2권 2호, 1940. 2, 7쪽.

51) 이런 맥락에서 '『무정』의 독서사'는 새롭게 탐구될 만한 주제이다. 『무정』의 당대적 의미는 획시기적인 것이었고 많은 작가와 독자들에게 영향을 미쳤다. 또한 시대의 변천에 따라 점차 새로운 의미를 획득해간 것으로 보인다. 이러한 수용의 변천사는 텍스트의 사회사와 텍스트의 정치학이란 과제를 제시할 것이다.

52) 박태원, 「춘향전 탐독은 이미 취학이전」, 『문장』 2권 2호, 1940. 2. 참조.

　　첫째로 나에게 주는 感銘 깊은 印象은 그 作品이 가지고 있는 內容이었다. 다시 말하면 내 自身도 똑같은 內容을 마음 속에 가지고는 있으면서 發表하지 못하고 있던 것을 바로 그대로 發表하여 주었고, 내 自身이 무엇인지 혼자 애쓰고 괴로워하면서 찾던 것을 속시원하게 가르쳐 주었으며, 나의 憧憬, 나의 孤寂, 나의 하소연, 나의 사랑… 등을 그대로 나의 마음 속에서 불러 일으키며 이것을 곧 外部에 나타내어 아름답게 꾸며놓은 것이었다.[53]

회월은 춘원의 초기작인 「어린 벗에게」나 「윤광호」에 자신과 자신의 친구들이 열광했던 까닭을 설명하면서 그것이 소설적 완성도나 형식적 아름다움에 있지 않았다고 말한다. 그의 말대로 그 시기는 필자들이나 독자들 모두 그런 것들을 감식할 능력이 없던 시대였다. 근대문학의 형식미학에 대한 감각능력이 있기 이전부터 근대문학의 열풍은 불고 있었다. 잡지에 실리던 글들도 장르별 구분 없이 필자와 제목만이 덩그러니 놓여 있던 그 시절을 두고 회월은 '感想文時代'라고 명명한다. 문학의 힘은 그렇게 '感想'의 힘과 함께 찾아왔다.

위 인용문의 핵심도 감정의 표현에 있다. 자기 마음속에 있던 개인적인, 복잡한 정서가 아름답게 표현되어 있다는 것, 이것이 열일곱 살 소년인 박영희의 마음을 충격한 것이다. 타인의 글에서 자신의 생각과 동일한 부분을 발견하는 것은 공감의 유대를 발견하는 것이며 정신의 동지를 확인하는 일이다. 정신의 동지를 찾았을 때 고독은 치유되며 삶의 방향 역시 보다 분명한 탄착점을 형성하게 된다. 초기 근대소설에서 '내면의 서사'가 범람했던 것도 이 때문이다.[54] 이들은 사회의 이해와 타인의 동정을 구하기 위해 내면을 그려냈다.

그러나 이런 일반적인 서술만으로는 이들이 느꼈을 감동의 실상이

---

53) 박영희, 이동희·노상래 편, 「초창기의 문단측면사」, 『박영희전집』 2, 영남대학교 출판부, 1997, 281-282쪽.
54) 박헌호, 「초기 근대소설에 나타난 내면의 서사」, 『대동문화연구』 45집, 성균관대학교 대동문화연구원, 2004. 3.

온전히 드러나지 않는다. 두 가지를 거론할 수 있겠다. 하나는 춘원의 작품에 넘쳐나는 담론의 선도성이다. 회월은 춘원의 작품을 읽으면서, "소년의 가슴에서 힘차게 뻗어 나오려는 情熱을 그대로 잡아내기 위하여 무겁게 덮어 있는 돌을 옆으로 비켜 놓는" 듯한 느낌을 받았다고 고백한다. 그 돌은 물론 "朝鮮 傳來하는 舊道德의 束縛"이다. 구도덕의 속박에 대비되는 것은 "春園의 作品에 나타난 自由스러운 感情의 湧出"이다. 근대문학이 근대적 개인의 정신적 해방과 관련이 깊다는 것은 여기서도 확인된다. 그런데 회월은 춘원이 설파한 근대적 계몽사상의 내용에 주목하기보다는 '감정의 자유로운 분출' 자체에 강조점을 둔다. 그래서 그는 자신이 문학의 길에 들어서게 된 것을 "그 奔流 中에 나는 즐겁게 뛰어 들었다"[55]고 표현한다. 감정의 자유로운 분출 자체가 초점이라면 분출되는 감정의 내용은 이미 개인의 몫으로 전제되는 것이다. 이들이 춘원과는 달리 새로운 감정의 내용으로 문학사에 등장하는 소치이다.

　다음으로 주목할 것은 '외부에 나타내어 아름답게 꾸며놓은 것'이라는 대목이다. 글을 써서 知人을 구하겠다는 것은 문명 이래 보편적인 일이다. 後漢時代 揚雄이 『太玄經』을 저술하면서 '천년 후에 내 글의 가치를 알아줄 이가 있으리라'고 말했던 것이, 두고두고 글 쓰는 이의 마음을 울렸던 까닭도 이 때문이리라. 그러나 춘원의 글쓰기도 회월의 글읽기도 양웅과 같은 맥락에서 이루어지지 않았다. 매스 미디어라는, 근대적 매체의 존재가 확연한 까닭이다. 회월이 받은 충격의 실체는 춘원의 저작들이 자신의 감정을 대중적 차원에서 거의 실시간으로 공표했다는 데 있다. 한 개인의 내면에서만 은밀하게 벌어지는 감정의 굴곡과 격동과 부끄러움을 불특정다수인 대중을 향해 공표한다는(공표하는 것이 자랑스럽기까지 한) 것은 근대가 창출해낸 매우 괴기한 제도인데, 춘원의 글들이 준 충격은 이러한 괴기함을 실현했다는 데 있다.

---

55) 박영희, 위의 글, 위의 책, 282쪽.

> 昨夜에는 H兄에게 빠이론의 傳記를 닑어들리노라고 늦게야 자리에 들
> 엇스나 새벽 한시 頃에 寒氣의 깨움이 되어 激烈하게 性慾으로 고생을 하
> 엿다. 아아 나는 惡魔化하엿는가. 이러케 性慾의 衝動을 밧는 것은 惡魔의
> 捕虜가됨인가. 나는 몰라 나는 몰라.56)

새벽녘에 성욕으로 인하여 격렬하게 고생한 내용의 일기까지 공표한
다는 것은 인간과 감정, 글쓰기와 매체에 대한 혁명적인 변화가 없이는
불가능한 것이다. 감성의 혁명과 개인의 옹호를 춘원은 실천했으며 당
시의 젊은이들은 그러한 도발적인 글쓰기에 매료됐던 것이다. 춘원은
기존의 감각으로는 은폐되어야 마땅하다고 여겨지던 감정까지 드러냄
으로써 내면의 미학화에 결정적인 기여를 하였다.

1910년대 중반 이후 신문은 여러 가지 측면에서 변화하기 시작하는
데, 특히 '사실'과 '소문'의 구분이 일어나며 사실에 입각한 정보의 가
치가 보도의 기준점으로 자리 잡기 시작하면서 公私 영역의 구분이 시
작된다. 정보의 가치가 문제시될 때 신문에서 '이야기'는 사라지며 사적
인 영역도 자리를 비키게 되는 것이다.57) 초기 문학청년들을 열광시킨
춘원의 글은 이러한 추세와 무관하지 않다. 매체를 통해 공표되는 문학
작품은, 근대 미디어 일반이 내포하고 있는 '사회'라는 개념을 유지하면
서도 그 내용을 사적인 차원에서 전개시킬 수 있는 권리를 부여하고 있
는 것이다. 말하자면 이들에게 문학은 私的인 것을 公共化시키는 통로
였다. '감정의 자유로운 분출'을 '외부에 표현'하는 것은 과거에는 한낱
사사로운 것으로 치부되던 것들을 가지고 사회에 개입하는 행위이다.
'나'는 공공의 담론에 기대지 않고도 개인적 언어만으로 자신의 사회적
존재가치를 증명할 수 있게 되었다.

> 나는 어머니의 업는돈을 글거내여서 學之光(내 글이 실린 것)을 삿다.

---

56) 춘원, 「일기」, 『조선문단』 6호, 1925. 3, 50쪽.
57) 권보드래, 『한국 근대소설의 기원』, 소명출판, 2000, 217-225쪽.

나는 길을 것다가도, 밥을 먹다가도, 심부름을 가다가도, 學之光을 펴서 내
글을 읽고는 조하하엿다. 읽고∧또읽어도 실치안엇다. 그것으로마는 滿足
치 못하엿다. 學之光을, 차저오는 벗들이 보기쉬운 冊床머리에 노아두고
보아달라는 표를 은근히 보엿다. 벗들은 보앗다. 한손두손것처서 여러벗들
이 보앗다. 잘지엇다는 소리가 내귀에 들어왓다. 나는 더욱 깃벗다. 어머니
도 깃버하섯다. 그리고 나는 이때까지 사괴인 벗들보담은 한층 놉하나진듯
도 하엿다.58)

    及其也 그 보잘것업는 作品이 活字로 나타낫슬제 나의 깃븜이란! 形容
할길이업섯다. 아모리훌륭한地位를 어든들 이에서더조흐랴. 아모리끔직한
名譽를 어든들 이에서더질거우랴!59)

『조선문단』 6호(1925. 3)에는 「처녀작 발표당시의 감상」이란 전체 주
제 아래 16인의 당시 주요 작가들이 감상문을 싣고 있다. 그들 대부분
이 처녀작이 활자화됐을 때의 기쁨을 토로하고 있다. 오늘날의 관점에
서 보면 당연한 듯한 이러한 기쁨은 근대문학이 근대 매체와의 불가분
한 관계 속에서 탄생했음을 보여주는 것이다. 고독한 영혼의 고독한 공
간 속에서 이루어진 글쓰기는 매체에 의해 수용되고서야 개별성을 뛰어
넘으며 사회적 가치체계 속에 편입될 수 있다. 매체에 의해 상품으로
등장한 글은 사회적 시장 속에서 유통되지만 결국 개인의 사사로운 공
간 속에서 묵독됨으로써 자신의 개별성을 완성시킨다. 그런 점에서 매
체에 글을 싣는 행위는 자신의 개성을 사회적으로 공인받는 행위이다.
특히 문학은 자기 자신 자체를 탐구의 대상과 표현의 질료로 삼는다는
점에서 개인의 사회적 존재증명에 효과적인 수단일 수 있다. 문학이 사
적인 것을 공공화시키는 매력으로 다가섰다는 말은 이를 뜻한다. 근대
적 매체는 근대문학의 태반이며 경연장이었다. 빙허가 자신의 글이 활
자화된 기쁨을 어떤 지위나 명예보다 더 높게 친 것이나, 서해가 자신

---

58) 최학송, 「그립운어린때」, 『조선문단』 6호, 1925. 3, 75쪽.
59) 빙허, 「희생화」, 『조선문단』 6호, 위의 책, 70쪽.

이 '벗들보다 한층 높아진 것처럼 느껴졌다'고 솔직하게 털어놓은 감정의 저변에는, 이처럼 근대사회에서 매체가 지닌 제도적 의미가 깔려 있는 것이다.

매체는 그 자신 인쇄 자본이었으므로, 〈독자투고〉나 〈현상문예〉의 형태로 '활자화의 기쁨'을 상품화한다. 그것은 독자의 표현욕을 만족시키며 사회적 참여를 활성화하는 적극성을 띠면서, 다른 한편으로는 상품의 생산자(작가)와 소비시장을 확대하는 역할도 한다. 독자(소비자)의 확대는 자본의 요구이기도 하지만 근대문학의 건설이라는 역사의 요구이기도 했다. 그것은 계몽가와 자본가의 역할을 동시에 수행할 수밖에 없었던 식민지적 상황에서 매체의 발행인들이 선택할 수 있었던 많지 않은 근대문학의 확립방법 중 하나였다. 생산자가 될 수 있다는 유혹만큼 소비자를 강력하게 유혹하는 것은 없다. 실제로 많은 소비자들이 이러한 방식을 통해 생산자가 되었고, 그런 만큼 매체의 영향력에 대한 인식은 뿌리 깊게 각인되었다.

> 가) 나는시방까지「글」을爲하는글을써보지아니하얏습니다. …(중략)… 文章이自己의本領이아님을 애적부터自認한나는 文章에關한感覺及感受가 극히頑鈍하얏습니다. 그럼으로처음印板이되엇슬때의記憶가튼것도시방와서는再現할만한무엇이남아잇지아니합니다. 애적이나시방이나쓰면 發布하는 것이當然한줄로만알기때문에 發布란데對한特殊한感想이별로잇지아니합니다.[60]

> 나) 雪子도 文學硏究者얏다. 그러나 그가 文學에 뜻을둔지는 몃달밧게 되지안는다 그가 몃개의 雜誌에서 자기와한洞里(더구나 番地가 몃字틀니지안는니웃)에사는 素波金泳煥이라는 靑年의 散文, 或은詩, 小說을 닑을 때마다 熱烈히共鳴을 늣겻다. 그리고그는 그 作者를 先輩로 깁히 敬慕하얏다.[61]

---

60) 최남선, 「아득하야꿈가틀따름」, 『조선문단』, 위의 책, 57쪽.
61) SP생, 「사랑의 무덤」, 『신청년』 2호, 1919. 12, 22쪽.

인용문 가)는 최남선의 글이다. 자신은 문사도 아니며 이제껏 '글'을 위한 글을 쓰지 않았기에 활자화의 기억 따위는 없노라고 짐짓 시치미를 떼고 있다. 물론 뒤에서는 『대한일보』에 자신의 글이 실렸을 때의 기쁨을 슬쩍 내비치고 있지만, 이러한 시치미가 그저 턱없는 것은 아니다. 『소년』과 『청춘』을 발행하여 한국 근대(문학)사의 새로운 경지를 연 그에게 매체에 대한 감각이 없었다고 말할 수는 없다. 이해하며 보면, 그가 이광수와 더불어 직업으로서의 근대적 작가의 자의식을 스스로 갖지 않았다는 표현으로 해석할 수 있겠다. 인용문의 초점은 '옛적이나 지금이나 쓰면 발표하는 것이 당연한 줄로만 알'았다는 사실에 있다. 그는 기고자가 아니라 발행자의 위치에 있었으며, 독자의 투고를 받아 '활자화의 기쁨'을 선사하는 위치에 있었던 것이다. 그런 그에게 '처녀작 발표 당시의 감상'을 물었으니, 불쾌했을 법하며, 시치미를 뗄 만하다.

이에 반해 1910년대의 가장 열렬한 투고자 중 하나였던 방정환의 감각은 다르다. 그는 자신의 글이 활자화된다는 것이 무엇을 의미하는지 잘 알고 있다. 인용문 나)에 드러나듯, 잡지에 글이 실리는 행위는 이미 사회적 권위를 인증 받는 것이었으며, 그것만으로도 이웃집 처녀의 존경과 사랑을 받는 일이었다. 하물며 그녀가 문학소녀일진대! 그는 자신의 투고행위의 경험을 작품의 소재로 삼음으로써 1910년대(1920년대도 마찬가지였는데)의 상황에서 매체가 지닌 사회적 영향력을 재확인한다. 이후 그가 한국근대문학사에서 독보적인 출판기획자로서의 위상을 지닐 수 있었던 것도 이러한 감각과 무관하지 않을 것이다.

매체와 근대문학의 상관성은 역설적으로, 이른바 同人誌 방식에 이르러 더욱 강력하게 증명되었다. 그들은 스스로 매체를 발간함으로써 매체를 뛰어넘는 방법은 또 다른 매체의 창간 이외에는 없다는 사실을 증명했다. 그들은, 생산의 폐쇄성을 지향했지만 소비의 측면은 모호했다. 『창조』처럼 재판을 찍어내며 주식회사로의 전환을 도모하는가 하면, 『백조』처럼 초호화판 책을 한정판으로 내며 자족하기도 했다. 두 가지 방식 모두 동인지 발간의 목적을 이루는데 손색이 없었다. 말하자면 그

134

들은 "명예에 대한 투쟁"62)을 벌였던 것인데, 양적인 확산이나 질적인
고립 모두 자신들의 존재를 부각시키기에 부족하지 않았다.63) 훗날 김
동인이 회고하듯이 "同人 雜誌의 가장 큰 目的은 無名 同人들이 이름
을 얻는 데 있"64)다. 이름을 얻은 뒤 동인지 발간의 필요성이 사라지는
것은 당연하다. 이로써 대중매체를 통한 등단과 동인지 발간을 통한 등
단이 작가가 되는 두 가지 길로 남게 되었다. 知人들로 이루어진 울타
리를 만들고 새로운 매체를 발간하는 것은 오늘날에도 항용 이루어지는
(작가의) 사회적 존재 증명방식이다.

4. 맺으며

글을 시작하며 제한했듯, '식민지 조선에서 작가가 된다는 것'의 의
미는 온전히 해명되기 어려운 과제다. 작가가 된 동기와 과정, 그리고
그 의미는 궁극적으로는 작가의 수만큼 존재할 것이므로. 그러나 그러
한 선택이 당대의 역사적 조건 속에서 지닌 의미는 탐색할 수 있다. 이
글은 그것을 미디어와의 관련 속에서 살펴봄으로써 이후 본격적인 연구
의 초보적인 발판을 마련해보고자 하였다.

본고는 제도로서의 한국 근대문학이 근대 매체와의 관련 속에서 어
떻게 사회적 위상을 확보했으며 자신을 구조화하고 표현했는가를 밝히
고자 하였다. 우선 미디어가 식민지 조선의 지식인의 존재방식에 어떠
한 의미와 위상을 지니고 있는지를 따져보았다. 자신의 정부를 수립할
수 없었던 식민지 치하에서 언론계는 단순히 정보의 전달자 역할만을
한 것이 아니었다. 신문과 잡지는 근대지식의 매개자이자 근대성의 전

---

62) 박영희, 「초창기의 문단측면사」, 앞의 책, 302쪽.
63) 동인지 출신들이 문단의 헤게모니를 장악하는 과정은 차혜영, 「1920년대 초기 동인지
    문단형성과정」, 『상허학보』 7집, 상허학회, 2001. 8. 참조.
64) 김동인, 「문단회고」, 『김동인전집』 16, 조선일보사, 1988, 320쪽.

파자 역할을 수행했으며 식민지인들만으로 구성된 상상의 '사회'와 '중앙'을 창출했다. 또한 일제와 타협하지 않으려는 지식인의 입장에서 본다면 언론계는 그들의 사회적 욕망과 명분을 유지할 수 있는 거의 유일한 출구였다.

식민치하에서 언론에 글을 쓰는 행위는 자신을 사회적인 주체로 표상하는 행위였다. 여기에서 식민지 시기 문학의 위상이 뚜렷해진다. 우선 문학이 식민지 조선의 상황에서 세계사적 동시성을 공유할 수 있는 거의 유일한 영역이었다는 사실을 상기할 필요가 있다. 식민지 조선의 반봉건성이란 곧 조선의 물질적 현실과 조선인의 정신적 상태를 볼 때 조선 내부로부터는 세계사적 동시성을 발견하기 어렵다는 사실의 표현이기도 하다. 그러나 '근대'문학을 창작함으로써 식민지 조선의 지식인들은 자신이 발을 딛고 선 현실의 낙후성으로부터 솟아올라 '동시대성'을 향유할 수 있었다. 이것은 다양하게 수입된 '근대적 지식' 중에서도 그 자체로 현실화될 수 있는 지식이 문학이었다는 사실과 관련된다. 문학은 근대지식의 일환으로 수입되었지만 사회적 제 조건과의 상관관계가 상대적으로 약한 분야이다. 다시 말해서 문학은 물질적, 제도적 조건보다는 개인의 문학적 감수성과 글쓰기 능력에 따라 그 성패가 좌우되는 까닭에 당시 낙후했던 현실 속에서 지식인의 참여를 가장 활발하게 유인할 가능성이 존재했다.

이러한 언급은 문학예술의 장은 진입장벽의 코드화가 아주 약하다는 지적과도 연관된다.[65] 문학은 사회적 지위나 경제적 수준 혹은 그 밖의 문화적·제도적 차원의 진입장벽이 상대적으로 약한 영역이다. 말하자면 문학은 자신의 문필적 능력만으로도 입문이 가능한 열린 시장으로 기능했다. 정치적 방면은 물론 경제적, 사회적 방면의 진출로들이 봉쇄돼 있던 식민지 조선에서 이러한 가능성이 지닌 사회적 가치는 쉽사리 측정할 수 없을 만큼 중대한 것이다. 특히 문학은 사적인 것을 공적인

---

65) 피에르 부르디외, 하태환 역, 『예술의 규칙』, 동문선, 1999, 299쪽.

것으로 전환하여 표현하는 형식으로 다가옴으로써 고립된 개인과 사회를 연결하는 역할도 수행하였다. 식민지 조선에서 작가가 된다는 것은 개인해방으로서의 근대성이 지닌 내용적 측면을 표방하는 것이면서, 동시에 사적 존재로서의 개인을 공적인 현상으로 전환시키는 역할을 자임하게 됐다는 것을 의미하기도 했다.

주제어 : 작가, 미디어, 식민지 조선, 지식인, 근대문학, 신문정부, 주체의 사
　　　　회화

◆ 참고문헌

1. 기본자료
『청춘』 3호, 1914. 12.
『청춘』 4호, 1915. 1.
『신청년』 2호, 1919. 2.
『조선문단』 6호, 1925. 3.

2. 단행본
강동진, 『일제의 한국침략정책사』, 한길사, 1980.
권보드래, 『연애의 시대』, 현실문화연구, 2003.
권보드래, 『한국 근대문학의 기원』, 소명출판, 2000.
김경일 외, 『한국사회사상사연구』, 나남출판, 2003.
김춘식, 『미적 근대성과 동인지 문단』, 소명출판, 2003.
민족문학사연구소 기초학문연구단 편, 『한국 근대문학의 형성과 문학장의 재발견』,
　　　소명출판, 2004.
박찬승, 『한국근대정치사상사연구』, 역사비평사, 1992.
손인수, 『한국근대교육사』, 연세대학교 출판부, 1992.
오성철, 『식민지 초등교육의 형성』, 교육과학사, 2000.
이원호, 『한국기술교육사』, 문음사, 1991.
임형택, 『실사구시의 한국학』, 창작과비평사, 2000.
천정환, 『근대의 책읽기』, 푸른역사, 2003.
한국사회사학회 편, 『지식변동의 사회사』, 문학과지성사, 2003.
馬越 徹, 한용진 역, 『한국 근대대학의 성립과 전개』, 교육과학사, 2001.
이언 와트, 전철민 역, 『소설의 발생』, 열린책들, 1988.
피에르 부르디외, 하태환 역, 『예술의 규칙』, 동문선, 1999.
베네딕트 앤더슨, 윤형숙 역, 『상상의 공동체』, 나남출판, 2002.

3. 연구논문
김동식, 「한국의 근대적 문학개념의 형성과정 연구」, 서울대 박사논문, 1999.
김석봉, 「식민지 시기 『조선일보』 신춘문예의 제도화 양상연구」, 『한국현대문학연
　　　구』 16집, 한국현대문학회, 2004. 12.

김춘희, 「한국 근대문학의 형성과 등단제도 연구」, 동국대 석사논문, 2000.
김현주, 「3·1운동 이후 부르주아 계몽주의 세력의 수사학―‘사회’, ‘여론’, ‘민중’을
　　　　중심으로」, 『대동문화연구』 52집, 성균관대 대동문화연구원, 2005. 12.
김화영, 「문학이라는 제도」, 『세계의 문학』, 1986. 여름호.
박헌호, 「‘문화정치’기 신문의 위상과 반검열의 내적논리」, 『대동문화연구』 50집, 성
　　　　균관대 대동문화연구원, 2005. 6.
박헌호, 「동인지에서 신춘문예로―등단제도의 권력적 변화」, 『대동문화연구』 53집,
　　　　성균관대 대동문화연구원, 2006. 3.

◆ 국문초록

  '식민지 조선에서 작가가 된다는 것'의 의미는 온전히 해명되기 어려운 난제에 속한다. 이 글의 초점은 제도로서의 한국 근대문학이 근대 매체와의 관련 속에서 어떻게 사회적 위상을 확보했으며 자신을 구조화하고 표현하게 됐는가를 밝히는 데 있다. 작가되기의 의미를 식민지 상황과 미디어와의 연관 속에서 제한적으로 살펴보려는 것이다. 자신의 정부를 수립할 수 없었던 식민지 치하에서 언론계는 단순히 정보의 전달자 역할만을 한 것이 아니었다. 신문과 잡지는 근대지식의 매개자이자 근대성의 전파자 역할을 수행했으며 식민지인들만으로 구성된 상상의 '사회'와 '중앙'을 창출했다. 또한 일제와 타협하지 않으려는 지식인의 입장에서 본다면 언론계는 그들의 사회적 욕망과 명분을 유지할 수 있는 거의 유일한 출구였다. 식민치하에서는 지식인의 주된 활동이 언론에 글을 쓰는 행위로 표상되었다. 여기에서 식민지 시기 문학의 위상이 뚜렷해진다. 정치적, 사회적 발언의 자유가 박탈된 식민치하에서 문학은 그것을 주체의 형식으로. 또한 개인의 감정과 보편성을 포괄하는 형식으로 담아낼 수 있는 양식이었다. 요컨대 식민지 조선의 문학은 세 가지 꼭지점 사이에 놓여 있었다. 정치성이 거세될 수밖에 없는 현실과, 지식인이 자신을 사회화시키고자 하는 욕구와 그럼에도 보편성 속에서 주체의 정서까지 포괄하고자 하는 욕구가 그것이다.

◆ SUMMARY

Thing to Become Writer in the Colony Joseon
-Focusing on relationship of modern media and intellectuals, literature

Park, Heon-Ho

Meanings of thing to become writer in the colony Joseon is a difficult problem of being elucidated. I tried to examine only restrictively meaning of becoming writer by considering the interactional environment colonial situation and media in this paper. The press played role as both mediator of modern knowledges and spreader of modernity itself in the Colonial Joseon which couldn't build nation-state and government of its own, which formed and functioned as a 'center' of consisting only the colonized, what is called newspaper government. Intellectuals resisting against imperial Japan regarded the press as only field of action being able to satisfy their social desires and moral duties. In the colony period, intellectuals' main action was represented as writing in newspapers and magazines.

In this aspect, position of literature is made clear. Under the colonial situation being prohibited free of political and social speech, literature was the writing form of transforming them into humane universalities and individual feelings. As it were, literature in the colony Joseon is placed in three apexes the following; colonial reality castrating the politic, desire of intellectuals socializing themselves, in spite of all these facts, and desire to include individual emotion in universality.

Keyword : writer, media, the colony Joseon, intellectual, modern literature, newspaper government(新聞政府), socialization of subject

-이 논문은 2006년 3월 30일에 접수, 소정의 심사를 거쳐 2006년 5월 31일에 최종적으로 게재가 확정되었음.

두 개의 거울 : 민족 담론의 자화상 그리기*
―장혁주와 김사량을 중심으로

김 철**

목 차

1. 문제의 제기

A) 이태준: 잠깐 아키다 선생께 여쭙겠습니다. 아까 조선어로 쓰든 내지어
   로 쓰든 괜찮다고 말씀하셨습니다만, 우리들로서는 중대한 일이기

* 이 논문의 요약본은 2006년 4월 6일부터 9일까지 미국 샌프란시스코에서 열린
AAS(Association for Asian Studies) 58차 연례대회의 「Assimilation, Collaboration, and
National Identity in Colonial and Postcolonial Korea」라는 주제의 패널에서 구두 발표되었
다. 패널의 좌장을 맡은 Takashi Fujitani 교수를 비롯하여 Ted Hughes 교수, 서석배 교
수, Chiho Sawada 박사의 충고와 조언에 감사드린다. 황호덕 교수의 지적 또한 이 논문
을 수정하는 데에 큰 도움이 되었다. 이 논문의 영문 번역을 도와 준 John Frankle 교수,
그리고 국내에서 구할 수 없었던 자료를 보내준 와타나베 나오키 교수에게 특별한 감
사의 말씀을 드린다.
** 연세대학교 국어국문학과 교수.

때문에 본론과는 어긋나지만 질문 드리겠습니다. 내지의 선배님들은 우리 조선의 작가가 조선어로 쓰기를 진심으로 희망하고 있습니까, 혹은 내지어로 쓰기를 더 희망하고 있습니까?

아키다 우자쿠(秋田雨雀): 우리들 작가의 요망, 그러니까 대중의 요망으로서, 즉 대상을 대중에 두는 작가로서는 국어가 좋다고 생각합니다. ·

무라야마 토모요시(村山知義): 조선의 문학을 조금이라도 많은 사람에게 읽히고 반향을 얻기에는 조선어로 써서는 독자가 적기 때문에 반향이 적다고 생각합니다. 역시 조선에서도 실제로 국어가 보급되었기 때문에 많은 사람에게 알리려고 한다면, 내지어로 쓰는 것이 널리 읽힌다고 생각되므로, 내지어가 좋겠지요.

이태준: 사물을 표현하는데 내지어로 정확하게 그 내용을 설명할 수 없다고 생각해서가 아닙니다. 우리들 독자의 문화를 표현하는 경우의 정취(味)는 조선어가 아니면 안 되는 곳이 있습니다. 그것을 내지어를 가지고 표현한다면 그 내용이 내지화 해버리는 느낌이 듭니다. 정말 그렇습니다. 그렇다면 조선 독자의 문화가 사라진다고 생각합니다.

하야시 후사오(林房雄): 영국이 아일랜드에 취한 정책은 어떠했습니까. 하지만 아일랜드의 문학은 있습니다. 또 우리들이 이렇게 여러분과 좌담회를 해도 의미가 통하고, 우리들과 함께 앉아 계시는 오늘 조선어가 아니면 안 된다든가 내지어에 저항한다든가 하는 것은… 오늘날 내지의 영향으로부터 벗어난 예술은 사라져버렸습니다. 〈중략〉 지금부터 여러분은 작품을 내지어로 차차 써 주시기를 바랍니다. 그 반향은 반드시 있을 것입니다.

이태준: 그것은 일본문화를 위해서입니까, 조선문화를 위해서입니까?

하야시: 세계문화를 위해서입니다.

유진오: 그것은 좋다고 생각하지만, 조선어로 하지 않으면 안 된다고 봅니다. 거기에 의견의 차이가 있습니다.

하야시: 게다가 조선어는 소학교에서도 없어졌습니다.

유진오: 그렇습니다만, 조선어는 결코 사라지지는 않습니다. 점점 희미해져 가긴 합니다만…

하야시: 그것은 그것으로 좋습니다. 그러니까 조선의 작가는 차차 내지어로 쓰는 게 좋습니다. 그렇지 않으면 아무리 써도 독자가 없습니

다. 독자가 없으면 밥을 먹을 수가 없어요.[1]

B) 그러나 사태는 여러분이 원하는 대로는 되지 않는다. 조선 통치는 날로 악화되어 갈 뿐이다. 이미 학교령이 변하고 경찰령도 변했다. 다음은 의무 교육과 징병령의 실시다.

여기서 문인에게 직접 문제되는 것은 이 의무교육이다. 올해 이것이 실시되면 삼십년 후에는 조선어의 세력은 오늘의 반쯤으로 감퇴할 것이다. 다시 삼십년 후에는? 아일랜드는 삼백년만에 영어로 되어 어지간한 산간 주민 사이에서가 아니면 켈트어는 들을 수도 없게 되었다고 한다. 오늘날에 있어서는 삼백년의 일은 백년이면 족하다.

여기에서 문인 제씨는 더욱 조선어를 사수하려 할 것이다. 그것은 장한 일이다. 그러나 그와 동시에 내지어로 진출하는 것도 반드시 배격할 것은 아니라고 생각하는 게 어떨까.[2]

C) **이광수**: 국민교육이 의무가 되어 국어가 보급되고, 조선인 전체가 국어를 읽을 수 있게 되는 것은 빨라도 삼십년, 아니면 오십년 후가 될 것이라고 생각합니다. 따라서 언문밖에 읽을 줄 모르는 사람들을 그냥 둘 수는 없습니다. 모두 국어를 아는 조선인이 되기까지는 일시적이라도 언문 문학이 아니면 안 된다고 생각합니다.

　시오바라 도키사부로(鹽原時三郎): 물론 그렇습니다. 찬성이지만, 이건 어느 정도 생각하지 않으면 안 되는 문제입니다. 일단은 병행해 가지만, 언젠가 하나로 하고자 할 때 어떤 수단을 취하면 좋을까 하는 것이 문제입니다.

　이광수: 그것은 자연히 결정되지 않겠습니까?

　시오바라: 그렇게 생각할 수도 있지만, 무리를 하는 것은 어떤 경우에도 생각할 수 없습니다.

　이광수: 의무교육이 설정되고 나서 적어도 오십년은 안 됩니다.

　시오바라: 조선 아이들 전부가 적령이 되면 학교에 들어갈 수 있는 시대가 소화 25, 6년이 될 것이라고 생각합니다. 일곱 여덟살에 들어가서 가령 오십년이라면 아주 깁니다.

---

1) 座談會, 「朝鮮文化の將來」, 『文學界』, 東京, 1939. 1.
2) 張赫宙, 「朝鮮の知識人に訴ふ」, 『文藝』, 東京, 1939. 2, p.239.

이광수: 그때부터 계산해서 사오십년 정도는 언문입니다.[3]

D) 내지의 일부 문학자로부터도, 조선 작가도 내지어로 써야 한다는 의견
이 나오는 듯한데 그것은 실제로 매우 어려운 일이다. 그러나 그에 대해
조선의 작가들도 여러 가지 오해를 하거나 억측을 할 필요는 없을 것이다.
오히려 그것은 내지의 문학자가 조선의 작가를 영입하려는 아량을 보인
것으로 이해해야 한다. 그리고 한편 대국적으로 생각하면 현실은 우리보다
훨씬 앞서가고 있음을 인정하지 않을 수 없다. 내지어의 철저화 방침도 차
츰 강해져 가고, 머지않아 의무교육까지 실시되면 아주 넓은 범위에 내지
어가 보급될 것이다. 〈중략〉 그런 의미에서 나는 조선 작가 가운데 내지어
로 충분히 쓸 수 있는 사람은 조선어로 저술을 하는 한편 내지 문단에도
쉴새없이 작품을 써 보낼 필요가 있다고 생각한다. 〈중략〉 정신적인 진정
한 내선일체는 문학을 통해서만이 잘 될 수 있는 것이다. 〈중략〉 현재 조
선 작가에게 불가능한 이야기를 꺼내어 내지어로 쓰라는 둥 하는 것은 아
무래도 무리이다. 그 대신에 조선문학을 번역하는 조직을 만들어 조선문학
이 진실로 조선어로 쓰여져야만 하는 까닭을 알려야 할 것이다.[4]

1938년 제3차 조선 교육령의 개정과 함께 식민지 조선에서는 이른바
'내선공학'(內鮮共學)이 시행되고 '조선어'는 필수과목에서 제외되었다.
한편 일상 생활에서의 '국어(일본어)' 사용에 대한 강요는 1940년과 41
년에 걸쳐 조선어로 간행되던 신문과 잡지들이 폐간되는 것과 함께 더
욱 강화되었다. 위의 인용문들은, 많은 한국인들의 기억 속에 일제 통치
의 악랄함을 피부로 느끼게 하는 가장 악명 높은 정책의 하나로 손꼽히
는 조선어에 대한 억압이 한창 진행되고 있던 그 당시에, 식민지 작가들
이 이 사태에 어떻게 반응하고 있었는가를 보여주는 몇 개의 사례이다.
인용문 A)의 좌담회는 점차 강하게 밀려드는 억압으로부터 조선어

---

3) 「반도의 문예를 말하는 좌담회, 문인의 입장에서—菊池寬씨 등을 중심으로」, 『京城日
  報』, 서울, 1940. 8. 13~20.(이경훈 편역, 『춘원 이광수 친일문학전집』 2, 서울, 평민사,
  1995.에서 인용)
4) 金史良, 「朝鮮文化通信」, 『現地報告』, 東京, 文藝春秋社, 1940. 9.(『金史良全集』 IV,
  東京, 河出書房新社, 1973~74. pp.28-30.)

글쓰기의 마지막 거점을 확보하고자 애쓰는 조선 문인들과, 곧 사라지고 말 조선어의 숙명과 일본어 글쓰기를 당연한 것으로 여기는 일본 문인들의 고압적이고 오만한 자세를 극명하게 보여주고 있다. 이 좌담회에 참석했던 장혁주는 곧이어 「朝鮮の知識人に訴ふ」(조선 지식인에게 호소함)이라는 에세이를 발표했는데, 인용문 B)는 많은 사람들을 격노케 한 그 에세이의 한 부분이다. 조선에서 의무교육이 실시되면(결과적으로는 실시되지 않았지만) 백년 이내에 조선어는 사라질 것이라고 그는 예상한다. 그렇다면 일본어로 쓰는 것도 '배격할 것은 아니'라는 것이 그의 생각이다.

이광수와 기쿠지 캉(菊池寬), 그리고 조선 총독부 학무국장 시오바라 도키사부로(鹽原時三郎)가 참석한 인용문 C)의 좌담회는 A)와 B)로부터 약 1년 6개월쯤 후에 열렸다. '조선인 전체가 일본어를 읽으려면 오십 년은 걸린다. 그때까지는 한국어를 함께 써야 할 것이다'라는 이광수의 주장의 진의(眞意)는, 생각하기에 따라서는, 한국어의 급속한 폐지로 치닫고 있는 현실적 상황에 대한 모종의 전략으로도 비친다. 식민지 언어 정책에 관한 최고의 실권자인 학무국장은 이광수의 의견에 동조할 뿐 아니라, '의무교육의 완전한 실현은 소화 25~26년(1950~1951)' 쯤으로 예상하고 있다. "그러면 그때로부터 사오십년", 즉 1990년에서 2000년 까지는 조선어를 함께 사용해야 한다는 것이 이광수의 주장이다. 그는 정말로 그때쯤이면 조선어가 소멸될 것이라고 예상하거나 혹은 그러기를 바랬던 것일까?

D)의 인용문은 장혁주와 함께 동경에서 활동하고 있던 김사량이 C)와 거의 같은 시점에 발표한, 일본어로 쓰여진 「朝鮮文化通信」이라는 글이다. 이 글에서 김사량은 "민족어의 존속에 대해서 비관할 필요가 없다"고 말한다. "일본어로 쓸 수 없는 조선 작가에게 일본어로 쓰라고 강요하는 것은 무리"이며, 조선 작가들도 그에 대해 지나치게 "신경질적으로" 대할 필요가 없다는 것이다. 일본어로 쓸 수 있는 사람은 일본어로 써서 일본 문단에 작품을 발표하고, 조선어 작품은 번역해서 일본

146

에 소개하는 것이 '진정한 내선일체'를 이루는 길이라는 것이 김사량의
주장이다. 그의 이러한 낙관적 견해의 근거가 어디에 있는지는 잘 알
수 없지만, 장혁주와 더불어 한국어와 일본어로 동시에 글쓰기를 수행
하고 있던 몇 안 되는 작가 중의 한사람이었던 그로서는, 오로지 조선
어로만 글쓰기를 할 수밖에 없었던 많은 다른 작가들에 비해 상대적으
로 위기감을 덜 느꼈던 것이 아닐까?

　위의 사례들은, 제국의 언어가 강력한 권력을 행사할 수밖에 없는
식민지의 언어 상황에서 피식민자의 언어로 수행되는 문학이 부딪친 곤
경과 그 곤경이 최고조에 이른 시점에서의 조선 작가들의 다양한 반응
을 보여주고 있다. 그러나, 조선어의 존립이 위기에 처하는 1938년 이후
의 조선 문단의 대응과 작가들의 태도는 자세하게 살펴 볼 가치가 있는
중요한 주제이긴 하지만, 지금 이 글에서 내가 다루고자 하는 것은 아
니다. 나는 자신의 작가 경력을 일본어로 시작하면서 조선어로도 동시
에 글쓰기를 했던, 위 인용문에서의 두 사람의 작가, 즉 장혁주와 김사
량에 관해 다루려고 하는데, 그러나 여기서는 극히 제한된 주제에 초점
을 맞출 수밖에 없다. 이 글에서 나는 장혁주와 김사량에 대한 작가론
이나 작품론보다는, 우선 '한국인들이 장혁주와 김사량을 읽어 온 방
식'5)에 대해 논의하고자 한다. 따라서 이 글은 필연적으로 연구사적 검
토의 방식을 취할 수밖에 없는데, 이러한 검토를 통하여 나는 탈식민지
사회의 한국인들이 장혁주나 김사량 같은 작가를 매개로 자신의 정체성
을 형성해 온 특정한 방식을 드러내고자 한다. 어떤 특정한 읽기의 방
식이 두 사람의 작가에게 적용되고 그 결과는 다시 한국인들의 자기 정
체성 확인 혹은 형성에 작용했다. 그 특정한 방식이란 '민족주의적 시
각' 혹은 '민족해방적 시각'이라고 말할 수 있을 것인데, 나는 이러한
관점에 입각한 읽기 방식이 우리가 두 작가에게서 얻을 수 있는 보다
풍부한 의미들을 보지 못하게 할 뿐만 아니라, 제국과 식민지 사이의

---

5) 여기서 '한국인'은 남한인, 북한인 그리고 '재일'(在日) 모두를 포괄하는 뜻으로 썼다.

복잡하고 다층적인 문화 변용의 실태를 가림으로써 제국주의 지배의 본
질을 이해하는 데에 심각한 장애를 초래한다고 생각한다.

따라서 이 글에서는 주로 해방 이후 남—북한 및 일본에서 이루어진
장혁주와 김사량에 대한 논의들을 검토하면서 그 논의들이 지닌 문제점
을 지적할 것이다. 그리고 그것을 통해 식민지 지배에 대한 기억들이
취사·선택되고 조직되는 방식들을 보이고자 한다. 마지막으로 이 글에
서는 장혁주나 김사량 같은 식민지 시기 이중 언어 글쓰기 작가들의 활
동을 어떤 문맥에서 의미화 해야 할 것인지를 말하고자 한다.

2. 조선 문학의 정체성: 식민지 시기의 장혁주와 김사량

장혁주, 김사량에 대한 해방 이후의 논의들을 검토하기 전에, 식민지
시기에 이들이 어떻게 수용되고 있었는가를 간단하게 살펴 볼 필요가
있다. 장혁주와 김사량의 '문제성'은 단지 그들이 한국어와 일본어로 동
시에 글을 썼다는 데에 있는 것은 아니다. 초창기의 한국 작가들은 일
본 유학을 통해 새로운 문학 장르로서의 '소설'을 접했고, 일본어를 통
해 서구 문학에 관한 지식과 정보를 섭취했다. 이광수가 그의 첫 소설
을 일본어로 썼다는 사실이나 김동인의 유명한 회고("구상은 일본말로
하고 쓰기는 조선어로 썼다") 등은 근대 한국어의 문체 형성에 일본어
가 얼마나 깊숙이 관련되어 있는지를 보여주는 하나의 사례이다. 다시
말해, 식민지 조선의 작가가 일본어로 글을 쓰는 일은 예외적인 것은
아니었고, 특히 1938년 이후 일본어 창작이 장려되거나 혹은 강요되는
상황에서는 많은 작가들이 일본어로 글을 썼기 때문에 장혁주와 김사량
의 일본어 소설쓰기가 특별히 문제될 것은 없었다.

1932년 장혁주는 「아귀도(餓鬼道)」라는 소설로 일본에서 간행되는
잡지 『改造』의 현상 공모에 당선되었다. 여러 논자들이 지적하듯이, 일
본 문단에서의 장혁주의 등장은 당시의 일본 프로레타리아 문학의 위기

148

상황과 밀접하게 관련되어 있었다. 즉, '지주 계급과 일본 제국주의의 착취에 시달리는 조선 농민의 비참한 삶을 고발'한 식민지 출신 작가의 작품이야말로 일본 프로레타리아 문학의 위기를 돌파할 수 있는 적절한 기회로서 선택되었던 것이다.[6] 그런가 하면 장혁주의 소설은 일본 지식인의 에그조티즘의 산물로도 해석되었다. 장혁주의 서툰 일본어에도 불구하고 그의 소설이 일본 문단의 주목을 받을 수 있었던 것은 식민지 조선에 대한 일본 지식인들의 에그조티즘 때문이라는 평가는 일본과 조선에서 널리 공유되고 있었다. 그리고 그것은 장혁주에 관한 논의, 특히 "「아귀도」론(論)의 원점(原點)"[7] 같은 것이었다. 물론 장혁주 자신은 자기를 이렇게 규정하는 것에 강한 반발을 표시하고 있었다.

> 조선이라면 곧 범이 생각나고, 류쿠(琉球)하면 아와모리(泡盛)와 고추밖에 생각이 안 나는 것과 같은 단순한 이해로써 내 작품이 잘못 다루어졌다는 것은 작가의 입장에서 볼 때 얼마나 쓸쓸한 일인지 모르겠다.[8]

장혁주의 이러한 발언은, '조선적인 것'='지방적인 것'에 대한 일본 문인들의 강한 호기심이 일본의 전문 문예잡지에 정식으로 등단한 최초의 식민지 출신 작가에 대한 관심의 배경을 이루고 있었음을 보여준다. 장혁주에 이어서 김사량(1939), 이은직(李殷直, 1939), 김달수(金達壽, 1940), 홍종우(洪鐘羽, 1941) 등의 조선인 작가들이 일본 문단에 등장했다. 앞에서 말했듯, 이 작가들의 문제성은 단지 일본어로 글쓰기를 했다든가 혹은 이중 언어 글쓰기를 했다는 사실 자체에 있는 것이 아니다. 장혁주를 비롯한 이 작가들의 문제성은, 이들이 식민지 조선의 문학인들로 하여금 '조선문학'의 정체성에 관한 광범위한 (어쩌면 최초라고도 할 수 있을) 자의식을 불러 일으켰다는 데에 있다. 1936년 8월호『삼

---

6) 任展慧,『日本における朝鮮人の文學の歷史』, 東京, 法政大學出版局, 1994, p.204.
7) 시라카와 유타카(白川豊),「張赫宙 研究」, 서울, 동국대 박사논문, 1989, p.39.
8) 張赫宙,「正確なる理解」,『知性』, 1940. 10, p.155.(시라카와, 위의 논문에서 재인용.)

천리』지에 실린 「조선문학의 정의, 이렇게 규정하려 한다!」라는 제목의 기사는 그 점을 잘 보여주는 하나의 사례이다.

〈조선 문학은 조선'글'로, 조선 '사람'이, 조선 사람에게 '읽히기' 위하여 쓴 것〉이라는 조선문학의 일반적인 정의에 대하여 이 기사는 당시의 대표적인 문인 12명의 견해를 묻고 있다. 그 질문 중의 하나는 "조선 사람에게 읽히기 위하여 써야 한다면 장혁주 씨가 동경 문단에 누누(屢屢)발표하는 그 작품은 조선 문학이 아닌가"라는 것이다. 답변의 절대다수는 '조선 문학은 조선 글로 씌어져야 한다'는 것, 따라서 장혁주의 작품은 조선 문학이 될 수 없다는 것이다. 모든 답변자가 조선 문학의 절대적 요건으로서 '조선어'를 힘주어 강조하고 있는 것은 어떤 위기감의 반영으로도 보인다. 흥미로운 것은 이 설문에 참여한 장혁주 자신도 자기 작품의 "일부"는 조선 문학에 속할 수 없다고 답변하고 있다는 점이다.

더욱 흥미로운 것은 이 설문이 특별히 장혁주를 문제삼은 것이다. 일본어로 교육받고 일본어로 읽거나 생각하는 것이 자연스런 일상이었던, 그러나 글쓰기는 조선어로 하고 있었던 식민지 조선의 작가들에게 장혁주의 존재가 새삼 문제되었던 것은 무슨 까닭일까? 장혁주는 그들 자신의 어떤 모습을 드러내는 거울이 아니었을까? 다시 말해, 장혁주의 존재는 조선어와 조선 문학을 둘러싼 미묘하고도 난처한 현실, 예컨대 일본 문학의 일방적 영향 아래 성장해 온 조선 문학의 조건, 일본어와 조선어 사이에 존재하는 명백한 권력 관계, 중앙(=동경) 문단의 한 '지부(支部)'로서의 지방(=조선) 문단이라는 위계적 현실, 그리고 그 안에서 글쓰기를 수행하고 있는 조선인 작가들의 앰비밸런스(ambivalence)를 그대로 비치는 거울이 아니었을까? 조선어의 존립이 점차 의문스러워지는 1930년대 후반의 현실에서 조선어 글쓰기를 수행하고 있던 조선인 작가들에게 장혁주의 존재는 자신의 불확실한 미래를 비추는 어떤 불길한 표상처럼 보였던 것은 아닐까? 장혁주와 조선 작가들과의 심각한 불화는 그의 존재 자체가 이렇듯 조선 문학의 정체성과 현실에 관한 상기하고 싶지 않은 어떤 측면을 상기시키는 데에서 발생한 것이 아닐까? 장혁주의 '문제성'은 바로 여기에 있는 것이라고 나는 생각한다. 그러므로, 장혁주라는 존재가 비쳐주는 '문제성'은 그를 '조선 문학'의 범주에서 추방하는 것으로 해결될 수 있는 것은 아니었다. 그러나 이제부터 살펴 보겠지만, 식민지 이후의 한국 사회는 장혁주의 존재를 지우거나 혹은 특정한 맥락 아래서만 호출함으로써 그가 제기한 중요한 문학사적 문제들을 외면하고 말았다.

3. 굴욕과 저항: 민족 담론의 자화상 그리기

1) 해방 직후의 김사량

김사량: 나로서는 〈중략〉 조선의 진상, 우리의 생활 감정 이런 것을 리얼하게 던지고 호소한다는 높은 기개와 정열 밑에서 붓을 들었던 것이었지만, 지금 와서 반성해 볼 때 그 내용은 여하간에 역시 하나의 오류를 범하지 않았나 생각하고 있는 것을 솔직히 고백하는 바입니다. 〈중략〉

이원조: 김사량씨가 일본어로 붓을 든 것을 큰 오류를 범한 것이라고 고백하시는데 그것은 대단히 양심적이고 아름다운 일이라고 생각합니다.

한설야: 그렇습니다. 일본어로 쓴 소설의 내용에 있어서는 아무런 양심의 가책도 안될지라도 일본어로 붓을 들었다는 사실에 대해서는 자기 반성을 하지 않으면 안되리라고 생각합니다. 〈중략〉

이태준: 나는 8·15 이전에 가장 위협을 느낀 것은 문학보다 문화요, 문화보다 다시 언어였습니다. 작품이니 내용이니 제2, 제3이었지요. 말이 없어지는 위기가 아니었습니까? 〈중략〉 어디서 조선 문화를 논할 여지조차 있었습니까? 그런데 이 점엔 소극적으로나마 관심을 갖지 않고 오히려 조선어 말살 정책에 협력해서 일본말로 작품 활동을 전향한다는 것은 민족적으로 여간 중대한 반동이 아니었다고 봅니다. 그러므로 나는 같은 조선 작가로 최근까지 조선어와 운명을 같이 하려 하지 않고 그렇게 쉽사리 일본말에 붓을 적시는 사람을 은근히 가장 원

망했습니다. 〈중략〉

이원조: 검열을 통과하는 데도 일어를 쓰는 것이 유리하지 않을까 하고 쓴 사람도 있고, 일어로 쓰느니 보다는 안 쓰는 것이 낫다고 해서 안 들었던 분도 있는데, 나로서는 차라리 붓을 안 들었던 것이 옳았다고 봅니다. 그렇다고 해서 김사량씨를 공격하는 것은 아닙니다.[9]

　김남천, 이태준, 한설야, 이기영, 김사량, 이원조, 한효, 임화 등의 주로 좌파 작가와 평론가들이 참석한 「문학자의 자기 비판」이라는 주제의 이 좌담회는 일본 제국주의가 한반도에서 철수하고 난 직후인 1945년 11월 서울에서 열렸다. 인용문에서 보는 바와 같이, 자기 비판의 핵심은 '일본어 글쓰기'로 모아졌다. 이태준의 강경한 발언에 따르면, 일본어로 글을 쓴다는 것은 '중대한 민족적 반동'이었다. 김사량에 대한 공격은 아니라는 이원조의 언명에도 불구하고, 그것은 사실 김사량에 대한 공개적이고도 노골적인 공격으로 비쳤다. 김사량이 크게 반발한 것은 물론이었다.

김사량: 절망적인 구렁텅이에 빠졌으면서도 희망은 꼭 있다고 생각한 분들이 붓을 꺾은 후 그나마 문화인의 양심과 작가적 정열을 어디다 두셨는가요? 여기서 문제는 전개된다고 생각합니다. 쉽사리 갈러 놓자면 문화를 사랑하고 지키는 문학자와 또 그래도 싸우려고 한 문학자, 이 두 갈래, 그러나 일언으로 말하자면 문화인이란 최저의 저항선에서 이보퇴각, 일보전진 하면서도 싸우는 것이 임무라고 생각합니다. 무엇을 어떻게 썼느냐가 논의될 문제이지, 좀 힘들어지니까 또 옷밥이 나오는 일도 아니니까 쑥 들어가 팔짱을 끼고 앉았던 것이 드높은 문화인의 정신이었다고 생각하는 데는 나는 반대입니다. 모두 앞날의 광명은 믿었던 처지로 만약 붓을 표면에서는 꺾었으나 그래도 골방 속으로 책상을 가지고 들어가 그냥 끊임없이 창작의 붓을 들었던 이가 있다면 우리는 그 앞에 모자를 벗지 않을 수가 없습니다.[10]

---

9) 「문학자의 자기 비판」, 『인민예술』, 서울, 1946. 10(신형기 편, 『해방 3년의 비평문학』, 서울, 도서출판 세계, 1988, 81-83쪽 재인용).

152

이 발언의 의미는 명백하다. '골방 속으로 책상을 가지고 들어가 끊임없이 창작의 붓을 들었던', '그 앞에서 모자를 벗지 않을 수 없는' 작가는 이 자리에 존재하지 않는다. 김사량을 겨냥하여 일본어 글쓰기를 '민족적 반동'이라고 몰아 세우는 이태준조차 사실은 일본어로 글을 썼고 전쟁 협력 행위를 한 바가 있다. 더구나 비록 일본어로 글을 쓰기는 했지만, 일본 제국주의와의 투쟁에 있어서 김사량처럼 직접적인 행동에 나섰던 작가는 아무도 없었다.11) 김사량은 1945년 5월 북경에서 기차를 타고 일본군의 봉쇄선을 뚫고 태항산으로 탈출하여 조선 의용군의 일원으로 활동하다가 해방과 함께 귀국하여, 이 좌담회가 열리던 1945년 11월에는 모종의 '조직 사업'의 임무를 띠고 평양으로부터 서울로 파견 나와 있었다. 일제와의 직접 투쟁의 측면에서라면 이 자리에 참석하고 있는 작가와 평론가들은 사실상 김사량 앞에 "모자를 벗지 않을 수 없는" 것이다.

그럼에도 불구하고 일본어 글쓰기의 "오류"를 가장 먼저 "고백"하는 것은 김사량이며, 다른 작가들은 마치 김사량만 일본어로 글을 쓰기라도 한 것처럼 그를 공격하는 분위기를 자아내고 있다. 작가적 생애의 거의 전부를 일본어와 한국어의 이중 언어 세계 속에서 살았고 바로 얼마 전에는 일본어로만 글을 써야 했던 작가들 사이에서 일본어가 문제되는 순간, 그들은 약속이나 한 듯이 공격의 화살을 김사량에게 집중하는 것이다. 어떤 희생양을 요구하는 성마른 '청산'(purging)에의 초조한 욕구가 이 장면을 지배하고 있는 것처럼 보인다. 김사량의 '투쟁 경력'에 대한 반응도 흥미롭다. 사회자인 김남천은 "최근 색다른 체험을 하고 연안 방면서 돌아오신 김사량 씨"라고 그를 소개하며 김사량 스스로도 자신의 경력을 "하나의 로맨티시즘", "하나의 도피"라고 말하고 있

---

10) 위의 글, 84쪽.

11) 이태준을 제외하면 나머지 사람들은 모두 카프의 맹원으로 일찍이 체포되거나 투옥된 경험이 있다. 동시에 그들은 1938년 이후 모두 전향하였다. 김사량이 연안으로의 탈출을 감행한 1945년 5월 현재 그들은 모두 전시 체제에 협력하고 있었다.

다. 김사량의 말은 겸손에서 나온 것이라 하더라도, 국내의 작가들에게 김사량이 어떻게 비쳐지고 있었는지는 김남천의 이 말에서 충분히 짐작할 수 있다. '전쟁 시기에 골방으로 들어가 창작에 몰두한 작가가 있다면 우리는 그 앞에서 모자를 벗어야 한다'는 김사량의 반발에 대하여 이원조는 "김사량 씨와 같이 연안으로 간 분도 있고 상인으로 혹은 광산으로 들어간 분도 있지요"라는 다분히 비아냥거리는 투의 발언을 하고 있기까지 하다.

요컨대, 김사량의 일본어 글쓰기는 역시 일본어로 글을 썼던 당시의 다른 작가들에게서 '과도하게' 비판되는 동시에, 그의 일제와의 투쟁 경력은 '과소' 평가되고 있는 것이다. 이 '과도 평가'와 '과소 평가'에는 그럴 만한 이유들이 있는 듯하다. 일본어는 한국 사회가 가장 빨리 씻어버려야 할 '식민지 잔재' 중의 하나였고, 일본어에 대한 격렬한 거부감은 탈식민지 한국의 사회적 일체감을 이루는 중요한 기제로서 줄곧 작동하였다. 한편 김사량의 3개월 남짓한 종군(從軍) 경력은 해외에서 돌아온 '독립투사'들이 넘쳐나는 당시의 상황에서는 '색다른 체험' 정도 이상의 것은 아니었을 것임이 분명하다. 김사량의 '저항'을 외면하면서 그의 '일본어'를 부각시키는 이 장면이야말로 그러한 사회적 기제가 작동하기 시작하는 해방 직후 한국 사회의 모습을 여과없이 드러내는 것으로 보인다.

그런데 그로부터 몇십년 후에 김사량은 한국인들에게 전혀 반대의 관점에서 비치기 시작했다. 즉, 그의 '일본어'는 불문에 붙여지는 동시에 그의 '저항'은 최대한으로 부각되기 시작하는 것이다. 이제 그것을 살펴 보자.

2) 재일 조선인 사회에서의 장혁주와 김사량

한국 전쟁 기간에 김사량은 북한군에 종군하다가 1950년 북한으로의 후퇴 도중에 병사하였다. 장혁주는 일본에 남아 계속해서 작가로 활동하고 있었다. 한국 전쟁 동안 그 역시 한국에 와서 전쟁의 참상을 목격하고 1952년에 『오호 조선(嗚呼朝鮮)』이라는 글을 발표하였다. 같은 해에 장혁주는 일본으로 국적을 바꾸고 '노쿠치 가쿠쥬(野口赫宙)'로 개명하였다. 이렇게 한 사람은 죽음으로, 또 한 사람은 국적 변경으로 한국 사회에서 잊혀졌다.

한국인들에게 장혁주와 김사량이 어떻게 수용되었는가, 라는 이 글의 주제와 관련하여 말할 때, 우선 손꼽을 수 있는 가장 큰 특징은 그들이 오래 동안 망각되었다는 것이다. 해방 후에 나온 『친일파 군상』(1948) 같은 팜플렛 형태의 책자에서 장혁주는 '친일파'로 거론되는데, 그의 이름은 다른 많은 작가들의 이름 속에서 거의 보이지 않을 정도의 비중을 차지하고 있을 뿐이다. 한편 김사량의 이름은 한국 전쟁 이후 남한 사회에서 언급될 수 없었다. 1972년에 일본에서 출간된 안우식의 『김사량 평전』에 따르면, 북한에서도 김사량은 1955년에 『김사량 선집』이 출간된 이후 1987년까지 (정치적 이유에 의한 것으로 추정되지만) 망각되었다.[12] 1966년에 남한에서는 임종국의 『친일문학론』이 간행되었다. 해방 이후 처음으로 '친일작가'의 이름과 그 행위들을 정리함으로써 식민지 시대 문학 연구에 커다란 충격을 주었던 이 책에서 장혁주와 김사량은 모두 '친일 작가'로 거론되었다. 그러나 임종국의 책이 발간된 이후에도 오래 동안 이른바 '친일작가'나 '친일문학'에 대한 남한에서의 연구나 논의는 거의 이루어지지 않았다. 한국어로 쓴 것이든, 일본어로 쓴 것이든 장혁주와 김사량의 작품은 읽히지 않았고 '친일 작가' 이외에 그들을 설명하는 다른 언어는 없었다.

장혁주와 김사량에 대한 연구는 재일 조선인 연구자들에 의해 촉발되고 그 결과가 남한과 북한에 유입되는 형태로 진행되었다. 재일 연구자인 임전혜의 「장혁주론」(1965)은 이후의 장혁주와 김사량에 대한 논의의 원형(原型)을 이루는 논문이며, 이 두 작가에 대한 많은 한국인들

---

12) 안우식, 심원섭 역, 『김사량평전』, 서울, 문학과지성사, 2000, 11쪽.

의 통념적 이미지를 대변하는 글이다. 이 글의 전제는 "민족의 시점에서 장혁주를 생각한다"는 것이다. 이 글에서 장혁주는 "자민족의 억압자에게 무릎을 꿇은", "식민지 근성을 완벽하게 노정한", "더 이상 부끄러운 타락이 또 있을까" 싶은, "인간성의 무서운 파괴"를 보여준 작가로 묘사된다. 장혁주는 "조선 농민을 둘러싼 민족적·사회적 모순을 정면으로 그리던" "출발 당초의 자세를 스스로 부정"하고, "일본 문단에서의 입신 출세를 위해" "민족적 긍지를 버린" 작가이다. 그러므로 "재일 조선인 문학자의 전쟁 책임에 대한 추궁은 우선 장혁주로부터 시작되어야 한다." 결론 부분에서 이 논문은 장혁주와 "좋은 대조"를 이루는 김사량을 간략하게 언급한다. "김사량은 최후까지 일본 제국주의 앞에 머리를 굽히지 않았"으며, 그의 "애국적 자세는 1945년 이후 재일 조선인 작가들에게 올바로 계승되었다." 논문은 다음과 같은 문장으로 끝을 맺는다.

> 1945년 이전의 장혁주와 김사량의 자세는 식민지 문학자에게 있어서의 두 가지 길—굴욕과 저항—을 뚜렷하게 보여주는 것이었다. 김사량을 생각할 때, 자국의 억압자에게 무릎을 꿇은 장혁주의 전락(轉落)의 궤적은 더욱 선명해지는 것이다.13)

이 논문의 중요성은, 장혁주와 김사량에 대한 이러한 "선명한 대조", 즉 "굴욕과 저항"이라는 "두 가지 길"의 이미지가 두 작가를 설명하는 방법으로, 말그대로 '선명하게' 제시되었다는 데에 있다. 이와 같이, 장혁주와 김사량은 언제나 비교, 대조의 대상으로 함께 언급된다. 거의 예외없이, 김사량은 장혁주를 통해서 보여지고 장혁주 역시 김사량을 통해서 보여진다. 그리하여 '변절자' '배신자'로서의 장혁주의 이미지와 '애국자' '투사'로서의 김사량의 이미지는 서로가 서로를 강화하는 형태로 고착된다. '변절자'로서의 장혁주의 모습은 '투사'로서의 김사량에

---

13) 任展慧, 「張赫宙論」, 『文學』, 東京, 1965. 11, p.1256.

156

비추어 볼 때 더욱 선명해지고, '투사'로서의 김사량의 모습은 용서 못할 '변절자'인 장혁주에 비추어 더욱 선명해진다. 임전혜의 논문은 장혁주와 김사량에 대한 그러한 이해 방식을 가장 전형적으로 드러낸 사례이다.

식민지 시기를 '굴욕/저항'의 세계로 선명하게 이분화하고 그 각각의 영역에 적당한 인물과 사상을 할당하는 것으로 시종하는, 대중적 호소력이 대단히 큰 이러한 설명 방식은 재일 조선인 사회에서만이 아니라 남북한 양쪽에서도 식민지 이후의 사회적 통합을 이루기 위한 효과적인 담론적 장치로 이용되어 왔다. 그러나 남북한 양쪽에서의 민족적 정체성을 형성하기 위해 장혁주나 김사량이 호출되는 것은 아직 먼 미래의 일이었다. 장혁주는 '일본 작가'로서 잊혀졌고, 김사량은 남한에서는 '월북 작가'로서 금기시되었으며, 북한에서도(아마도 연안파 숙청과 관련하여) 역시 금기의 존재였다.

임전혜의 논문 이후 두 작가에 대한 재일 조선인 사회의 관심을 촉발시킨 것은 안우식의 『김사량 평전』(1972)이라고 할 수 있다. 이 평전의 출간과 함께 1973년부터 1974년에 걸쳐 전체 4권 분량의『김사량 전집』이 일본에서 간행되었다. 김사량에 관한 가장 충실한 전기라고 할 수 있는 이 책을 이끄는 기본적인 시각 역시 임전혜의 그것과 크게 다르지 않다. "식민지 치하의 조선 작가들한테 펼쳐져 있는 길은 고개를 쳐들고 앞으로 나아갈 것인가, 눈을 감고 절망에 빠질 것인가, 굽신거리고 타협하고 항복하고 배반할 것인가, 이 세 가지뿐"이라는 전제에서 출발하는 이 평전에서 김사량은, "지레 겁을 먹고 수치심도 없이 스스로 민족적 절조를 굽히고 말았던" 이광수, 임화, 장혁주 등과는 달리, "비록 짧은 기간 일본 통치 권력의 조선 지배에 협력" 하는 "좌절의 시간"은 있었지만, "고개를 들고 앞으로 나아가는 길을 지향하면서 '빛 속으로'(光の中に) 나아간" "극소수의 영웅"으로 묘사된다.14)

---

14) 김사량의 전기를 이 정도로 충실하게 재구성한 연구물은 아직 없다. 그럼에도 불구하

　　장혁주는 1952년 자신의 국적 변경 때문에 재일 조선인들로부터 받은 암살 위협 사건의 전말을 「협박」(1953)이라는 단편 소설에서 자세히 묘사한 바 있다. 사소설(私小說) 형식의 이 소설에 따르면, 장혁주는 조선어를 버리고 일제에 협력한 행위 때문에 해방 직후 재일 조선인 사회로부터 '처단되어야 할 자'로 지목되었고, '귀화 신청' 이후에는 암살 통고장을 받고 쫓기는 신세가 되었다. 소설은 "민족에서 도망쳐" 시골의 온천장으로 몸을 숨기는 작가의 모습을 묘사하는 것으로 끝난다.[15] '증오스런 변절자'로서의 장혁주와 '빛 속으로 나아간 영웅'으로서의 김사량이라는 두 '민족적 자화상(自畵像)'의 밑그림은 이렇게 그려지고 있었다.

고 나는 이 평전이 지닌 편향성을 지적하지 않을 수 없다. 민족중심적 시각이 지닌 '저항/협력', '민족/반민족' 따위의 이분법에 나는 전혀 동의하지 않지만, 설사 이 분류를 적용한다 하더라도, 이 평전은 김사량의 이른바 '협력 행위'를 (분명히 의도적이라고 보일 만큼) 축소하고 있다. 안우식은 김사량의 시국협력적 글쓰기가 "1943년에 시작"되어 "1944년에 들어서자 갑자기 작품 활동을 중지하고" 이후 "1년 반에 걸쳐 침묵하다가" 연안으로 탈출하였다고 주장하지만, 이는 사실과 어긋난다. 안우식이 스스로 작성한 연보에 따르더라도, 김사량은 그의 '협력적' 글쓰기의 대표적인 작품인 『바다에의 노래』를 1944년 10월까지 『매일신보』에 연재하고 있었다. 그가 "침묵"했다면 그것은 1년 반이 아니라, 반년 정도이다. 더구나 김사량의 '시국협력적' 글쓰기는 1943년에 시작된 것이 아니라, 이미 1940년의 평론 「조선문화통신」 등과 1941년의 소설, 예컨대 「유치장에서 만난 사내」, 「향수(鄕愁)」 등에서도 부인할 수 없을 만큼 드러난다. 안우식은 이러한 사실을 교묘하게 회피하고 있다. 예컨대, 그는 「조선문화통신」에서의 김사량의 발언을 다음과 같이 인용하고 있다: "하야시 후사오는 조선 문학이 아일랜드 문학에 비길 만하다면 이 이상의 좋은 일은 있을 수 없다는 의미의 말을 한 바 있다, [……] 그러나 지금까지 조선 문학은 좁은 영역 속에 갇혀서 자신의 육체를 구축하는 데 급급했던 나머지, 영국문학과 아일랜드 문학의 관계가 그랬던 것처럼, 일본 문단과 그 정도로 밀접한 관계를 가지지는 못했다." 안우식은 이러한 김사량의 발언을 인용한 후, 김사량이 조선 문단을 아일랜드에 비기는 것을 "승락하지 않을 것임은 불을 보는 것보다 뻔한 일"이라고 해석한다. 문제는 위의 인용문에서 생략된 부분에 있다. 이 생략된 부분의 문장은 다음과 같다: "그것은 필경 영국 문학이 아일랜드 문학을 그 일익(一翼)에 포함함으로써만 한층 빛을 더할 수 있다는 사실을 우리가 알고 있기 때문이다. 조선 문학의 존재도 확실히 일본 문학의 일익을 장식하는 것임을 나는 믿어 의심치 않는다."
15) 장혁주, 호테이 토시히로 편, 「협박」, 『장혁주 소설 선집』, 서울, 태학사, 2002, 285쪽.

3) 정화(淨化) vs 성화(聖化): 한국에서의 장혁주와 김사량

안우식의 설명에 따르면, 1974년 일본에서의 『김사량 전집』의 출간
은 북한에서의 김사량의 "명예회복"을 가능하게 하고 그의 작품집을 발
간하게 했다. 1987년 평양의 문예출판사가 발간한 『김사량 작품집』은
북한 민족주의가 김사량을 어떤 맥락에서 호출하고 있는가를 매우 잘
보여주고 있다. 이 선집에는 해방 이후 북한 사회주의의 건설과 김일성
부대의 영웅적인 전투를 그린 「칠현금」, 「대오는 태양을 향하여」, 「남에
서 온 편지」 등의 소설과 한국 전쟁에서의 「종군기」가 실려 있고, 식민
지 시기의 소설로는 「토성랑」과 「빛 속에」의 두 편이 실려 있다. 이 책
에서의 해설에 따르면, "민족적 양심과 지조를 가슴깊이 간직한" 김사
량은 "김일성 장군의 위대한 풍모와 불멸의 업적, 조선인민혁명군의 혁
혁한 승리와 그 세계사적 의의를 격동적으로 노래한" "혁명적 작가"이
며, "일제에게 예속되어 있는 우리 인민의 비참한 모습"을 그려낸 "애
국적 작가"이다.16)

30년 이상의 망각을 넘어 김사량은 북한 민족주의의 정치적 요청에
의하여 이렇게 호출되었다. 이 정치적 요청이 한편으로는 극도의 반일
(反日)감정과 혈연적 종족(種族)감정에 지배되고 있음은 소설 「빛 속에」
에 대한 다음과 같은 해설에 잘 나타나 있다. 해설자는 이 소설 속에
"조선 인민의 비참한 모습이 그려지고 있는 것은 부정할 수 없으나 조
선 민족의 비통한 운명을 잘 엮은 것은 아니다"라고 비판한다.

> 이 작품의 제한성은 혼혈아인 하루오 소년 문제를 작품의 기본 문제로
> 설정하고 있는 데서 드러난다. 이러한 문제의 설정으로서는 비통한 조선
> 민족의 운명을 잘 엮어나갈 수가 없다. 왜냐하면 비통한 조선 민족의 운명
> 문제는 일제에게 억압받고 착취받는 조선 사람들의 문제이지 하루오와 같
> 은 그런 혼혈아에 대한 문제가 아니기 때문이다.17)

---

16) 장형준, 「작가 김사량과 그의 문학」, 『김사량 작품집』, 평양, 문예출판사, 1987, 10쪽.

이 폭력적 인종주의(人種主義)는 남한의 민족 담론에서도 그대로 반복되었다. 1989년에 남한의 한 출판사는 김사량의 작품집을 『노마만리』라는 제목으로 출판하였다. 당시의 남한에서는 '북한 바로 알기'라는 캠페인이 벌어지고 있었다. 북한의 서적들이 입수되어 보급되기 시작했는데, 그것들은 대부분 정상적인 출판 관행을 따르지 않고 출판되었기 때문에 텍스트의 기본적인 정보들을 전혀 알 수가 없는 것들이었다. 김사량 작품집의 남한에서의 출판도 그러했다. 김사량의 연안으로의 탈출 기록인 『노마만리』를 비롯해 한국어로 쓰여진 장편소설 『낙조』, 그밖에 「토성랑」, 「빛 속에」, 「유치장에서 만난 사나이」, 「지기미」, 「칠현금」 등을 수록한 이 책 역시 원전(原典)이나 출전(出典)에 대한 어떠한 정보도 주어져 있지 않지만, '해설'에서의 다음과 같은 구절로 보아 이 책이 1987년 평양에서 출간된 『김사량 작품집』을 원본으로 한 것임을 짐작할 수 있다.

그러나 지금 우리는 이 작품을 읽으면서 그렇게 절실한 감동을 받지는 못한다. 그것은 이 「빛 속에」가 일제 식민지하 조선 민족문제의 핵심을 비켜 있기 때문이다. 비통한 조선 민족의 운명 문제는 일제에게 억압받고 착취받는 조선 사람들의 문제이지 하루오와 같은 혼혈아의 문제가 아니다.[18]

원본이 무엇이었든 간에, 아마도 해방 이후 남한에서 최초로 출간되었을 김사량 작품집인 이 책에서의 기본 시각 역시 지금까지 살펴 본 것과 조금도 다르지 않다. '매국/애국', '굴종/저항', '민족/반민족'의 이분법이 작가와 작품을 평가하는 최종 심급이다.[19]

---

17) 위의 글, 7쪽.

18) 이상경, 「암흑기를 뚫은 민족해방의 문학」, 『노마만리』, 서울, 동광출판사, 1989, 403쪽.

19) 『낙조』나 「유치장에서 만난 사나이」 같은 소설의 한계는 매국노와 민중의 갈등을 제대로 그리지 못한 데에 있다고 이 책의 해설자는 설명한다. "문제의 핵심은 매국노와 매국노에 억압받는 조선 민중의 갈등이 되어야 하는데, 「낙조」나 「유치장에서 만난 사나이」는 적대적인 갈등 관계를 비켜서 전개되어 매국노의 착한 아들이라는 어중간한

한편, 김사량의 작품집이 간행되기 3년 전인 1986년에 두 권 분량의 『친일문학 작품선집』이 서울에서 간행되었다.[20] 이 선집은 총 36명의 작가들의 '친일' 소설, 시, 희곡, 평론, 수필, 기행문 등 116편을 수록한 것인데, 해방 이후 가장 폭넓게 수집된 '친일문학 선집'일 이 책에는 장혁주의 소설 「新しい出發」(새로운 출발)이 실려 있다. 이광수, 최남선, 김동인, 최재서 등의 잘 알려진 '친일' 문인들의 이름과 보통 4~5편씩 수록된 그들의 '친일' 작품 가운데서 장혁주가 특별히 독자의 눈길을 끌지는 못했을 것이다. 다시 말해, 장혁주는 여전히 잊혀진 존재 혹은 '친일 문학'을 거론하는 자리에 잠깐 이름을 비치는 정도로 기억되고 있었다.

굴종과 저항이라는 '선명한' 두 개의 세계를 기준으로 장혁주와 김사량을 설명하는 방식은 2003년에 서울에서 간행된 또 다른 선집에서 더욱 '선명하게' 표현되었다. 일제 말 전쟁기에 조선인 작가들이 쓴 일본어 소설들을 번역·편집한 이 선집은 『식민주의와 협력』, 『식민주의와 비협력의 저항』이라는 제목의 두 권으로 구성되어 있다. '협력'에 속하는 작가는 이광수, 최정희, 이석훈, 정인택, 장혁주이며, '저항'에 속하는 작가는 한설야, 임순득, 김남천, 김사량이다. 그러나, '협력'과 '저항'이라는 두 개의 세계가 '선명'한 데 비해, '협력'과 '저항'의 정의(定義), 그것을 나누는 기준 등은 결코 '선명'하지 않다. 이 작가들과 작품들을 '협력'과 '저항'으로 나누는 기준이 무엇인지, '협력'과 '저항'을 어떻게 정의할 수 있는지에 대해서 이 선집은 아무런 설명을 하지 않는다.[21]

인물의 방황을 작가가 그냥 좇아간 혐의가 짙은 것이다." 이상경, 위의 글, 406쪽.

20) 김규동·김병걸 편, 『친일문학작품 선집』 1·2, 서울, 실천문학사, 1986.

21) 김재용 외, 『식민주의와 협력』, 『식민주의와 비협력의 저항』, 서울, 도서출판 역락, 2003. 민족주의적 해석이 언제나 그렇듯이, 논증이나 검증이 불가능한 '민족 의식' '민족적 양심' '투쟁 정신' 등이 '협력'과 '저항'을 가르는 기준이라면, 사실상 선명해 보이는 '협력'과 '저항'의 세계는 말할 수 없이 불투명하고 모호한 세계이다. 그 점은 이 선집에 선택된 작품들을 보아도 분명하다. 예컨대, 한설야의 『대륙』이나 김남천의 「어떤 아침」이 어째서 '저항'에 속하는 것인지 나는 전혀 알 수 없다. 나는 '협력/'저항'의

　아무튼, 장혁주와 김사량은 오랜 시간의 망각을 거쳐, 그리고 몇 안 되는 연구들에서의 이러한 동일한 형태의 반복을 통해 '민족 반역자'와 '민족 해방의 투사'로 고정되었다. 그것은 재일 조선인을 포함한 탈식민지 사회의 한국인들이 새로운 민족적 정체성을 형성하고 확인하는 과정에서 필연적으로 나타난 방식이었을 것이다. 장혁주가 드러내는 '어둠'은 외면·회피되고 그의 이름은 한국 사회에서 완전히 잊혀졌다. 동시에 김사량이 표상하는 '밝음'은 크게 부각되고 그의 실상은 특정한 목적에 맞추어 조정되었다. 요컨대, 장혁주를 통해서 민족은 '정화'(淨化)되고 김사량을 통해서 민족은 '성화'(聖化)될 것이었다. 과연 민족은 '정화' 혹은 '성화' 되었는가? 그것은 아무도 모른다. 그러나, 이 동원과 호출이 계속되는 한, 그들은 그리고 우리는 아직 '해방'되지 않았다는 것,

---

　분류가 어처구니없는 넌센스라고 생각하지만, 굳이 이 분류를 따르자면, 이 소설들은 명백한 '친일협력' 소설이다. 만일, '협력'/'저항'의 문제가 '정도'의 문제라면, 그 '정도'를 결정하고 판단하는 것은 누구인가? 누가 어떤 기준으로 그것을 판단하는가? 그리고 그런 판단의 타당성은 또 누가 어떻게 보장하는가? 이런 의문에 대해 이 책의 편자는 대답하지 않는다. '협력'과 '저항'을 나누는 어떤 기준이나 근거도 제시되지 않은 상태에서 독자가 짐작할 수 있는 유일한 근거는 '협력'에 속한 작가들이 정치적 우파에 속하고, '저항'에 속한 작가들이 좌파에 속한다는 것뿐이다. '친일 협력'의 문제를 이와 같이 정치적 이데올로기나 법정에서의 검찰관의 시각으로 접근하는 한, 식민지는 이해되지 않는다. 그러나 이 책의 편자가 하고 있는 것은 바로 그것이다. 장혁주와 김사량의 '친일' 행위에 관한 것도 대부분의 연구들이 공평성을 잃고 있다. 장혁주와 김사량의 활동 기간과 작품 생산량은 비교할 수 없을 정도이다. 시라카와 유타카가 그의 면밀한 조사에서 밝히고 있듯이, 장혁주의 '친일'은 당시의 다른 작가들에 비해 특별히 두드러진 것이 아니다. 한편, 김사량의 협력적 글쓰기는 그의 짧은 작가적 경력에 비하면 이미 초기부터 나타나고 있다. 그럼에도 불구하고, 장혁주는 '인간성이 파괴된' '변절자'로 매도되고, 김사량은 '빛 속으로 나아간 영웅'으로 찬양되는 이 담론의 구조에는, 작가 자신의 의지와는 상관없이, 어떤 목적에 맞추어 사실을 조정하고자 하는 욕망이 자리잡고 있다.
　오해를 피하기 위해 덧붙이자면, 이 논문의 목적은 '김사량이나 장혁주나 친일 행위에서 별 차이가 없었다'고 주장하거나, '김사량도 친일 행위를 했다'라는 것을 폭로하는 데에 있는 것이 아니다. '저항/협력', '애국/매국', '민족/반민족'의 분류법, 나아가 '친일'이라는 개념 아닌 개념을 견지하는 한, 진정한 '차이'는 드러나지 않는다는 것이 이 논문이 강조하고자 하는 점이다.

그것만은 분명하다.

4. 새로운 탐색을 위하여

안우식의 『김사량 평전』은 매우 흥미로운 장면 하나를 소개하고 있다. 작가로서 가장 활발하게 활동하던 1941년 5월 김사량은 고향인 평양에 잠시 돌아 와 있었는데, 그때 만주 여행을 하고 있던 일본 작가 히로쓰 가즈오와 마미야 모스케를 평양에서 만나 대접을 하게 되었다. 히로쓰 가즈오는 이때의 만남에 대해 이렇게 쓰고 있다.

> 우리는 김사량군의 친구들과 함께 거리를 거닐었다. 다방에 들어가 이야기도 나누었다. 그 청년들의 일본어는 완벽한 표준어였다. 문맥 표현도 정확하였으며 탁음(濁音)의 발음에도 아무 하자가 없었다. 나는 물었다.
> "언제 동경에 오셨던 적이 있습니까?"
> "이 친구들은 일본에 가 본 적이 없습니다." 하고 김사량군이 대답했다.
> "그렇다고 보기에는 일본어 발음이 너무들 훌륭하시군요…"
> "모두들 여기서 공부했어요" 하고 김사량군은 웃으면서,
> "이 친구들의 영어는 일본어보다 훨씬 낫지요. 일본에 실망한 탓도 있고 해서, 가능하다면 미국에 건너가 영어로 소설을 써보자는 것이 이들의 희망입니다."[22]

잘 알려져 있다시피, 김사량은 동경제대에서 독문학을 공부했다. 그는 독일문학에 관한 몇 편의 논문을 발표하였고, 전쟁기에 독일 시찰단이 평양을 방문하였을 때 도청으로부터 독일어 통역을 의뢰받아 통역 활동을 하기도 했으며, 그때 독일어보다는 영어로 말하기를 고집했다는 일화도 있다.

한편 장혁주는 자신의 일본어 창작 동기를 "민중의 비참한 생활을

---

22) 히로쓰 가즈오, 「평양―김사량의 추억들」(안우식, 『김사량 평전』, 74쪽 재인용).

널리 세계에 알리고 싶어서"라고 말한 바 있다. 1932년부터 1937년에 걸쳐 에스페란토어로 번역된 『쫓기는 사람들』이 단행본으로 폴란드에서 출판되고, 단편집 『소년』이 체코에서 역시 에스페란토어로 번역·출판되었다. 중국에서는 『권(權)이라는 남자』, 단편집 『산령(山靈)』이 중국어로 번역·소개되었다.23) 완벽한 일본어를 구사하고 싶다는 장혁주의 집념이 얼마나 강한 것이었는가는 소설 「협박」이나 「異俗の夫」에도 잘 나타나 있다. 장혁주의 외국어에 관한 관심과 집착은 그가 86세 때인 1991년에 인도의 출판사를 통해 『Forlon Journey』라는 영어 장편소설을 출간한 것으로도 짐작할 수 있다.

위의 에피소드들은 김사량과 장혁주 같은 작가들에 대한 새로운 의미화의 방법을 암시하고 있다. 예컨대, 피식민지인에게 모국어란 무엇인가? 그에게 식민지 종주국의 언어란 또 무엇인가? 동시에 그에게 외국어는 무엇인가? 위의 에피소드들은 피식민자가 지니는 이러한 언어적 정체성의 균열과 복합적 심리를 김사량과 장혁주가 풍부하게 드러내 줄 수 있으리라는 기대를 갖게 한다. 이 점에 관한 한 이 두 작가를 능가할 다른 작가는 많지 않다. 식민지 하의 많은 조선 작가들은 항상 조선어의 열등한 지위와 일본어의 압력에 직면하고 있었지만, 자신의 문학적 글쓰기를 조선어로 수행하는 데에는 아무런 의심을 가지지 않았다. 조선어는 문학과 같은 감성적인 분야에 적합한 것으로 그 위치가 할당되어 있었고, 지적이고 분석적인 과학이나 학문의 영역을 조선어가 감당하기는 어렵다는 인식도 널리 공유되고 있었다.

그에 비하면 일본어와 조선어로 이중 언어 글쓰기를 하고 있었던 김사량과 장혁주 같은 작가들에게서 모국어의 자명성은 늘 의심스러운 것이었다. 제국의 언어 편제 속에 갇혀 있는 피식민지 언어의 동요하는 정체성을 이중 언어 사용자들은 몸으로 보여준다. 뿐만 아니라 그들은 제국의 언어 역시 언제나 흔들리고 끊임없는 균열의 상태에 처해 있다

____

23) 임전혜, 「장혁주론」, 1250쪽.

는 사실도 보여준다. 피식민자가 제국의 언어를 사용하는 가운데 발생하는 무수한 이화(異化)와 뒤섞임들은 제국의 언어적 정체성과 그 권력을 위협하는 요인이 된다. 비유컨대, 피식민자(the colonized)는 일종의 복화술사(ventriloquist)이다. 그들은 '한 입으로 두 말 하는 자'들이다. 의도한 것이든 아니든, 장혁주와 김사량의 글쓰기에는 (그리고 물론 많은 식민지의 작가들에게서도) 그러한 사례들이 풍부하다.

또한 이 작가들은 언어의 실체와 자명성에 대한 의심을 제기하는 존재일 뿐만 아니라, 식민지 하에서의 조선 문학에 대한 보다 근본적인 문제들을 끊임없이 생각하게 하는 존재들이다. 가령, 식민지의 전 기간에 걸쳐 장혁주와 김사량만큼 문학을 통해 '세계'와 접촉하고자 하는 욕망을 강하게 표현한 작가는 없었다. 그런데 피식민자에게 있어서 '세계'='보편'이란 무엇인가? 다른 작가들이 '조선어'에 안주하고, '지방 문학'으로서의 '조선 문학'에 안주하고 있을 때, 이들은 분명하게 '세계'로 나가고 싶다는 욕망을 표현했다. 물론, 그들이 '세계'를 말하는 순간, 그것은 '세계'에 비추어진 자신의 '지방성'을 확인시키는 것일 수도 있다. "세계로 나가고 싶다"라는 식민지 조선인의 외침은 사실상 세계 제국주의의 기존 질서, 즉 유럽(보편, 중앙)을 사다리의 정점으로 한 세계 각 지역들의 위계 질서를 다시 한번 확인시키는 것에 지나지 않을지도 모른다. 장혁주와 김사량이 그러한 한계를 벗어났다는 증거는 없다. 그러나 그들이 그런 욕망을 표현하지 않았다면, 우리는 세계의 이러한 구조 자체를 생각케 하는 식민지 작가를 달리 발견하기 어려울 것이다. 그것만으로도 그들의 존재와 문학을 다시 의미화 할 이유는 충분하다.

[부기(附記): '협력'/'저항'의 완고한 이분법적 민족주의적 관점이 포착할 수 없는, 식민지에서의 끝없이 다양하고 복잡한 삶의 실상들을 파악하기 위해서는 무엇보다도 어떤 특정한 이념적·도덕적 기준을 유보하지 않으면 안 된다. 이 글에서 살펴 보았듯이, 장혁주와 김사량을 비교-대조하는 기왕의 논의들은 모두 그러한 이념에 지배되고 있는 것이었다. 그러나 나는 이 글에서 몇 편의 중요한 예외적인 연구 성과들

을 언급할 수 없었다. 김윤식의 『한일 문학의 관련 양상』(1974) 및 『일제 말기 한국작가의 일본어 글쓰기』(2003) 등은 민족주의적 이분법의 관점으로부터 멀리 벗어난 선구적인 업적이다. 시라카와 유타카의 박사학위 논문 『장혁주 연구』(1989)는 모든 이데올로기적 전제로부터 벗어난 가장 성실하고 완벽한 성과이다. 또한 그와 남부진(南富鎭)이 엮은 『張赫宙日本語作品選』(東京, 勉誠出版, 2003), 그리고 호테이 토시히로(布袋敏博)가 엮고 시라카와 유타카가 해설을 쓴 한국어판 『장혁주 소설선집』은 (한국어 번역의 문제점을 잠시 제쳐둔다면) 장혁주에 관한 새로운 연구를 촉발하는 훌륭한 자료다. 정백수(鄭白秀)의 『식민지 체험과 이중 언어 문학』(서울, 아세아 문화사, 2000) 역시 빼놓을 수 없는 중요한 업적이다. 황호덕의 최근 논문 「설사와 변비, 전향의 생(生)정치」(2006), 윤대석의 『식민지 국민문학론』 등은 피식민자의 언어적 운명에 대한 통찰력 넘치는 업적이다. 이 연구 성과들은 장혁주나 김사량 같은 작가들에 대한 새로운 탐색의 유용한 길잡이가 될 것이다.]

주제어 : 민족어, 민족문학, 내선일체, 이중 언어 문학, 친일문학

◆ 참고문헌

1. 기본 자료
座談會,「朝鮮文化の將來」,『文學界』, 東京, 1939. 1.
「반도의 문예를 말하는 좌담회, 문인의 입장에서-菊池寬씨 등을 중심으로」,『京城
　　　日報』, 서울, 1940. 8. 13~20.
「문학자의 자기 비판」,『인민예술』, 서울, 1946. 10.
『金史良全集』, 東京, 河出書房新社, 1973~1974.
『김사량 작품집』, 평양, 문예출판사, 1987.
『노마만리』, 서울, 동광출판사, 1989.

2. 단행본
김규동·김병걸 편,『친일문학작품 선집』1·2, 서울, 실천문학사, 1986.
김윤식,『한일 문학의 관련 양상』, 서울, 일지사, 1974.
김윤식,『일제 말기 한국작가의 일본어 글쓰기』, 서울, 서울대학교 출판부, 2003.
김재용 외 편역,『식민주의와 협력』,『식민주의와 비협력의 저항』, 서울, 도서출판
　　　역락, 2003.
시라카와 유타카(白川豊), 남부진(南富鎭) 편,『張赫宙日本語作品選』, 東京, 勉誠出
　　　版, 2003.
시라카와 유타카,「張赫宙 硏究」, 서울, 동국대 박사논문, 1989.
신형기 편,『해방 3년의 비평문학』, 서울, 도서출판 세계, 1988.
安宇植,『김사량평전』, 심원섭 역, 서울, 문학과지성사, 2000.
윤대석,『식민지 국민문학론』, 서울, 도서출판 역락, 2006.
이경훈 편역,『춘원 이광수 친일문학전집』2, 서울, 평민사, 1995.
任展慧,『日本における朝鮮人の文學の歷史』, 東京, 法政大學出版局, 1994.
정백수(鄭白秀),『식민지 체험과 이중 언어 문학』, 서울, 아세아 문화사, 2000.
호테이 토시히로(布袋敏博) 편,『장혁주 소설 선집』, 서울, 태학사, 2002.

3. 연구논문
金史良,「朝鮮文化通信」,『現地報告』, 東京, 文藝春秋社, 1940. 9.
이상경,「암흑기를 뚫은 민족해방의 문학」,『노마만리』, 서울, 동광출판사, 1989.
任展慧,「張赫宙論」,『文學』, 東京, 1965. 11.

張赫宙, 「朝鮮の知識人に訴ふ」, 『文藝』, 東京, 1939. 2.
張赫宙, 「正確なる理解」, 『知性』, 1940. 10.
장형준, 「작가 김사량과 그의 문학」, 『김사량 작품집』, 평양, 문예출판사, 1987.
황호덕, 「설사와 변비, 전향의 생(生)정치」, 서울, 문학동네, 2006.

◆ **국문초록**

재일 한국인을 포함한 한국문학 연구자들에게 있어서 악명 높은 친일 작가 장혁주는 오로지 '비겁한 변절자'로만 기억될 뿐이다. 그에 비해 김사량은 '암흑기를 뚫은 저항문학'의 상징으로 표상되어 왔다. 이 양 극단의 평가에서 우리는, 기억의 선별과 취사선택을 통해 자기 정체성을 형성하고자 하는 탈식민지 사회 한국인의 집단적 무의식을 발견할 수 있다. 장혁주와 김사량에게서 각각 무엇이 잊혀지고 무엇이 기억되었는가? 그 기억과 망각의 메카니즘의 기본 원리는 무엇인가? 그 결과, 혹은 그 과정에서 한국인의 '국민적 정체성'은 어떻게 형성되었는가? 이 논문은 이러한 문제의식을 바탕으로 탈식민지 한국 사회에서 민족주의 담론이 어떻게 작동되어 왔고/되고 있는지를 살피고자 한다.

◆ SUMMARY

A Portrait of Korean Nationalism Drawn in Two Mirrors
- The Cases of Chang Hyok-chu and Kim Sa-ryang

Kim, Chul

Both resident Koreans in Japan and scholars of Korean literature have considered the notorious pro-Japanese writer Chang Hyôk-chu as nothing more than a "cowardly traitor." Kim Sa-ryang, on the other hand, has been treated as a symbol of the "resistance literature that withstood the dark years of the late colonial period." Set in binary opposition to each other, these two appraisals offer us a glimpse of the collective unconscious informing the selective process of memory through which Koreans living in a postcolonial society have attempted to construct a self-identity. In the case of each of these writers, Chang Hyôk-chu and Kim Sa-ryang, what is being forgotten, and what is being remembered? What is the fundamental principle underlying this mechanism of remembering and forgetting? How is Korean "national identity" formed as a result, or in the process, of this selective remembering? These questions will provide the framework for the examination in this paper of the ways in which nationalist discourse has functioned, and continues to operate, in postcolonial Korean society.

Keyword : national language, national literature, *naisen ittai*, bilingual writing, pro-Japanese literature.

─이 논문은 2006년 3월 30일에 접수, 소정의 심사를 거쳐 2006년 5월 31일에 최종적으로 게재가 확정되었음.

허준과 윤리의 문제
―「잔등(殘燈)」을 중심으로

신 형 기*

목 차

1. 「잔등(殘燈)」, 난시(亂時)를 사생하다

해방 이듬해인 1946년 1월부터 『대조(大潮)』라는 잡지에 나뉘어 실리는 허준[1]의 중편소설 「잔등(殘燈)」[2]은 해방을 맞아 장춘(長春)에서 서

---

* 연세대학교 국어국문학과 교수.

1) 1910년 평북 용천 출신으로 일본의 호오세이(法政) 대학 졸업, 조선일보사 기자를 역임. 해방 후 조선문학가 동맹에 가담하였고 월북함.
2) 이 소설은 『대조(大潮)』 창간호(1946. 1)와 2호에 연재되었고 이후 을유문화사에서 나온 단행본 『잔등』(1946)에 수록되었다. 여기서는 두 텍스트를 참조했다. 이후 인용 부분은 을유문화사 판 단행본의 쪽수임을 밝혀둔다.

172

울을 향하는 두 청년의 여정을 스케치한 '로드 픽션'이다. 두 청년은 작가의 자기상을 비춰냈다고 여겨지는 '나'와 그의 친구 '방(方)'인데, 정작 그들이 왜 그 때 장춘에 있었는지에 대한 정보는 구체적으로 제시되어 있지 않다.[3] '구상 중인 그림을 위한 사생첩 두 권'(18)을 넣어 다니는 소설의 서술자 '나'는 허준의 다른 소설들에서도 그려진 바 있는 동경에 유학한 화가 혹은 화가지망생인 듯하다. 그러나 '방'이 그저 친구인지 아니면 동료이기도 한지, 왜 그가 '나'의 동행자가 되었는지에 대해서는 역시 어떤 설명도 없다.

  '오족협화(五族協和)'를 외친 만주국의 수도가 되어 신경(新京)으로 불렸던 장춘은 일본의 도시계획자들에 의해 세계 수준의 미래주의적 도시로 설계되었던 곳이다. 아시아의 맹주를 자처한 일본제국주의에게 이 도시는 일본의 진보성을 세계에 과시하는 진열장이었다는 것이다.[4] 두 청년은 새 메트로폴리스를 경험하려는 여행자일 수도 있고 그것이 필요로 한 사무직 혹은 기술직 종사자였을 수도 있다. 그런데 이 소설이 그리는 역사적 시간은 신경이 소련군의 갑작스런 참전에 의해 전화에 휘말리는 비상한 전환점이다. 그 정황을 그린 다른 작가의 한 소설[5]은 소련군이 대일선전포고를 하는 1945년 8월 8일, 새벽 2시경 신경에 소련군 비행대의 공습이 있었다는 것, 이튿날 '관동군의 야마다 사령관 이하 막료들이 만주국 황제를 데리고 통화(通化)의 산 속으로 피난을 하였고, 관동군 장관과 만철(滿鐵)의 가족을 비롯한 일본인들 역시 피난을 떠났다'는 것을 전하고 있다. 당시 신경에는 10여 만의 일본인과 약 2만의 조선인이 살고 있었는데, '심상치 않은 행동을 보이는' 중국인들을 피해

---

3) 해방 후 허준은 『개벽』(1946. 4)에 「장춘대가(長春大街)」라는 제목의 시 한편을 발표하고 있다. 장춘이라는 대도시에 대한 절망적 비애감을 표현한 이 시 말미에는 그것이 1945년 5월 11일에 씌어졌다고 부기되어 있다. 아마도 허준은 5월 11일 이전부터 장춘에 있었고 해방과 함께 귀국한 듯하다.

4) Prasenjit Duara, *Sovereignty and Authenticity; Manchukuo and the East Asian Modern*, Rowman & Littlefield Publishers, Inc., 2003, p.71.

5) 이금남(李琴男), 「이향(異鄕)」, 『민심(民心)』, 1946. 3.

서라도 일본인들과 조선인 대부분은 신경을 '탈출'하지 않을 수 없었다
는 것이다. 두 청년 역시 신경, 아니 장춘에서 무엇을 하였든 전쟁을 피
해 도망쳐야 했던 전재민들 가운데 하나였다.

그러나 조선인들에게 피난길은 해방된 고국으로 돌아가는 귀국의 행
로가 될 수 있었다. 일본인들의 상당수가 귀환을 위하여 오랫동안 만주
와 북한 지역을 떠돌아야 했던 것6)과는 달리 조선인들의 귀환은 상대적
으로 수월하게 이루어졌던 듯하다. 「잔등」의 '나'에게도 귀환의 여정은
갖가지 우여곡절이 있지만 목숨을 걸어야 할 만큼 긴박한 것은 못되었
다. 물론 조선인이라고 해서 모두가 두 청년과 같이 여행이라도 떠나듯
귀환길에 나설 수 있었던 것은 아니다. 만주 지역에는 수전(水田)을 개
척하여 '북향(北鄕)'을 일구려 한 식민지의 이주 농민 수십만이 살고 있
었다. 이들 정착민들은 아무래도 몸을 움직이기가 쉽지 않았을 것이다.
소설 속의 '나'가 자신의 입장을 설명하기 위해 사용한 '제3자의 정신'
이란 자신의 처지조차 방관하는 수동적이고 관찰자적인 자세를 이르는
것일 텐데, 그만큼 그는 한낱 떠돌이 인물이었다. 요컨대 그는 애당초
여행자였고 몸 가볍게 이 '난시(亂時)'를 사생할 수 있었다. 그가 그려내
는 귀환자—피난민의 정경이 어느 정도 표피적인 것일 수 있었다는 뜻
이다.

장춘을 떠난 두 청년의 목적지는 서울이다. 그런데 왜 장춘에 갔었
는지가 제시되지 않은 것처럼 서울을 향하는 이유도 밝혀져 있지 않다.
서울이 그들의 고향일 수도 있었지만 아마도 그들을 포함한 많은 '귀환
동포'들에게 서울은 재집결해야 할 새 수도였을 것이다. 귀환자들은 고
국, 혹은 고향에 대한 향수에 이끌리기도 했으리라. 그러나 향수라는 감

---

6) 일본인들을 실은 '최후의 피난 열차'가 청진의 전쟁 지대를 뚫고 서울을 향해 남하한
   것은 8월 16일 오전이었다. 이후 38선이 봉쇄되면서 일본인들의 이동은 금지되었다. 미
   군정청에 의해 일본인들의 총 인양(引揚)이 지시된 것은 1946년 1월 22일이었다. 森田
   芳夫, 『朝鮮終戰の記錄; 米ソ兩軍の進駐と日本人の引揚』, 嚴南堂書店, 1964, p.54; p.225.

174

정은 실상 분명한 대상을 갖는 것이 아니다. 노스텔지어의 어원인 희랍어 nostos는 '빛과 삶으로의 귀환'[7]이라는 의미이거니와, 향수의 대상이 되는 과거의 고향이 이미 훼손되거나 사라지고 없다면 향수는 오히려 불가피하게 미래를 향하게 마련이었다. 즉 새 수도로의 귀환은 광복의 빛과 새로운 삶으로의 감격적인, 그러나 현재로선 아직 성취되지 않은 '귀향'을 뜻했다.

소설은 두 청년이 청진을 떠나는 데서 끝난다. 요컨대 이 소설은 서울로의 귀향을 그려 보여주지 않는다. 그러고 보면 소설의 앞머리 또한 그들이 회령에 닿은 시점에서 시작되고 있다. 신경에서 회령에 이르기까지, '무개화차에 실려 스무 하루 동안 만주를 가로지른' 여정은 단 몇 마디로 짧게 언급될 뿐이다. 물론 여행은 종착지에 이르는 것만이 목적일 수 없는 과정이다. 그래서 여행에는 언제나 간단히 설명되지 않는 잉여가 있다. 게다가 모든 것이 불확실하고 예측할 길 없는 피난길이란 그 자체가 하나의 판타스마고리아[8]일 수 있다. 전지를 탈출하는 피난민의 시점이란 현재를 감각하기에도 벅찬 것이 아니었겠는가. 그렇게 보면 이 여정이 일관한 전체로서가 아니라 '혼란하고 무질서한 것들의 풍성한 파노라마'[9]로 나타나는 것은 이해할 만한 일이다. 피난의 여행기가 전말이 잘린, '불충분한 재현'의 형식을 취하고 있는 점은 일단 이러한 경험의 양상과 관련된 '효과'로 읽을 필요가 있다.

그러나 가히 모더니즘적이라고 말할 수 있는 이 소설의 형식을 규정한 것은 또 귀환에 대한 서술자의 고민이 아니었을까 하는 추측도 해볼

---

7) Svetlana Boym, *The Future of Nostalgia*, Basic Books, 2001, p.7.

8) 판타스마고리아(phantasmagoria)란 모호한 감각적 인상들이 불연속적 환몽(幻夢)과 같이 어지럽게 연이어지는 것을 가리킨다. 그것은 안정된 시점이 확보되지 않아 끊임없이 미끄러지며 중심이 계속 흩어지는 파노라마로 나타난다. 판타스마고리아의 이심성(離心性 eccentricity)은 외현(外現)과 심부, 보이는 것과 숨겨진 것의 경계를 허물며, 이로써 장소와 시간의 구속을 벗어나게 한다.

9) Malcolm Bradbury · James Macfarlane, "The Name and Nature of Modernism", *Modernism*, Malcolm Bradbury · James Macfarlane eds., Penguin books, 1976, p.26.

만하다. 피난길이 판타스마고리아로 경험되는 만큼 귀환은 어렵고 먼 길이었다. 그들의 여행은 고국으로의 귀환을 위한 것이었지만, 귀환이 새로운 미래로의 귀환이어야 했다면, 귀환은 고국으로 들어오는 데서 끝나지 않고 고국에 들어오면서부터 시작될 일이었다(소설이 회령에 닿은 시점에서 시작되는 이유는 이렇게 설명될 수 있다). 회령에서 청진행 기차를 놓친 '나'가 망연자실하여 "세상이 무한히 넓고 먼 것이라는 느낌"(13)을 피력하는 장면, 애상에 잠겨 그를 버리고 떠난 기차를 향해 '한없이 모자를 흔드는' 장면은 그의 귀환이 이루어지지 않았고 또 쉽게 이루어지지 않을 것임을 암시한다. 소설의 말미에서 '나'는 서울에 가기 위해 청진을 떠나고 있지만 서울에 닿는다고 해서 귀환의 이야기가 종결될 수 있는 것은 아니다. 이렇게 보면 이 소설은 귀환의 여정을 그린 것이 아니라 귀환의 문제를 다루고 있는 것이다. 이 소설의 형식을 이렇게 읽으려 할 때 먼저 꼼꼼히 돌이켜 보아야 할 것은 귀환의 의미이다.

2. 귀환의 향방

신경에서의 일본제국의 패퇴, 이어진 일본의 항복은 식민지 조선의 해방을 뜻했다. 따라서 조선인의 피난은 해방된 조국으로의 귀환, 또는 귀향을 의미할 수 있었다. 「잔등」의 서술자는 만주를 유랑과 유배의 땅으로 묘사한다. "산도 없고 물도 안 보이는 광랑한 회색 벌판"(19)을 헤매던 사람들이 "봄가을 한참 때에 부는, 그 하늘이 빨개서 뒤집혀 들어오는 흙바람"(22)을 피해 이제 고국으로 귀환한다는 것이다. 아무리 일본 제국주의의 정책적 선전을 위한 것이었다 하더라도 만주가 풍요의 '낙토(樂土)'로 그려졌고 '복지만리(福地萬里)'를 구가하는 '낭만'의 대상이었던 점을 기억할 때 이러한 묘사는 역시 극단적인 것이다. 특히 많은 조선인들이 만주를 '북향(北鄕)'으로 여겨 정착하고자 했다면 그곳이 황량한 이향(異鄕)일 뿐이었다는 것도 과격한 단정이다. 그러나 이러한 단정을 통해서 마침내 고국으로 돌아오는 귀환 길에는 귀향의 감격이 곁들여진다. "너 만주에서 이런 물 봤니?"(18), "너 만주서 저런 하늘 봤니?"(24). 서술자는 북지의 한 강변에 앉아 고국의 땅을 다시 밟는 귀환동포들의 대화 장면을 옮기며 눈시울을 적신다. 그들의 귀환은 고국으로의 귀환이었고 그것의 물과 하늘이라는 '풍토'로의 귀향이었다. 그는 향수를 근본적인 감정으로 규정하며("향수란 이렇게 근본적인 것일까?"(23)) 새삼스레 이를 강렬하게 표출한다. "나는 조선이 그처럼 그리울 수가 없는 나라인 것을 다시금 깨달았다."(24)

원하지 않게 고향을 등졌던 이주민이 아니라 하더라도 해방을 맞아 고국으로 귀환하는 사람에게 조선이란 그 전체가 '고향'의 환유일 수 있었으리라. 고향이 순결한 풍토를 남겨 갖고 있어야 할 곳이라면 이제 제국주의의 지배를 벗어난 이 고향은 다시금 순결함을 되찾아야 할 땅이었다. 목에 'Good morning 祝君무安'이란 붉은 글자가 새겨져 있는 상해(상하이) 산 타리수건10)을 동인' 친구 '방'의 행색에서 드러나듯 귀환은 국제적 공간에서 지방(local)으로의 귀환일 수 있었다. 근대는 국제적 공간이란 것을 넓혀간 과정이었지만, 향토인 지방으로 귀환하려는 것 또한 근대의 퇴행적 이상이었다. 향수가 미래를 향하게 마련이라고 할 때, 향토가 귀환의 대상일 수 있었던 것은 그것이 과거를 간직하고 있으리라는 기대 때문이라기보다 오히려 쇄신(刷新)을 가능케 하는 장소로 보였기 때문일 수 있다. 고향은 모든 것이 다시 시작되어야 할 새로운 출발점이어야 했던 것이다. '나'는 '여유 만만한 소뇌주의(小腦主義)'일지 모른다고 하면서도 국내로 들어오면 청진이나 주을에 들려 만주의 '때를 빼는' 것이 자신들의 계획이었음을 밝히고 있다. 만주는 소잡한 외지가 되고 조선은 몸을 깨끗이 하고 들어가야 할 집안이었던 셈인데, 이 역시 정결함의 회복이 귀환의 조건이었음을 에둘러 말한 것으로 읽힌다.

---

10) 세수수건.

일본제국주의의 패망에 따라 만주나 일본 등지에 있던 조선인들이 귀환한 것은 하나의 역사적 사건이다. 이 과정과 양상은 여러 소설에서 다루어졌는데, 귀환의 감격 때문인지 돌아간다는 사실 그 자체가 식민지 시간의 '훼손'을 극복하는 의미를 갖는 것으로, 즉 귀환이 과거를 떨치고 새 삶을 보장하는 전기인 듯 그려지기도 했다.11) 또 당시의 노동소설이나 농민소설들은 징용 귀환자들을 새로운 비전을 갖는 긍정적 인물로 여기는 기대를 표현했다. 그들이 어쨌든 넓은 세상을 보았고 고난의 경험을 했다는 이유에서였다. 그러나 염상섭의 단편소설 「첫걸음」(『신문학』, 1946. 11)이나, 「이합(離合)」(『개벽』, 1948. 1)에서 「재회」(『문장』, 1948. 10)로 이어지는 계작은 만주로부터 38 이북을 거쳐야 했던 귀환의 여정이 이념적이나 도덕적으로 매우 소란(disquiet)한 것일 수밖에 없었음을 차근히 들추어낸다.12) 더구나 채만식의 미완 장편 『소년은 자란다』(1949)에서는 귀환동포를 기다리고 있던 것이 환대가 아니라 빈핍과 혼란이었음을 보게 된다.

귀환이란 무엇이었던가. 일본이 패망하지 않았더라면 귀환도 없었다. 일본의 패망은 여러 사람들의 '처지를 뒤바꿔'13) 놓았고 귀환은 그 결과였다. 즉 귀환이란 자신의 위치와 설 자리가 조정되는 과정이었다. 「첫걸음」에서는 일본인 여자와 결혼하여 그간 일본인 행세를 하며 살아온 조선 사람이 이제 '어엿한 조선 사람'임을 주장하며 자기 성(姓)을 찾으려 나서는 모습이 그려지고 있다. 미상불 해방을 맞은 조선인은 먼저 일본인들로부터 자신을 구별해내어야 했을 것이다. 조선인들은 제국의 신민으로 귀속되었었지만, 이제 제국의 공간을 지탱하던 실제적이고 이념적인 기구들이 일시에 무너져 내린 마당에 이를 부정하는 것은 '사는 길'이 되었다. 즉 민족으로 귀환하고자 하는 조선인들은 자신이 더 이상

---

11) 한 예로는 엄흥섭의 「귀환일기」(『우리문학』, 1946. 2); 「발전」(『문학비평』, 1947. 6) 연작, 이에 대한 지적은 신형기, 『해방기 소설 연구』, 태학사, 1992, 134-135쪽.

12) 『해방기 소설 연구』, 171-189쪽 참조.

13) 염상섭, 「첫걸음」, 『신문학』, 1946. 11, 9쪽.

제국의 신민이 아니라고 외쳐야 했으며, 그럼으로써 자신의 과거를 부정해야 했다. 민족적 주체 찾기가 거룩한 과제로 여겨진 만큼 '오욕의' 과거는 잊혀져야 마땅했던 것이다.

그러나 과거의 기억을 지우고 새롭게 자신을 바꾸는[쇄신] 것이 쉬운 일일 수는 없다. 기억이 이미 정신과 신체에 새겨져 있었다면 이를 부정하려는 쇄신의 꿈은 거친 폭력으로 나타나게 마련이었고 결과적으로는 오히려 과거의 억압적인 시간을 역설적인 방식으로 지속시킬 수 있었다. 주체화의 욕망이 기왕에 경험한 타자화의 폭력을 반영하고 재생산하게 마련이었다는 뜻이다. 민족의 이름으로 모두를 불러내고, 새로운 사상의 세례를 받아 거듭 나려는 이념적 열정이 유행병처럼 번졌던 해방직후는 사실상 유례없이 타자화—배제의 선이 복잡하게 그어진 때였다. 결과적으로 볼 때 쇄신의 꿈은 해방의 조건으로 주어진 한반도의 '분할'을 극복하기보다 오히려 그 반대의 작용을 했던 것이 분명하다. 남북에서 민족을 이끌 건국의 주체로 나선 정치지도자는 강고한 국가동원 체제를 재연하려고 했고 그럼으로써 신화의 주인공이 되었다. 끊임없이 요구되고 외쳐진 민족으로의 귀환은 '동족상잔'의 전쟁을 막지 못했을 뿐 아니라 이후 오랜 시간 동안 남북이 대치하는 명분이 되었다.

귀환이 무엇으로의 귀환이어야 했던가는 그야말로 역사적으로 탐구되어야 할 문제이다. 일본의 패망으로 민족으로의 귀환은 마땅한 것이 되었지만, 민족의 아들로 다시 태어나고자 한 조선인들이 식민지의 시간뿐 아니라 그 시간을 살아온 자신의 과거를 부정해야 했다면 귀환의 향방은 심각하게 자문되었어야 했다. 과거를 외면할 때 과거는 오히려 지속될 수 있었기 때문이다. 과연 귀환의 문제에 관해 이 소설은 어떤 무엇을 보여주는가. 귀환의 향방 묻기는 다음과 같은 '놀라운' 만남의 장면으로 시작되고 있다.

3. '풍토'와 '우리들', 그리고 민족의 도덕

'소련병에게 군용차를 교섭'하고 '날쎄게 화차에 뛰어오르기도 해야 하는' 고생 끝에 다다른 고국의 아름다운 강가에서 그가 문득 발견하는 것은 "아인지 어른인지 사람인지 아닌지조차 분간ㅎ기 어려"(25)운 대상이다. 물론 그것은 사람이다. "진한 구리ㅅ빛으로 탄 얼굴과 윗도리는 아무 것도 걸친 것이 없이 해를 받아 번쩍번쩍 빛나는데, 히그므레한 사루마다같은 것을 아랫도리에 감았을 뿐이었다."(25) '나'는 그것이 사람인 것을 깨닫는 순간 '직각적으로' 자신이 '떠나 온 이국인의 풍모를 연상'하고 '몇 번씩이나 몸을 소스라치게' 놀란다. 해방된 고국이 고국이 아닌 것처럼 느껴지는 시공간의 혼란이 일었던 듯하다. 순간적으로 '나'를 놀라게 한 '그것'의 행동은 여전히 거칠고 위협적인 박진감을 갖는 것으로 묘사된다. "히그므레한 사루마다를 두른 궁둥이가 영화에서 보는 남양 토인의 춤처럼 몇 번인가 좌우로 이질거리었다."(26) 이내 이 토인은 강가에서 작살로 물고기를 찍어 잡는 불과 십사오 세쯤 되는 소년임이 밝혀지지만 그 형상은 여전히 위압적이다. 소년은 말을 걸어도 들은 체 만 체 하는 '거만하고 초연한' 모습인데, '나'는 곧 소년의 모습에 대한 찬사를 늘어놓는다. 그에겐 "너무나 직선적인 굵이와 부러울 만한 열렬함이 있었다. 자아중심의 황홀이 있는 듯하였다."(28) 처음의 놀람은 사라진 것인가? 그는 소년이 강가 모래밭으로 잡아내어 놓은 물고기가 단말마적으로 버둥대어 다시 물을 향하는 것을 보며 '목숨에 대한 강렬한 집착'과 '본능의 정확성'에 감탄하는 동시에, 그런 물고기를 대수롭지 않게 다루는 소년에 대해서 역시 감탄을 표한다. 그는 마치 신선한 충격을 받았다는 식으로 자신의 감상을 적는다. "고국 산수의 맑고 정함과, 이 맑고 정한 물을 마시고 자라나는 사람의, 잡티가 섞이지 아니한 신선한 촉감이 흔연히 일치가 되어 나의 마음을 건들임은 심상한 것이 아니었다."(31) 마침내 그는 고국의 풍토가 낳은 '순수하고 근원적인 인간'을 발견한 것인가?

놀람과 두려움에서 찬탄에 이르는 과정은 분명히 자연스럽지 못하다. '사루마다같은 것을 감은' 벗은 몸을 보고 이국인(중국인이 아니면 일본인)의 풍모를 연상했던 그가 이내 소년을 순결한 풍토의 조상(彫像)으로 우러른다는 것은 아무래도 비약이다. '존황(尊皇) 사상'과 '헌신의 도덕'이 이미 전통적인 것임을 말하며 '무사도(武士道)'의 정신을 고취하고자 했던 일본 총력전 체제의 이데올로그 와쓰지 데쓰로(和辻哲郎)는 일찍이 풍토에서 인간 연대성의 객관적 기반, 즉 존재의 시공간적 구조를 찾고자 하는 노력을 시작했다. '나'를 '근원적인 사이(間―일종의 공동체성)'로서의 '우리들'이게끔 하는 근거는 바로 풍토라는 주장이었다. 즉 개별자는 풍토라는 기반을 통해 비로소 자신을 객관화할 수 있다는 것이었는데, 풍토가 존재의 구조로 객관화되는 양상은 예를 들어 다음과 같이 설명되었다. '우리'가 춥다는 것을 느꼈을 때 추위는 단순히 '우리'가 지각하는 대상이 아니라 '우리'의 구체적인 행위(가죽 옷을 입는다든지 아니면 두꺼운 지방층을 갖는다든지 하는 식으로)로 나타난다. 그의 표현을 빌면 '우리는 추위 가운데로 나와 있는 것'이며, 그 '나와 있는 것'이 바로 '우리들'인 '나', 혹은 '나'인 '우리들'을 규정한다. 와쓰지에게 존재의 객관적 기반으로서의 풍토는 '우리'를 우리이게끔 하는 '주체적인 육체성'이었다. 그는 육체의 주체성이 회복되어야 하는 것처럼 풍토의 주체성이 회복되어야 한다고 주장했다.[14]

특별한 공동체성의 근거로서의 풍토는 이내 민족과 국민성의 근거로 간주됨으로써 향토와 다름없는 것이 되었다. '주체적인 육체성'으로서의 향토를 지키는 것은 '우리들'의 윤리였다. 인간 연대성의 객관적 기반을 찾으려 한 와쓰지의 시도는 결국 '우리들'을 '우리들'이게끔 해야 한다는 민족 정체성의 정치학―윤리학으로 귀결된다. 민족을 "피와 흙의 공동에 의해 한계지워진 문화공동체"[15]라고 규정한 와쓰지의 비교

---

14) 和辻哲郎, 『風土; 人間學的考察』, 岩波書店, 1940, pp.16-20.

15) 和辻哲郎, 『倫理學(中), 和辻哲郎全集(11)』, 岩波書店, 1962, p.585. 사카이 나오키, 후지이 다케시 옮김, 『번역과 주체; 일본과 문화적 국민주의』, 이산, 2005, 175쪽에서 재

대상은 물론 '유럽'이었고, 아시아에서는 중국이거나 인도였다. 풍토는 바로 민족을 구획하는 것이었다. 나아가 '우리들'의 윤리로서의 '인류적 전체성'론은 자신의 제한된 입장을 초월하여 '자타합일의 절대적 부정성으로 돌아간다'는 의미의 초월론과 결합되었고, 죽음으로써 주체성을 지킨다는 "일억 옥쇄(一億玉碎)의 윤리학"16)을 지지하기에 이른다.

작살로 고기를 잡는 소년에게서 고국의 풍토가 낳은 '순수하고 근원적인 인간'을 발견하는 비약에는 역시 '우리', 곧 민족의 주체적인 인간상을 그리려는 강압된 욕망이 작용했으리라 여겨진다. 민족적인 경계는 이미 생사를 가르는 선이 된 상황이 아니었던가. 사실 와쓰지의 경우에서 보듯 '인간 연대성의 객관적 기반'으로서의 풍토가 주체화의 욕망에 앞설 수 있는 것이 아니었다면, '우리들'을 규정한 것은 풍토이기 이전에 이러한 욕망이고 공포였다. 소설 속의 '나'는 이 욕망, 혹은 공포를 소년에게 투사한 것이다. 과연 이 소년은 보통 소년이 아니었다. 작살로 뱀장어를 찍어내듯 소년은 일본인들을 '여러 개' 잡았다고 자랑한다. "돈 뺏기기 싫어서 돈을 감춰 가지구 어떻게 서울로 달아나 볼가 하다가는 잡혀서 슬컷 맞구 돈 뺏기구 아오지나 고무산 같은 데로 붙들려 간 게 많았어요. 나두 여러 개 잡았는데요."(41) 그러면서 소년은 자신이 잡은 뱀장어를 도맡아 놓고 사먹던 일본인이 조선인 복장을 하고 도망치려 했는데 이를 알아채고 '위원회 김 선생'에게 일러 붙들리게 한 경위를 자세히 설명하기도 한다. 일본인들에 대한 소년의 증오는 단호하다. 일본인들은 다 죽었지만 확실하게 죽여 '다시 일어나지 못하게'(48) 해야 한다는 것이다.

소년이 잡아내던 물고기를 보며 서술자가 제시했던 감상—"애타는 목숨을 추기기 위해 물의 방향을 더듬어 날뛰던 적은 미물"(43)의 '단말마적 발악'은 살길을 찾아 도망치려는 일본인들의 모습과 겹쳐진다. 소

인용.
16) 사카이 나오키, 『번역과 주체; 일본과 문화적 국민주의』, 188쪽.

년의 '거만하고 초연한' 모습은 마치 버둥거리는 고기를 다루듯 아무런 저어함 없이 일본인들을 잡아낼 수 있는 단순하고 냉혹한 면모와 다르지 않은 것이었다. 그는 '악'(일본, 혹은 일본인)이 구축되는 '사필귀정'을 무심히 수용하고 있는 것이다. '나'에게 그것은 강인함으로 비친다. '나'는 "소년의 이 강인한 촉지(觸指)가 언제든지 한번은 내게 능동적으로 와 작용할 날이 있을 것을 은연중에 기대"(37)한다고 말했지만 그러나 그것은 기대 이전에 두려움일 수도 있었다. 그가 처음 소년의 모습을 보며 잠시 가위눌린 것도 이러한 두려움 때문이 아니었을까?

일본인들과 '친일파'에 대한 응징은 일반적으로 38 이북에서 훨씬 적극적으로 이루어졌다. 해방의 소식을 들은 사람들은 우발적으로 '도리이(鳥い)'나 주재소를 부수었고, 곧 지방 인민위원회가 생겨나며 도처에서 '결사대'가 조직되어 일본인뿐 아니라 친일파와 '민족반역자'를 응징하려 했다.[17] 소설에서도 일본인의 체포가 '감옥에서 나온 꽤 높은 사람'인 '위원회 김 선생'의 주도로 이루어지고 있음을 그리고 있는데, 그 '위원회'는 물론 인민위원회였을 것이다. 증오의 감정이 북돋워지고 이로써 도덕적 테러가 정당화되었던 데 비해 일본인들은 아무런 저항도 할 수 없었던 듯하다. 소년이 전하듯 그들은 '도망치려다 잡혀 실컷 맞고 돈을 빼앗긴 다음 집단적으로 수용되어 아오지나 고무산으로 보내졌'(41)다. 진주한 소련군은 일본인에 대한 임의적인 처벌을 막았지만 한편으로 친일지주와 일제의 관속(官屬)들을 적발해 재판의 절차 없이 가족도 모르게 시베리아로 실어간다는 소문도 돌았다.[18] '마땅한 응징'은 흉흉하고 소란한 공포 분위기 속에서 이루어졌던 것이다.

이 소설의 무대가 되는 회령과 청진은 만주와 두만강 유역의 일본인들이 열차로 남하하기 위해 모였던 곳이다.[19] 게다가 함경도 지방은 광

---

17) Charles K. Armstrong, *The North Korean Revolution, 1945~1950*, Cornell University Press, 2003, pp.51-53.

18) 김창순, 「친일파 청산, 북한에서는 어떻게 되었나」, 『북한』, 24권 5호, 1995. 5, 41쪽.

공업 개발 때문에 일본인의 인구 비율이 높았고 또 청진은 만주로부터 오는 대두(大豆)와 같은 농산물을 일본으로 실어 나르는 항구였다. 소련 군은 해방. 전인 8월 9일 청진을 공습한 바 있고 13일 청진에서는 소련군 상륙부대와 일본군 간의 전투도 벌어진다. 일본군의 퇴각은 이미 이 시점에서 시작되었다.[20] 군인과 관공리의 가족을 포함한 민간인들 역시 일찍이 피난에 나서지만 해방과 더불어 38선이 봉쇄됨으로써 상당수의 일본인들은 38 이북에서 발이 묶이고 말았던 것이다.

8월 21일 원산에 상륙한 소련군은 일본군을 무장해제하고 행정 관료 들을 억류하였으며 기왕에 도지사가 가졌던 행정권을 조선인들에게 인 계한다. 이런 상황에서 일본인들의 귀환에 대한 배려는 있을 수 없었다. 수천 혹은 수백 명의 단위로 이동하던 일본인들은 굶주림과 추위에 시 달렸으며 살해되거나 약탈과 강간의 피해자가 되었다. 소련군이 일본군 을 억류하기 위해 고무산(古茂山) 등에 만든 수용소에는 민간인도 수용 되었던 만큼[21] 민간인 역시 포로나 전범에 준하는 취급을 받았던 듯하 다. 패전 후 일본에서는 '사지(死地)'에 남겨진 일본인들을 구출한다는 뜻으로 '인양(引揚)'이라는 용어를 사용했고, 인양의 고난은 이후 일본 인들로 하여금 자신들을 또한 전쟁의 수난자로 기억하게끔 하는 근거가 된다. 한편 패전에 따른 고생담과 힘들었던 피난길을 돌이킨 개인적 회 고담으로서 여러 수기가 씌어졌는데, 만주에 있던 한 일본인 과학자의 아내가 패전 후 1년여에 걸쳐 북조선을 헤매다가 38선을 넘어 일본으로 귀환하기까지의 간난신고를 기록한 『흐르는 별은 살아 있다』[22]는 그 가 운데서도 널리 읽혔던 것이다. 이 수기는 그 일부가 번역되어 국내잡지 에 실리기도 했다(『민성(民聲)』 37호, 1949. 8). 아마도 일본인의 고생담 을 듣는 것은 당시만 해도 미묘한 흥밋거리일 수 있었고 또 귀환의 험

---

19) 森田芳夫, 『朝鮮終戰の記錄; 米ソ兩軍の進駐と日本人の引揚』, 嚴南堂書店, 1964, p.435.
20) 『朝鮮終戰の記錄; 米ソ兩軍の進駐と日本人の引揚』, p.37.
21) 『朝鮮終戰の記錄; 米ソ兩軍の進駐と日本人の引揚』, p.197.
22) 藤原 貞, 『流れる星は生きている』, 日比谷出版, 1949.

로를 경험해야 했던 여러 사람들은 그에 공감할 수도 있었으리라.

그러나 일본인을 잡아 가두고 친일파를 가차 없이 처단하는 것은 민족의 도덕이었다. 그것은 조선인들이 식민지의 시간과 그에 대한 기억을 지워버리는 간편하고 효과적인 방법일 수 있었다. 이런 방식으로 난시는 고국의 풍토와 '우리들'로의 귀환을 명령하고 있었다. 소년은 새로운 역사의 주체로 예감된 '강인한 우리'의 표상―민족의 주인공이었다. '나'는 그를 우러르며 그의 '촉지'에 의한 세례를 기대한다. 그것은 쇄신의 길이었다. 그럼에도 불구하고 소설 속의 '나'는 소년이 대담한 행동을 통해 던지는 동의의 요구에 대한 확답을 미루고 있는 듯하다. 소년의 편에 서기를 주저하고 있는 것이다. 그가 소년에 대해 찬탄하면서도 동의하지 못하고 있는 이유, '우리들'로 거듭나는 길을 앞에 두고 그가 망설이는 이유는 무엇인가?

4. 윤리의 문제

허준은 일찍이 「습작실에서」(1941)라는 소설에서 윤리의 문제를 제기한 바 있다. 일본에 유학하던 시절의 삽화로 회고담의 형식을 취하고 있는 이 소품은 죽음을 준비하는 하숙집 주인 노인을 통해 '제가 이 세상에서 아무 것도 아님을 깨닫는' 것이 '자기의 존재를 밝히는' 조건이라는 명제를 언급한다.(123) 노인이 모사했다는 '無無明 亦無無明盡'이라는 현판은 '근본적인 번뇌를 일으키는 어둠'[無明]과 대면하여 '자신이 놓인 자리'를 인식하려는 마음의 경구이다.

윤리학의 어원이 되는 희랍어 ethos는 거주지의 뜻으로 인간이 서는 위치를 가리킨다. (인간은 신의 가까이에 거주한다.) 노인이 물은 것은 자기라는 존재자가 놓이는 위치이다. 하이데거에 의하면 존재자의 본질은 그것을 존재하게 하고 전체적인 통일성과 질서를 부여하는 존재 전체에 의해 주어지는 것이다. 즉 존재자의 본질이란 그 존재자가 존재

전체 안에서 갖는 위치이다. 하이데거는 니힐리즘으로 가득 찬 현대라
는 '궁핍한 시대'가 존재의 본질을 망각한 공허와 불안감에서 비롯되었
다고 보았다. 인간은 확대되어가는 현대 물화(物化)체계의 부속물로 전
락해가고 있다는 것이다. 이런 '의미상실'에 맞서려는 것이 하이데거의
'근원적인 윤리학'이었다. 여기서 윤리적 행동이란 자기 존재의 고유한
본질(거처)에 대한 인식을 전제한다. 하이데거에게 윤리학은 존재론과
다른 것이 아니었다.[23]

노인에겐 '자신이 아무 것도 아님을 깨닫는 것'이 윤리적 행동의 조
건이었다. 존재자는 '존재의 진리'에 자기를 엶으로써 협소한 자기의 굴
레를 벗어나 '자유롭고 절대적인 입지—열린 터'에 진입할 수 있다는
하이데거를 주장을 다시 참고하면, 무명과 대면하는 것은 보편적이고
절대적인 진리의 장으로 진입하는 노인의 방법이었던 것이다. 이 존재
론의 윤리학이 이르는 정점은 초월(Transzendenz)이다. 자기의 굴레를 탈
각하는 초월은 진정한 자기와 근원적인 세계를 여는 사건으로서, 존재
자 전체의 근거로 진입하는 것을 뜻한다.[24] 소설에서 마치 무(無)를 향
해 담담히 걸어 들어가듯 그려진 노인의 죽음은 초월의 상징으로 읽힌
다. 하이데거에게 역시 죽음은 존재자들의 '고유한 존재를 환히 드러내
주는 것', 다시 말해 존재가 '무의 형태로 자신을 내보이는 것'이었다.[25]
노인은 죽음을 담담히 맞음으로써 '죽음으로 신호를 보내는' 존재의 소
리에 응답한 것이다.

존재자가 존재 전체의 관점에서만 그것 자체로 나타날 수 있다는 논
리, '보편적이고 절대적인 진리의 장'으로 진입하려는 존재 물음을 곧
윤리학으로 여기는 입장, 그리고 무화(無化)를 통해 '진정한 자신과 근

---

23) 박찬국, 『하이데거와 윤리학』, 철학과현실사, 2002, 25-31쪽.
24) "존재와 존재 구조는 모든 존재자를 넘어서 있으며 한 존재자가 가지는 존재하는 모
든 가능한 규정성을 넘어서 있다. 존재는 단적으로 초월이다.(…)", 마르틴 하이데거, 이
기상 옮김, 『존재와 시간』, 까치, 1998, 61쪽.
25) 박찬국, 『하이데거와 윤리학』, 73-74쪽.

원적인 세계를 개현하는 사건'으로 간주된 초월론 등은 전체주의 정치 철학에 의해 '전유'되었다. 예를 들어 '주객(主客)을 망각한' 참된 실재의 인식을 선행(善行)의 근거로 보았던(『선(善)의 연구』, 1911) 니시다 기타로(西田幾多郎)의 이상적 유토피아주의가 천황을 유토피아에 이르는 절대적 진리를 견지하는 존재로 형상화하게끔 하거나, '절대적인 무(無)'의 개념이 개인을 국가에 복속시키는 논리로 이용26)된 경우는 그 한 예다. 앞서 언급한 와쓰지 데쓰로의 풍토론 역시 고유한 본질로서의 존재의 조건을 객관적으로 규명하려 한다는 취지에서 출발했다.

물론 허준이 「습작실에서」를 통해 언급한 윤리학을 '무의 탐구'로까지 읽을 필요는 없다. '제가 이 세상에서 아무 것도 아님을 깨닫'고 담담히 죽음을 맞음으로써 삶의 의미를 말하는 윤리학은 자못 소박한 것이다. 하지만 허준이 이런 윤리학을 말하던 때는 무, 혹은 죽음의 수용이 역사와 국가의 대의를 실현하기 위해 모두가 자신을 버려야 한다고 종용하는 수단으로 이용되었던 시대였다. 과연 그 시대는 일본의 패전과 더불어 끝난 것인가? 청진에 닿은 「잔등」의 서술자는 회령에서 떠난 기차에 실려 들어오는 피난민의 정경을 회진(灰塵)의 행렬로 묘사한다. "불에다 먹을 것과 입을 것을 태워버리고 어버이와 동기를 잃어버린 금새 의지가지없이 된 가족들이, 회진이 다 된 무한히도 긴 차체의 운명을 함께 지니고 가려듯이, 오직 묵묵히 웅크리고 엉기어 앉"(68)아 있는 것이다. 누구도 '아무 것도 아닌' 상황이었다. 그들은 죽음의 길을 헤매어온 것이다. '나'는 이 가혹한 현실을 '혁명'에 따른 것으로 용인하고자 한다.(89) '우리'의 고난을 혁명의 대가로 본 것이다. 혁명은 단호하고 또 무심한 것이 된다. 과연 그는 물가 모래밭에 던져져 버둥거리는 물고기를 다루듯 일본인들을 잡아낼 수 있는 소년의 무심한 무자비함을 우러르지 않았던가! 새 주체의 길을 여는 과정에서의 시련은 감내되어

---

26) Christopher S. Goto-Jones, *Political Philosophy in Japan; Nishida, the Kyoto School and Co-Prosperity*, Routledge, 2005, pp.129-130.

야 했으며 거추장스러운 장애물들은 제거되어야 했다. 그러나 여러 사람들의 고난이 미래를 위한 것이고 유토피아를 위해서는 많은 것을 버려야 한다는 혁명의 윤리학은 결코 새로운 것이 아니었다. 과연 '나'는 소년에 대해 전적으로 동의했던 것일까? 그러했다면 소설은 거기서 그치거나 그 이야기를 부연해야 했다. 그러나 이 소설은 다른 이야기로 이어진다. 이어지는 이야기는 인간의 거처를 다시 묻는 것이다. 이제 윤리는 모든 존재자를 존재하게 하는 '전체적인 존재'를 통해서 모색될 것이 아니라 내가 아닌 낯선 타자와 조우함으로써, 레비나스 식으로 말하면 타자의 생생한 얼굴을 대면함으로써 그의 고통을 이해하는 연대감과 책임감으로 실현될 것이었다. 「잔등」은 여기서 다시금 윤리의 문제로 돌아가며 이를 새롭게 한다.

이야기는 친구를 잃은 '나'가 청진의 거리 좌판에 앉아 음식을 파는 '할머니'의 사연을 듣는 장면으로 이어진다. '할머니'는 공장을 다니며 노동운동을 했던 아들이 5년을 복역하던 감옥에서 해방 한 달을 앞두고 죽었고 아들의 동무인 일본인 '가도오'가 역시 아들과 함께 죽은 사실을 말하며, 거지가 되어 떠도는 그 '종자'들로 인해 눈물을 흘린다. 그녀에게 일본인들을 향한 원한의 감정은 헐벗고 굶주린 그들의 정경에 대한 연민을 억누를 수 있는 것이 아니다.

> "부질없는 말로 이가 어찌 안 갈리겠습니까—하지만 내 새끼를 갖다 가두어 죽인 놈들은 자빠져서 다들 무릎을 꿇었지마는, 무릎을 꿇은 놈들의 꼴을 보면 눈물밖에 나는 것이 없이 되었습니다그려. 애비랄 것 없이 남편이랄 것 없이 잃어버릴 건 다 잃어버리고 못 먹고 굶주리어 피골이 상접해서 헌 너즐떼기에 깡통을 들고 앞뒤로 허친거리며, 업고 안고 끌고 주주끼고 다니는 꼴들—어디 매가 갑니까. 벌거벗겨 놓고 보니 매 갈 데가 어딥니까."(81)

소설은 아이들을 동반한 일본인 아낙이 배를 파는 좌판 앞에서 망연해 하고 아이들은 제 어머니의 손을 당기고 애걸하는 모습을 찬찬히 그려 보인다. 일본인을 향한 '할머니'의 연민은 일단 '가도오'와 관련된 것이다. 그녀에게 일본인들은 아들을 죽인 원수이지만 동시에 '가도오의 종자'이기도 하다. "저것들이 저, 업고 잡고 끼고 주룽주룽 단 저 불쌍한 것들이 가도오의 종자인 것을 모른다고 할 수 없겠으니 어떻게 눈물이 아니냐……."(85) 그러나 '가도오의 종자'인 일본인과 원수인 일본인을 간단히 가를 수는 없다. 결국 이러한 논리는 일본인이라는 타자 역시 쉽게 규정해서는 안 된다는 뜻으로 읽힌다. 새삼스레 다가가 보는 그들의 얼굴은 낯설고 충격적이다. '할머니'에게 이끌려 '나'는 드디어 그들과 상면하게 되는 것이다. 그는 타자의 얼굴을 봄으로써 비로소 그들의 고통에 대한 책임감을 느낀다.

> 꺼풀을 뒤집어 쓴 혼령이면 게서 더 할 수 있으랴 할 한 개의 혼령이 문설주이기도 하고 문기둥이기도 한 한편 짝 통나무 기둥에 기대어 서 있었다. 더부룩이 내려 덮인 머리칼 밑엔 어떤 얼굴을 한 사람인지 채 들여야 볼 용기도 나지 아니하는 동안에, 헌 너즈레기 위에 다시 헌 너즈레기를 걸친 깡똥한 일본사람들의 여자옷 밑에 다리뼈와 복숭아뼈가 두드러져 나온 두 개의 왕발이, 흐늘거리는 희미한 기름불 먼 그늘 속에 내어다 보였다. 한 팔을 명치 끝까지 꺾어 올린 손ㅅ바닥 위에는 옹큼한 한 개의 깡통이 들리어서 역시 그 먼 흐물거리는 희미한 불 그늘 속에서 둔탁한 빛을 반사하고 있으며……"(86)

인간의 모습이 아닌 이 전락한 타자가 일깨우는 것은 인간이 지는 역사적 고통의 무게다. 그들의 고통을 일본인이 저지른 악행에 대한 마땅한 징벌로 여기는 것은 윤리적인 태도라고 할 수 없다. 윤리는 타자의 고통을 외면하지 않는 것이었다. '나'는 그들에게 밥을 말아주는 '할머니'에게서 경이(驚異)를 보며 "인간 희망의 넓고 아름다운 시야를 거쳐서만 거둬들일 수 있는 하염없는 너그러운 슬픔 같은 곳"(90)에 가 닿는다. 이 감정은 그의 귀환이 어디로 향해야 할 것인가를 다시 묻고 있었다. 해방과 더불어 민족으로의 귀환은 의심할 바 없고 마땅한 것이 되었다. 민족은 '조선인'들이 새롭게 거듭나는 거처로서 선과 악을 가르는 도덕의 근거였다. 그러나 민족으로 돌아가는 행로는 윤리의 문제를 간과하는 것이었다. '나'가 이 경이를 목도하며 가 닿는 '하염없이 너그러운 슬픔'은 주체와 타자를 선악으로 가르는 도덕론이 아니라 타자를 수용하려는 감정적인 접촉면일 것이고 타자를 향한 '그리움'이 가능케 하는 초월의 계기였던 것이다.

청진을 떠나는 마지막 장면에서 '나'는 다시금 현실의 악몽을 목도한다. '피난민'(귀환동포)들이 기차를 향해 달려드는 '음침 처절'한 장면 앞에서 그는 "SOS를 부르는 경종 속에 살ㅅ구멍을 찾아 허둥거리는 조난 군중의 참담한 광경은 이런 것이 아닐까 하는 환각"(100)에 사로잡힌다. 그것이 민족으로 돌아가는 행로의 실제 모습이었다. 그가 말한 '혁명'의 공간은 '황량한 폐허'(104)였다. 그 속에서 조선인과 일본인은 피차 피난민이고 조난 군중이었다. '나'는 떠나가는 자신의 등 뒤로 '한 점의 외로운 등불'(잔등)을 본다. '할머니'가 비추고 있는 등불이었다. 그 등불은 민족의 도덕에 입각한 쇄신의 꿈을 부정하는 것이었다. 하지만 그는 이미 기차에 올랐고 기차는 '민족의 집결지'를 향해 달려가고 있었다.

5. 판타스마고리아 혹은 '제3자의 정신'

「잔등」에서는 해방 이전의 기억이 사상되어 있을 뿐 아니라 이른바 해방의 객관적 현실과 역사적 상황 역시 설명되지 않는다. 이야기는 앞뒤가 잘린 채 회령에 닿아 청진을 떠나기까지의 파편적 경험들을 제시할 뿐이다. 즉 서술자가 직접적으로 자신에게 닥치는 사건과 상황들을 전하는 산만한 여행기의 형식인데, 대체로 이야기는 매번 우연한 조우 내지는 발견에 의해 전환된다. 인물의 행로가 우연적인 만큼 소설을 서술하는 데서 경험된 내용을 분절시켜 일관한 서사를 구성하는 세계관의 역할은 미약해 보인다. 세계관이 주체와 객관적 현실의 실천적 교섭을 통해 구성되는 것이라면 세계관의 미약은 적어도 이 경우, 주체뿐 아니라 객관세계의 부재를 뜻하는 것일 수 있다.

이 '불충분한 재현'의 형식이 귀환에 대한 서술자의 고민과 관련된 것이라는 점은 앞서 지적한 바 있다. 귀환의 목적지는 실로 모호했으며 귀환의 여정 자체가 번번이 혼미한 악몽으로 전도되었던 것이다. 귀환자가 꿈속에 그리던 고향은 더 이상 존재하지 않는 것이기 쉬웠다. 민족으로 돌아가는 감격에 겨워했다 하더라도 이미 거처를 옮겼던 귀환자들에게 분명하고 구체적인 목적지가 있기는 어려웠다. 게다가 이 소설이 그리고 있듯 귀환의 여정은 불확실하고 예측할 수 없으며 언제든 위험에 처할 수 있었다. '나'는 "짧은 여로가 일으키는 무쌍한 곡절전변"(65)에 스스로 놀라며 당황망조해 하는 것이다. 사실 어찌 보면 그것은 당연했다. 귀환이란 전쟁의 결과가 아니던가. 전쟁이라는 재난은 일상과 그것의 바탕을 이루는 모든 사회관계를 일시에 붕괴시킨다. 갑작스런 해체와 탈구(脫臼 dislocation)가 진행되는 상황에서 혼란과 고통은 불가피하다. 최소한의 객관성조차 사라진 그야말로 난시(亂時)가 되는 것이다. 난시를 재현한다는 것은 어떤 점에서 가능하지 않다. 왜냐하면 객관세계가 사라져버린 상황에서는 그것을 재현할 주체 역시 구성될 수 없기 때문이다.

이 소설이 곳곳에서 판타스마고리아를 보이는 이유도 그것이 난시를 그리는 불가피한 방식이었다는 식으로 설명되어야 할 사항이 아닌가 싶다. 대상은 객관적으로 파악되지 않으며 유동해 간다. 흔히 판타스마고리아는 주체가 대상(객체)에 대해 취하는 원근법이 확보되지 않아 대상이 장악되지 않는 상태에서 비롯된다. 대상이 이루 잡히지 않을 때 혼돈은 불가피하며 기약 없는 출발이 거듭되어야 하는 것이다. 그러나 간단히 식별되거나 규정되지 않는 대상의 유동성은 그것의 이면적 복합성을 드러낸다. 「잔등」에서 판타스마고리아는 매우 강렬하며 인상적인,

그러나 동시에 불확실하고 모호한 이미지들을 이어내며, 이로써 흔들리고 겹쳐지는 대상의 여러 모습들을 순간적으로 잡아낸다. 예를 들어 맑은 하늘과 깨끗한 물빛으로 표상된 고국의 풍토가 낳은 소년이 '사루마다같은 것을 아랫도리에 감은 남양토인'으로 보이는 장면은 정제된 순수성과 거친 혼종성간의, 혹은 낯익고 친근한 것과 위협적이고 이국적인 것 사이의 긴장된 모순적 관계들을 내포하고 있다.

물론 이 난시는 종말과 신생의 교차점이었다. 전쟁과 해방이 초래한 파열은 과거와의 파괴적 단절과 미래에 대한 급진적 기대를 부추겼다. 난시가 새로운 역사를 만드는 '혁명'의 시간으로 긍정될 수도 있었다는 뜻이다. 광복의 빛에 고무된 조선인들에게 귀환은 민족으로의 귀환이어야 했고 민족의 이름으로 요구된 쇄신은 주체화의 길로 간주되었다. 흔히 소년은 단호함과 활기, 혹은 헌신의 상징일 수 있었거니와, 이 소설이 그려낸 소년의 형상 역시 쇄신의 길을 가리키는 것으로 읽어야 할 듯싶다. 과연 서술자는 이 도덕적 밀고자에게 찬탄을 보내고 있다. 그러나 소설은 거기서 끝나지 않는다. 소설은 소년이 잡아내는 타자의 얼굴을 대면함으로써 윤리의 문제에 다가서는 장면으로 이어지는데, 이 두 이야기는 명백하게 불균등하다. 서술자의 관점은 내부적으로 괴리되어 있으며 분열적이다.

대상에 대한 직각적인 인상에 충실할 때 오히려 이면의 통찰이 가능할 수 있다. '흐물거리는 희미한 불 그늘 속의 왕발 혼령'과 만났던 서술자는 남행기차를 향해 달려드는 조선인 귀환자들에게서 'SOS를 부르는 경종 속에 살ㅅ구멍을 찾아 허둥거리는 조난 군중'들을 본다. 두 이미지는 다른 것이라기보다 복합적인 조응의 관계를 갖는 것으로 읽힌다. 조선인 귀환자들은 일본인과 달랐지만 조난자라는 점에서는 결국 또 다르지 않았다. 이러한 통합적 인식 또한 판타스마고리아의 효과다.

이 소설에서 판타스마고리아는 민족으로의 귀환과 이를 통한 주체화의 요구, 혹은 민족이라는 주체가 열어갈 해방의 비전으로부터 눈을 돌리고 오히려 이 난시의 절단면을 읽는 또 다른 관점으로 기능한다. 그것은 기본적으로 의혹의 입장을 가지며 이미 부정의 형식을 취한다. 예를 들어 귀환동포들을 가득 싣고 역사로 들어오는 기차에서는 희망이나 기쁨은 전혀 느껴지지 않는다. '나'는 '회진(灰塵)이 다 된 무한히도 긴 차체'와 그와 운명을 같이 해야 하는 지친 피난민들을 본다. 이 난시는 이미 모든 것이 고갈된 회진의 상태였다. 번번이 서술자가 표하는 '아득한 적막감'은 이를 감지한 피로감일 것이다.

해방 이후 여러 신생의 기획이 제기되었지만 과거를 떨칠 것을 외치는 신생의 기획들은 그것이 새로운 객관적 세계를 생산하지 못한 상황에서는 다시금 과거에 의거하지 않을 수 없었다. 왜냐하면 과거야말로 유일한 객관세계일 것이었기 때문이다. 인민의 해방과 민주주의를 앞세운 '세계관'이 제국주의 총동원체제를 답습하기에 이르거나, '생(生)의 구경(究竟)'(김동리)을 말하는 오묘한 초월의 논리가 그저 주어진 현실을 수리하는 추상적 변론이 되고 마는 과정은 결국 이렇게 설명되어야 한다. 즉 과거의 객관적 현실이 신생의 기획 안에서 작동하였으며 그럼으로써 지속되었던 것이다.

「잔등」의 '나'가 자신의 '본성'이라고 말하는 "구슬픈 제 3자의 정신"(102)이 국외적 입장에서 매번의 상황을 보려는 관찰자의 자세를 뜻하는 것이라면, 그것은 신생의 기획으로부터도 자신을 소격시키는 정신일 수밖에 없다. 여정 속의 '나'는 매번 놀라며 체념한다. '제3자의 정신'은 결국 주체화를 거부하는 것이 된다. 눌변의 어사나 불확정하고 비규정적인 긴 문장 역시 통합적 주체로 수렴되지 않는 혼란의 표지로 읽힌다.

그는 왜 (세계관을 갖지 않는) 제3자로 물러설 수밖에 없는가? 주체가 객관세계에 의해 구성되는 것이고 그 객관세계라는 것이 특별한 역사적 과정의 산물이라면[27] 객관적 세계를 역사적으로 생산해내지 못한

---

27) Fredric Jameson, *A Singular Modernity*, Verso, 2002, pp.44-45.

가운데 주체란 역시 있을 수 없다. 「잔등」의 판타스마고리아는 객관세계가 부재하는 난시를 그렸다. 이 난시에 출몰하는 주체는 한갓 가상(假像)이었을 뿐이다. 판타스마고리아는 이 가상의 유인에 대해 저항하고 있다. 그러나 과연 그는 새로운 세상을 열 것이라고 주장하는 주체와 그것이 부추긴 급진적 기대를 거부할 수 있었던가?

6. 쇄신의 길

1946년 9월 을유문화사에서 나온 단행본 『잔등』의 서문에서 허준은 다음과 같이 자신의 작가적인 입장을 피력한 바 있다.

> "(…) 너의 문학은 어째 오늘날도 흥분이 없느냐, 왜 그리 희열이 없이 차기만 하냐, 새 시대의 거족적인 투쟁과 열기 속에 자그마한 감격은 있어도 좋을 것이 아니냐고들 하는 사람이 있는데는 나는 반드시 진심으로 감복하지 아니한다. 민족의 생리를 문학적으로 감득하는 방도에 있어서, 다시 말하면 문학을 두고 지금껏 알아오고 느껴오는 방도에 있어서 반드시 나는 그들과 같은 방향에 서서 같은 조망을 가질 수 없음을 아니 느낄 수 없는 까닭이다."

민족으로의 귀환이 마땅한 것으로 종용되었던 상황에서 열정적인 주체로 거듭나야 한다는 세간의 요구에 대해 자신이 생각하는 문학의 '방도'와 '조망'은 다르다는 점을 밝힌 것이다. 그는 문학의 부정성(negativity)에 유의한 듯하며 그런 관점에서 자신의 작가적 입장을 차별화하려 한 듯하다. 사실 처녀작이라고 할 「탁류」(1936)에서부터 그는 세상일이 어떤 것도 간단치 않으며 누구의 잘못인가를 가르기도 어렵다는 생각을 표현했다. 이 공교롭고 혼돈된 세상일로부터 한 걸음 물러서려는 것이 그의 입장이었다. 자신을 다수인 '그들'로부터 구분해낸 작가적 선언은 이런 맥락에서 이루어진 것일 수 있다. 그러나 해방 직후는 모든 것이

194

좌우로 양분된 시기였다. 즉 한쪽이 아니면 이미 다른 한쪽에 서게 되는 상황이었던 만큼 자신만의 차별화된 입장이라는 것을 견지하기는 어려웠을 것이다. 허준은 「평때저울」(『개벽』, 1948. 1)과 같은 소품에서 식민지 시대보다 사는 것이 더 어렵게 된 해방 후 남한의 사회현실을 풍자적으로 비판한 바 있고, 서울 등에서 정치적으로 자행된 '인권탄압'을 문제시하는 '일기'28)를 남기고 있기도 하다. 그의 입장은 소박하게 '양심적'이라고 말할 수 있는 것이었지만, 역시 이념적 이분법을 피하기는 힘들었다.

사실 「잔등」에서부터 그는 '해방군'인 소련군에 대한 막연한 호감을 표하는 데 그치지 않고 대슬라브주의를 간접적으로 찬양하기까지 했다. "영양에 빛나는"(51) 러시아 여군들의 '탄력'이야말로 그에겐 경이로운 것이었다. 그는 친구인 '방'과 더불어 "우리가 남과 같이 살아야 한다면 노서아 사람만큼 무난한 국민이 없을"(52) 것이라는 의견을 나누며, 그것이 20여 일의 피난길에 '수많은' 러시아 사람들을 만난 자신들의 결론이라고 밝힌다. 소련군의 인상이 러시아 국민성의 긍정으로 비약한 것이다. '나'는 소련군의 약탈 행위에 대해서도 놀랍게 관용적이다. 피난길 곳곳에서 '몇 푼 안남은 여비로 술을 사서 그들을 대접해야 하는 성화를 받았지만' 소련군의 폭력은 순진성의 표현으로 간주될 뿐이다. 즉 그들이 무시로 연발하는 '다바이'와 '다발총'을 들이댄 그들과의 '협의'에 대해서도, (약탈에) "우리가 순종하지 않으면 사실 그들은 쏘는 사람들이었고 또 다음 순간에는 그들은 당장에 후회할 수가 있는 사람들이었다."(53)고 말하고 있는 것이다. 그들의 '충동적' 면모까지가 소박함과 관련된 것이라는 해석이다. 그러나 이러한 민족성의 신화는 또 다른 주술에 불과했다. '나'는 소련군대 혹은 소련 국민이 여러 이민족으

---

28) 일기의 형식으로 쓴 「임풍전(林風典)의 일기」(상)(『경향신문』, 1947. 6. 12)는 잡지 편집인과 소설가 등이 조선호텔을 방문하여 조선의 인권 상황을 알기 위해 서울에 온 '인권동맹의 볼드윈 씨'를 만나 부패한 관리와 모리배들로 인해 '양심 있는 시민층의 생활과 문화활동이 불안하다'는 점 등을 알렸다는 내용이다.

로 구성되어 있음을 지적하며 슬라브족의 개방성, 즉 "전 세계 인류를 포용할 수 있는 것은 오직 슬라브족이어야 한다"(53)는 염원에 대해 언급하기도 한다. 대슬라브주의가 민족적 국제주의를 표방했지만 동시에 러시아 민족주의의 강화에 따른 것임을 간과한 생각이었다.29)

청진을 떠나려던 '나'는 역 개찰구에서 '포승을 진 두 사내'를 데리고 여러 일행과 같이 나오는 낯익은 '더벙머리 소년'과 마주친다. 작살질을 하던 '풍토의 아들'이었다. 소년을 보며 '나'는 "어느 일본 놈을 또 잡아가는 것인가"(96)고 생각한다. 이 장면에서 그는 다시금 "소년의 싱싱한 맑은 두 눈알의 홍채가 산 자기의 실상(實像)을 만나 발한 찬란한 섬광"(97)을 기억하며 그것이 자신의 가슴 속에 부조되어 있음을 말한다. '풍토의 아들'을 향한 찬양은 그러나 아무래도 어색해 보인다. 일본인은 '확실하게 죽여야 한다'는 가혹한 도덕론을 앞세우는 이 쇄신된 주체의 형상이 위협적인 경외의 대상이었기 때문일 것이다.

문학가동맹의 기관지『문학』8호(1948. 7)에 발표된「속 습작실에서」는 허준이 자신의 선택을 스스로 확인하려는 일종의 고백 형식을 취한다. 식민지 시대의 어느 때를 배경으로 한 이 소설의 내용은 할머니가 운영하는 여관에 침복하고 있는 고등룸펜이 우연히 "부드러운 견인력"30)을 가진 혁명가를 만나 "인간세상의 대로"31)로 나아갈 것을 스스로 다짐한다는 것인데, 작가적 입장을 대변하는 이 소설의 화자를 견인해내

---

29) 대 슬라브주의는 '위대한' 러시아 문화가 다른 민족문화들에 대해 심대한 인식적, 교훈적 영향을 끼쳐왔다고 주장한다. 소련 내의 여타 민족문화들 가운데 러시아문화는 특별하다는 것이다(A. M. Aslanov, "The Development of Socialist Culture and the Mutual Influence and Enrichment of National Cultures", *Marxist-Leninist Aesthetics and the Arts*, Progress Publishers, 1980, pp.53-56). 대슬라브주의는 러시아 민족주의가 특별히 강조되기 시작한 1930년대의 스탈린 시대로부터 2차 대전 직후 반 서구 분위기가 고조되기에 이르기까지 소비에트 애국주의의 통합성분으로 작동했다(Gleb Struve, *Soviet Russian Literature 1917~50*, University of Oklahoma Press, 1951, pp.326-327). 대슬라브주의는 또 다른 민족주의라고 해야 옳을 것이다.

30)「속습작실에서」,『문학』, 1948. 7, 13쪽.

31)「속습작실에서」,『문학』, 38쪽.

는 것은 말의 진정성이다. 화자는 혁명가의 정치적 식견과 열정 때문이 아니라 고상한 친화력 때문에 그에게 이끌린다. 마침내 자신의 말에 책임을 지려는 혁명가의 진정성을 확인함으로써 화자는 자신이 들쓰고 있던 낡은 '허물을 벗고' 열린 터로 나아갈 것을 스스로 다짐한다. 요컨대 이 소설은 진리가 인간을 통해 임재(臨在)하는 경험을 적은 것이다. 과연 진리가 그에게 닿은[촉지(觸指)] 것인가?

그가 기다린 진정한 말, 곧 진리는 세상으로 나아가기 위한 보증이었다. 그러나 화자가 말의 진정성에 집착하는 것은 그만큼 그가 거짓된 말과 참된 말이 식별되기 힘든 상황 속에 있었음을 의미하는 것이다. 그가 진정한 말과의 조우를 고대했다면 혁명가에게서 인간의 길을 가리키는 환한 진리를 발견하는 소설 속 각성의 장면은 소망충족적인 것으로 읽을 수도 있다. 그는 진리를 확인하고 싶었고 진리를 좇아 자신을 바꾸고[쇄신] 싶었을 것이다. 그러나 해방직후의 상황에서 그가 실제로 선택할 수 있는 문항은 매우 제한적이었다. 자기 소외를 극복하는 쇄신의 길, 그럼으로써 존재 전체의 관점에 이르는 윤리적 모색이 국가나 민족의 도덕론으로 귀결되기 십상이었다는 뜻이다. 그는 주체의 도덕론과 개별자의 윤리적 성찰 사이에서 실천적 선택을 종용받고 있었던 듯하다. 결과적으로 그의 '양심'은 북한을 선택하지만,[32] 그의 경우 주체로의 귀환은 역시 이루어지지 않은 듯하다. 그는 월북 이후 이렇다 할 활동의 흔적을 남기고 있지 않다.

주제어 : 귀환 노스탤지어 향수 판타스마고리아 쇄신 윤리 초월

---

32) 해방 직후의 북한 문학계의 추이를 소개한 한 책자는 허준을 이념 때문이 아니라 '양심' 때문에 월북한 문인으로 분류하고 있다. 현수, 『적치 6년의 북한문단』, 국민사상지도원, 1952, 77쪽, 153쪽.

◆ **참고문헌**

1.기본자료

허   준, 『잔등』, 을유문화사, 1946.

2. 단행본

마르틴 하이데거, 이기상 옮김, 『존재와 시간』, 까치, 1998.

박찬국, 『하이데거와 윤리학』, 철학과현실사, 2002.

사카이 나오키, 후지이 다케시 옮김, 『번역과 주체; 일본과 문화적 국민주의』, 이산, 2005.

Charles K. Armstrong, *The North Korean Revolution, 1945~1950*, Cornell University Press, 2003.

Christopher S. Goto-Jones, *Political Philosophy in Japan; Nishida, the Kyoto School and Co-Prosperity*, Routledge, 2005.

Fredric Jameson, *A Singular Modernity*, Verso, 2002.

Malcolm Bradbury · James Macfarlane, "The Name and Nature of Modernism", *Modernism*, Malcolm Bradbury · James Macfarlane eds., Penguin books, 1976.

Prasenjit Duara, *Sovereignty and Authenticity; Manchukuo and the East Asian Modern*, Rowman & Littlefield Publishers, Inc., 2003.

Svetlana Boym, *The Future of Nostalgia*, Basic Books, 2001.

森田芳夫, 『朝鮮終戰の記錄; 米ソ兩軍の進駐と日本人の引揚』, 嚴南堂書店, 1964.

和辻哲郎, 『風土; 人間學的考察』, 岩波書店, 1940.

◆ **국문요약**

이 글은 「잔등(殘燈)」(1946)을 중심으로 허준(許俊)의 소설을 읽으려는 것이다. 1945년 해방을 맞아 만주국의 수도 신경(新京)에서 서울을 향해 떠난 두 청년의 여정을 그린 소설 「잔등」은 귀환의 문제를 다룬 것으로 읽힌다. 귀환이란 자신의 위치와 설 자리가 조정되는 과정이었다. 그런데 '고국', 혹은 민족으로의 귀환은 식민지의 시간을 부정하고 새로운 '우리들'로 거듭나는 쇄신(刷新)을 요구하는 것이기도 했다. 소설 속의 '나'는 고국의 한 강가에 이르러 일본인을 잡아내는 민족의 도덕을 실천하는 '풍토의 아들'과 조우하는 것이다. 이 풍토의 아들은 새로운 역사를 만들어갈 '강인한 우리'의 표상—민족의 주인공에 대한 기대와 두려움을 상기시킨다. '나'는 그를 우러르지만 동시에 그의 편에 서기를 주저한다. '우리들'로 거듭나는[쇄신] 길을 앞에 두고 그가 망설이는 이유는 무엇인가? '나'는 노동운동을 하던 아들을 잃었지만 일본인 피난민들에게 밥을 말아주는 할머니를 보며 민족의 도덕이 아닌 인간의 윤리에 대해 생각한다. 그러나 그가 귀환의 행로를 멈출 수 있었던 것은 아니다. 이후 발표된 「속 습작실에서」(1948)는 진리가 인간을 통해 임재(臨在)하는 경험을 적은 것으로 작가가 자신의 선택을 스스로 확인하려는 고백 형식을 취하고 있다. 그는 주체의 도덕론과 윤리적 성찰 사이에서 실천적 선택을 종용받고 있었던 듯하다. 결과적으로 그의 '양심'은 북한을 선택하지만 그의 경우 주체로의 귀환은 이루어지지 않은 것으로 보인다.

◆ SUMMARY

Heo Jun and ethical problem

Shin, Hyung-Ki

This paper intend to do read Hu-Jun's novel, especially *Zandeung* 「잔등」(1946). *Zandeung*, which depict the journey of two young man returning to Seoul from Sinkyung the Manchukuo's capital after defeat of Japanese Imperialism is deal with the problem of Return 귀환. The Return is a process of adjustment of one's political stand point or place to ideological inhabitation. By the way Return to homeland or the nation demand to repudiate colonial time and to reform as the new national subject. When 'I' in the novel reached to an riverside of homeland he suddenly encounter with 'a son of natural feature' '풍토의 아들' who are proudly talking on his contribution to capture the Japanese refugee. This son of natural feature evoke the sentiment of hope and fear on the figure of strong national subject which was expected to rebuild the nation's new history. 'I' looked up the son of natural feature, but hesitate to stand his side. What is the cause make him hesitate in front of the road to reform? 'I' also encounter with a old women whose son was killed in Japanese prison. And he thought about the problem of ethics after saw that she give food to Japanese refugee. But he can't stop the journey returning to nation. Hu-Jun wrote *Sok Seupjaksileseo* 「속 습작실에서」(1948) which trace back in memory on an faithful revolutionist for confess to himself to confirm his choice. At that time the political and the moral situation strongly tempted him to join to progressive side. Consequently his 'conscience' make him move to North Korea, but in his case the return to national subject could not be accomplished.

Keyword : return nostalgia phantasmagoria reform ethics transzendenz

-이 논문은 2006년 3월 30일에 접수, 소정의 심사를 거쳐 2006년 5월 31일에 최종적
으로 게재가 확정되었음.

1930년대 어휘의 장과 문학어의 계발
―어문운동의 맥락과『문장강화』의 지향

문 혜 윤*

목 차

1. 서론

1930년대가 그 어느 시기보다 풍성한 문학적 성과를 산출했다는 점은 주지의 사실이다. 작품의 양이 현저하게 증가했으며 표현 방식이 다양하게 분화되었던 당시의 문학적인 진전을 '자율성' 혹은 '순수성'의 차원에서 다루려고 할 때 간과할 수밖에 없는 가장 큰 문제는, 문학을 성립시켜주는 '언어'의 태생적인 본질에 관한 것이다. 기본적으로 작가가 작품 속으로 가져오는 '언어'들은 그 사회 속에서 태어나고 성장한, 그리하여 그 시대 언어의 발달 정도를 반영하는 속성을 지니고 있다는

---

* 고려대학교 박사과정 수료.

점에서, 문학적인 표현의 분화·발달이 작가의 외로운 분투로만 이루어
졌다고 말하기는 어렵다. 개인의 특수한 문체에는 역사적인 한 시기에
공유되는 글쓰기의 형식이 작동하고 있다. 한 작가의 글쓰기는, 사회적
이며 시대적인 어휘의 창고와 문장의 패턴에 의지하여 이루어지는 행위
임을 기억할 필요가 있다.

　1930년대는 근대계몽기로부터 이어져온 어문운동이 조선어문의 '근
대화'를 알리는 중요한 결과물들을 속속 산출하던 시기였다. '조선어 사
전'을 편찬해야 한다는 시대적인 당위에 따라, 사전 편찬의 선결 과제로
서 맞춤법이 통일되고(1933), 표준어 사정(査定)이 이루어졌으며(1936),
외래어 표기 규정이 마련되었다(1940). '조선어'로 글을 쓰는 일을 직업
으로 삼았던 문학자들은, 전사회적인 관심의 대상이었던 어문운동에 직
접 참여하거나 그것에 대한 의견을 빈번히 표명하면서 '조선어 사용'에
대한 예민한 의식을 유지하고 있었다. 이런 점에서 1930년대에 이루어
진 문학적인 표현의 진전은, 이와 같은 시기에 나타난 사회어의 재편
문제와 관련지어 논의될 필요가 있다. 이러한 이유에서 이 논문은, 사회
언어의 장과 문학 언어의 장이 가지는 상관성에 중점을 두고 사회어의
맥락이 문학어의 맥락에 어떤 식으로 틈입하는지 살펴보고자 한다. 여
기서 주로 삼는 텍스트는 1930년대 문장론의 대표격인 『문장강화』[1]이

---

1) 『문장강화』는 1940년 문장사에서 출간되었다. 이 단행본에는, 이태준이 주재했던 잡
　지인 『문장』의 창간호(1939년 2월)부터 통권 9호(1939년 10월)까지 9회에 걸쳐 연재되
　었던 글과, 통권 16호(1940년 3월)의 「문장의 고전, 현대, 언문일치: 「문장강화」 노트에
　서」라는 글이 함께 실려 있다. 「문장의 고전, 현대, 언문일치」 부분은 단행본으로 옮겨
　지면서 많은 양의 예문과 그에 대한 해석이 덧붙었다. 또한, 단행본으로 묶이는 과정에
　서, 잡지에는 연재되지 않았던 새로운 장이 세 개나 첨가되었다. 이는 9회까지의 연재
　를 일단락 지으면서 이태준이 편집후기인 「여묵(餘墨)」을 통하여 "내가 쓰던 「문장강
　화」는 우선 이번 호로 붓을 쉬인다. 쓰려고 생각한 것을 반이나 썼을까 하는 정도다.
　시간을 얻는 대로 좀 더 실제적인 데로 문제를 잡아가지고 마저 쓸 것을 약속한다(『문
　장』, 1939. 10, 285쪽)"라고 말했던 부분에 해당할 것이다. 원고가 상당량 첨가되었다는
　것 이외에, 전체적으로 글의 주제나 방향은 수정되지 않았다. 현재 유통되고 있는, 창
　작과비평사(1988년, 2005년 개정판)의 『문장강화』와 깊은샘(1997년)의 『아버지가 읽은

다. 『문장강화』는 문장을 쓰는 데 있어서의 제반 문제들을 다루고 있지만, 이 논문에서 특히 중점을 두는 것은 글쓰기의 일차적인 문제인 어휘(언어)의 경우이다. 『문장강화』가 성립될 수 있었던 1930년대 어문운동의 맥락을 참고하면서, 『문장강화』가 담고 있는 어휘(언어)에 관한 주요 논점들을 살펴보고자 한다.

2. 신어의 범람과 '유일어'의 문제

최초의 '우리말 사전'이라고 불릴 만한 사전은 1938년 10월에 간행된 문세영의 『조선어 사전』이다. 그 이전에도 사전이 없었던 것은 아니지만 한국인이, 한국어 표제를, 한국어로 설명한 사전은 이것이 처음이었다.[2] 1900년 무렵부터 사전 편찬의 시대적 당위와 그것의 필요성이

문장강화』는 각각 박문서관의 1947년과 1948년 증정판을 텍스트로 삼고 있다. 문장사 초판과 박문서관의 증정판을 비교해 보면, 내용은 전반적으로 동일하나 채택하고 있는 예문이 대체된 경우를 몇 군데에서 확인할 수 있다. 이혜령은, 일견 사소해 보이는 이러한 차이들 속에서 해방 전의 『문장강화』와 해방 후의 『문장강화』가 놓인 역사적 맥락이 그것의 역할 역시 확연하게 변모시켰음을 고찰해 낸 바 있다(이혜령, 「이태준 『문장강화』의 해방 전/후」, 『이태준과 현대소설사』, 깊은샘, 2004, 350-365쪽). 따라서, 1930년대의 어휘 사용 방식을 묻는 이 논문은 1940년 문장사판을 텍스트로 삼는다.

2) 포교를 목적으로 조선에 들어온 선교사들이 편찬한 "『한불자던』(프랑스 선교사들, 일본, 1880), 『한영자던』(언더우드, 일본, 1890), 『영한사전』(영국인 스코트, 1891), 『나한사전』(순교자 다블뤼 유고, 홍콩, 1891), 『한영사전』(게일, 일본, 1897), 『영한사전』(홋지, 1898), 『법한즈던』(알레베고, 1901)(고길섶, 『스물한 통의 역사진정서』, 앨피, 2005, 163쪽)" 등이 있었지만, 이 사전들은 모두 외국어를 한국어로, 혹은 한국어를 외국어로 설명한 대역(對譯)사전이지 한국어를 한국어로 설명한 한한(韓韓)사전은 아니었다. 1920년 조선총독부에서 발간한 『조선어 사전』 역시 조선통치의 편의를 위해 편찬된, 일본어로 풀이를 단 대역사전이었다. 물론 예외가 있기는 하다. 1925년 출간된 심의린의 『보통학교 조선어사전』은 "6,106개의 표제어가 실린 소사전이었지만, 조선어사전이라는 이름으로 출판된 최초의 사전이라는 점에서 주목을 끈다. 그러나 이 사전은 보통학교에서 자습을 할 때에 필요한 사전으로 편찬되었(최경봉, 『우리말의 탄생』, 책과함께, 2005, 130쪽)"다는 점에서 한계를 지니고 있다. 문세영의 『조선어 사전』은 개인이 출판

거듭 제기되어 왔고, 실제로 사전 편찬을 위한 제반 작업들이 수행되기도 했었지만 간행에까지 이른 적은 한 번도 없었다.[3] 최초의 조선어 사전이 1938년 10월에서야 발간되었다는 것은, 그 당시의 작가들이 어휘를 찾고 선택하는 과정에서 기울였어야 할 개인적인 노력이 상당했다는 것을 의미한다.[4] 작가들 개개인의 머릿속에 형성되어 있는 어휘의 목록

한 최초의 우리말사전이었다는 점에서 그 업적이 높게 평가되어 왔으나, 최경봉은 문세영의 것이 조선어학회의 어문 정리 원칙을 따르고 있음에도 조선어학회의 감수가 거부되었다는 사실과 문세영이 이윤재와 함께 사전 편찬 작업을 하다가 일이 상당한 정도에 진척되자 이윤재와의 관계를 끊어버렸다는 이희승의 증언 등을 바탕으로 '최초'라는 수식어에 미심쩍은 지점이 있음을 언급하였다. 더구나 『조선어 사전』이 발간된 1938년 10월은 수양동우회사건으로 이윤재가 감옥에 가 있었던 시점이며, 조선어학회의 사전 편찬 작업도 막바지에 이르렀던 때였으므로 문세영의 '최초' 업적에 빛이 바랜다는 것이다(같은 책, 246-252쪽 참조할 것). 그렇다면 '진정한' 조선어 사전은, 1947년에야 그 첫 권이 간행된 조선어학회의 『조선말 큰 사전』이라고 해야 할 듯하다. 『조선말 큰 사전』은 1947년 10월 9일 1권이 출간된 이후 1957년 10월 9일 6권이 완간된 대(大)사전이었다.

3) 최남선이 설립한 조선광문회에서 1911년부터 주시경, 김두봉, 권덕규, 이규영 등을 중심으로 말모이(=사전) 편찬 작업이 이루어졌지만 1914년 주시경의 갑작스런 죽음과 1919년 김두봉의 망명으로 작업이 계속 진행되지 못하였다. 1927년 계명구락부에서 말모이 원고를 인수하여 사전 편찬 사업을 재개하지만 얼마 지나지 않아 편찬자들이 하나둘씩 손을 떼면서 흐지부지 되었고, 1937년부터 박승빈의 조선어학연구회가 계명구락부의 일을 인수하여 사업을 진행하려고 했지만 자금난을 비롯한 기타 문제로 결실을 보지 못하였다. 이와 별개로, 1929년 사회 각계 인사 108인의 발기로 조선어사전편찬회가 조직되었고, 1930년 조선어학회의 전신인 조선어연구회에서 사전 편찬의 기초 사업인 ① 맞춤법 통일, ② 표준말 사정, ③ 외래어 표기법 규정 등을 맡기로 결의하였다. 그 이후 사전 편찬보다 세 가지 기초 작업을 완수하려는 운동이 활발히 진행되었고, 그 결과로 1933년 '한글 맞춤법 통일안'이, 1936년 '사정한 조선어 표준말 모음'이, 1940년 '외래어 표기법 통일안'이 발표될 수 있었다. 그리고 1936년부터는 조선어사전편찬회의 일을 조선어학회에서 인수하면서 본격적인 사전 편찬이 이루어지기 시작하였다. 1940년 사전의 원고 일부가 총독부의 검열을 통과하면서 조판에 넘겨졌으나, 1942년 조선어학회사건이 터지면서 인쇄되지 못한 채 원고를 일본에 압수당했다. 사라진 줄 알았던 이 원고를 광복 이후 서울역 창고에서 발견함으로써 사전 편찬은 급물살을 탔고, 1947년에야 『조선말 큰사전』의 1권이 출판될 수 있었다. 우리말 사전 편찬 과정이나 숨겨진 일화들은 최경봉의 『우리말의 탄생』에 자세하게 기술되어 있다.

4) 김병익의 『한국문단사』에는 다음과 같은 구절이 보인다. "외딸 화수(和壽)를 며느리로

에 의거하여 글쓰기가 이루어지는 상황이었던 때문인지, 조선어의 발전을 위해 작가들이 말공부를 해야 한다는 의견이 자주 제기되기도 하였다. 특히, 전에 없던 신어(新語)들의 급격한 발생과 유입은, 그것을 받아들이고 사용하는 언어적 감수성에 따라 작가들의 어휘 구사에 두드러진 편차를 낳기도 하였다.

한 시대의 모습은 '어휘'라는 지표를 통해 파악 가능하다. 하나의 어휘가 생성 혹은 도입되어 무난히 정착하거나, 한때의 유행이 지난 후 도태되는 과정은 '사회의 요구와 필요'에 따라 이루어진다. 새로운 사상, 인식, 제도, 문화 등에 대한 체험이 거듭되었던 1930년대에는 이 새로움의 양상들을 지목하고 언급하기 위한 새말들이 요구되고 있었다. 급변한 현실의 양태와 그것을 표현할 어휘의 목록 사이에 대응이 이루어지지 않음으로써 '조선어의 어휘가 부족하다'는 일반적인 관념이 대두되었던 것 같다. 이에 따른 조선어의 어휘 확충을 위한 노력은 '인공적인 창조'와 '자연적인 수입'의 두 가지로 크게 나뉜다. 전자, 즉 인공적으로 어휘를 창조한 경우에는 ① 예전에는 쓰였으나 언중들에게 잊힌 고어(古語)를 되살리려는 노력과 ② 한문 표현을 순 우리말로 대체하려는 노력이 포함된다. 여기에는, 세계를 지칭하는 어휘의 체계를 고유어로 조직해보겠다는 '의지'가 개입되어 있다. 이는 조선어학회 회원들 대부분과 이 단체에 동조한 사람들이 공통적으로 가지고 있던 지향이기도 했다. ①의 경우는 가요, 속담, 지명, 문헌 자료 등에서 이미 사어(死語)가 되어버린 단어를 발굴하거나 형태가 전이된 단어의 어원을 추적하는 등의 전문적인 연구에만 머물지 않고, 이를 되살려 사용하겠다는 실제적인 욕구를 포함하고 있었다. 문학 작품들에 예스러운 표현을 위해 차

___

맞아 사돈이 된 월탄에 의하면, 빙허는 문세영(文世榮)의 『조선어 사전』을 통독, 고어(古語)와 신어(新語)를 연구, 낱말을 발견하는 데 애를 쓰는 독실한 성품의 또 다른 한편으로 곧잘 술을 마시고 주정 잘 부리기로도 유명했다.(김병익, 『한국문단사』, 문학과지성사, 2003, 78쪽)" 작가들이 말을 공부하고 익히는 것으로 사전만한 것이 없다. 조선어 공부에 열심인 현진건의 모습과 함께, 그 사전이 1938년 10월에야 나왔다는 사실은 생각할 거리를 던져준다.

용되기도 했지만, 이미 사물과 언어가 맺었던 끈끈한 연대를 잃었던 단어들이 조선어의 어휘장에 편입되기는 어려웠다. ②의 경우는 지칭하는 사물이나 관념이 여전히 존재함에도 불구하고 그것을 다른 어휘로 대체하려는 노력이었다는 점에서 인위적인 힘이 더욱 강했다. 한글로 어휘를 개발한다는 민족적인 목적으로 옹호 받는 경우도 많았지만, 언어를 직접적으로 다루는 문학가들에게는 그리 환영받지 못했다.

> ① 쓰임 ┌ ㅏ, 몸은 다른 씨 우에 씨일 때가 있어도 뜻은 반듯이 그 알에 어느 씀씨에만 매임
> └ ㅓ, 짓골억과 빛갈억은 흔이 풀이로도 쓰임

이런 文章이 나오는데 ① 아모리 읽어봐도 무슨 暗號로 쓴 것 같이 普通 常識으로는 理解할 수가 없다. ② 거이 著者 個人의 專用語란 느낌이 없지 않다. ③ 個人 專用語의 느낌을 주며라도 무슨 內容이든 다 써낼 수나 있을가가 의문이다.5)

'몸, 씨, 씀씨, 짓골억, 빛갈억' 등의 문법 용어를 포함하고 있는 부분은, 『문장강화』에 인용되어 있는 김두봉 『조선말본』의 한 구절이다. 이태준은, 김두봉이 한문 아닌 순 우리말을 사용하여 문법 용어를 만들어 내었지만 ① 단어 그 자체만으로 뜻을 추측하기 어려우며, ② 개인이 만들어내었다는 점에서 널리 유통되는 데 지장이 있고, ③ 더 나아가 이런 순 우리말 용어로 어휘를 창조한다고 할 때 대상과 세계를 지시하는 언어의 역할을 수행하는 데 한계가 있을 것 같다는 의견을 피력하였다. 조선어학회식의 어휘 창조 방법에 반대의 입장을 표하고 있는 것이다.6) 순 우리말 어휘의 문제를 좀더 본격적으로 다루고 있는 다음의 글

---

5) 이태준, 『문장강화』, 문장사, 1940, 21쪽. 숫자 표시와 밑줄은 인용자에 의한 것임. 앞으로의 인용문에서 별도의 언급 없이 페이지만 표시하는 경우는 1940년 문장사의 『문장강화』임을 밝혀둔다.

6) 물론 김두봉은 1919년 상하이로 망명하기 때문에 조선어학회에 참여한 인물은 아니

을 살펴보자.

　② 漢字起源의 말은 日本서는 日本語化되고 朝鮮서는 朝鮮語化되엿스니 구테나 「京城」을 「서울성」이라고 飜譯하지 않어도 「경성」은 朝鮮말이 아니고 무엇이냐.
　그러나 요새 書籍, 新聞, 雜誌에 흔이 보이는 바에 依하면 左記와 같은 괴로운 飜譯이 있으니
　　　① 注意……잡이　　② 學校……배곧　　③ 名詞……임씨
　　　④ 土曜日……흙날　　⑤ 午後……낮뒤　　⑥ 原稿紙……아시글조희
　　　⑦ 通知……두루알이　⑧ 緖論……들어가는말
　等 ——히 枚擧할 수가 없다. …(중략)… 이와 같은 것은 漢字를 純朝鮮語로 억지로 고치려 한 것이기 때문에 說明이 있은 뒤에는 비로소 그럴듯한 것이 몇몇이 있지마는 何如튼 獨逸語 佛語 單字보다 별로 쉬웁지도 않으니 一般 民衆에 普及될 可能性은 稀薄하다. 그것은 「토요일 오후」를 알고 있는 사람에게 卽 「土曜日 午後」가 朝鮮語化되여 있는 이때에 「흙날 낮뒤」라고 하면 알어들을 사람이 드물 뿐 아니라 더구나 「土曜日 午後」라는 漢字도 모르는 사람들은 「흙날 낮뒤」를 理解 記憶하는 데 있어서 여간 困難한 일이 아니다. 요새 흫이 듣는 말에 한글이 너머 어려워서 모르겠다고 한다. 그러나 朝鮮語를 常用하는 民族이 朝鮮語를 모를 지경에 達한다면 큰 問題가 아니면 무엇이냐.[7]

　김재철은 최초로 『조선연극사』(1933)를 쓴 인물로서, 경성제대 '조선어학급문학과' 졸업생이었다. 같은 경성제대 출신인 조윤제, 이희승, 이재욱 등을 모아 1931년에 조선어문연구회를 발족하고 동인지 『조선어문학회보』를 간행하였다. 김재철의 추측이 가미된 설명을 참고하여 위의 낱말들을 풀이해 보면, ① "注意"의 뜻인 '마음에 새겨두어 조심한

다. 그러나 김두봉은 주시경으로부터 직접 배운 제자이자, 주시경의 노선을 누구보다도 잘 따랐던 후계자였다. 후에 주시경 제자들이 결집한 '조선어연구회(조선어학회)'와 연락을 주고받았으며, 조선어학회사건에서 조선어학회가 독립운동단체로 몰렸던 것도 김두봉과의 연락 때문이었다.
7) 김재철, 「조선어화와 조선어」, 『조선어문학회보』 5집, 1932. 9, 7-8쪽.

다'에서 '꽉 잡으라'로 의미가 전용되어 "잡이"라는 단어가 나왔으며, ② "學校"를 번역한 '배우는 곳'을 줄여 "배곧"이, ③ "名詞"를 '이름씨'로 부르던 것을 더 줄여 "임씨"가, ④ "土曜日"의 '土'자를 직역하여 "흙날"이, ⑤ "午後"를 직역하여 "낮뒤"가, ⑥ "原稿紙"가 '인쇄에 부치기 위해 쓰는 초벌의 글'이니 '처음'임을 강조하여 '아시벌 글을 쓰는 종이'의 의미로 "아시글조희"가 된 듯하고, ⑦ "通知"나 ⑧ "緒論"은 앞서 자주 사용된, 한자의 뜻을 풀이하는 방식을 통해 "두루알이"와 "들어가는말"로 변형되었다. 여기서 파악할 수 있는 순 우리말 용어의 문제점은 첫째, 대부분이 한문을 풀이하는 방식을 채택하여 어휘를 만들고 있다는 것이다. 이미 한자어로 정착된 단어를 다시 한글로 바꾸는 방식은, 순 우리말 단어를 습득하는 데에도 한자에 대한 지식을 요구한다. 때문에 순 우리말 단어에 익숙해졌다고 하더라도 이들 단어가 한자의 체계를 끊임없이 환기하게 만든다는 문제가 있다. 둘째로, 위의 한자어들은 이미 조선의 어휘 체계 안에 들어와 있는, 다시 말해 귀로 들었을 때 의미가 곧장 파악되는 단어들임에도 생소한 외국어로 취급되고 있다는 점이다. 이희승도 이 문제의 불합리성을 지적하면서 "이런 생각은 文字 그 물건에 너머 拘泥된 것이오. 語音을 돌아보지 아니한 까닭이다. 이것을 萬一 朝鮮말이 아니라 하면 대체 어느 나라말일가"[8]라며 문제를 제기하고 있다. 한문이 본래 중국의 글자였다고 하더라도, 혹은 일본식 한자로 번역된 것이라 할지라도, 그 단어들의 발음은 중국과 일본에서 똑같은 한자를 읽을 때 내는 발음과 다른 조선식 발음이라는 것이다. 따라서 이런 식으로 한자어를 폐기하는 것은, 이미 습득된 단어를 다시 습득케 하는 이중의 부담을 지우는 것이다. 김재철의 글은 이태준의 것보다 훨씬 구체화되어 있으나, 두 사람은 같은 내용의 발언을 하고 있다. 음성과 문자의 관계가 아무리 자의적이라 하더라도, 하나의 사물이나 관념이 어떤 음성과 관계를 맺어 유통되고 나면 이를 인위적으

---

8) 이희승, 「신어 남조(濫造) 문제」, 『조선어문학회보』 6집, 1933. 2, 20쪽.

로 수정하기는 힘들다는 것이다.

새로운 문물과 문화들이 수입되는 과정에서 그것을 지칭하는 어휘들이 따라 들어온 것은, 이런 의미에서 자연스럽다. 이태준은 언어가 그 생활의 변화에 따라 나타나고, 사용되고, 없어지는, "일용잡화와 마찬가지의 생활품(20쪽)"이라는 점을 강조하였다.

> ③ 새말을 만들고, 새말을 쓰는 것은 流行이 아니라 流行 以上 嚴肅하게, 生活에 必要하니까 나타나는 事實임을 理解해야 할 것이다. 커ᅄ―를 먹는 生活부터가 생기고, 퍼머넨트式으로 머리를 지지는 生活부터가 생기니까 거기에 適應한 말, 즉 「커ᅄ―」 「퍼머넨트」가 생기는 것이다. 交通이 發達되여 文化의 交流가 密接하면 密接할수록 新語가 많이 생길 것은 定한 理致로 어딧말이 와서든지 音과 意義가 그대로 借用되게 될 境遇에는 그 말은 벌서 外國語가 아닌 것이다. <u>漢字語든 英字語든 掛念할 必要가 없다. 그 單語가 들지 않고는 自然스럽고 適確한 表現이 不可能할 境遇엔 그 말들은 이미 여긧말로 여겨 安心하고 쓸 것이다.</u>
> <u>그러나 한 가지 注意할 것은, 新語의 남용으로, 넉넉히 表現할 수 있는 말에까지 버릇처럼 外國語를 꺼낼 必要는 없다.</u> 新語를 濫用함은 文章에 있어선 勿論, 談話에 있어서도 語調의 天然스럽지 못한 것으로 보나 衒學이 되는 것으로 보나 다 品位 있는 표현이라 할 수 없을 것이다.(23쪽)

언어가 생성, 성장, 사멸의 과정을 거치는 유기체라는 점은 일반적으로 누구나 인식하고 있는 사실이다. 여기서의 언어의 역사는, 특히 생활의 변화와 함께 나타났다가 '그' 생활이 없어지면서 사라지는 예를 가리킨다. 1930년대의 경우, 수입되는 문물과 문화는 조선의 상황에서 경험해보지 못했던 새로운 것이었다는 점에서, 그것들을 지칭할 만한 어휘가 조선어의 체계 내에서 찾아질 수 없었던 것이 대부분이었다. 따라서 '번역'의 과정을 거치치 않은 외국어가 그 자체로 통용되는 빈도가 상당히 높았다. '커피'라는 문물이 수입되었을 때, '커피'를 마셔본 적 없는 조선 생활에서는 '커피'를 대체할 만한 다른 어휘가 없었을 것이다. 그러므로 '그것'은 '커피'라고 불릴 수밖에 없었다. 조선어의 어휘

체계 안에 새로운 문화를 설명할 단어가 없다면 "한자어이든 영자어이
든 괘념할 필요가 없다. 그 단어가 들지 않고는 자연스럽고 적확한 표
현이 불가능할 경우엔 그 말들은 이미 여기말로 여겨 안심하고 쓸 것이
다"는 주장은 이러한 배경에서 나온 것이다. 하지만 다음의 예문은 수
입된 외국어를 우리의 어휘장 안에 받아들이는 문제가 그리 간단한 것
은 아니었음을 보여준다.

④ 나는 눈을 감고 잠시 그 幸福스러울 魚族들의 旅行을 머리속에 그려본
다. 暖流를 따라서 오늘은 眞珠의 村落, 來日은 海草의 森林으로 흘러댕
기는 그 奢侈한 魚族들. 그들에게는 天氣豫報도 『추렁크』도 車票도 旅行
券도 필요치 않다. 때때로 사람의 그물에 걸려서 『호텔』食卓에 진열되는
것은 물론 魚族의 旅行失敗譚이지만 그것도 決코 그들의 失手는 아니고
차라리 『카인』의 子孫의 惡德 때문이다. 나는 그들이 海底에 國境을 만들
었다는 情報도 『푸랑코』正權을 承認했다는 放送도 들은 일이 없다. 그러
나, 나는 둥굴한 船窓에 기대서 咆水線으로 모여드는 어린 고기들의 淸楚
와 活潑을 끝없이 사랑하리라. 南쪽 바닷가 생각지도 못하던 『써니룸』에서
씹는 수박맛은 얼마나 더 淸新하랴. 만약에 제비같이 재잴거리기 좋아하는
異國의 小女를 만날지라도 나는 조곰도 두려워하지 않고 서투룬 外國말로
大膽하게 對話를 하리라. 그래서 그가 구경한 땅이 나보다 적으면 그때 나
는 얼마나 자랑스러우랴! 그렇지 않고 도리혀 나보다 훨신 많은 땅과 風俗
을 보고 왔다고 하면 나는 眞心으로 그를 驚嘆할 것이다. 허나 나는 決코
南道溫泉場에는 들르지 않겠다. 北道溫泉場은 그다지 심하지 않은데 南道
溫泉場이란 소란해서 위선 잠을 잘 수가 없다. 지난 봄엔가 나는 먼 길에
지친 끝에 하룻밤 熟眠을 찾아서 東萊溫泉에 들린 일이 있다. 처음에는 오
래간만에 누어보는 溫突과 特히 屛風을 둘른 房안이 매우 아담하다고 생
각했는데 웬걸 밤이 되니까 글세 旅舘집인데 새로 한시 두시까지 長鼓를
따려부시며 떠드는 데는 실로 견댈 수 없어 未明을 기다려서 첫車로 도망
친 일이 있다. 우리는 일부러 神經衰弱을 찾아서 溫泉場으로 갈 必要는
없다. 나는 돌아오면서 東萊溫泉場 市民諸君의 睡眠不足을 爲해서 두고
두고 걱정했다.

나는 『튜―리스트・뷰로―』로 달려간다. 숱한 旅行案內를 받아가지고
뒤저본다. 비록 職業일망정 事務員은 오늘조차 퍽 多情한 친구라고 진여

본다.(金起林氏의 隨筆 「旅行」의 一節)(76-77쪽)9)

『문장강화』에 인용되어 있는 김기림의 수필 「여행」이다. 이 글에는 기존의 어휘 체계에 포함되어 있지 않았을 많은 한자어와 외국어가 보인다. "어족" "난류" "천기예보" "차표" "여행권" "정보" "방송" "신경쇠약" "시민" "여행안내" 등의 한자어와 "추렁크" "호텔" "카인" "푸랑코" "써니룸" "튜리스트 뷰로" 등의 외국어가 다량으로 삽입되어 있다. 이러한 단어들은 '죽장망혜 단표자(竹杖芒鞋 單瓢子)' 식의 문구로는 더 이상 형용할 수 없는, 여행의 새로운 풍경과 함께 수입된 어휘들이다. 어휘의 수입은, 딱히 자국의 말로는 그 현상과 문화를 설명하기 어렵기 때문에 이루어지는 경우가 대부분이다. 그럼에도 불구하고 김기림의 수필에는 외래어라기보다는 여전히 외국어인 어휘들, 조선어에 아직 동화되지 않은 어휘들이 다량으로 포함되어 있다는 점에서, 이태준이 ③의 마지막 부분에 달아놓았던 "한 가지 주의할 것은, 신어의 남용으로, 넉넉히 표현할 수 있는 말에까지 버릇처럼 외국어를 꺼낼 필요는 없다"는 단서를 위배한 예처럼 받아들여진다. 물론 어휘 체계에 '동화되지 않은' 외국어와 '동화된' 외래어를 구분하는 것은 화자 자신의 언어 감각에 의존하는 바 크다. 어떤 사람은 흔하게 쓰는 말이라도 다른 사람에게는 어색하게 느껴질 수 있다. 또한, 앞서 말했듯이, 그 현상을 설명할 마땅한 단어가 없다면 수입은 불가결한 것이다. 그러나 1930년대는 서구 문물이 급격하게 유입됨으로써 그에 따른 어휘 수입의 기준도 세워지지 않았을 때였으므로, 이태준이 외국어와 외래어를 구분하는 감각은 그리 정확했다고 말할 수 없다. 오히려 너무 관대했던 것이 아닌가 한다. 문화가 유입되는 시기에는 어휘가 갑작스럽게 늘어나기 때문에, 그 어휘를 자국의 언어 체계 내에 포용해야 할지 말아야 할지에 대한 구분이 어려울 수밖에 없다. 최경봉에 의하면, 『조선말 큰 사전』에

---

9) 원출처는 김기림, 「여행」, 『조선일보』, 1937. 7. 25, 27. 이태준이 인용한 부분은 27일분에 해당한다.

는 "의외의 외국어가 외래어로 사전에 등록되는 일이 일어나기도 하였다"고 한다.[10] 때문에, 이 둘을 비판하는 경우는 모두 '조선어화(化)'에 성공하느냐/ 하지 않느냐의 문제로 연결된다. 이는, 신어의 수입이나 창조가 어휘의 부족을 느끼기 때문에 시도되는 것이지만, 자신의 언어 감각상 '어색'하다고 느끼는 부류가 반드시 있을 수밖에 없다는 딜레마를 함축하는 것이다. 그러므로 이태준이 강조하는 '현대의 생활'이라는 기준도 '완전한 기준'으로 작용할 수 없었다는 점이 당시의 문제였다.

조선어의 어휘만으로 의도한 모든 표현이 가능하지 않다는 것은, 어느 나라 언어에나 나타나는 기본적인 한계이기도 하면서 조선어만의 특수한 상황을 보여주는 지점이기도 하다. 당시의 문학자들은 어휘의 부족을 느끼면서도 신어가 범람하는 모순적인 상황에 처해 있었다. 이러한 상황에서 이태준은, 문학자라면 "말의 채집자, 말의 개조 제작자들(26쪽)" "끊임없는 새 언어의 탐구자(90쪽)"가 되어야 한다고 강조하였다. "문예가는 지방어 혹은 민중어로 사용되면서도 나타나디 못한 말을 不絶히 발견하고 조선말에 부족을 보충할 新語를 창작하야야 할"[11] 시대적인 임무를 요구받고 있었다. '현대의 생활'은 '동시대의 언어'로 표현되어야 하며, 그러기 위해서는 조선어 자체에 대한 공부뿐 아니라 모든 어휘에 대한 탐구자적 정신을 잃지 말아야 한다는 의식은 문학가들 대부분이 표명하던 것이기도 하다. 그렇기 때문에, 지금 보기에는 외국어의 남발이라고 생각될 수준의 어휘 사용도 당시의 문학가들에게는 현대적인 감각을 표현해 주는 신선한 단어로 느껴졌을 수 있다. 어휘를

---

10) 최경봉, 『우리말의 탄생』, 책과함께, 2005, 163쪽. 물론 『조선말 큰사전』은 그 첫 권이 1947년에 발간되었지만, 해방 직후나 1930년대나, 외국어의 유입과 그것의 한국어화라는 기준은 혼란했을 것이다. 최경봉이 예로 든, 사전에 실린 의외의 외래어로는 "그랜드스탠드(grand-stand), 보이(boy), 오버슈스(over-shoes), 위클리(weekly), 트롤리(trolly), 캐비지(cabbage), 캐빈(cabin), 캐치(catch), 컬(curl), 트레이드(trade), 파티(party), 페어리(fairy), 페이퍼(paper)" 등이 있다.

11) 최양우, 「조선문예가인 K군에게 기함」, 『정음』 20호, 1937. 11; 『정음』 中(영인본), 반도문화사, 1978, 1427쪽.

골라 작품을 창작하는 작업과 조선말의 어휘 창고를 풍부하게 만드는 일이 동의어로 인식되었을 때 나타날 수 있는 현상이다. 이러한 상황에서 작품을 창작하는 문학자에게 '유일어'라는 기준은 구체적인 지표로 작용할 수 있었다.

⑤ 「한 가지 생각을 表現하는 데는 오직 한 가지 말밖에는 없다.」
한 쯔로벨의 말은 너머나 有名하거니와 그에게서 배운 모파상도

> 우리가 말하려는 것이 무엇이든 그것을 표현하는 데는 한 말밖에 없다. 그것을 살리기 爲해선 한 動詞밖에 없고 그것을 드러내기 爲해선 한 形容詞밖에 없다. 그러니까 그 한 말, 그 한 動詞, 그 한 形容詞를 찾아내야 한다. 그 찾는 困難을 避하고 아모런 말이나 갖다 代用함으로 滿足하거나 비슷한 말로 마추어버린다든지, 그런 말의 妖術을 부려서는 안된다.

하였다. 名詞든 動詞든 形容詞든, 오직 한 가지 말, 唯一한 말, 다시 없는 말, 그 말은 그 뜻에 가장 適合한 말을 가리킴이다.(81쪽)

⑥ 플로베르의 말마따나 한 가지의 표현 내지 묘사에는 오직 한 개의 명사, 한 개의 동사, 한 개의 형용사, 한 개의 부사가 있을 뿐으로 벌써 이 말을 저 말로 바꾸어도 상관없이 되어서는 문장의 극치가 아니다. 설사 그렇게까지는 심하다고 하더라도 사전에 있어 동의어가 문학작품에 있어서 그 뉘앙스로 반드시 동일의 의의를 가지지 못하는 것만은 사실이다. 그럼으로써 문단인들은 언어의 선택을 요구하게 되고 또 그럼으로써 문단인들은 어의의 정확한 把持와 어휘의 풍부한 수집을 요구케 되는 것이다.12)

많은 작가들이 '일물일어설'을 어휘 선택의 중요한 지표로 삼으며 플로베르를 거론하였다. 그런데 '유일어'는, 자신이 알고 있는 말 가운

---

12) 홍기문, 「문단인에 향한 제의 2」, 『조선일보』, 1937. 9. 19; 홍기문, 김영복·정해렴 편역, 『조선문화론선집』, 현대실학사, 1997, 328쪽.

데에서 뽑힌 하나의 단어가 아니라, 어휘의 체계 내에 존재하는 다양한 유의어의 군(群)을 숙지한 상태에서 '고심'하여 뽑은 한 단어이어야 한다. "만취일수(萬取一收)(84쪽)"여야 하기 때문에, 많은 어휘들을 조사하고 공부해야 한다는 전제 조건이 붙어 있는 것이다. 그런데 "그 단어가 들지 않고는 자연스럽고 적확한 표현이 불가능할 경우(23쪽)"라고 느낄 수 있을 정도의 적확한 어휘를 찾아내는 것은, 작가 개개인의 언어 감각에 의존할 수밖에 없다. 하지만 이태준이 거론한 "그는 클락에서 캡을 찾아 들고 트라비아타를 휘파람으로 날리면서 호텔을 나섰다. 비 개인 가을 아침, 길에는 샘물같이 서늘한 바람이 풍긴다. 이재 食堂에서 마신 짙은 커呻— 香氣를 다시 한 번 입술에 느끼며 그는 언제든지 혼자 걷는 南山 코—쓰를 向해 전차길을 건는다(22쪽)"와 같은 구절이, 과연 대체하기 불가능한 적확한 어휘를 사용하여 '현대인의 생활'을 표현한 것인지에 대해서는 의문의 여지가 있다. 이쯤에서는 '현대의 생활'이란 것 자체의 불투명함을 고려해야만 한다. 신어는 넘쳐나면서도 현실을 표현할 마땅한 단어를 찾기 어려웠던 시대, 작가들마다 폭넓게 산재한 감수성이 공존할 수 있었던 시대, 그렇기 때문에 오히려 이상(李箱)과 같은 혁신적인 언어 실험이 가능할 수 있었던 시대가 1930년대였다.

⑦ 포푸라나무 밑에 염소를 한 마리 매어 놓았습니다. 舊式으로 수염이 났읍니다. 나는 그 앞에 가서 그 聰明한 瞳孔을 들여다봅니다. 세루로이드로 만든 精巧한 구슬을 오브라—드로 싼 것 같이 맑고 透明하고 깨끗하고 아름답습니다. 桃色 눈자위가 움직이면서 내 三停과 五岳이 고르지 못한 貧相을 없수녀기는 中입니다.(242쪽)

옥수수밭은 一大 觀兵式입니다. 바람이 불면 甲冑 부딪치는 소리가 우수수 납니다.(89쪽) 카—마인빛 꼭구마가 뒤로 휘면서 너울거립니다. 八峰山에서 銃소리가 들렸습니다. 莊嚴한 禮砲소리가 分明합니다. 그러나 그것은 내 곁에서 小鳥의 간을 떨어뜨린 空氣銃 소리였습니다. 그리면 옥수수밭에서 白, 黃, 黑, 灰, 또 白, 가지 各色의 개가 퍽 여러 마리 列을 지어서 걸어 나옵니다. 센슈알한 季節의 興奮이 이 코삭크 觀兵式을 한層 더 華麗하게 합니다.

山蔘이 풀어져 흐르는 시내 징검다리 위에는 白茶 씻은 자취가 있습니다. 풋김치의 淸新한 味覺이 眼藥 스마일을 聯想시킵니다. 나는 그 火成岩으로 반들반들한 징검다리 위에 삐뚜러진 N자로 쪼그리고 앉았노라면 視野에 물동이를 이고 躊躇하는 두 젊은 새악씨가 있읍니다. 나는 未安해서 일어나기는 났으면서도 일부러 마주 보면서 그리고 걸어갑니다. 스칩니다. 하도롱 빛 皮膚에서 푸성귀 내음새가 납니다. 코코아빛 입술은 머루와 다래로 젖었읍니다. <u>나를 아니 보는 瞳孔에는 精製된 蒼空이 간쓰메가 되어 있읍니다.</u>[13]

이 작품은 단어의 선택이 일상적이지 않다. "瞳孔"과 눈동자, "桃色"과 복숭아빛, "三停, 五岳"과 이마·코·턱 등등, "白, 黃, 黑, 灰, 또 白, 가지 各色의 개"와 흰둥이(백구)·누렁이(황구)·검둥이 등등, "白茶"와 배추 간의 비교에서 드러나듯이, 손쉽게 사용할 수 있는 고유어나 생활어 대신 조금은 무겁고 조금은 심각한 한자어를 선택하고 있다. 또한, "세루로이드(celluloid)" "오브라―드(oblato)" "센슈알(sensual)" "카―마인(carmine)" "코삭크(Cossack)" "스마일(smile)" "하도롱(hard-rolled)" 등 익숙하지 않거나 반드시 그렇게 표현하지 않아도 될 듯한 영어 단어를 차용하고 있다. 그리고 이렇게 선택된 단어들은 그것들이 수식하거나 서술하는 다른 단어들과도 미묘한 부조화를 일으킨다. 그리하여 이 인용문은 비유적으로 말해, '精製된 蒼空이 간쓰메가 되어 있는 瞳孔'과도 같은 형국을 만들어내고 있다. 즉, 서로 다른 범주에 속해 있는 단어들을 연결시키는 수사(修辭)의 방식이 오히려 작자가 전달하고픈 의미(혹은 이미지)를 강하게 감지하게 만드는 효과를 낳고 있다. 더 나아가 이러한 언어 구사는 새로운 세계 인식의 방식을 제시하는 데까지 나아가고 있다. 이태준이 이상을 용인하고 두둔할 수 있었던 것도, '유일어'를 감각하는 진폭 자체가 불명확했던 당시의 사회 언어의 장에 기인한 측

---

13) 이상, 「산촌여정」, 『매일신보』, 1935. 9. 27~10. 11.; 첫 단락이 『문장강화』의 242쪽에, 둘째 단락의 첫 문장이 89쪽에 인용되어 있으나, 그 뒷부분부터는 인용되지 않았다. 분석을 위해 이어진 뒷부분까지 원문에서 가져왔다.

면이 있다고 할 수 있다. 혼란했던 언어 상황을 통해 역설적으로 새로운 방식의 언어 표현이 나타날 수 있었던 것은 행운이었을지 모른다. 정리되지 않은 신어들이 넘쳐나는 상황에서 '유일어'를 찾기 위해 고심했던 작가들의 노력은, 조선어를 발전시키고 이끌어야 한다는 사명감과도 연결된다.

3. 표준어 · 방언의 위계와 현실감의 형성

1930년대는 맞춤법 제정과 표준말 사정(査定)처럼, 조선어문을 표준화시키기 위한 지향들이 강하게 표출되고 있었던 시대이다. 비단 어학자들의 노력에서만 그치는 것이 아니라, 작가들 역시 작품을 창작할 때 표준어의 자장 안에서 어휘를 선택해야 한다는 인식을 갖는 것으로까지 발전하였다. 이태준은 『문장강화』에서 서울말이 표준어인 이유를 다음과 같이 설명하고 있다.

▣ ① 京城은 文化의 中心地일 뿐 아니라 地理로도 中央地帶다. 東西南北 사람이 다 여기에 모히기도 하고 흩어지기도 한다. 그러니까 京城말은 東西南北 말의 影響을 혼자 받기도 하고 또 혼자 東西南北 말에 영향을 주기도 한다.

그래 어느 편 사람 귀에도 가장 가까운 因緣을 가진 것이 京城말이다. 京城말의 長點은 이것뿐도 아니다. ② 人口가 한 곧에 가장 많기가 京城이니까 말이 가장 많이 지꺼려지는 데가 京城이다. 그러니까 말이 어디보다 洗鍊되는 處所다. ③ 또 諸般 文物의 發源地며 集散地기 때문에 語彙가 豊富하다. ④ 또 階級의 層下가 많고 有閑한 사람들의 社交가 많은 데라 말의 品이 있기도 하다. 그러니까 어느 편 사람이나 다 함께 標準해야 할 말은 무엇으로 보나 경성말이다.

京城말이라고 다 좋은 것은 아니다. 「돈」을 「둔」이라, 「몰라」를 「물라」라, 「精肉店」을 「관」이라, 「사시오」를 「드렁」이라는 것 같은 것은, 決코 普遍性도 品位도 없는 말이다. 그러기에 朝鮮語學會에서 標準語를 査定할

때 京城말을 本位로 하되, 中流 以下, 所謂 「아래대말」은 方言과 마찬가
지로 處理한 것이다.
　　그런데 文章에서 方言을 쓸 것인가 標準語를 쓸 것인가는, 길게 생각할
것도 없이
　　첫재, 널리 읽히쟈니 어느 道 사람에게나 쉬운 말인 標準語로 써야겠고,
　　둘재, 같은 값이면 品있는 文章을 써야겠으니 品있는 말인, 標準語로
써야겠고,
　　셋재, 言文의 統一이란 큰 文化的 意義에서 標準語로 써야할 義務가
文筆人에게 있다 생각한다.(27-28쪽)

　　전반부에서 이태준이 제시하는 표준어의 조건 네 가지는 조선어학회
에서 설명하는 표준어의 조건과 동일하다. 조선시대 동안 서울이 정치·
경제·사회·문화의 중심지였던 만큼 서울말을 표준어로 삼는 데 있어
서 별다른 이의는 제기되지 않았다. 서울말이 표준어가 되어야 한다는
것을 대부분 용인하고 있었다. 조선총독부의 1912년 제1회 언문철자법
에 "경성어를 표준으로 함"[14]이라는 구절이 들어가면서 서울말이 '공식
적으로' 표준어임을 인정받았으나, 이는 당대의 일반적인 인식을 명문화
한 데 지나지 않았다. 표준어는 '무엇이며' '무엇이어야만 하는지'에 관
해 학술적인 논의의 과정을 거치면서[15] 1933년의 한글맞춤법통일안의
총칙에 "표준말은 대체로 현재 중류 사회에서 쓰는 서울말로 한다"[16]라

---

14) 「부록 2: 보통학교용 언문철자법(제1회)」, 『국어근대표기법의 전개』, 태학사, 2003, 588쪽.
15) "朝鮮語 中에 京城語가 第一 發達된 줄노 思혼다 京城은 朝鮮의 首府로 言語신지라
　　도 地方보다 先히 發達될 것은 勿論이라 …(중략)… 大抵 余는 朝鮮語 中에는 京城語
　　가 祖宗이 되야 第一指를 屈홈에 無疑혼 줄노 思호노라"(무명씨, 「경성어의 연구」,
　　『반도시론』 19호, 1918. 10; 하동호 편, 『역대한국문법대계 제3부 제11책 한글논쟁논설
　　집 下』, 탑출판사, 1986, 108쪽) 이 글에 대해, 고영근은 "서울 중심의 어문표준화의 기
　　운이 서서히 꿈틀거리는 전주곡으로 해석하고자 한다(고영근, 『한국어문운동과 근대
　　화』, 탑출판사, 1998, 9쪽)"라고 평하였다. 표준어의 기준을 논하는 담론들은 맞춤법 제
　　정을 전후로 하여 대거 생산되었다.
16) 「한글 마춤법 통일안 전문」, 『한글』 10호, 1934. 1; 『한글』 1(영인본), 박이정, 1996,
　　578쪽.

218

는 규정이 포함된다. 그런데 "현재"와 "중류 사회"라는 다소 모호한 표현에서, 표준어=서울말로 단순히 인식할 수 없게 만드는 다른 문제가 개입되어 있음을 알 수 있다. 표준어 사정을 위한 논의가 활발해지면서 '서울말이라고 해서 반드시 표준어는 아니다'라는 유연한 관점이 나타났고, 서울말 역시 '서울 지방의 방언'이라는 생각에 입각하여 서울말 중에서도 "일시적 訛音이라던디 과도기적 유행되는 사투리"[17]를 배제하고 다른 지방의 말이라도 필요한 것은 덧붙여 가장 합리적이고 엄정한 기준에서 표준어를 제정해야 한다는 논의가 주류를 이루었다. 위의 인용문에서 이태준이 "둔" "물라" "관" "드령"과 같은, 품위 없는 발음이나 단어들을 배제해야 한다고 말하는 것은 여기에 해당하는 내용이다. 이는 표준어=서울말이라고 인식할 때보다 오히려 그 조건이 강화된 것으로서, 표준어에 대한 의식의 각성이 전반적으로 진행되고 있었음을 보여주는 것이다. 이는 결국 표준어가 조선 사람이 사용하는 데 모범이 되는, 인공적으로 만들어진 말이라는 의미를 내포하고 있다.

더구나 표준어가 제정되던 역사적인 장면을 살펴보면 표준어의 인공성이 더욱 두드러진다. "대체로 현재 중류 사회에서 쓰는 서울말"이라는 원칙을 따르기 위해 표준어 사정 위원들은 서울을 포함한 경기도 출신과 다른 지방 출신의 비율을 반반으로 구성하고, 낱말을 하나씩 제시하여 표준어로 삼을지/ 말지를 표결에 부쳤다. 표결의 과정에서 처음에는 경기 출신 위원에게만 결정권을 주고, 지방 출신 위원 중에서 이의를 제기하는 사람이 있으면 재심리를 붙이고, 거기서도 결정이 나지 않으면 보류해 두었다가 전문가의 의견을 묻거나 직접 현장에 나가 조사하는 방법을 취했다고는 한다.[18] 각계의 의견을 취합하여 심의하는 과정이 철저하고 합리적일수록, '표준어'라는 것이 사람들 간의 합의에 따라 결정되는 임의적인 것임이 명백해진다. 이는 표준어의 기본적인 속

---

17) 고재휴, 「표준어와 방언」, 『정음』 22호, 1938. 1; 하동호 편, 『역대한국문법대계 제3부 제11책 한글논쟁논설집 下』, 탑출판사, 1986, 1522쪽.
18) 한글학회50돌기념사업회, 『한글학회 50년사』, 한글학회, 1971, 211쪽 참조.

성일 터이므로, 문학에서 표준어 사용의 중요성을 강조하던 현상은 생각해볼 만한 문제이다.

문학인들은 1936년 10월 28일 '사정한 조선어 표준말 모음'이 발표되자 환영의 뜻을 표했다. 카프 계열의 비평가 홍효민은 '표준말 모음'의 발표에 대한 감상과 더불어 조선어문의 표준화 지향에 대해 다음과 같이 발언하였다.

② 나는 多少 쎈치한 생각이었는지는 모르나, 發布用 "査定한 조선어 표준말 모음"이라는 것을 받을 때 感慨無量함을 느끼었다. 그것은 自民族의 母語를 이제야 正確히 쓸 수 있을가(?) 하는 그런 생각이 지나간 것이다. 그러고, 因하여 이 "査定한 조선어 표준말 모음"이 朝鮮文學에 있어서 얼마나한 至大한 關係가 잇을 것인가가 생각되지 않을 수 없었다. …(중략)… 朝鮮에 있어서 朝鮮語學會의 語文運動이 그 終末을 告하기까지에는 우리들 文筆人 乃至 文壇人이 執筆하는 모든 글이 많은 疑懼 속에 있지 않을 수 없었다. 그것은 그 思想이나 內容이 疑懼된다는 그것이 아니라, 과연 우리는 옳은 文字를 쓰고 있는 것일가 하는 疑念과 乃至 疑懼인 것이다.

그것은 왜냐하면, 우리는 한 개의 名詞, 한 개의 形容詞, 한 개의 動詞 乃至 한 개의 感歎詞에 이르기까지 虛誕히 쓸 수 없는 것이 文筆人 乃至 文壇人의 그것인데, 때로는 "가마귀"라는 한 개의 새(鳥) 이름인 名詞를 썼을 때, 이것은 옳은 그것이 못 된다는 그것이다. 그것은 "가마귀"가 아니요, "까마귀"라는 것이다. 이것은 한 예에 지나지 않지마는, 究竟 이리한 것이 한 文章에 수없이 많을 때에는 그 文章이 究竟 버리고 말게 되지 아니ᄒ지 못할 것이다.

이에 우리들 文筆家 乃至 文壇人들은 항상 "서울말"을 標準해 써왔고, 서울말이 가장 標準된 것이라 생각하였으나, 역시 "서울"이라는 그 地域이 雜多한 地方人이 와 살게 되고, 또한 外來語에 依하여 많이는 變動 乃至 俗化되었을 때 한 文章을 쓸 때, 이 名詞는 또는 이 形容詞는 乃至 이 動詞는 確乎不動의 옳은 것이라는 信念에서 쓴 일이 과연 얼마나 있든가! 거의 이렇게 써도 관계없겠다. 혹은 이렇게 써도 意思가 통하겠지 하는 程度로 쓰지 않았든가? 이것이 疑心이 아니면 무엇이며, 또는 더 나아가 疑懼가 아니면 무엇이었든가![19]

220

홍효민이 표준말 사정에 대해 "감개무량함"을 느낀 이유는, 글이 가지는 소통과 전달의 문제가 표준어의 제정 이전에는 "의구" 속에 있을 수밖에 없었다는 데 있다. 온몸이 새까맣고 기분 나쁜 울음소리를 내는 '그 새'를 "가마귀"라고 불러야 할지 "까마귀"라고 불러야 할지 정해져 있지 않다면, 어떤 사람은 "가마귀"로, 또 어떤 사람은 "까마귀"로 표기하는 경우가 생길 것이고, 그러한 경우들이 거듭되면 글이 의도한 바와는 다르게 오해될 소지가 생기고 심지어 글 자체가 이해되지 않을 수도 있는 것이다. "가마귀"와 "까마귀" 같이 간단한 경우를 제외하고, 지방의 방언에 따라 같은 사물을 지칭하는 단어가 확연하게 다른 사례도 빈번하다. 그렇기 때문에 표준어가 정해져 있지 않은 상황에서 글을 쓰는 것은, 어떤 의미에서, 모험일 수도 있었을 것이다. 그래서 홍효민은 같은 글에서 '사정한 표준말 모음'을 책상 앞에 놔두고 자신이 쓰는 단어들을 그것과 비교해 가면서 글을 써야 할 것이라고 말하기도 하였다. 표준어 사정안이 발표되기 전에는 막연히 "서울말을 표준해" 글을 써왔다는 위의 발언은 조선문단 대부분의 작가들에게 해당한다. 서울말이 가장 풍부한 어휘를 갖추고 있으며 음이 가장 세련돼 있다고 보는 관점, 그리하여 다른 지방의 말에 대한 서울말의 우위를 인정하는 발언은 문학작품을 평하는 데 자주 등장하였다.

③ 지문에 방언이 많은 것도 문제려니와 '皮肉을 하였다'니 '차차 眞僞해지는 누이의 말을'이니를 보니 넘어 용어에 무관심한 것 같다.[20]

④ 또 作者는 지문에서 막 방언을 썼다. 표준어 공부를 해야 될 것이요 문예는 문장의 예술이란 데 더욱 생각하는 바가 있어야겠다.[21]

---

19) 홍효민, 「조선어문운동과 조선문학: '사정한 조선어 표준말 모음'을 보고」, 『한글』 42호, 1937. 2; 『한글』 3(영인본), 박이정, 1996, 373-374쪽. 『사해공론』 20호, 1936. 12.에 발표되었던 글인데 『한글』에 재수록 되었음.
20) 이태준, 「신춘창작계개관 간단한 독후감(2)」, 『조선중앙일보』, 1936. 1. 18.
21) 이태준, 「신춘창작계개관 간단한 독후감(9)」, 『조선중앙일보』, 1936. 1. 28.

⑤ 읽어가면서 위선 느긴 것은 문장에 참으로 豊富하게 지방어가 석기여 잇는 것입니다. 그야 물론 우리는 작품에 지방어를 전연 거부하는 자가 아닙니다. 그러나 그것은 지방색을 나타내기 위하야 효과적으로 씨워잇는 경우만의ㅅ일입니다. 나는 이후로 작자가 그러한 경우 이외에는 반다시 표준어를 사용하여 주시기를 빔니다. 부질업시 문장의 미를 손상하는것은 누구보다도 작자자신에게 잇서서 本意가 아닐 것이니까.22)

③과 ④에서 이태준이 사용하는 "지문"이라는 용어는 인물들의 대화와 대비되는 작가 진술의 문장을 가리킨다. 문장에 방언을 많이 구사한 경우를 지적하면서, 이태준은 '표준어를 공부하여 방언의 사용을 자제하라'고 말한다. 방언의 사용이 문장을 평하는 데 하나의 기준으로 작용하고 있는 것이다.23) ⑤에서의 박태원은 이보다 한 단계 더 나아가 과도한 방언의 사용은 "문장의 미"를 손상시킨다는 의견까지 피력하고 있다. 미학적인 문장을 논하는 기준이 표준어의 사용/ 방언의 사용으로 나뉘는 것은, 표준어가 방언에 비해 발달된 언어라는 의식이 자리 잡고 있기 때문이다. 홍효민의 앞선 글도 그러했지만, 이태준이나 박태원이 보인 표준어에 대한 인식은 1930년대에서 자연스럽게 통용되던 관점이었다.24) 그러나 표준어를 '의식'하고 그것의 사용을 '강조'하던 문학자

---

22) 박태원, 「3월 창작평(3): 지방어와 표준어의 문제」, 『조선중앙일보』, 1934. 3. 28.

23) 이태준 스스로도 작품을 쓸 때 표준어 문장을 구사하려고 노력하였다. 가령, 「철로」라는 작품에는 문장에 방언을 사용할 경우 그것의 표준어를 괄호 안에 병기하는 방법을 사용하고 있다. 한 문장만 예를 들어보면, "어머니가 조반을 짓는 동안 열봉(천개)이나 되는 낙시에 섥(홍합)을 까가며 미깟(미끼)을 찍어(끼워) 놔야 한다.(이태준, 「철로」, 『가마귀』, 한성도서주식회사, 1937, 130쪽)"와 같은 식이다. 또한, 「바다」라는 작품에서는 '성냥'이라는 표준어를 구사하는 인물과 '성냥'을 '비지깨'라고밖에 알지 못하는 인물 사이에 대화가 통하지 않는 광경을 보여주기도 한다.(이태준, 「바다」, 같은 책, 107쪽)

24) 조선어학회에서는 사전에 수록할 어휘를 모으기 위해 대대적인 방언 조사 사업을 벌였다. 어학자들이 개인적인 차원에서 모은 방언과, 방학 때 고향으로 돌아가는 중등학교 이상의 학생들을 동원하여 수집한 방언을 『한글』 지면을 통해 발표하였다. 이 글들은 모두 서울에서 쓰이는 단어와 이와 다른 형태로 된 지방의 용어를 병치하여 그 대비를 명확히 함으로써, 표준어와 방언의 위계를 끊임없이 재설정하는 구도를 반복하고 있었다.

들의 태도는, 문학의 본질 혹은 그것이 지닌 기본적인 속성에 입각해 보았을 때 아이러니의 면모를 갖는 것이 사실이다. 문학가의 임무가 자신이 사용하는 언어의 가능성을 더욱 넓히는 데 있다면, 위의 발언들은 오히려 어휘의 다양한 층위들을 사장시킨 표준어로 동화하는 것을 중요한 목표로 삼고 있기 때문이다. 표준어는 언어의 입체성을 평면적으로 축소시키고, 언어 내부의 격차를 없애려는 지향으로부터 태어났다. 물론 글쓰기의 기본적인 목적이 상호 의사소통에 있다면, 표준어를 이용하는 것이 기본 전제가 되어야 할는지 모른다. 지금과 달리, 당시의 작가들에게 표준어에 대한 인식이 매우 강했다는 것은, '표준어가 없는 시대에 느끼는 표준어의 필요성' 때문일 것이다. 당시의 문학가들이 좌파와 우파를 막론하고 표준어 사정에 깊은 관심을 보이고 그것의 실천을 다짐했다는 점은 현재의 우리가 관심을 가질 만한 사항이다. 요즘의 작가들에게 표준어를 따르는 것은 이미 내면화된 규정으로서 표면적으로 주장할 만한 사항이 되지 않는다. 그들의 글쓰기가 표준어의 테두리에 의존하고 있더라도, 이러한 의식을 '표출'하고 '발언'하는 경우는 드물다. 하지만 1930년대의 작가들은 '표준어로 글을 써야 한다'는 점을 실천 강령인 듯 인식하고 있었다. 그럼에도 불구하고 '표준어의 강조'는 자연히 언어의 다양성을 억압하는 결과로 이어질 수밖에 없다는 점에서,[25] 언어의 가능성을 최대한으로 넓혀야 하는 문학자들에게 양가적인

---

25) "사전 편찬자들이 생각한 '민족어의 통일된 정리'란, 단일한 형태와 체계 아래에서 언어를 사용해야 한다는, 달리 말해 '문란하고 황폐화된' 말들을 버리도록 하는 '계몽행위'와 다름없었다. 물론 이들이 사전 편찬을 위한 맞춤법 통일이나 표준말 사정 작업을 독단적으로 시행했던 것은 아니다. 각지 사람들과 공론하는 과정을 거쳤고, 이 점은 매우 잘한 일이다. 그러나 그 결과가 '단일한' 체계로 규범화되었다는 점에서 이미 문제를 안고 있었다고 할 수 있다. 이 단일한 규범체계와 다른 이질적인 형태들, 이를테면 지방의 토박이말 따위들은 이른바 '사투리'로 규정되어 언어로서의 정상적인 지위를 박탈당했다. …(중략)… 당시 각 지방 사람들은 우리가 지금 '멸치'라고 부르는 물고기를 '도자래기' '멸치' '며르치' '메래치' '메루치' '메르치' '메리치' '멜치' '며치' 따위로 불렀다. 그러나 국어학자들이나 사전 편찬자들이 주도하여 '멸치'가 '맞는 말(표준말)'이니 이 말을 쓰라고 강요했다. 실제로 『큰사전』은 '멸치'라는 하나의 말을 표준화

태도를 취하게 만들었다.

표준말 사정 위원의 한 사람이기도 했던 이태준[26]은 『문장강화』에서 반드시 표준어로 문장을 써야 함을 강조하고 있다. 하지만, 아이러니하게도, 홍효민이 들었던 "가마귀"와 "까마귀"의 예는 이태준의 경우에 해당한다. 이태준은 1936년 1월 『조광』에 「가마귀」라는 작품을 발표하는데, 이미 표준말 사정 위원으로서 표준어 사정 독회(1935년 1월의 제1차 독회와 1935년 8월의 제2차 독회)에 참여하였으면서도 자신의 작품 제목을 '까마귀'가 아닌 '가마귀'라고 달고 있는 것이다. 혹시 이태준이 '까마귀'의 사정을 참관하지 못했다 하더라도, 1936년 10월 '사정한 표준말 모음'이 발표된 이후 간행된 두 번째 단편집의 제목도 '가마귀'(1937. 8)라고 달고 있는 것은 의아하다. 이는 '까마귀'라는 표준어를 '굳이' 버리고 '가마귀'를 사용해야만 얻을 수 있는 효과를 노렸기 때문일 텐데, 작품 안에서 두 번 반복되는 "GA 아래 R이 한없이 붙은 발음"[27]이라는 표현이 가진 상징성은 이태준이 '까마귀'라는 표준어를 인

하기 위해 나머지 9개의 말을 죽일 수밖에 없었다. '멸치'를 '표준어'로 만들어 나머지는 모두 ('황폐화된') '사투리'로 주변화시켰다. 즉, '멸치'라는 단일한 형태를 통해 대중들로 하여금 지방적 차이를 제거하고, 민족정체성 형성에 자연스럽게 합류하도록 한 것이다. 이와 같은 언어 통일로 기대한 또 다른 효과는, 대중들을 근대 민족적 삶으로 통합하는 것이었다. 이러한 요구가 1930~40년대의 지배적인 경향이었다.(고길섶, 『스물한 통의 역사진정서』, 앨피, 2005, 178-179쪽)"

26) 표준어 사정 제1독회의 40인 위원 명단에는 서항석(함경남도), 이병기(전라북도), 이태준(강원도), 함대훈(황해도) 등의 문인이 포함되어 있고, 이병기를 제외한 3인이 실제 참석하였다.(「표준어 사정위원회」, 『한글』 21호, 1935. 2; 『한글』 2(영인본), 박이정, 1996, 209-211쪽) 제2독회의 위원은 70인으로 늘어났고, 여기에는 1차 때의 4인 외에 김동환(함경북도), 염상섭(경성), 유진오(경성), 이헌구(함경남도) 등의 문인이 덧보태졌다. 이때 이태준은 '기록'의 역할을 맡았다.(「표준어 사정 제2독회」, 『한글』 26호, 1935. 9; 같은 책, 386-388쪽) 제3독회에서는 서항석과 함대훈의 이름만 보인다.(「표준어 사정 최종 결의」, 『한글』 38호, 1936. 10; 『한글』 3(영인본), 박이정, 1996, 185쪽)

27) 「가마귀」가 처음 발표된 『조광』(1936. 1)에는 "GA아래 R이 한없이 붙은 발음(103쪽)", "GA아래 R자가 한없이 붙은 발음(113쪽)"이라는 표현이 사용되었다. 단편집 『가마귀』에 실릴 때에는 두 부분이 똑같이 "GA아래 R이 한없이 붙은 발음"이라고 통일되었다.

식하고 있었다는 점을 감안할 때 더욱 강력해진다. 이태준이 방언의 사용 범위를 규정해 주는 부분을 살펴봄으로써 이러한 모순이 양립할 수 있는 근거를 짐작할 수 있다.

> ⑥ 作者 自身이 쓰는 말, 즉 地文은 絶對로 標準語일 것이나 <u>表現하는 方法으로 引用하는 것은</u> 어느 <u>地方</u>의 사투리든 상관할 바 아니다. 물소리의 「졸졸」이니 새소리의 「뻐꾹뻐꾹」이니를 그대로 擬音해 效果를 내듯, <u>方言 그것을 살리기 爲해가 아니요 그 사람이 어디 사람이란 것, 그곳이 어디란 것, 또 그 사람의 **레알리티** │를, 여러 說明이 없이 效果的이게 表現하기 爲해 그들의 發音을 그대로 擬音하는 것으로 보아 마땅할 것이다.</u>(29쪽)

이태준은, 작가의 목소리인 문장은 반드시 표준어로 써야 하지만 인물의 입에서 나오는 말은 방언을 사용해도 상관없다고 하였다. 이 발언에는 표준어와 방언에 대한 위계 관계가 포함되어 있다. 표준어가 지니는 위상이 아무리 높다고 하더라도 그것의 성립을 가능하게 한 인공성을 감안할 때, 표준어는 방언에 비해 언어생활의 실제적인 생생함을 전달할 능력이 떨어진다고 할 수 있다. 이에 반해 방언이 가지는 문학적인 효용은 표현의 풍부한 가능성을 열어놓는 데 있다. 따라서 이태준은 표준어에 대한 자신의 주장과 배치되지 않는 방법으로 '지문과 대화의 분리'를 시도하였다. 이것이 논리적으로 가능했던 것은 방언의 사용을 "의음(擬音)"으로 다루는 관점을 취했기 때문이다. 인물의 리얼리티를 살리기 위해 그의 말을 그대로 '베껴 적는' 것이지, "방언 그것을 살리기 위해서가 아니"라고 말하는 것이다. 방언을 "표현하는 방법으로 인용"한다면 어떤 경우든 상관없다고 하는 것도, 원형으로서의 표준어에서 어투나 어감이 분화된 변이형으로서 방언이 표현의 세밀화에 기여한다는 입장을 드러내는 것이다. 표준어는 문어(文語)의 체계에 속하기 때문에, 말이 그대로 글로 전사(轉寫)된 언문일치의 단계로부터는 멀어질 것이다. 하지만 여전히 구어(口語)의 세계에 머물면서 현실의 생생함을 그대로 '베껴 내는' 도구로서 방언을 사용함으로써 여전히 '실제'를 반영한다는 점을 강조하고자 한다. 이것이 이태준이 고안한, 표준어를 사용해야 한다는 시대적인, 그리고 그 스스로가 부여한 당위에 거스르지 않으면서 문학적인 표현의 현실감을 살리는 방식이었다.[28]

> ⑦ 말세 말이 났댔으니 말이디 폐양 사람들은 말의 말세에 쉿, 데, 테, 리, 끼니, 자오, 라오, 뜨랬는데, 깐, 글란, 等等의 소리루만 들리는 것은 <u>아무래두 내 귀가 서툴러서 그릴디</u>, 예사 할 말에두 몹시 싸우듯 하며 여차하믄 귓쌈 한 대, 쌍, 색기, 치, 답째 等의 말이 性急하게 나오는 것은 혹은 내가 너무 誇張하여 하는 말이 아닐디두 몰으갔으나 如何間 婦女子들두 초매끝에 쉿소리가 난다는 말이 있디만 싱싱하고 씩씩하기가 차라리 歐洲 女子같은 데가 있다.(260쪽)

이 인용문은 정지용의 평양 기행문의 일부분으로, 전문이 평양 방언으로 이루어져 있다. 이태준은 이에 대해 "전문을 방언으로 지방색 표현을 계획한 것은 씨의 대담한 첫 실험이다. 상당한 효과를 걷우었다 믿는다(261쪽)"라는 짧은 코멘트를 달고 있다. 그런데 이 글은, 수필이라는 점을 굳이 고려하지 않더라도, 작자의 신분이 평양 말투가 '귀에 서툰' 여행객이라는 점이 드러나 있는데, 평양 사람들의 어세(語勢)를 귀에 들리는 대로 옮겨 적는 처지이면서도 그 자신 역시 평양 방언으로 문장을 쓰고 있다는 모순이 발견된다. 작품 속 인물들의 리얼리티를 살리기 위한 의도에서 방언을 사용하는 것은 상관없다고 말한 이태준이,

---

28) 이태준이 인물들 간의 대화에 방언을 사용한 「오몽녀」와 「바다」를 비교해 보면, 「오몽녀」의 경우 서술자의 말과 인물 대화가 확연하게 구분되면서 오몽녀와 금돌, 오몽녀와 순사의 대화 등 2~3군데에서만 집중적으로 방언이 사용된다. 심지어는 희곡에서처럼 그 말을 내뱉는 인물이 누구인지 알리기 위해 성(姓)을 발화의 앞부분에 표시하기도 한다. 반면, 인물의 '속생각'을 진술하는 부분에서는 표준어를 사용하고 있어 어색하다. 그러나 그보다 이후에 발표된 「바다」에서는 서술자의 진술과 인물의 대화를 확연하게 분리하기보다 그 둘을 자연스럽게 끼워 넣는 방법을 사용함으로써 방언 처리에 능숙함을 보이고 있다. 특히, 인물의 '속생각' 부분에서도 방언을 사용하여 사실성을 배가시키고 있다. 방언을 작품 속에 집어넣는 방식이 더욱 세련되어 가고 있음을 알 수 있다.

오히려 정지용 자신의 리얼리티가 감소되는 방식의 방언 사용을 옹호한 것은 또 어떻게 이해해야 할까. 방언을 사용할 때 인물의 '리얼리티'가 확보된다고 믿는 것은, 표준어라는 영역이 성립되어 있을 때 방언이 '차별화된 표지'의 역할을 맡게 되기 때문이다. 만약 표준어와 방언의 구분이 없다면, 자신의 출신 지역의 언어를 사용하는 것은 당연한 일이지 작품의 사실성(혹은 개연성)을 보장하는 일은 아닐 것이다. 표준어와 방언이 각각의 역할을 따로 맡게 될 때, 정지용이 전문을 평양 방언으로 쓰는 것과 같은 '언어 실험'이 의미를 가질 수 있다. 정지용의 시도가 궁극적으로 어떠한 효과를 낳았다고 말하기는 어렵다. 그러나 그것이 언어의 새로운 가능성을 넓히기 위한 "실험"일 수 있었던 것은 표준어의 장이 상정되어 있었기 때문이다.

4. 결론

문학어는 그 자체만으로 '자율적'으로 발전할 수 없다. 기본적으로 문학이 '언어'라는 매체를 통해 표현되는 예술이라면, 한 언어 사회가 가지는 가능성과 한계는 그곳에 속해 있는 작가의 표현 영역까지를 규정짓는다. 좌파와 우파를 막론하고 조선어문의 표준화를 지향했던 1930년대에는 많은 문학인들이 어문운동의 대의를 함께 실천하려고 노력하였다. 어문운동의 결과들을 수용하는 한편, 이를 문학어로 계발하고 도입하는 데 있어서는 '현실의 적확한 표현'이라는 엄격한 기준을 적용하였다. 이태준을 비롯한 문학자들은 국문체의 발달과 문학적 표현의 발달이 함께 가는 것이라는 생각을 가지고 있었다. 특히 『문장강화』에 나타난 이태준의 어휘에 관한 관점은 공히 '리얼리티'를 반영해야 한다는 명제 아래에서 수행된 것이기도 하다.

이 논문에서는, 문장을 쓰는 데 있어 그 재료가 되는 어휘의 문제만을 살펴보았다. 통사의 측면에 대해 따로 다루어질 필요가 있다. 이는 거시적인 측면에서는 국문체가 형성·정착되어가는 과정에 대한 고찰임과 동시에 문학의 문장이 '한글을 위주의 글쓰기'라는 측면에서 정교화되는 과정을 살피는 것이다.

주제어 : 사회어, 문학어, 신어, 유일어, 표준어, 방언, 리얼리티

◆ 참고문헌

1. 기본자료
박태원, 「3월 창작평(3): 지방어와 표준어의 문제」, 『조선중앙일보』, 1934. 3. 28.
박태원, 「표현·묘사·기교」, 『조선중앙일보』, 1934. 12. 17~12. 31.
이태준, 「글 짓는 법 ABC」, 『중앙』, 1934. 6~1935. 1.
이태준, 『문장강화』, 문장사, 1940.
하동호 편, 『역대한국문법대계 제3부 제11책 한글논쟁논설집 下』, 탑출판사, 1986.

『문장』 『정음』 『한글』 『조선어문학회보』

2. 단행본
고길섶, 『스물한 통의 역사진정서』, 앨피, 2005.
고영근, 『한국어문운동과 근대화』, 탑출판사, 1998.
김병익, 『한국문단사』, 문학과지성사, 2003.
최경봉, 『우리말의 탄생』, 책과함께, 2005.
한글학회 50돌 기념사업회, 『한글학회 50년사』, 한글학회, 1971.
홍기문, 김영복·정해렴 편역, 『조선문화론선집』, 현대실학사, 1997.

3. 연구논문
권혁준, 「『문장강화』에 나타난 이태준의 글쓰기에 대한 의식」, 『문학이론과 시교
        육』, 박이정, 1997.
박성창, 「말을 가지고 어떻게 할 것인가: 김기림과 이태준의 문장론 비교」, 『한국현
        대문학연구』 18집, 한국현대문학회, 2005. 12.
박진숙, 「이태준 문장론의 형성과 근대적 글쓰기의 의미」, 『시학과언어학』 6집, 시
        학과언어학회, 2003. 12.
박진숙, 「이태준의 언어의식」, 『이태준과 현대소설사』, 깊은샘, 2004.
배개화, 「『문장강화』에 나타난 문장의식」, 『한국현대문학연구』 16집, 한국현대문학
        회, 2004. 12.
이혜령, 「이태준 『문장강화』의 해방 전/후」, 『이태준과 현대소설사』, 깊은샘, 2004.
장영우, 「해제: 개성적인 글쓰기를 위하여」, 『이태준문학전집 17: 아버지가 읽은 문
        장강화』, 깊은샘, 2004.

천정환, 「이태준의 소설론과 『문장강화』에 대한 고찰」, 『한국현대문학연구』 6집, 한
    국현대문학회, 1998.
최시한, 「국문운동과 『문장강화』」, 『시학과언어학』 6집, 시학과언어학회, 2003. 12.
한상규, 「『문장강화』를 통해 본 이태준의 문학관」, 『이태준 문학연구』, 깊은샘,
    1993.

◆ **국문초록**

이 논문은 이태준의 『문장강화』를 중심에 두고, 1930년대 사회 언어의 장과 문학 언어의 장이 상호 교섭하는 양상을 살펴보았다. 1930년대는 근대계몽기로부터 이어져온 어문운동이 조선어문의 '근대화'를 알리는 중요한 결과물들을 속속 산출하던 시기였다. '조선어 사전'을 편찬해야 한다는 시대적인 당위에 따라, 사전 편찬의 선결 과제로서 맞춤법이 통일되고(1933), 표준어 사정(査定)이 이루어졌으며(1936), 외래어 표기 규정이 마련되었다(1940). '조선어'로 글을 쓰는 일을 직업으로 삼았던 문학자들은, 전사회적인 관심의 대상이었던 어문운동에 직접 참여하거나 그것에 대한 의견을 빈번히 표명하면서 '조선어 사용'에 대한 예민한 의식을 유지하고 있었다. 이런 점에서 1930년대에 이루어진 문학적인 표현의 진전은, 이와 같은 시기에 나타난 사회어의 재편 문제와 관련지어 논의될 필요가 있다. 이태준의 『문장강화』는 어문운동의 다양한 맥락들을 삽입하여 언어가 태생적으로 지니는 사회성을 고려하면서, 작가 개성의 표출로서의 문학 언어가 분화되는 지점을 예시하고 있는 텍스트이다. 이 논문은 특히, 어휘의 측면을 고려하였다.

『문장강화』가 드러내고 있는, 1930년대 조선어의 양상을 다음과 같이 살펴보았다. 먼저, 당시는 신어(新語)의 수입과 창조가 매우 활발하면서도, 상당히 과도하게 이루어지고 있었다. 서양에서 수입된 어휘와 일본을 거친 새로운 한자 조어(造語)들이 유포되고 있었으며, 이와 동시에 기존의 한자어를 순 우리말로 바꾸거나 고어(古語)를 발굴하여 다시 사용하려는 시도가 공존하였다. 이태준은 조선어학회 인사들이 중심이 된, 신어 창조 활동이 '현대의' 조선 생활과는 맞지 않는다고 반대하면서, 수입된 어휘들에 대해서는 상당히 관대한 입장을 보이고 있다. 이는, 어휘가 생성, 성장, 소멸을 거치는 '생활품'이라는 점을 인식하고 있기 때문인데, 조선어 어휘의 인공적인 조정보다 자연스러운 유입을 인정하는 태도가 때로 과도한 외국어 취향까지를 용인하기도 하였다. 물론 이태준은 외국어의 남발은 안 되며, 생활을 적실하게 반영하는 '유일어'를 선택하기에 고심해야 한다고 말하지만, 조선의 '현대'가 가진 복합성이 이태준의 어휘관에도 반영되어 있다고 할 수밖에 없는 부분이다.

또한, 1930년대는 조선어문의 표준화에 대한 열망이 강했던 시대인데, 이태준은 표준어 사용을 어휘 선택의 중요한 기준으로 삼고 있다. 『문장강화』에는, 서울말이 표준어가 되어야 하며 작가가 문장을 쓸 때는 반드시 표준어를 사용해야 한다고 주장하는 구절이 나온다. 그러나 표준어만으로 글을 써야 한다는 주장은 오히려 문학어의 가능성을 축소하는 것이었으므로, 표준어에 대한 자신의 강조와는 배치되지 않는 방법으로 '지문과 대화의 분리'를 시도하였다. 즉, 작가의 목소리인 지문에서는 표준어를 사용하지만, 인물들이 내뱉는 대화에서는 방언을 사용해도 된다는 것이다. 이것이 가능한 이유는 방언을 '의음(擬音)'으로 다루고 있기 때문이다. 인물의 리얼리티를 살리기 위해 그의 말을 그대로 '베껴 적는' 것이지, 방언을 살리기 위한 의도는 아니라고 말하는 것이다. 이를 통해 표준어를 사용해야 한다는 시대적인, 그리고 그 스스로가 부여한 당위에 거스르지 않으면서 문학적인 표현의 현실감을 살리는 방식을 고안한다. 이러한 방향은 어학적인 연구와 그 맥을 같이하는 것이면서, 동시에 문학어를 새롭게 혁신하려는 문학자 이태준의 노력이 담겨 있는 것이기도 하다. 이태준은 국문체의 발달과 문학적 표현의 발달이 함께 가는 것이라는 생각을 가지고 있었다. 어휘에 관한 그의 관점은 공히 '리얼리티'를 반영해야 한다는, 근대적인 문학관의 소산이기도 하다.

◆ SUMMWRY

The System of Vocabularies and the Improvement
of Literary Language in the 1930's
－The Context of Uh-Mun Movements and the Aim of *Mun-Jang-Kang-Hwa*

Moon, Hye-Yoon

Focusing on Lee Tae-Joon's *Mun-Jang-Kang-Hwa*(*Lectures on Writing*), this paper examines the ways in which the fields of social language and literary language interplay in the 1930's. The 1930's is characterized by the conspicuous results of Uh-Mun movements(Joseon language refinement movements) since the modern enlightenment age that show the 'modernization' of Joseon language. Specifically, the day is marked by the unification of Hangul spelling systems(1933) as a prerequisite for the compilation of a 'Joseon language dictionary', the establishment of the standard language(1936), and the formulation of rules for the transcription of loan words(1940), on purpose to publish a 'Joseon language dictionary.' Writing in 'Joseon language', many literati actively participated in Uh-Mun movements and presented their opinions on Joseon language refinement. In this context, the improvement of literary expressions in the 1930's can be related to the reorganization of social language as the outcome of contemporary Uh-Mun movements. Lee Tae-Joon's *Mun-Jang-Kang-Hwa* investigated the social nature of language in the various contexts of Uh-Mun movements while showing how literary language, an expression of a writer's personality, branches from social language. Paying attention to vocabularies, this paper explores the interplay of social language and literary language in the 1930's.

In his book, *Mun-Jang-Kang-Hwa*, Lee Tae-Joon analyzed the trends of the 1930's Joseon language as follows:

To begin with, the import and invention of new words were prevalent in the 1930's. Words of Western origin and Japanized Chinese characters were current while trials for the Hangul-ization of existing Chinese characters and the reuse of archaic words coexisted. Lee Tae-Joon objected to activities for the creation of new words lead by the scholars of Jo-Seon-Uh-Hak-Wei(Joseon Language Society), in the sense that the new words are discrepant with 'modern' Joseon lifestyles. However, he was very lenient about imported words since he thought of a vocabulary as a 'product of life' in the process of creation, development, and extinction. In other words, he preferred the natural influx of foreign words to the artificial adjustment of Joseon words even though he criticized on the overuse of foreign words and suggested that writers choose a 'unitary word' to exactly reflect life world when employing a foreign word. As such, Lee Tae-Joon attempted to consider the complex aspects of 'modern' Joseon in his perspective on foreign words.

Next, aspirations of standardized Joseon language distinguish the 1930's. In this context, Lee Tae-Joon underlined the use of the standard language. He proposed that Seoul language be considered as the standard language and writers use the standard language. Yet, he also understood that standard language-centered writing could reduce the functions of literary language. Therefore, he tried to divide 'conversational vs. nonconversational parts' for the purpose of harmonizing literary language with the standard language. Specifically, he asserted that personae's words, conversational parts, could include dialects whereas writers' voices, nonconversational parts, should be written in the standard language. Despite the division of 'conversational vs. nonconversational parts', however, he insisted on the priority of the standard language. In his view, dialects are considered as 'mimic sounds' copying personae's words in order to rescue their reality. That way, he thought out how to save the reality of literary expressions, in admitting the priority of the standard language.

As mentioned above, Lee Tae-Joon tried to improve Joseon language literarily as well as linguistically, by analyzing the two trends of the 1930's Joseon language. He didn't distinguish the improvement of literary expressions from the refinement of vocabularies in general. In this respect, his perspective on vocabularies can be understood as a sort of the modern viewpoint of literature emphasizing 'reality.'

Keyword: social language, literary language, new word, unitary word, standard language, dialect, reality

－이 논문은 2006년 3월 30일에 접수, 소정의 심사를 거쳐 2006년 5월 31일에 최종적으로 게재가 확정되었음.

잡지 『문예』의 성격과 위상
─등단제도를 중심으로

이 봉 범*

목 차

1. 문제의 제기
2. 단정수립 후 문학상황과 『문예』의 위상
3. 등단제도의 확립과 순수문학의 제도적 정착
4. 맺음말

1. 문제의 제기

『문예(文藝)』(1949. 8∼1954. 3, 통권 21호)는 단정수립 후부터 한국전쟁 직후까지 발행된 순문예지이다.[1] 전쟁으로 말미암아 12호부터는 휴간과 속간을 거듭해 월간지로서의 면모를 제대로 보여주지 못했지만, 이 시기가 전시상황이었고 또 문학의 발표매체가 '육군종군작가단'에서

---

* 성공회대학교 강사.

[1] 전시 부산에서 문예사가 발행한 팜플렛 『현대문학』(1951. 7)도 발행주체가 '문예사'였다는 점에서 『문예』의 연장으로 볼 수 있다. 이 『현대문학』에는 조연현과 유동준의 평론, 손소희와 한무숙 그리고 허윤석과 박용구의 상호비평 등 총 6편의 글이 수록되어 있다. 『국제신보』, 1951. 7. 15.

발행한『전선문학(戰線文學)』(1952. 4~1953. 12, 통권 7호)과 국방부기관지였던『승리일보』정도였다는 사실을 감안하면『문예』의 존속 자체가 의미 있는 것이었다. 더욱이『문예』가 단정수립을 계기로 좌우 이념대립에 편승한 문단의 대결구도가 완전 종식되고, 우익 문예진영이 주도권을 장악한 가운데 순수문학이 한국 현대문학의 주류 미학으로 자리잡아가는 1949~1953년 문단의 중심매체였다는 사실은 여러모로 주목을 끈다. 이는 역으로『문예』의 성격과 위상에 대한 규명이 이 시기 문학지형을 조감하는데 나아가 해방 후 한국문단의 형성과 주류 미학으로 군림해온 순수문학의 시원(始原)을 밝히는데 매우 긴요하다는 것을 말해준다.

그럼에도『문예』에 대한 연구는 매우 소략한 형편이다. 대체로 문단사의 관점에서 우익 문예조직의 대표적인 발표매체였다는 정도로 수렴된다. 12호 '전시판'(1950. 12)부터 편집 실무를 맡았던 박용구는『문예』에 대한 간단한 리뷰를 통해 전쟁의 혼란 속에서 문화 활동을 이끌었던 대표 잡지였다고 평가하고 있으며,[2]『문예』를 실질적으로 관장했던 조연현은 잡지의 창간에서 폐간에 이르는 전 과정을 당대 문단상황과의 연관 속에서 소상하게 밝히고 있다.[3] 그에 따르면 단정수립을 계기로 좌익 문예진영과의 대타성이 해소된 뒤 비등하던 본격문학에의 요구에 부응하여『문예』가 탄생했으며, 그것은 곧 문단 주체세력의 문화기관 접수와 병행한 독자적인 표현기관의 창출이자 우익문학의 매체적 거점을 확보하는 과정이었다는 것이다. 또한 1954년 예술원 선거를 둘러싸고 벌어진 이른바 '문총' 파동에 따른 문단조직의 분화가 있기 전까지『문예』는 한국문단의 가장 권위 있는 매체로 문단적 질서의 구축과 문학적 권위의 사회적·제도적 확립의 구심체였다고 고평한다.

---

2) 박용구, 한국문인협회 편, 「문예」,『解放文學20年』, 정음사, 1966, 171-174쪽.
3) 조연현, 「『문예』지의 창간과 폐간」,『내가 살아온 한국문단』(『조연현문학전집』1), 어문각, 1977.
　　조연현,『남기고 싶은 이야기들』, 부름, 1981, 제2장.

특히 조연현의 회고는『문예』및 해방 후 한국문단의 동향을 파악하는데 유력한 전거(典據)로 작용해왔을 만큼 풍부하면서도 비교적 객관적인 내용을 담고 있다. 그럼에도 문단적 차원으로만 접근할 결과『문예』의 물적 토대였던 정치적 맥락, 즉 국가권력과의 유착 문제 나아가 이 조건과 함수관계가 있는『문예』의 이념적·문학적 지향과 같은 본질적인 문제는 생략되어 있다. 해방 후 한국문단의 최고 권력자로서 그 권력의 형성 및 정착의 첫 매듭에 해당되는『문예』의 본질을 긍정적으로만 부각시킨 것은 불가피한 일일 것이다.

『문예』주체뿐만 아니라 이후 연구에서도 문단사의 관점은 여전히 유지된다. 김철은 1950년대 우익 문예조직의 형성과 전개를 조명한 글에서 우익 문예진영의 범문단조직인 '한국문학가협회'(이하 문협)와『문예』의 연관에 주목,『문예』가 우익 문예조직의 대표적인 발표매체로 그 물적 기반이 극우반공체제에 있었으며 그것이 전쟁을 거치면서 국가권력과 완전한 유착—종속을 통해 재생산기반을 확보하고 관의존적—권력지향적 성격이 고착되는 과정을 밝히고 있다.4)『문예』의 물적 토대와 재생산구조의 특징을 정확히 간파하고 있음에도 잡지 내용에 대한 검토를 생략한 채 도출한 결론이기에 설득력이 약하다.『문예』의 물적 기반이 국가권력에 있었던 것은 분명한 사실이나 중요한 것은 그런 조건 속에서 어떻게 문학적 권위를 확보했으며 또 그 권위가 어떻게 작동하면서 특정 문학담론을 배타적으로 구축하느냐에 있다. 그 문제는 문예조직과 매체의 일방적 관계를 넘어서는 차원에서 해명 가능하다.

다른 한편으로 조연현론의 차원에서『문예』의 위상을 점검한 논의가 있다. 모든 문학상의 주의 주장, 모든 문단적 세력을 초월한 초당파적 편집방침과 작품본위의 편집원리가『문예』를 1950년대 초반 가장 권위 있는 문예지로 성장시킨 동력이며 그 필연적 결과로 조연현의 문학적

---

4) 김철, 「한국보수우익 문예조직의 형성과 전개」,『한국전후문학의 형성과 전개』(『문학과 논리』3호), 태학사, 1993, 38-47쪽.

권위가 확고해졌다는 논의,5) 단정수립에 대응되는 새로운 문학 장의 구축이 요구되는 상황에서 새로운 문학적 이념형을 정립하고 제도화할 수 있는 문학담론의 필요성을 선취하고 그것을 『문예』라는 매체를 통해 현실화시켰다는 논의6) 등이 이에 속한다. 둘 다 조연현 개인의 비평적 욕망과 그가 문단적·권력을 획득해 가는 맥락에서 『문예』가 갖는 위상을 규명하고 있다. 그의 문단권력이 확고해진 것은 『현대문학』에 있으며 『문예』를 그 전사(前史)로 배치하는 공통점을 또한 지닌다. 이 논자들이 지적한 바와 같이 조연현과 『문예』는 불가분의 관계를 지닌다. 주재자(主宰者)였다는 것뿐만 아니라 단정수립 후 그의 친일행적과 해방 후 행적이 문단에 폭로되면서 '문단페스트균' '사악한 독종의 버러지'로 매도되는7) 위기 상황을 돌파하는데 있어서도 『문예』의 창간은 매우 유용한 것이었다. 그러나 조연현의 회고와 마찬가지로 조연현론의 차원에서 『문예』를 규명하는 것은 이 잡지가 갖는 풍부한 의미를 제한적으로 드러내는 것에 불과하다.

이상의 연구사 검토를 통해 『문예』의 실체가 제대로 규명되지 못했음을 확인할 수 있다. 그것이 문단사의 관점으로만 접근한 결과라는 것 또한 밝혀졌다. 필자가 보기에 『문예』의 문학사적 의의는 단정수립을 계기로 새롭게 조성된 문화상황에서 순수문학론의 제도화를 확립하는 매체적 거점이었다는데 있다. 해방 후 좌익문학과의 대타성을 통해 자기동일성을 획득해왔던 우익문학8)은 단정수립을 계기로 그 존재조건을

---

5) 김명인, 『조연현, 비극적 세계관과 파시즘 사이』, 소명, 2004, 131-146쪽.

6) 임영봉, 『상징투쟁으로서의 한국 현대문학 비평사』, 보고사, 2005, 108-113쪽.

7) 이상로, 「문단공개장—부일문학청년의 말로」, 『국제신문』, 1948. 10. 12~14. 같은 청년문학가협회 회원이었던 이상로가 조연현의 치부를 들춰내어 인신공격을 가한 것은 1948년 9월 '반민족행위처벌법'이 국회에서 통과되고 '반민족행위특별조사위원회'가 설치되는 상황과 관련이 있는 듯하다. 이는 조연현이 이 법에 의해 처벌될 것임을 자신하고 있다는 점과 같은 신문 16일부터 김민철의 글(「위선자의 문학—이광수를 논함」)이 9회 연재되는 사실에서 추정 가능하다.

8) 이 글에서 '우익'이란 해방 후 민족주의와 공산주의의 구별이 지닌 문제를 비판하는 가운데 새로운 조선 건설의 주체 설정 여하에 따른 박치우의 개념규정, 즉 지주 및 자

상실하게 되고 따라서 문학장의 새로운 재편이 필요한 상황이 초래된다. 그것은 문학조직의 건설과 독자적인 매체 확보를 통해 가능한 것이었는데,『문예』는 바로 이런 의도된 기획의 일환으로 탄생하게 된 것이다. 이와 같은 조정 국면에서 탄생한『문예』는 다양한 전략을 통해 순수문학 담론을 생산·유포하고 규범화하는데 강력한 영향력을 행사한다. 순수문학이라는 한국 현대문학의 전범적 모델 제시와 함께 추천제라는 등단제도를 구축함으로써『문예』는 명실상부한 당대 순수문학의 요람이 되는 것이다. 물론 이 모든 과정은 6·25라는 돌발 상황이 발생하면서 더욱 전폭적으로·효과적으로 진행된다. 이에 이 글에서는 단정수립 후 문학상황 속에서『문예』가 어떤 전략을 통해 권력기관으로 부상하는지 그리고 이를 통한 순수문학의 제도적 정착과정을 등단제도에 초점을 맞춰 분석하고자 한다.

2. 단정수립 후 문학상황과『문예』의 위상

단정수립 후 한국문학은 대체로 다음과 같은 환경 속에 놓여 있었다. 첫째, 극우반공체제가 성립되면서 반공 이외의 어떠한 사상 조류도 공론의 장에서 거론될 수 없는 상황이 도래했다. 배타적 권위를 획득한 반공이데올로기는 모든 사회적 가치를 압도하는 무소불위의 가치로 군림하고 다른 한편으로 '빨갱이'를 대량 양산하여 체제이탈적인 일체의 표현을 원천 봉쇄하는데, 문학 또한 반공의 맹목성으로부터 자유로울 수 없었다. 적 타도를 내용으로 하는 이른바 '애국적 문학'이 민족문학이라는 이름으로 대두하기까지 한다.

둘째, 국가권력에 의한 검열이 더욱 강화되면서 문화통제가 광범하

본가의 계급이해를 대변하는 세력을 보수우익으로 규정한 것을 수용해 사용했음을 밝혀둔다. 박치우,『사상과 현실』, 백양당, 1946, 223쪽 참조.

게 이루어진다. 특히 반공이데올로기를 강제하는 법적 기제인 '국가보안법'이 제정되면서(1948. 12) 출판·학문·예술·문학 분야에서의 표현의 자유가 극도로 제한된다.[9] 좌익계열의 잡지(『문장』『문학』 등)와 저서에 대한 발매금지령(1948. 12. 14), 과거 검열을 통과했던 국내외 영화에 대한 재검열(1948. 10), 일어판 영화상영 금지(1948. 10), 중등교과서에서 친일작가와 좌익작가의 작품 삭제(1949. 9), 불순교과서 허가 취소와 절거(切去)소각(1949. 11), 연극 각본 사전검열(1949. 9), 불온·저속 레코드 판매금지(1949. 9), 전향포섭주간 실시(1949. 10. 25~31), 문화인 자수촉구와 미자수자 서적 발매금지(1949. 11), 월북문인 저서 판매금지(1949. 11), 저속출판물 단속(1949. 12), 국산영화 검열(1950. 1), 전향문필가 원고심사제(1950. 2), 일본서적 번역출판 제한(1950. 5) 등 문화예술 전반에 걸친 금압이 극심했다.[10] 사전 및 사후검열, 이중검열, 재검열 등 국가주도의 통제적이고 억압적인 검열정책이 문화정책의 우선순위가 되었던 것이다. 이런 경색 국면에서 '국민보도연맹'에 자수·가입한 전향문인들(정지용, 설정식, 정인택, 오영진 등)과 중간파들은 문필생활의 최대 위기를 맞이하게 된다.

셋째, 이념대립에 기초한 문학구도가 깨지면서 문학운동의 질적 전환이 요청됐다. 해방 직후 이념투쟁의 국면에서는 문학보다는 정론이 우선시될 수밖에 없었고 그것은 필연적으로 창작의 침체와 문학판의 현저한 위축을 야기했다. 더 이상 이념을 기축으로 한 선택—배제의 메커니즘을 통해 자기정체성과 권위를 확보할 수 없는 상황에서 새로운 문학운동에 대한 모색이 점차 대두하지만 그것을 곧바로 대체할 만한 대

---

 9) 이봉범, 「반공주의와 검열 그리고 문학」, 『상허학보』 15집, 2005. 참고.
10) 지방의 경우는 더욱 극심했다. 중앙에서 검열에 통과된 것이라도 지방 실정에 맞게 다시 검열을 받아야 하는 상황이 비일비재했다. 『자유신문』, 1948. 10. 9. 물론 이 시기 검열을 반공주의의 일면화 혹은 자동성으로 보는 것은 문제적인 인식틀이다. 당시 검열은 배일(排日), 반공, 민족, 전근대적 풍속 등의 논리가 착종·길항하는 가운데 국가 자율성의 부재로 인한 정책실행의 혼선과 갈등이 덧붙여지면서 매우 복잡한 양상을 보여준다. 이에 대해서는 고를 달리해 검토할 예정이다.

안이 부재했다. 문학 정치에 익숙했던 문인들에게 대타성의 상실이란 승리이자 동시에 공허였던 것이다. 게다가 남북분단의 공식화는 문학시장의 대폭 축소를 의미하는 것이므로 과거와 전혀 다른 새로운 문학장을 건설해야 하는 과제가 제기되고 있었다.[11]

넷째, 출판문화 환경과 독서현상의 뚜렷한 변화가 나타난다. 해방 직후 출판은 가장 강력한 문화운동기관으로 부상했고 따라서 좌우익을 막론하고 출판을 통한 계몽·선전·교육적 기능을 수행하는데 전력투구하게 된다.[12] 물론 상대적으로 도덕적 우월성을 점하고 있던 좌익측이 주도했지만, 이념적 구획과는 무관하게 한글로 쓰인 출판물은 모두 매진되었고 사상 관련 서적이 주종을 이루었다. 당대 정치상황, 출판자본의 이해, 독자대중의 취향이 환상적으로 교합되면서 나타난 특이한 문화현상이라 할 수 있다. 그러나 1947년에 접어들면서 출판의 다양화·전문화가 진행되는 가운데 출판물의 무게중심은 사상의 세계에서 문학의 세계로 점진적으로 이동하게 된다. 여기에는 정치 상황의 전변(轉變)이 작용했지만 더욱 중요한 원인은 독서대중들의 취향 변화에 있었다. 독서대중들이 과도기적인 혼란시기를 겪은 뒤 독서에 대한 판단력을 갖게 되면서 독서의 자율적 선택권을 행사할 정도로 수준이 높아졌다. 즉 맹목적 난독에서 감식안·비판안을 갖춘 선택적 독서가 가능해진 것이다.[13] 그 선택의 중심에 문학이 놓여 있었다. 왜 독자들이 문학을 선택했는가의 문제와는 별도로, 아래 도표에서 확인할 수 있는 바와 같이 문

---

11) 남북문화교류의 차단은 『백민』 2호가 평양에서 압수되는 1946년 초부터 현실화된다. 이는 곧 문학시장의 대폭 축소를 의미하는 것으로 1930년대 이후 독서열이 가장 높았고 따라서 가장 큰 출판시장이었던 함경도 및 이를 포함한 이북과의 교류 단절은 단정 수립 후 문학장의 재편과정에서 심각한 문제로 대두된다. 이경훈, 『속·책은 만인의 것』, 보성사, 1993, 300쪽 참조.

12) 해방 후 출판문화의 전반적인 동향에 대해서는 이중연, 『책, 사슬에서 풀리다』, 혜안, 2005, 1~2부 참조.

13) 장만영, 「기업화의 전야」, 『경향신문』, 1948. 12. 28; 이재욱, 「독서와 당면과업」, 『경향신문』, 1949. 2. 1.

연도	전체출판물	문학/어학	참고서/교과서	사회과학
1946년	552종	77종/	/26종	141종
1947년	957종	148종/	111종/123종	132종
1948년	1,176종	243종/	227종/209종	121종
1949년	1,641종	344종/17종	342종/262종	147종
1952년	1,393종	239종/138종	159종/	182종
1953년	1,110종	404종/139종	81종/	151종
1954년	1,558종	574종/153종	117종/295종	274종

* 이 표는 필자가 조선은행(한국은행)에서 펴낸 『경제연감』 및 매년 12월 초 『동아일보』에 발표된 도서출판현황을 종합해 재정리한 것이다. 문학 분야의 동향을 쉽게 파악하기 위해 몇몇 분야만을 비교 제시했다.

학은 이후 계속해서 출판(물)의 중심에 존재하게 된다. 바야흐로 도래한 문학의 시대에 어떻게 대응할 것인가 하는 문제는 문인들의 생계문제와 직결되면서 그들이 해결해야 할 가장 큰 과제로 부각되기에 이른다.

출판문화 환경과 관련하여 한 가지 더 고려해야 할 것은 단정수립을 전후하여 매체의 세력분포에 미묘한 변화 조짐이 나타난다는 점이다. 즉 해방 직후에는 일간신문이 절대 다수였고 잡지는 대중성이 부족한 특수기관의 잡지 및 동인지, 팜플렛 정도가 고작이었는데 1948년에 접어들면서 전문성을 갖춘 잡지가 서서히 등장하는 것이다. 이는 정치사회적인 안정 국면이 도래하면서 독자의 관심 영역이 정치적·사상적 분야에서 실용적·문화적 방면으로 점진적으로 이동하는 상황과 근대적 학교교육을 받은 학생층이 잠재적 독서층으로 부상하게 되는 상황 그리고 한글보급운동이 전개되어 총인구에 대한 한글해독자비율이 급속하게 높아진 상황과 대응되는 현상으로 볼 수 있다.[14] 요컨대 여전히 신

---

14) 한글해독자비율의 추세를 살펴보면 1945년 22% → 1946년 41% → 1947년 70%로 그 추세가 급격하게 높아짐을 알 수 있다. 조선은행조사부, 『1949년 경제연감』(1949. 10) 부록 (242)(243) 참조. 덧붙여 해방 후 3대 메이저출판사가 거의 같은 시기에 '문고본'을 발간하는 것―민중서관의 '민중문고', 정음사의 '정음문고', 을유문화사의 '을유문고'―도 이와 같은 출판환경의 변화와 밀접한 관계가 있다.

문매체의 위력이 강했지만, 전문적이면서 새로운 지식을 생산하고 전파하기에 유리한 잡지매체가 출판계의 새로운 세력으로 급부상하게 되는 것이다. 그러나 문학과 관련된 전문잡지는 아직 등장하지 못했다.

다섯째, 문학의 안정적인 재생산구조를 창출하는 과제가 대두되었다. 문학의 생산−유통−수용의 메커니즘이 일제말기 극심한 문화통제로 파괴되었고, 해방 직후 또한 문학장의 헤게모니투쟁으로 점철된 나머지 문학의 사회적 입지는 대단히 취약한 형편이었다. 이에 대한 자성의 기운이 주도권을 장악한 우익진영 문인들에게서 서서히 나타나게 되는데, 그 자성의 기운 가운데 하나가 김동리, 조연현, 서정주 등 이른바 '청년문학가협회'의 핵심 멤버를 중심으로 한 문학중심주의였다. 이들이 전면에 나서는 과정은 우익진영의 세대교체를 의미하는 것이었다. 바로 그들에 의해 본격문학에 입각한 문학의 사회적 인정투쟁이 진행되기 시작한다. 그 과정은 문인조직의 결성, 독자적인 매체의 확보, 새로운 문학담론의 창출, 등단제도를 통한 작가 육성 시스템 구축 등 다양한 면모로 나타난다.

단정수립 후 문학은 이와 같은 조건 속에서 새로운 조정의 국면을 맞고 있었다. 『문예』의 탄생과 전개는 위에서 제시한 조건들과 밀접하게 연관되어 있다. 넓게는 위의 조건들의 상호연관적인 교직(交織) 속에, 좁게는 다섯째 조건과 직결되어 있다. 조금 부연해보자. 단정수립을 전후해 '문학가동맹' 소속 좌익계열의 문인들이 대거 사라지고(월북 또는 잠적),[15] 좌익 경력을 지닌 문인들의 문학 활동 자체가 극도로 위축되는 등 거의 공백이 되다시피 한 문학장을 차지한 세력은 김동리, 조연현을 주축으로 한 청년문학가협회 소속의 젊은 문인들이었다. 이것은 어찌보면 당연한 것이었다. 좌익문학 진영과 맞설 수 있는 논리를 갖춘

---

15) '문학가동맹'을 비롯한 좌익문화단체 일체가 공식적으로 불법화된 것은 1949년 10월이다. 군정법령 제55조 '정당에 관한 규칙' 제2조 가항에 의해 등록이 취소되기 때문이다. 그러나 이미 1947년 초부터 좌익문화단체는 실질적인 영향력을 상실한 채 명맥만 유지되는 상황이었다.

이론가는 이들밖에 없었고 또한 김동리와 김동석의 이른바 '순수문학논쟁'을 통해 좌익문학 진영의 일방적인 공세를 역전시킨 주역이 이들이었기 때문이었다.

하지만 20대 후반, 30대 초반의 나이에 갑자기 문단의 주류로 부상한 이들은 새로운 딜레마에 봉착하게 된다. 즉 문단의 주도권을 장악했지만 그들의 순수문학론의 사회적 정당성을 확보할 수 있는 토대가 매우 취약했다. 범문화예술단체인 '전국문화단체총연합회'(1947. 2. 12. 결성, 이하 '문총')가 있었지만 유명무실한 존재였다. 비록 문총이 단정수립 후 여순사건을 계기로 '민족정신앙양전국문화인총궐기대회'를 개최해(1948. 12. 27~28) 대한민국의 정통성을 재확인하고 좌익 성향이 강했던『신천지』,『민성』,『문장』과 같은 잡지와 '백양당' '아문각' 등의 출판사를 비민족적 언론출판기관으로 규정해 무력화시키려는 결정서를 채택해 다소 공격적인 행보를 보여주었지만16) 이것은 당시 정치사회적 환경의 부산물에 불과했다. 발표기관 역시 부재했다. 신문은 다수 있었으나 시사적·정치적 정보 전달에 치중할 수밖에 없는 매체의 특성상 문학지식의 생산과 전파에 효과적이지 못했다. 바로 이러한 역사적 맥락에서『문예』가 창간된 것이다. 물론『문예』의 창간은 모윤숙과 미공보원의 후원에 의해 가능했다.17) 그러나 열악한 출판환경, 특히 살인적인 지가(紙價) 상승 때문에 자본(재벌) 또는 권력을 배경으로 할 때에만 비

---

16) 이와 같은 우익문예 진영의 공격적인 행태는 지방에까지 영향을 미친다. 가령, 문총 경남본부는 문총의 결정서 양식과 똑같은 방식으로 府內 모모신문과 주간『문예신문』, 월간『문화건설』과『중성』등을 반문화인들의 기관으로 매도 규탄한다(『자유신문』, 1949. 7. 19). 그러나 이에 대한 반발도 만만치 않았다.『민성』은 문총의 결정서(5)에 대한 반박 성명서를 발표하며 반발했으며, 문총이 노렸던『서울신문』과 서울신문사에서 발행하고 있던 최대 종합지『신천지』를 장악했던 것이 1949년 8월에야 가능했던 것도 이와 무관하지 않다.

17) 모윤숙은『문예』창간이 자신의 자금과 USIS(united states information service, 미국공보원)의 종이 보조로 가능했다고 회고한 바 있다(『모윤숙문학전집』5, 성한출판사, 1986, 194쪽). 비록 그가『문예』의 산파역이자 발행인이었지만 조력자 이상의 역할을 한 것은 아니다.

로소 출판(사업)이 가능했던 당시의 일반적인 경향을 감안하면,18) 『문예』의 물적 기반 자체가 잡지 성격을 규정하는 절대적인 요소라고 볼 수는 없다.

따라서 『문예』는 이들을 주축으로 한 우익문학 진영의 문학적 정당성과 권위를 획득해나가는 교두보 역할을 하게 된다. 창간호 '편집후기'에서 권위 있는 순문예지 발행이 최대의 소원이었는데 그것을 이루어냈다는 김동리의 만족감이나, 문화전선의 투쟁과정을 거쳐 이제는 승리를 입증해야 한다는 조연현의 당찬 포부는 『문예』라는 독자적인 표현기관의 확보가 얼마나 그들에게 절실했는가를 반증해준다. 독자적인 매체 확보를 바탕으로 '한국문학가협회'라는 문인단체를 조직해내고, 이와 같은 조직과 매체를 발판으로 그들의 순수문학론은 한국 현대문학의 강력한 주류로 제도화되고 정통성을 부여받을 수 있는 토대가 마련된 것이다. 조직과 매체가 특정 문학그룹(담론)이 존재할 수 있는 물적 토대라는 것은 주지의 사실이다. 해방직후 이른바 '중간파'가 나름의 타당한 논리를 견지했음에도 물적 토대를 갖추지 못한 결과 좌우 대립구도가 해소되면서 역사에서 사라져버리는 것이 그 비근한 예다.

이 점과 관련하여 『문예』 주체들19)이 어떻게 문학 장을 재편하고 순수문학을 제도화하는가를 고찰할 필요가 있다. 그 단서를 『문예』의 창간사에서 찾아보자.

解放 以來 이 땅에 簇出된 모든 文化團體 또는 個人들의 例外없는 슬로강은 民族文化(또는 民族文學)를 建設하자는 一語에 지나지 않았다. 그러나 아무리 많은 文化團體 또는 文化人들이 아무리 거리마다 골목마다 民族文學을 建設하자고 웨쳐봐야 그러한 슬로강의 되풀이만으로써 民族文化 民族文學이 建設되는 것은 아니다. 或者는 이 標語를 政治宣傳에 濫用하였고 或者는 이것을 個人 企業에 盜用했을 뿐이다. 民族文學 建設의

---

18) 박연희, 「출판문화에 대한 소고 상/하」, 『경향신문』, 1949. 3. 19; 3. 22.

19) 여기서 『문예』 주체란 편집책임 및 실무자(조연현, 이종산, 홍구범, 박용구, 하한수)를 비롯하여 추천제의 고선자로 막강한 영향력을 행사하는 김동리, 서정주를 가리킨다.

光輝있는 偉業은 아즉도 亂麻와 荊棘 속에 놓여 있을 뿐이다. 文人이 붓을 잡는 것은 一部 政治文學靑年들이 誤信하는 바와 같은 ‘蟄居’도 아니요 ‘逃避’도 아니다. 붓대를 던지고 黨派 싸움이나 政治行列에만 加擔하는 것이 現實을 알고 文化를 建設하는 方法이라 생각하는 것은 세상에 흔히 있는 ‘거즛’의 하나다. 우리는 이러한 ‘거즛’을 拒絶해야한다. 小說家는 小說을 쓰고 詩人은 詩를 쓰는 것만이 民族文學 建設이 具體的 方法의 第一步가 되리라고 우리는 믿어야 한다. 모든 文人은 우선 붓대를 잡으라 그리고 놓지 말라. 이것이 民族文學 建設의 憲章 第一條가 되어야 한다. 그러나 모든 詩 모든 小說이 다 民族文學이 되는 것은 아니다. 그 아름다운 맛과 깊은 뜻이 能히 民族 千秋에 傳해질수 있고, 世界文化 殿堂에 列할수 있는 그러한 文學만이 眞正한 民族文學일수 있는 것이다. 우리는 이러한 眞正한 民族文學의 建設을 向하여 붓을 놓지 말아야 한다. 그리하여 우리의 生命을 文字에 색여야 한다.

本誌의 使命과 理想은 以上 말한 바에 있다. 卽 民族文學 建設의 第一步를 實踐하려는데 있다. 本誌가 모든 黨派나 그룹이나 情實을 超越하여 眞實로 文學에 忠實하려 함은 黨派나 그룹보다는 民族이 더 크고 情實이나 私感보다는 文學이 더 높은 것이기 때문이다. 民族文學 建設의 共同目的을 達成하기 위하여 모든 文人은 本誌를 通하여 그 빛나는 文學的 生命을 색여주기 바란다. 本誌는 이러한 生命을 빛내임에 微力과 誠意를 다하려 한다.

김동리가 쓴 이 ‘창간사’에는 『문예』가 탄생하게 된 맥락과 아울러 『문예』의 지향과 전략 등 잡지를 둘러싼 제반 사항이 잘 집약되어 있다. 우선 당파와 그룹을 초월한 범문단적 표현기관으로 잡지의 성격을 설정하고 있다. 문단의 공기(公器)임을 자처한 것이다. 이러한 개방성은 우리문학사에서 존재한 문예지가 공통적으로 표방했던 원칙인데, 가령 1920년대 중반 『조선문단』이나 1930년대 후반 『문장』이 모두 문예주의에 입각한 문단의 공기임을 표방한 것은 배타성・폐쇄성을 본질로 하는 동인지와 다른 문예지의 본질적 속성이다. 그러나 『문예』의 개방성은 당시 사분오열되어 있던 우익 문예진영의 미묘한 상황을 봉합하기 위한 의도가 강하게 반영되어 있다. 비록 문단의 주체세력, 조연현식 표현에 따르면 '해방 직후부터 對共文化戰線을 조직 지휘해온 문단의 투사들'[20] 이 문단의 주도권을 장악했지만 그 이면에는 이념적(문학노선적), 지역적,[21] 세대적, 인적 유대에 기초한 다양한 세력이 분립해 경쟁하고 있었다. 작품보다는 그 작가가 어느 문학계열에 소속되어 있느냐가 우선시 될 정도로 그 영향력은 막강한 것이었다.[22] 『문예』 창간호가 발간된 후 곧바로 좌파전력이 있는 최정희·황순원·염상섭 등의 작품을 실었다는 이유로 '용공적 편집'으로 오인돼 조연현이 기관원으로부터 조사를 받게 되는 것도[23] 이런 복잡한 역학관계의 결과라고 볼 수 있다. 이 문제는 1954년 문총파동을 겪으면서 문단의 섹트화가 완료되기까지 우익 문단의 잠재적 불안 요소로 작용하게 된다. 아무튼 『문예』는 청년문학가협회를 중심으로 한 반공세력, 전향문인, 중간파문인(백철, 김광균, 홍효민, 염상섭) 등을 아우르는 일종의 '느슨한 반공주의연합(凡우익)'의 표현기관으로 자리를 잡으면서 문인들뿐만 아니라 문학지망생들, 나아가 일반독자들로부터 폭발적인 반응을 얻게 된다. 창간호 4,000부가 발행 10일 만에 매진되고 그 추세가 지속돼 9호는 6,000부가 곧바로 매진되기까지 한다. 종이가 없어 증쇄할 수 없을 정도였다. 당시 시가 2~3천 부, 소설이 4~5천 부 정도면 최고 판매부수였고, 잡지 가운데 취

---

20) 조연현, 『내가 살아온 한국문단』, 어문각, 1977, 238쪽.

21) 곽종원은 한국문인협회가 결성된 이후에도 문단 내부에 이해관계에 따라 여러 잡음들이 발생했는데, 대표적인 것이 문인들의 동향 간의 친소관계에 따른 '섹트(sect)'설이 공공연하게 퍼져 있었다고 회고한 바 있다. 곽종원, 「해방문단의 이면사 4」, 『생활의 예지를 찾아서』, 지혜네, 1996, 174쪽.

22) 당시 『백민』을 주관하고 있던 김송은 단정수립 후에도 3개 이상의 당파가 존재하고 있었고, 그것이 문학전반에 부정적인 영향을 끼치고 있다고 비판한다. 김송, 「自己의 文學─續·血液의 文學」(『경향신문』, 1948. 11. 6). 필자가 한국문화예술위원회가 주최한 구술채록사업의 일환으로 원로시인 김광림 선생과 인터뷰를 한 바 있는데, 단정수립 후 우익 문예진영의 대표적인 그룹이 '플라워다방'을 중심으로 한 조연현, 김동리 그룹과 '서린다방'을 중심으로 한 임긍재 그룹으로 나뉘어 경쟁했었다고 증언한 바 있다. 이 증언 역시 당시 우익 문예진영의 복잡한 역학구도를 이해하는데 귀중한 단서가 된다.

23) 조연현, 위의 책, 248-249쪽.

미・오락잡지 정도가 제대로 팔리는 형편이었음을 감안하면 꽤 높은 수치이다.24)

한편『문예』주체들이 내걸은 당면 목표는 진정한 민족문학의 건설이고 그 방법론은 작품본위의 문학적 실천이었다. 기실 우익 문학진영이 좌익진영과 맞서 내걸었던 민족문학이라는 슬로건은 단일한 이데올로기에 기반을 둔 것이 아니었다. 민족혼 앙양론, 순수론과 같은 집단적 차원의 논의에서부터 개인적 차원에 이르기까지 다양한 스펙트럼을 내포하고 있었다. 다만 좌익진영의 '정치' '계급'과 맞서는 구도에서 공서(共棲)하고 있었을 뿐이었다. 하지만 그 다양한 분립은 정치상황의 판도 변화에 따른 좌익과의 대결구도가 해소된 뒤 자체 내의 이론적 변별이 뚜렷하게 드러나게 되고, 그 과정에서 김동리로 대표되는 순수문학=민족문학이 주류 담론으로 자리를 잡게 되는 것이다. 물론 이것은 청년문학가협회를 중심으로 한『문예』주체들이 문단의 헤게모니를 장악하는 과정과 상응한다.25)

『문예』가 내걸었던 민족문학의 건설은 바로 이와 같은 과정이 일단락된 뒤의 상황을 반영하고 있다. 그러나 그것은 좌익과 대결할 때 제기했던 문학론에서 발전된 수준이 아니었다. 과거 현실연관성을 상실한 막연하고 추상적인 차원의 '생리론'(조연현)이나 '구경적 생의 형식' 혹은 '제3휴머니즘'(김동리)과 대동소이한 수준에 불과하다. 비록 '진정한', '그 아름다운 맛과 깊은 뜻이 능히 民族千秋에 전해질 수 있고, 세계문화전당에 列할 수 있는 문학'과 같은 수사를 동원해 그들이 지향하는 민족문학의 수준을 언급하고 있지만 추상적이긴 여전히 마찬가지이다. 좌익과의 논쟁 중에 형성된 순수문학론을 조금 세련되게 표현했을 뿐 본질에 있어서는 변화가 없었다.

그 점은 1950년 초 백철과 김동리의 논쟁에서 재차 확인된다. 백철

---

24) 김창집, 「출판계의 一年」, 『신천지』, 1950. 1.
25) 신형기, 「해방직후 문학비평의 흐름」, 『해방3년의 비평문학』, 세계사, 1988. 참조.

은 근대 산문문학의 대표양식은 장편소설이라는 전제 아래, 김동리의 장편이 실패한 것을 그의 작가적 성격과 연관시켜 비판한다. 즉, 김동리의 순수문학론은 주관적인 관념론에 가까우며 인간에 대한 해석이 넓지 못하고, 문학관 또한 현실을 속시(俗視)하는 결과 현실을 폭넓게 조망할 수 없다고 진단한 뒤 문학관의 대담한 반역을 촉구한다. 그러면서 당대 문학의 주류인 휴머니즘이 한 개 낡은 의리, 회고적인 신비성, 감상적인 인정에 흐르고 있음을 비판한 뒤 정치적·과학적 의지에 입각한 현실파악과 리얼리즘의 의의를 강조한다.[26] 이에 대해 김동리는 백철의 비평을 '곤봉비평'으로 규정한 뒤, 휴머니즘은 로맨과 리알의 조화·합류된 개념으로 이를 리얼리즘 자체로 착각하는 백철의 관점은 군맹무상(群盲撫象)의 한 예이며 따라서 그는 기계적 개념론자에 불과하다는 것이다. 그러면서 유물론적 객관론을 본질로 하는 리얼리즘의 초극의 필요성을 강조한다.[27] 다시 백철의 재비판과 조연현의 백철 비판으로 이어지면서 1948년 순수문학논쟁 이후 가장 치열한 논쟁이 벌어지게 된 것이다.[28] 이 논쟁은 우익문학진영 내에서 순수문학론을 둘러싼 이견이 만만치 않았음을 역연하게 보여준다. 이를 통해 민족문학=순수문학론이 얼마나 논리적 결함을 지니고 있었는지 재차 확인하게 된다. 『문예』 주체들의 순수문학론이 이론적 답보상태를 보이면서 그들이 전변하는 정치상황에 급속히 포획·종속되었던 것은 어찌보면 당연한 수순이었다.

　그럼에도 주목할 것은 문학본위의 방법론이다. 창작계의 침체 및 작품수준의 저하 문제는 당대 문인들 대부분이 공감하고 있었던 부분이다. 따라서 『문예』가 작품우선을 강조한 것은 문예지의 본질 발현이라는 것뿐만 아니라 문인들의 보편적인 욕망을 반영한 것으로 볼 수 있다.

---

26) 백철, 「소설의 길―신춘작품평에 대하여 1-6」, 『국도신문』, 1950. 2. 28～3. 5. 『백철문학전집』 1(신구문화사, 1968)에는 부제가 '민족문학의 본령은 장편소설이다'로 개제되어 있다.

27) 김동리, 「현대문학의 길―백철의 "소설의 길"을 駁함」, 『국도신문』, 1950. 3. 18～21.

28) 백철, 「소설의 리얼리즘―리얼리즘 체험은 운명적인 과제이다」(『백철문학전집』 1); 조연현, 「본격소설에의 길―백철 씨의 오류에 대하여 상/하」, 『경향신문』, 1950. 4. 6～8.

250

그것은 당대 문인들 대부분이 잡지의 집필자로 참여하고 있는 것에서 확인 가능하다.29) 그렇지만 그 이면을 들여다보면 작품본위의 원칙에는 엄격한 배제의 논리가 작동하고 있음을 간파할 수 있다. 창간사의 '정치 선전에 남용', '개인 기업에 도용', '정실', '사감'에 함축되어 있는 바와 같이, 문단에서 여전히 강력한 힘을 유지하고 있던 비문학적 세력에 대한 배제를 겨냥하고 있는 것이다. 즉, 작품 활동보다는 문단적 활동이나 이념투쟁에만 종사해 온 비창작적인 문단인들, 대중의 취미에 영합해 상업주의적·통속적 작품만 쓰는 수준 낮은 작가들,30) 출판기념회와 같은 세몰이를 통해 권위를 행사하는 기성 대가들,31) 문단사교를 통해 작가로 출세하려는 신인작가 및 문학지망생들32) 등 당시 문단에 팽배하고 있던 비문학적 경향에 대해 '문학주의'라는 원칙으로 배제시켜 문단을 재편하겠다는 것이다. 3호와 4호에 각각 『백조』와 『문장』에 대한 회고를 게재한 것도 이와 무관하지 않다. 이는 창작 및 비평에서 중심적 위

---

29) 당대 문학가들의 참여도는 『백민』 5권 2호(1949. 3)와 『문예』 7호(1950. 2)에 수록된 문학가명단에 등재되어 있는 168명의 문학가(중복 제외) 중 약 75%가 『문예』 1-11호 (1949. 8~1950. 6)에 글을 발표하는 것에서 확인된다. 위 168명 가운데 문인이 아닌 예술가들이 상당수 포함되어 있다는 사실을 감안하면 당대 문인들 대부분이 『문예』의 집필자로 참여했다고 볼 수 있다. 덧붙여 대구, 부산, 마산, 진주, 광주, 전주, 대전, 강릉을 거점으로 '동인지' 활동을 하고 있던 지방 문인들을 중앙으로 수렴해 문학판의 전국적 확대를 이끌어낸 것도 특기할 점이다. 이는 고정필진의 형성과 그로 인한 문단섹트화가 정착되는 1955년 이후 문단상황과는 전연 다른 양상이다. 김시철, 『격랑과 낭만』, 청아출판사, 1999, 88쪽.

30) 특히 소설의 경우 신작보다는 재판이 많았고 책값이 상당히 고가인 관계로 판매가 전반적으로 부진했지만 유독 탐정소설만은 잘 팔렸다. 「가을의 독서계」, 『태양신문』, 1949. 10. 6.

31) 당시 문화계의 유행 풍조 가운데 하나가 출판기념회다. 과거에도 출판기념회가 없었던 것은 아니나 해방 직후에는 출판한 경우 거의 예외 없이 출판기념회를 개최할 정도로 그 정도가 심했다. 일간신문 광고란을 보면 모 출판기념회 준비위원회 구성과 명단에 대한 기사를 자주 목격하게 된다. 오죽하면 '출판기념회를 여러 번 갖는 것을 자랑으로 여기거나 발기인에서 빠지면 야단을 치는 사람'이 많은 현실을 개탄하기까지 한다. SS생, 「'出記' 무용론」, 『경향신문』, 1949. 3. 24.

32) 최태웅, 「신인의 육성」, 『경향신문』, 1949. 2. 9.

치를 차지하고 있던『문예』주체들의 자신감의 표현인 동시에 순수문학론을 중심으로 문학장을 새롭게 재편하려는 욕망의 발현이다.[33] 이와 같이 순수문학의 배타적 구축과정은 순수문학을 옹호하고 고수하려는 논리 못지않게 타자를 배제하는 논리가 함께 작동하고 있었다. 그것은 이후 문학과 비문학의 경계 획정문제가 중요한 비평적 과제로 제기되면서 한층 공고화된다. 물론 이들이 타자로 설정한 비문학은 위에 열거한 경향뿐만 아니라 백철—김동리 논쟁에서 짐작할 수 있는 바와 같이 광의의 리얼리즘문학, 모더니즘문학까지도 포함된다.

3. 등단제도의 확립과 순수문학의 제도적 정착

1) 해방직후 등단제도 개관

우리 문학사에서 등단제도는 문학의 자율성과 전문성에 대한 관념이 성립되고 전문적인 문인활동의 장으로서 문단이 형성되는 과정에 부합하여 등장한다. 1910년대『청춘』을 비롯하여 잡지와 신문의 현상문예제가 실시되면서 근대작가의 육성시스템을 처음으로 확보한 이래 1920년대『창조』를 중심으로 한 동인지를 통한 등단방식,『개벽』의 현상문예제와『조선문단』의 추천제와 같은 잡지를 통한 등단방식,『동아일보』로 시작된 신문매체의 신춘문예(1925년) 등 다양한 방식이 동시다발적으로 등장하여 상호 보완과 투쟁을 벌이면서 본격적인 등단제도가 제도적으로 정착되기에 이른다.[34] 이후 신문매체의 신춘문예가 등단제도의 우이

---

33) 이는『문예』주체뿐만 아니라 당대 신인들의 보편적인 욕망이었다고 볼 수 있다. 가령 김광주는 기성 대가들의 문학태도, 즉 계급문학, 문단정치를 부정하고 문학예술의 본령을 '순수', '고고', '진리'로 설정한 가운데 실력을 위주로 한 문단질서의 필요성을 강조한다. 김광주, 「無軌短想」,『문예』3호, 158-160쪽.

34) 이에 대해서는 이봉범, 「1920년대 부르주아문학의 제도적 정착과『조선문단』」,『민족문학사연구』29호, 2005. 참조.

를 점한 가운데 다른 한편으로 문예지의 추천제가 지속, 확대되면서 신인작가 및 문학대중을 창출하고 동시에 문학의 사회적 위상과 권위를 확고히 할 수 있었다. 그만큼 등단제도는 다른 어떤 수단보다도 문학장의 규모 확대와 안정적인 재생산을 담보할 수 있는 가장 확실하면서도 효과적인 제도적 장치였다. 그러나 1940년 8월 『조선일보』와 『동아일보』가 강제 폐간되고 이어 추천제의 보루였던 『문장』이 1941년 1월 폐간되면서 등단제도는 이내 자취를 감추고 만다.

해방 후에도 등단제도는 쉽게 복원되지 못했다. 아니 복원될 수 없었다. 신춘문예든 추천제든 적어도 등단제도가 성립되기 위해서는 무엇보다 매체의 역량이 튼튼해야 하는데, 해방 직후에는 그런 매체가 없었을 뿐더러 모든 매체가 선전과 계몽 등 정치운동에 주력할 수밖에 없었기 때문에 등단제도에 관심을 기울일 겨를이 없었다. 『문예』의 추천제 실시는 바로 이와 같이 오랫동안 자취를 감추었던 등단제도의 복원이라는 것에 일차적인 의미가 있다. 보다 더 중요한 것은 『문예』 주체들의 전략에 의해 의도적으로 기획된 산물이라는데 있다. 다시 말하면 순수문학을 옹호하고 그것에 배타적인 권위를 부여하여 순수문학의 사회적·문학적 정당성(정통성)을 획득하기 위한 효과적인 전략으로 기획된 것이 추천제라는 등단제도였던 것이다. 앞서 언급한 작품본위 원칙이 순수문학을 제도화하기 위한 배제의 논리였다면 추천제는 선택(강화)의 논리로 작용했다. 물론 이 두 가지는 상호 보완되면서 작동한다.

이 문제를 규명하기 전에 우선 해방직후 등단제도의 양상을 살펴볼 필요가 있다. 『문예』의 추천제와 밀접한 연관이 있기 때문이다. 해방직후 등단제도는 비록 산발적이긴 해도 전혀 없었던 것은 아니다. 그 방식 또한 과거 등단방식의 제 양상이 그대로 승계되어 나타난다. 첫째, 동인지를 통한 등단방식이다. 해방직후에 등장한 동인지로는 『白脈』(1945. 9/ 구경서, 김윤성, 정한모, 조남사, 남정훈 등)을 비롯하여 박찬모를 중심으로 한 좌익성향의 『新人文學』, 준동인지 성격의 『藝術部落』(1946. 1/ 조연현, 곽종원, 곽하신, 조지훈, 이정호, 유동준, 최태응, 이한직, 임서하 등), 『백맥』의 후신인 『詩塔』(1946. 4)이 있었다. 지방에는 대구의 『竹筍』(1946. 7~1949. 7/ 이호우, 이윤수, 이설주, 이효상, 이영도, 김동사, 김요섭, 박양균, 신동집 등), 진주의『등불』(1946/ 설창수, 백창현, 이경순, 노영란 등)과 그 후신인 『嶺南文學』과 『嶺文』(조진대, 강학중, 김보성 등)이 있었다.35) 주로 시 동인지로 대부분 단명했지만, 김윤성이 『백맥』창간사에서 천명하고 있는 바와 같이 기성문인들에 대한 실망과 공식적인 등단제도가 부재한 상황에서 문학청년들의 새로운 문학에 대한 갈망이 동인지 형태로 표출된 것으로 볼 수 있다. 김경린, 박인환, 김수영 등이『새로운 도시와 시민들의 합창』이라는 엔솔러지를 발행한 것도 마찬가지 경우이다. 특히 지방에 거점을 두고 발간된 동인지들은 독자적인 규모와 체계를 갖추고 꽤 오랜 시간 지방문단의 활성화에 기여했는데, 가령『죽순』같은 경우는 추천제를 상례화하여 윤근필(6집), 김요섭(8집), 최계락(10집), 천상병(11집) 등의 신인을 배출하기도 한다. 그러나 동인지 특유의 폐쇄성과 공식적인 등단제도의 성립으로 말미암아 신인들의 동인지운동은 약화될 수밖에 없었다. 아무튼 동인지를 포함 지방에 산재되어 있던 지방문단지를 거점으로 활동하던 신인들 대부분이『문예』의 추천제에 응모·추천된다는 사실은 눈여겨볼 대목이다.

　둘째, 신문매체의 (현상)신춘문예 방식이다. 식민지시대 대표적인 등단제도였던 신춘문예는 해방직후 명맥만 유지되는 형편이었다. 1947년 『경향신문』은 단편소설을 포함 총 6개 분야의 신춘문예를 실시했는데, 단편소설(김웅, 이동빈−2석), 시(천성환 1석, 김종길 2석), 문학평론(조

---

35) 이형기, 한국문인협회 편, 「同人誌」, 『해방문학 20년』, 1966. 참고로 6·25전쟁 중에 등장한 동인지들로는 부산의『新作品』(고석규, 김성욱, 김윤, 김재섭, 김춘수, 송영택, 이수복, 천상병 등)과 『現代文學』(조향, 정상구 등), 강릉의『靑葡萄』(황금찬, 이인수, 최인희, 함혜련 등), 마산의『靑葡萄』(김춘수, 김세익 등), 전주의『南風』(은안기, 이철균 등), 목포의『詩精神』과 광주의『新文學』 등이 있었다. 이 동인지들은 피난 중이던 기성문인들이 대거 참여했던 관계로 엄격히 말해 동인지라고 보기는 어렵지만, 문학활동이 전반적으로 침체될 수밖에 없었던 전쟁 시기에 그 명맥을 유지했다는 점에서 중요한 의미를 지닌다.

254

석동=조연현 가작), 동화(김신일 가작), 동요(김석규 1석, 이석봉 2석), 전설(김종열 가작)의 당선자를 뽑았다.『서울신문』은 우익진영에 장악된 뒤 심사위원회를 결성하고 논문·문예작품현상 형식으로 1950년 신춘문예를 시행, 시(김홍섭 가작 1석, 윤운강 가작 2석, 김돈식 가작 3석), 소설(김성한 당선, 오유섭=오영수 가작 1석, 윤주섭=윤주영 가작 2석), 희곡(이춘기 당선, 김을진·김준 각각 가작 1석), 논문(임풍·이창렬 각각 가작 1석, 양승욱 가작 2석) 분야를 모집했다. 또『동광신문』은 1949년 현상신춘문예를 실시해 단편소설(吳煐洙 가작)만 당선자를 냈고,『국제신문』은 1948년 장편소설현상모집을 통해 한무숙의『역사가 흐른다』를 당선작으로 뽑았다. 이상에서 보는 바와 같이 신춘문예 및 신문매체의 현상문예제는 규모, 횟수, 체계 등 모든 면에서 열악한 형편이었다. 전후『조선일보』(1954년),『한국일보』(1955년),『동아일보』(1955년) 등의 신춘문예제가 본격적으로 시행되기 전까지 신춘문예는 등단제도로서의 역할을 제대로 수행하지 못했다.[36]

셋째, 잡지의 (현상)추천제 방식이다. 종합지『백민』은 신인추천을 통해 유호(7호/ 1947. 3), 홍구범(8호/ 1947. 5), 강학중(19호/ 1949. 5) 등을 발굴했고, '신인창작특집'(15호/ 1948. 7)을 통해 박용구, 이선구, 조진대, 박연희 등 역량 있는 신인들을 소개해 문단의 일원으로 공식 편입시킨다. 그러나『백민』의 추천제는 제도적 차원에서 이루어진 것이 아니라 잡지 편집에 관여했던 김동리를 비롯한 기성문인들의 비공식적·개인적 추천이었기 때문에 지속성이 없었다. 이후『백민』이『문학』으로 개제되면서(1950. 5) 매년 2회 현상작품모집을 계획·공고했지만 전쟁으로 시행될 수 없었다.『협동』(조선금융조합연합회 기관지)의 경우 27호부터 논문과 창작의 추천제를 시행해 주로 서정주의 고선으로 꽤 많은 시 추천이 이루어지지만 잡지의 성격상 동인만을 대상으로 한 추천이었

---

36) 전쟁기간 중 1951년『전북일보』가 신춘문예를 시행해 최일남, 송금순, 진정자 등의 당선자를 냈으나 일회적인 행사에 그쳤다.

기에 한계가 있었다. 서정주의 선후감이 돋보일 뿐이다. 오히려 주목되
는 것은 신인상 제도를 통한 신인발굴이다. 『예술조선』이 대표적인 경
우인데, 1948년 3회에 걸쳐 '신인상작품모집'(분야: 소설·시·평론·수
필/ 심사위원: 박종화·김진섭·김동리·한흑구·서정주·조지훈)을 통
해 다수의 신인들을 발굴한다. 면면을 훑어보면, 1회에는 입상(이원섭·
이종산), 가작(정한숙·김돈식·정용하·태륜기·김인묵), 발표 외 가작
(박태을·남죽암·이영자), 2회에는 가작(김규동·박광옥·임성길·지금
송·홍사건), 발표외가작(정순조·김재범·안동영·남두식·이강웅), 3
회에는 가작(김성림 외 7인), 발표 외 가작(이용 외 6인)이 있다. 입상자
이상으로 주목되는 것은 응모 규모가 엄청나다는 점이다. 1회 응모작이
시 375편, 단편 44편이었고, 또 몇 개월에 걸쳐 3회가 시행되는 동안 매
번 비슷한 응모가 나타나는 것을 통해 당시 문학지망생들의 규모가 어
느 정도였는지 어렵지 않게 가늠해볼 수 있다. 성황을 이루던 『예술조
선』의 신인상작품모집은 불행히도 이 잡지가 폐간되면서(1948. 8) 중단
되고 만다. 기타 1945년 12월 월간 『무궁화』가 '신인문예작품현상모집'
(장편·단편·희곡·한시)을, 1946년 『주간소학생』이 '현상모집'을(김종
길 동시 당선), 조선문학가동맹기관지 『문학』이 1948년 4월 '신인모집'
을, 1948년 10월 속간된 『문장』이 '추천제' 실시를 각각 공고했으나 본
격적으로 실시된 것은 거의 없었다.

그 외 일간신문 및 잡지에 작품을 발표하면서 작가의 반열에 올라서
는 경우도 있었다. 잡지 쪽으로는 신인발굴에 관심이 컸던 『백민』에 작
품을 발표하면서 등장한 손소희(1946. 10), 박연희(1946. 10), 박용구(1948.
7), 유주현(1948. 10), 오영수(시, 1948. 10) 등이 대표적인 경우이다. 해
방직후 신진들에게 가장 많은 지면을 제공해준 『백민』이지만 작품성보
다는 발표 매수와 같은 비문학적인 이유로 발표가 보류되거나 아니면
토막토막 잘려 실리고 심지어는 편집자의 요구에 따라 작품을 창작해야
하는 경우가 비일비재했다.37) 그리고 신인들이 잡지에 작품을 싣기 위
해서는 대가들의 소개장이 필요했고 그로 인한 병폐 또한 극심했다.38)

반면 신문매체는 상대적으로 발표기회가 많았고 그 절차 또한 까다롭지 않았다. 물론 연재물은 대가들의 몫이었지만[39] 작품성만 인정받으면 '문화란', '독자란'에 충분히 실릴 수 있었다. 특히『연합신문』은 '민중문화란'을 설치(1949. 1), 학술논문·문화단평·소설·평론·시·제언 등 다양한 분야에 걸쳐 신인들의 원고를 모집 게재했으며 아울러 3회 이상 당선 게재될 때는 기성집필인과 동등한 대우를 보장해줘 신인들의 큰 호응을 얻었다. 일종의 신인欄과 추천欄이 결합된 작품소개란이라고 할 수 있다. 이를 통해 손창섭, 장용학, 이영순, 김남조, 윤복구, 김성림, 전봉래, 전봉건, 손동인, 최계락, 김광림 등이 등단하게 된다. 또『태양신문』은 기존 문화면을 확장해 '신인의 欄'(신인문단+학생문단)을 신설(1949. 10), 고료 지불과 문단 추천을 소개하는 조건을 내걸고 신인뿐만 아니라 당시 독서계의 중심계층으로 부상한 학생들의 글쓰기 욕구를 수렴해낸다. 유경남, 윤갑병 등이 이를 통해 등장했다. 신문매체의 독자란은 독자의 참여를 유도하면서 매체의 사회적 영향력을 확대하려는 의도의 산물이지만, 문단 진출의 통로가 몇 년 동안 막혀 있던 1920년대 초·중반에 출생한 문학청년들에게는 가장 효과적인 등단 코스로 각광을 받게 된다.

이상의 개관을 통해 해방직후에는 등단제도가 복원·구축되지 못함으로써 공급과 수요의 극심한 불균형이 나타났음을 확인할 수 있다. 새로운 신인들이 원활하게 공급되지 못함으로써 결과적으로 문학판 자체가 과거에 비해 현저하게 축소될 수밖에 없었다. 그것은 문학의 사회적 위상을 불안정하게 만드는 요인으로 작용한다. 단정수립 전후 사회정치적 안정기에 접어들면서 매체들이 새로운 신인들을 발굴·육성하기 위한 여러 조치를 강구한 것도 이런 맥락에서다.『문예』의 추천제가 문학

---

37) 최태응,「신인의 육성」,『경향신문』, 1949. 2. 9.
38) 백철,「신인과 문학태도―지성빈곤의 일 증상」,『경향신문』, 1948. 10. 29.
39) 당대 주요 일간신문의 연재물(소설) 목록은 한원영,『한국현대신문연재소설연구 (하)』, 국학자료원, 1999, 부록 2 참조.

청년들의 폭발적인 호응을 얻으면서 빠른 시간 안에 대중적 권위를 확
보할 수 있었던 것은 글쓰기를 욕망하는 문학청년층의 광범한 존재와
이를 제도적으로 흡수하려는『문예』의 기획이 일치했기 때문이다.

2) 문학적 권력의 창출과 순수문학의 생산기지

『문예』의 추천제는 창간호에 공고를 내고 곧바로 시작되는데, 그 규
정은 계속해서 변화한다. 모집영역은 처음에는 시(서정주 選), 시조(이병
기 選), 소설(김동리 選) 등 3분야로 시작했다가 7호(1950. 2)부터는 희
곡(유치진 選)이, 11호(1950. 6)부터는 문예평론(조연현 選)이, 13호(1952.
1)부터는 시나리오(오영진 選)가 계속 추가되어 전체적으로 시·시조·
소설·희곡·평론·시나리오 등 문학의 대표적인 장르가 망라된 구성
이었다. 고선자(考選者)는 서정주, 이병기, 김동리로 시작해 8호부터는
시는 김영랑, 서정주, 유치환(11호에 모윤숙 추가), 소설은 박종화, 염상
섭으로, 평론은 백철(17호)로 확대 개편되고 이에 상응해 고선방식도 1
인 고선에서 윤번제로 바뀐다. 추천 규정 또한 처음에는 3회 추천으로
추천완료를 설정했으나 곧바로 2호부터 시와 소설은 2회 추천으로 다시
8호부터는 시는 3회로 원상복귀 되고 새로 추가된 평론·희곡·시나리
오는 2회 추천으로 확정된다.[40]
　이와 같은 변화는 추천제가 대중적·문단적 권위를 공인받으면서 문
단적 권력으로 자리잡는 사실과 관련된다. 선자 개개인의 권력뿐만 아
니라『문예』자체가 하나의 권력기관으로 부상한 것이다. '신인추천제
의 권위가 이미 그 절정에 달해 있으며, 우리 문단이 공인한 유일한 신
인등용처가 되었다'(9호 편집후기)는 편집진의 긍지는 이를 잘 말해준
다. 6·25 전쟁 기간에도 추천만큼은 중단하지 않았고, 20호부터는 '동

---

40) 시조의 추천은 한 번도 없었다. 1952년 '시조가 현대문학이 될 수 있는가'의 문제를
　　둘러싸고 벌어진 정병욱과 이태극의 논쟁에서 확인되듯이 해방 후 시조장르가 주변화
　　되는 상황의 반영으로 볼 수 있다.

인작품추천모집'을 신설해 전국 각지에 산재되어 있는 동인지들을 흡수하려는 의도까지 보여준다. 권위와 제도가 상호보완하면서 상승작용을 일으켰던 것이다.

그러면 『문예』가 여러 난관에도 불구하고 추천제를 고수·확대하려 했던 까닭은 무엇인가. 그것은 무엇보다 그들이 내걸은 작품본위의 순수문학 규범을 제도화하는데 추천제만큼 효과적인 것이 없었기 때문이다. 작품성에 대한 절대적인 기준이란 것이 존재하지 않는 한, 매체 및 선자의 입장과 권력이 전폭적으로 그리고 일방적으로 개입·작동하는 것이 추천제의 본질이기 때문이다. 『조선문단』 및 이광수, 주요한이 또 『문장』 및 소위 '문장파'(이병기, 이태준, 정지용)가 오랫동안 권력을 향유했던 것도 이 때문이다.41) 더구나 용공·통속·정실을 배제한 순수문학을 매개로 문학장의 헤게모니를 장악하고 재편하려 했던 『문예』 주체들의 입장에서는 추천제를 통한 창작의 대중적 확대와 창작의 규범적 가이드라인의 제시는 필수조건이었을 것이다. 이를 통해 순수문학을 지속적으로 재생산하는 효과를 창출하는 것은 당연한 결과이다. 요컨대 추천제는 『문예』가 순수문학의 생산기지로서의 성격을 확고히 하게 하는 원동력으로 작용했다고 볼 수 있다.

【부록】에 제시되어 있는 추천제의 결과는 이와 같은 매체의 영향력과 그 효과를 잘 입증해준다. 먼저 당선자 면면을 훑어보면 많은 수가 중고신인들이다. 앞서 언급한 비공식적인 등단코스를 거친 어느 정도의

---

41) 그 권력은 종종 저항을 야기한다. 가령 『문장』의 시 고선자로 당시 막강한 문단적 권력을 향유하던 정지용이 좌담회에서 동료들로부터 공개적인 비판을 받는 것이 한 예다. 지용이 추천한 후진들이 모두 '지용이즘'이다(양주동), 지용의 '에피고넨'들은 언어만 가지고 시가 되는 줄 안다(김기림), 선자를 바꾸지 않으면 에피고넨만 만들어낼 것이다(모윤숙, 이원조) 등 추천제를 통해 획득된 정지용 및 『문장』의 권력을 정면 비판한다. '나한테 가까운 놈한텐 가장 엄하게 했다'는 정지용의 항변이 있었지만, 『문장』이 19호부터(1940. 9) 1인 고선에서 문단 내 기성 작가 한 사람의 추천으로 방식을 변경하는 것은 이런 정황과 무관치 않다. 「문학의 제문제」(신춘좌담회), 『문장』 13호, 1940. 1.

문재(文才)를 인정받은 신인들인 것이다. 이원섭은 「기산부」·「죽림도」
가『예술조선』제1회 신인상 입상, 최계락은 동시 「수양버들」의『소학
생』추천(1947)과 「古家寸想」이『죽순』추천(1949. 4), 천상병은 「공상」
외 1편이『죽순』에 추천(1949. 7), 박양은 「섭리」를『경향신문』에 발표
(1949. 4. 21), 김성림은 「소설」(수필)이『예술조선』3회 신인상 가작, 전
봉건, 이철균 등은『예술조선』신입상에 응모, 전봉건과 손동인은『연합
신문』민중문화란에 작품 발표(1949), 서근배는 「슬픈 화해」을『경향신
문』에 발표(1947. 9. 26), 장용학은 「희화」를『연합신문』에 발표(1949.
11. 19), 손창섭은 「얄구진 비」를『연합신문』에 발표(1949. 3), 곽학송은
「마음의 노래」가『대전일보』에 14회 연재(1951. 6. 22), 최일남은 「歲暮」
가『전북일보』신춘문예에 당선(1951. 3. 16~24). 박상지는 「無題話」가
『문화세계』현상 당선(1954. 1) 등 다른 매체를 통해 작품을 발표했던
신인들이『문예』추천을 통해 재등단의 과정을 밟는다. 이는『문예』추
천제의 권위와 포획력이 어느 정도였는지를 입증해준다. 한 가지 더 눈
여겨볼 대목은 각 지방에서 활동하고 있던 동인지 및 지방문예지에 소
속된 동인들이 많다는 점이다. 박양균은『죽순』(대구), 최계락, 송영택,
이형기는『영남문학』(진주), 천상병, 송영택, 이수복은『신작품』(부산),
송영택, 천상병은『처녀지』(부산), 김세익, 김대규는『청포도』와『낙타』
(마산), 최두춘은『생리』(통영, 1937), 이철균은『남풍』(전주), 이종학, 권
선근은『호서문학』(대전), 황금찬, 최인희, 이인수는『청포도』(강릉) 등
위 잡지들은 당대 중앙에 못지 않은 영향력을 지녔던 지방문예지들이
다. 이러한 사실은『문예』가 지방문단을 흡수해 문학장의 전국적인 확
대를 도모했다는 것을 의미하는 동시에『문예』의 순수문학이 전국적으
로 확산·삼투되는 과정이라고 봐도 무리가 없을 듯하다. 순수문학(론)
을 매개로 한 전국적인 네트워크의 형성이 가능해진 것이다.[42] 물론 여

---

[42] 문예지가 지사 및 분사라는 유통망을 구축해 전국적인 네트워크를 형성하는 과정은
일찌감치 하나의 전통으로 자리잡았다. 그것은 특정 문예지식(담론)을 보급하고 문예취
미를 함양시켜 독자들을 견인해내는 효과적인 방편이 되기 때문이다. 또한 매체가 재

기에는 각 지방에 영향력을 행사하고 있던 대가들이 『문예』의 주요 집 필자·조력자라는 점이 작용했다.

한편 『문예』 추천제의 권위는 매체의 영향력과 더불어 추천제 제도 자체의 권위와도 밀접한 관련이 있다. 그 권위는 전문성에서 발생하며 그 전문성의 중심은 고선자의 위상이다. 즉 당대 전문성과 대중적인 권 위를 확보하고 있는 전문작가를 고선자로 설정하는 것이 추천제의 관건 이다.43) 『조선문단』의 추천제가 이광수의 권위에, 『문장』이 '문장파'의 권위를 통해 문단적 권력을 확보한 반면 『신인문학』이 장만영, 장수철, 정사천, 김용호 등을 배출했음에도 권위 창출에 실패한 것이 그 단적인 예다. 『문예』 추천제의 권위 또한 당대 최고의 전문성을 갖춘 고선자들, 가령 김동리, 서정주, 조연현, 유치진 등에 힘입은 바 크다. 물론 투명성 을 갖춰 독자의 신뢰를 확보하고 추천신인들에 대한 무한책임을 보장한 것도 한 요인이었다.44)

특히 김동리와 서정주는 각각 소설과 시의 고선을 전담하다시피 하 면서 순수문학의 지도자로서의 위상을 확보한다. 고선자의 영향력은 고 선의 절대권을 쥐고 있다는 것뿐만 아니라 선후평(選後評)을 통해 특정 문학론을 배타적으로 전파하고 창작의 공식적인 적절성의 기준을 부과 한다는데 있다. 선후평이 일종의 '형식부과 전략'의 효과를 거두게 되는

생산구조를 확보할 수 있는 생존전략이기도 하다. 『조선문단』이 하얼빈지사를 포함해 28개의 지·분사를, 『문장』이 동경지사를 비롯해 24개의 지사를, 노자영이 주재한 『신 인문학』이 진남포지사를 포함 31개의 지사를 각각 설치한 바 있다. 『문예』 또한 강릉 지사 외 2개 지사를 설치하나(9호) 6·25로 인해 중단됐다. 대신 지방문단과의 유대를 통해 문학장의 확대를 꾀한 것으로 보인다.

43) 그것이 때로는 부작용을 낳기도 한다. 가령 1930년대 중후반 대표적인 소설 고선자였 던 이태준을 겨냥해 투고 요령을 공개적으로 밝힌 기사를 통해 확인할 수 있다. "기교 파 작가인지라 소설내용이 제 아무리 좋다 해도 글씨가 지저분하고 구두법을 무시하거 나 한글법대로 안 쓴 작품이면 작품으로 취급치 않는다 하니 『中央』誌에 투고하시는 문학청년은 이 점을 주의할지어다." 『조선문단』 속간 2호, 1935. 4, 175쪽.

44) "사사로이 원고 보내지 말고 정정당당히 추천의 관문을 통과하라"(8호 편집후기), "추 천시인들에게 대해서 끝까지 책임을 지려고 한다"(5호 편집후기)

것이다. 즉 작품창작의 공식적 기준을 제시하는 가운데 표현에의 접근 통로와 표현 형태를 동시에 규제함으로써 형식을 결정할 뿐만 아니라 내용도 결정하며 나아가 수용형태 역시 결정하는 것이다.[45] 김동리는 개인의 취향을 고집하지 않겠다고 천명했지만(3호 선후평), 추천이 "선발에만 목적이 있는 것이 아니고 지도에도 의무가 있다"(8호 선후평)는 자세로 소설창작의 규범적 기준을 선후평을 통해 계속 제시한다. 단편 양식에 부합하는 간결한 구성, 묘사, 문체, 시점의 중요성, 표준어 사용의 의미, 개성적이면서 보편적인 인간성을 갖춘 인물, 개성적 스타일의 가치, 주제의 심각성, 플롯의 완결성, 뚜렷한 스토리 전개 등 소설장르의 문학성에 관련된 덕목을 강조한다.

문제는 공공연하게 순수문학이 고선의 핵심 기준이라고 밝힌 데 있다. 손창섭 소설을 추천 완료하면서 그의 소설에 나타나는 통속소설적 요소의 위험성을 지적하는 가운데 본격문학 혹은 순수문학의 우월성을 배타적으로 강조한 부분에 잘 나타나 있다(16호 선후평). 김동리의 이러한 태도는 통속 혹은 대중문학(16호), 경향문학(7호, 14호), 리얼리즘문학(3호), 사소설적 경향(17호) 등에 대한 배제를 수반하면서 선후평 전반의 기조가 되고 있다. 비록 경향문학, 대중문학으로 발전할 가능성을 가진 사람도 일정한 수준을 보여주면 고선하겠다는 다소 유연한 입장을 표명했지만, 이는 이미 순수문학을 내면화한 김동리의 단순한 수사에 불과하다. 그렇다면 김동리가 생각하는 가장 모범적인 작가(품)는 누구인가. 바로 강신재이다. 문장은 조금 미숙하나 확호한 문학의식, 범상치 않은 주제의 고도성을 갖추고 있어 불원간 문단의 유니크한 존재가 될 것임을 확신하고 있다(4호 선후평). 잘 알다시피 강신재는 1950년대 섬세하고 감각적인 문체와 서정적인 이미지의 구현을 통해 인간의 본질문제를 천착한 대표적인 작가이다.[46] 요컨대 김동리의 고선 기준과 선후

---

45) 삐에르 부르디외,『상징폭력과 문화재생산』, 새물결, 1995, 228-229쪽 참고.
46) 김미현,「강신재 소설에 나타난 서정성 연구」,『한국근대문학 연구의 반성과 새로운 모색』, 문학사와비평연구회, 새미, 1997. 참고.

평은 작가들에게 혹은 문학지망생들에게 순수문학의 규범을 창작의 기준으로 정할 것을 암묵적으로 강제하는 역할을 하게 되는 것이다. 그것은 김동리가 순수문학의 심판자이자 지도자로서 자신의 위치를 스스로 규정하는 과정이기도 했다.[47]

시 고선을 담당했던 서정주는 특정 기준을 강조하기보다는 시의 본질에 충실할 것을 요구하는 수준이었다. 400편이 넘을 정도의 투고자 중에서 극소수를 추천했음에도『문장』의 시 추천에 훨씬 못 미친다는 세간의 평가를 곤혹스럽게 생각했던(6호) 서정주는 다소 엄격한 고선을 하게 된다. 적어도 시문학사에 보탬이 되는 수준이어야 한다는 것이다. 따라서 연애시, 구호시는 물론이고 개념적이고 감상성에 치우친 작품은 일차적인 배제 대상이었다. 그 기준을 순수문학으로 단정키 어려우나『문예』에 추천된 작가작품을 일별해보면 대체로 전통적인 서정에 입각한 서정시가 주류를 이룬다. 당대 새롭게 대두하던 실험적인 모더니즘 시는 거의 없다.[48] 전봉건, 송욱이 추천됐지만 적어도 이 단계에서 그들의 시를 모더니즘으로 보기는 어렵다. 이는 소설과 달리 서정주, 유치환, 모윤숙, 박목월 등이 윤번으로 추천했던 사정과 해방직후 우익진영의 시가 反이데올로기에 바탕을 둔 순수시나『청록집』간행을 계기로 테두리가 굳어진 서정주의의 기조가 주류화 되는 맥락에서 이해 가능하다.[49] 특히 이원섭, 이동주, 이형기, 박재삼의 시의 풍부한 서정과 익숙한 리듬, 정한과 비애의 정서는 해방 후 시의 주류로 부상한 전통서정시의 도도한 전개가 신인들에게도 어떻게 파급되었는가를 잘 보여준다.

지금까지『문예』가 해방 후 순수문학의 생산기지가 되는 연원을 살펴보았다. 매체 및『문예』를 주도적으로 이끌었던 잡지주체들의 문학적

---

47) 김동리 자신도『문예』추천 시기를 작가로서 전성기였다고 술회한 바 있다.『김동리 전집』8, 민음사, 1997, 254쪽.

48) 이는『문예』에 실린 시의 경향에서도 확인된다. 잡지에 시를 발표한 시인은 총 52명인데 그 중 모더니즘에 가까운 것은 김수영의 시 1편, 김구용의 시 3편, 조향의 시 1편 정도고 나머지는(약 220편) 모두 전통서정시 계열이다.

49) 김용직,『해방기 한국 시문학사』, 민음사, 1989, 235-241쪽 참조.

지향과 해방 후 처음으로 구축된 등단제도를 통해 순수문학을 문학적 규범으로 정립·옹호하는 한편 비순수문학에 대한 배제를 함께 작동시키면서『문예』는 순수문학의 보루가 되었던 것이다. 그 배제는 순수문학 이외의 새로운 문학의 출현을 억제하고 작가들의 상상력을 일정하게 제한하는 효과를 거두게 된다. 즉 추천제는 가장 확실한 순수문학의 재생산구조였던 것이다. 그런데 그 순수문학은 단정수립과 분단, 6·25전쟁과 분단의 고착화, 1950년대 반공냉전논리의 전일화로 이어지는 정치사회적 환경과 맞물리면서 한층 강화될 뿐만 아니라 역설적으로 자신의 비순수성을 노골적으로 드러내는 모순된 행보를 보여주게 된다. 그 모순된 행보는 이후 참여문학 및 민족문학이라는 타자와의 대립관계를 통해 대타적 동일성을 유지하면서 끈질긴 생명력을 유지해나갔던 것이다.50)

4. 맺음말

『현대문학』이『문예』의 후신이라는 것은 공지의 사실이다.『문예』주체들뿐만 아니라, 순수문학 지향·민족주의문학 표방과 같은 이념적·매체적 지향의 동일성과 조연현을 비롯한 편집진 및 추천심사위원의 계승 등을 근거로 후대에도 이 점은 그대로 받아들여진다.51) 다만 그 뿐이다.

---

50) 이경수,「순수문학의 구축과정과 배제의 논리: 1950~60년대 전통론을 중심으로」,『한국 문학권력의 계보』, 문학과비평연구회, 한국출판마케팅연구소, 2004. 참조. 그러나 순수문학이 한국전쟁과 그로 인한 분단의 고착화를 겪으면서 만들어진 개념이자 1950~60년대의 전통론에서 대립 관계를 구축해 나감으로써 발견된 것이라는 견해는 수긍하기 어렵다. 이미 단정수립 후부터『문예』를 중심으로 순수문학의 거푸집이 만들어졌으며 아울러 그것의 제도화가 진행되고 있었다.

51) 이성교,「1950년대『현대문학』출신들과 명동 풍경」,『文壇遺事』, 한국문인협회, 월간문학출판부, 2002, 72쪽.『현대문학』측에서도 '본지추천작가명단'을 발표하면서 '심사원, 편집인, 추천방식의 동일, 기타 유기적인 전통적 연관성을 가진『문예』지의 추천작가도 이에 포함'한다고 밝힘으로써 두 잡지의 혈연관계를 공식적으로 천명한 바 있다.『현대문학』제2권 제1호, 1956. 1, 256쪽. 기실『문예』의 폐간으로 추천을 완료하지 못

즉『현대문학』의 문학적 권위에 가려『문예』는 역사에서 소거된 것이다.

그러나『문예』는 단정수립 후 이념대립에 기초한 대타적 동일성을 유지했던 우익 문예진영이 그 구도가 깨진 이후 나름의 문학주의적 원칙을 가지고 순수문학론의 제도화를 도모했던 매체적 거점으로 매우 중요한 역사적 의미를 지닌다. 물론 그 물적 토대 및 재생산이 극우반공체제에 유착된 것은 분명한 사실이나 그것이 곧 매체의 모든 성격을 규정하는 것은 아니다.『문예』의 탄생과 전개의 역사적 맥락을 살펴보면 물적 토대의 특징만을 전면화하여 권력지향성으로 일방화하는 것은 이 매체의 핵심을 놓치는 결과를 초래할 뿐이다.

『문예』가 빠른 기간 안에 문단적·대중적 권위를 확보할 수 있었던 요인은 무엇보다 작품본위의 편집 원리였다. 정치에 오염된 문단(인), 문화의 중심영역으로 급부상한 문학, 문학적 열정이 충만했지만 출구가 없었던 문학지망생들 등 전반적으로 문학판의 재편이 불가피한 상황에서 작품본위는 이 모든 것을 흡인할 수 있었던 원동력이었다. 하지만 그것은 순수문학을 기축으로 한 선택과 배제의 논리를 함께 작동시키면서 순수문학(론)의 배타적 권위와 정당성을 창출하는 과정이었다.

더불어 추천제라는 등단제도를 구비함으로써 그 정당성은 제도적으로 정착되고 더욱 공고화된다. 이를 통해『문예』주체들은 순수문학의 지도자 혹은 심판자로서의 위상과 권위를 부여받았으며 아니 그렇게 스스로 자신들의 위치를 규정했으며『문예』또한 순수문학의 보루가 된 것이다. 요컨대『문예』는 해방 후 한국현대문학의 주류미학으로 군림해온 순수문학의 기원이다.

주제어:『문예』, 순수문학, 문학주의, 단정수립, 등단제도, 추천제

한 정병우, 황금찬, 이수복, 한성기, 이종학, 박재삼, 송영택, 최일남, 김양수 등이『현대문학』을 통해 추천 완료했고,『문예』에서 추천받은 임상순, 박재삼이『현대문학』창간부터 편집실무진으로 참여해 무엇보다 인적 연속성이 두드러진다.

◆ 참고문헌

1. 기본자료
『문예』(1949. 8~1954. 3, 통권 21호).

2. 단행본

곽종원, 「해방문단의 이면사(4)」, 『생활의 예지를 찾아서』, 지혜네, 1996.
김　철, 「한국보수우익 문예조직의 형성과 전개」, 『문학과 논리』 3호, 태학사, 1993.
김미현, 「강신재 소설에 나타난 서정성 연구」, 『한국근대문학 연구의반성과 새로운
　　　　모색』, 문학사와비평연구회, 새미, 1997.
신형기, 「해방직후 문학비평의 흐름」, 『해방 3년의 비평문학』, 세계사, 1988.
이경수, 「순수문학의 구축과정과 배제의 논리」, 『한국 문학권력의 계보』, 문학과비
　　　　평연구회, 한국출판마케팅연구소, 2004.
이봉범, 「1920년대 부르주아문학의 제도적 정착과 『조선문단』」, 『민족문학사연구』
　　　　29호, 소명, 2005.
이봉범, 「반공주의와 검열 그리고 문학」, 『상허학보』 15집, 2005.

3. 연구논문

김동리, 『김동리전집』 8, 민음사, 1997.
김명인, 『조연현, 비극적 세계관과 파시즘 사이』, 소명, 2004.
김시철, 『격랑과 낭만』, 청아출판사, 1999.
김용직, 『해방기 한국 시문학사』, 민음사, 1989.
모윤숙, 『모윤숙문학전집』 5, 성한출판사, 1986.
이경훈, 『속·책은 만인의 것』, 보성사, 1993.
이중연, 『책, 사슬에서 풀리다』, 혜안, 2005.
임영봉, 『상징투쟁으로서의 한국 현대문학 비평사』, 보고사, 2005.
조연현, 『내가 살아온 한국문단』, 어문각, 1977.
조연현, 『남기고 싶은 이야기들』, 부름, 1981.
한국문인협회 편, 『解放文學 20年』, 정음사, 1966.
한국문인협회 편, 『文壇遺事』, 월간문학출판부, 2002.
삐에르 부르디외, 『상징폭력과 문화재생산』, 새물결, 1995.

◆ 국문초록

이 논문은 단정수립 후 문학상황 속에서『문예』가 어떤 전략을 통해 권력기관으로 부상하는지 그리고 추천제라는 등단제도를 통해 순수문학을 어떻게 제도적으로 정착시키는가를 고찰하는데 주안점을 두고 있다.『문예』는 단정수립을 계기로 새롭게 조성된 문화 환경에서 순수문학의 제도화를 확립하는 매체적 거점이었다.『문예』는 해방 후 좌익문학과의 대타성을 통해 자기동일성을 획득해왔던 우익문학이 그 존재조건을 상실한 가운데 문학장의 새로운 재편을 기획하는 일련의 과정에서 탄생했다. 그것은 이른바 김동리, 조연현을 주축으로 한 '청년문학가협회' 소속의 젊은 문인들의 문단을 주도권을 장악하는 과정과 상응한다.

『문예』가 빠른 기간 안에 문학적, 대중적 권위를 확보할 수 있었던 요인은 무엇보다 문학주의 원칙이었다. 작품본위의 문학주의는 순수문학을 배타적으로 구축하는 핵심 기제였는데, 그것은 순수문학의 정당성을 옹호하여 규범적 문학으로 정립하는 과정이자 동시에 정치문학, 리얼리즘문학, 모더니즘문학 등 비순수문학을 배제하는 과정이었다. 이를 통해 문학장의 재편이 급속하게 이루어지고 아울러『문예』는 명실상부한 순수문학의 생산기지로서의 위상을 확보하게 된다. 그것은 한국전쟁이 겪으면서 더욱 전폭적으로, 효과적으로 진행된다.

더불어 추천제라는 등단제도를 구축함으로써 그 정당성은 제도적으로 정착되고 더욱 공고화된다.『문예』의 추천제는 신인의 발굴이라는 의미뿐만 아니라 순수문학 이외의 새로운 문학의 출현을 억제하고 작가들의 상상력을 일정하게 제한하는 효과를 거두면서 순수문학적 규범을 제도화하는 원동력으로 작용한다. 즉 추천제는 가장 확실한 순수문학의 재생산구조였다. 이를 통해『문예』주체들은 순수문학의 지도자로서의 위상과 권위를 부여받게 되는 것이다. 요컨대『문예』는 한국현대문학의 주류로 군림해온 순수문학의 제도적 기원이다.

◆ SUMMARY

A Study on Characteristics and Authority of the Magazine 『Munye』
- Focused on recommendation system

Lee, Bong-Beom

This paper is focused on considering how the magazine, 『Munye』 rose to power organ strategically in a situation of Korean literature and settled pure literature systematically in recommendation system after independence government establishment. 『Munye』 was a base medium that contributed to establish the systematization of pure literature in a newly —formed culture environment in a chance to independence government establishment,

『Munye』 was born in a process of planning new reform of literature as right-wing literature, which has acquired self-identity since the 1945 liberation through symmetry quality with left-wing literature, lost the condition for existence It corresponds to the process that the central young literary men in 'Young Literary Man Association', where Dong-Lee Kim and Yeon-Hyun Jo were the main axis, took the initiative of literary circle. Literaturism principle was the main reason why 『Munye』 was able to obtain both literary and public authorities in short time. Literaturism with emphasis on works itself excluded non-pure literature including realism literature and modernism literature, the core basis against pure literature. As a result, literature field was rapidly reformed and 『Munye』 occupied an important position of producing pure literature. This was progressed more fully and effectively during Korean war.

Besides its justice became stabilized and more strengthened by the platform system called "recommendation system". Recommendation system functioned as motive power for systematizing pure-literary practices, keeping new literature except pure literature from appearing and having an effect on restricting writers' imaginative power, although it played an important role in scouting for a young writer but That is, it is the most certain reproduction system of pure literature. The core members of 『Munye』 was granted the position and authority as a leader of pure literature through it. In a word, it is institutional origin of pure literature that has reigned a main stream of Korean modern literature.

Keyword : 『Munyae』, Pure literature, Literature field, Platform system, Recommendation system

-이 논문은 2006년 3월 30일에 접수, 소정의 심사를 거쳐 2006년 5월 31일에 최종적으로 게재가 확정되었음.

【부록】 잡지『문예』의 추천제 당선자 목록

▶ **추천 소설**(희곡 및 평론 포함)

작 품	작 가	선 자	호 수	비 고
「얼굴」	강신재	김동리	2호(1949. 9)	선후평 게재/4편의 후보작에 대한 細評
「美髮」	이상필	김동리	3호(1949. 10)	선후평 게재/4편의 후보작에 대한 세평
「정순이」	강신재	김동리	4호(1949. 11)	선후평 게재/3편의 후보작에 대한 세평 *당선소감(강신재)
「東拔龍」	정지삼	김동리	5호(1949. 12)	선후평 게재/6편의 후보작에 대한 세평 *당선소감(이상필)
「沈文燮氏」	이상필	김동리	5호	
「罪日記」	박신오	김동리	7호(1950. 2)	선후평 게재/5편의 후보작에 대한 세평
「搖籃期」	정지삼	김동리	8호(1950. 3)	선후평 게재/5편의 후보작에 대한 세평 *당선소감(정지삼)
「許先生」	권선근	김동리	8호	
「命令은 언제나?」	임상순	김동리	9호(1950. 4)	선후평 게재/5편의 후보작에 대한 세평
「지동설」	장용학	김동리	10호(1950. 5)	선후평 게재
「濁甫」	서근배	김동리	11호(1950. 6)	선후평 게재/2편의 후보작에 대한 세평
「港口」	서근배	김동리	13호(1952. 1)	선후평 게재 *당선소감(서근배, 장용학)
「未練素描」	장용학	김동리	13호(1952. 1)	
「公休日」	손창섭	김동리	14호(1952. 5)	선후평 게재/5편의 후보작에 대한 세평
「감」	권처세	김동리	15호(1953. 2)	선후평 게재/6편의 후보작에 대한 세평
「아무리 옷이 날 개라지만」(희곡)	노능걸	유치진	16호(1953. 6)	희곡선후평 및 소설선후평 게재 *당선소감(손창섭)
「死線記」	손창섭	김동리	16호(1953. 6)	
「眼藥」	곽학송	김동리	17호(1953. 9)	선후평 게재/후보작 6편에 대한 세평
「寫實의限界-허 윤석론」(평론)	천상병	조연현	18호(1953. 10)	선후평 게재/소설은 심사했으나 추천작 을 내지 않음
「獨木橋」	곽학송	김동리	19호(1953. 11)	선후평 게재/후보작 5편에 대한 세평 *당선소감(곽학송)

「쑥이야기」	최일남	김동리	19호	
「유치환의 『隨想錄』」(평론)	김양수	조연현	19호	
「家族」	박상지	김동리	20호(1954. 1)	선후평 게재/후보작 6편에 대한 세평
「가재골」	정병우	김동리	20호	
「瑤池鏡」	권선근	김동리	21호(1954. 3)	선후평 게재/후보작 3편에 대한 세평 *당선소감(권선근, 임상순)
「장서방」	임상순	김동리	21호	

▶ 추천 시

작 품	작 가	선 자 (選者)	호수	비 고
「언덕에서」「길」「손」	이원섭	서정주	4호	선후평게재/400편 이상 응모 /추천 보류(장호성, 김성림, 유종호)
「누나의 무덤가에서」	손동인	서정주	4호	*당선소감(이원섭)
「비오는날」	이형기	서정주	5호	선후평 게재 게재 /추천보류(허박년, 김규동, 손동인)
「湖水의 노래」	김성림	서정주	5호	
「별과 나무 밑에서」	박양(朴洋)	서정주	5호	
「願」	전봉건	서정주	6호	선후평 게재
「黃昏」	이동주	서정주	6호	
「바다에서」「鐘」	김성림	서정주	7호	선후평 게재
「薔薇」	송 욱	서정주	8호	선후평 게재 *당선소감(김성림)
「四月」	전봉건	서정주	8호	
「새댁」	이동주	서정주	8호	
「婚夜」	이동주	서정주	9호	선후평 게재/이동주 시 총평
「비오는 窓」	송 욱	서정주	9호	
「코스모스」	이형기	서정주	9호	
「落照」	최인희	서정주	9호	
「祈禱」	전봉건	서정주	10호	
「산골의 봄」	손동인	서정주	10호	

「江가에서」	이형기	모윤숙	11호	
「別離」	손동인	모윤숙	11호	
「비개인 저녁」	최인희	모윤숙	11호	
「木花」	정석모	모윤숙	11호	
「哀歌」	최계락	유치환	13호	선후평 게재 *당선소감(손동인)
「無題」	최두춘	유치환	13호	
「강물」	천상병	유치환	13호	
「임」, 「눈」	최두춘	유치환	14호	선후평1·2 게재 /100여 편 응모/추천 보류(하근찬, 최인희, 송영택, 최계락) *당선소감(최두춘)
「갈매기」	천상병	모윤숙	14호	
「驛」	한성기	모윤숙	14호	
「窓」	박양균	모윤숙	14호	
「念願」	이철균	서정주	15호	선후평 1·2 게재
「꽃」, 「계절」	박양균	모윤숙	15호	
「언덕에서」	김세익	모윤숙	15호	
「少年像」	송영택	모윤숙	15호	
「길」	최인희	모윤숙	16호	선후평 게재
「한낮에」	이철균	서정주	16호	
「미루나무」	이종학	모윤숙	16호	
「曠野」, 「汽車」	김윤기	모윤숙	17호	선후평 게재/500여 편 응모 *당선소감(송욱, 최인희, 박양균)
「病後」	한성기	모윤숙	17호	
「少女像」	송영택	모윤숙	17호	
「慶州를 지나면서」	황금찬	박목월	17호	
「아까샤잎」	이종학	모윤숙	18호	선후평 게재 *당선소감(천상병)
「流星」	최해운	모윤숙	18호	
「五月에」	김세익	모윤숙	18호	
「江물에서」	박재삼	모윤숙	18호	
「傷心」, 「밤」	김대규	유치환	20호	선후평 게재

「冬栢꽃」	이수복	서정주	21호	선후평 게재/약 300편 응모 /추천 보류(유완호, 차영서, 이인수, 금선학, 노영수) *당선소감(이철균)
「소리」	이철균	서정주	21호	

'정치적 자유'의 한 양상*
―최인훈의 1960년대 소설을 중심으로

김 진 기**

목 차

1. 정치적 자유와 반공주의
2. 반공주의적 폭력과 절차적 민주주의
3. 방법적 반공주의와 공·사적 영역의 분리
4. 결론

1. 정치적 자유와 반공주의

1960년대 문학은 4·19혁명의 자장 안에서 전개된다는 특징을 갖고
있다. 4·19혁명이란 서구에서 받아들인 민주주의를 학습한 세대에 의
해 주도되었다. 4·19혁명의 정치적 의의는 무엇보다도 정치적 금기와
억압에 대해서 저항했다는 것, 다시 말해 정치적 대안은 하나가 아니라
복수라는 것, 그래서 그것을 선택할 자유가 국민에게 있다는 것 등을
확인한 최초의 밑으로부터의 혁명이었다.[1] 그래서 4·19혁명에서 가장

---

 * 이 논문은 2005년도 건국대학교 학술진흥연구비 지원으로 연구됨.
** 건국대학교 국어국문학과 교수.

 1) 최원식·임규찬 편, 「좌담: 4월혁명과 1960년대를 다시 생각한다.」, 『4월혁명과 한국

274

중요한 것은 자유의 확보였다고 할 수 있다.[2] 따라서 1960년대 작가에게 있어서 이 정치적 자유란 가장 핵심적인 문제였다고 하겠다. 그렇지만 이 정치적 자유의 문학적 형상화는 다양한 형태를 띠고 전개되었다. 다시 말해 1960년대 작가에게 있어서 자신들의 다양한 문학적 실천의 근저에는 이 정치적 자유에 대한(혹은, 의한) 집요한 천착이 가로놓여 있다. 이렇게 전제해 놓고 보면 왜 김현을 중심한 문학에콜이 자신들을 4·19세대라 지칭했는지를 이해할 수 있게 된다. 그들의 예술주의 역시 4·19 혁명의 비판정신에 그 뿌리를 두고 있었다고 할 수 있겠기 때문이다. 우리가 관심을 두는 지점은 〈산문시대〉 이래로 지속적인 예술주의를 보이고 있던 이들 자칭 4·19세대이다. 왜냐 하면 이들이야말로 문학 장에 있어 분명하게 자유주의를 의식하고 옹호하며 실천한 문화적 자유주의자들에 해당하기 때문이다.[3]

예술주의에 맥을 대고 있는 작가들과 작품들의 근저에는 실로 정치적 자유에 대한 자의식이 분명하게 음각되어 있다.[4] 그것이 비록 일상

문학』, 창작과비평사, 2002, 59-61쪽.

2) 본 논문에서 말하는 자유주의란 프랑스 혁명 이후 자신들을 자유주의자라 칭하는 일단의 세력들이 행사한 정치프로그램을 통해 교리로 승격화한 것을 전제한다. 따라서 이 교리는 사회주의, 보수주의와 더불어 이념의 트로이카를 형성했다고 할 수 있다. 자유주의는 논란이 많은 이념이다. 자유주의 승리의 이면에는 인종차별주의와 유럽중심주의라는 부정적 현상이 깔려 있다. 뿐만 아니라 자유주의 내부에서도 다양다종한 분파들이 있다. 이 분파의 원인은 이데올로기들이 다른 이데올로기에 대해 비판적이고 부정적인 어조에 의해 스스로를 정립하기 때문이다. 예컨대 근대성과 변화속도에 대한 상이한 시각들이 상대를 부정하면서 자신들을 드러내며 일관된 정체성을 정립하게 된다. 그러나 이 정체성은 거의 정립되기 힘든데 그 이유는 하나의 이데올로기가 또 하나의 이데올로기와 경합을 벌이는 것이 아니라 다른 두 이데올로기와 다양한 방식으로 경합을 벌이기 때문이다. 뿐만 아니라 정치적 주체의 개념에서도 모순이 발생한다. 이 매뉴얼 월러스틴, 강문구 역, 『자유주의 이후』, 당대, 2000, 103-129쪽 참조.

3) 당시에 권력에 의해 허용된 유일한 이데올로기가 자유주의이긴 했지만 모든 작가들이 이 자유주의에 기댔던 것은 아니었다. 우리가 자유주의에 관심을 갖는 이유는 그것이 허용된 이데올로기로서 유일하게 권력에 저항할 수 있었기 때문이며, 시대적 변화를 통해 다양한 이데올로기들이 부침을 거듭했으나 결국 일관된 지속성을 보인 유일한 이데올로기였기 때문이다.

의 문제를 다루고 있다손치더라도 그 문제를 바라보고 있는 시선 자체
는 다분히 정치적인 것이었기 때문이다. 이와 같은 구도로 하여 예술주
의의 4·19 정신 구체화란 개인에 대한 자각과 언어에 대한 반성, 상황
에 대한 지적 탐구의 강조로 특징지어 질 수 있다.[5] 그렇지만 개인주의
와 미적 자율성을 근간으로 사회적 모순을 자유라는 화두로 극복해 나
가고자 하는 이러한 경향은 민중성을 상실한 자유주의의 성격을 띠고
있었기 때문에 상당히 엘리트적이었다고 할 수 있다. 민중성을 상실하
였기에 그들의 자유주의도 민주주의, 곧 4·19 정신의 핵심인 정치적
자유와 괴리될 운명에 처하게 된다. 이들의 1960년대 소설에서 개인의
자유에 대한 도저한 인식, 합리성을 포기할 수 없었기에 나타난 끝없이
공전되는 관념의 폐쇄회로, 관념과 현실의 괴리를 넘어서보려는 다양한
수사와 기법들이 등장하는 것도 이러한 괴리 때문이다.

　이러한 괴리의 문제, 곧 자유주의와 민주주의를 통합하려는 시도를
가장 잘 보여주는 작가로 우리는 최인훈을 거론할 수 있다. 그는 〈산문
시대〉, 〈68문학〉, 〈문학과지성〉 동인들에 의해 지지되었고 그들의 원칙
과 궤를 같이 한 모더니스트였다. 무엇보다도 그의 소설은 현실에 대한
관념적 조작과 지적 담론을 통해 근대의 파행적 현실과 대면하려고 하
였다. 이러한 그의 노력은 그로 하여금 1960년대 소설을 주도하게 하였
고 개인주의와 미적 자율성이라는 1960년대 문학의 정체성 구축에 있
어 그 중심에 서게 하였다. 그렇지만 보다 중요한 것은 그가 정치적 자
유에 대해 그 누구보다도 예민하게 반응하였고 그것을 자신의 문학 행
위에 있어 가장 핵심에 두었다는 사실이다. 다시 말해 민중성을 상실한
1960년대 작가들이 자신들이 학습한 자유주의를 어떻게 정치적 자유,
곧 민주주의와 결합시킬 수 있을 것인가 하는 화두를 문학장 안에서 최
인훈 만큼 치열하게 사유한 작가도 드물었다는 것이다. 그의 1960년대

---

4) 예술주의 계열만 하더라도 김승옥의 「다산성」 이제하의 「초식」, 「손」, 서정인의 「후
　송」 등을 손쉽게 꼽을 수 있다.
5) 김영찬, 『근대의 불안과 모더니즘』, 소명출판사, 2006, 19-20쪽.

소설을 분석함으로써 우리는 1960년대의 자유주의 시대정신이 어떻게 소설에 반영되고 있는가 하는 그 지형도를 파악할 수 있게 될 것이다.

한편으로 당시의 시대정신이 자유주의였다는 사실은 지배권력의 억압성과 억압적인 반공이데올로기가 개인의 자유를 극심하게 억누르고 있었다는 것을 반증해 준다. 1960년대 문학을 규정짓는 역사적 사건을 한국전쟁과 4·19 혁명, 그리고 5·16 쿠데타라 할 때 이 중에서 가장 근원적인 규정력을 갖는 사건은 역시 한국전쟁이라 할 수 있다.[6] 한국전쟁은 내부적인 원인으로서의 계급투쟁, 그리고 외부적인 규정력으로서의 국제 냉전질서가 중층결정된 것으로서 여러 가지 이해관계가 중첩되었을 뿐만 아니라 무엇보다도 그 가공할만한 폭력이 일종의 트라우마로 작용하여 개체들의 현실인식에 방해물로 작용해 왔음은 주지의 사실이다. 이러한 정신적 외상은 스스로를 설명할 상징 질서를 필요로 하는데 그것이 반공주의였다고 할 수 있다. 지배세력은 민중의 정신적 외상을 기반으로 하여 그것을 반공주의로 이데올로기화하고 민중의 자발적 동의를 이끌어내기 위해 금지와 배제를 적절히 활용하였던 것이다. 반공주의를 위반하는 모든 것이 금지되고 위반자들을 사회로부터 배제하여 지배집단의 결속력을 공고히 하는 동시에 민중의 반정부적 성향을 무력화시켜 이반하는 민중들을 지배세력에 포섭하고자 하는 권력 실천이 담론적 차원에서, 혹은 물리적 차원에서 다양하게 전개되기도 하였다.[7] 그런 점에서 반공주의는 단순히 반공산주의의 축약형으로 환원할 수 없는 어떤 잉여의 의미효과를 생산한다.[8]

이 잉여의 의미효과란 반공주의가 단순히 공산주의에 반대한다는 차원을 넘어서 남한 내부의 전체주의적 제도와 폭력를 합리화한다는 것과 불가분의 관련이 있다. 반공주의가 단지 공산주의에 반대하는 것이 아

---

6) 「좌담 4월혁명과 1960년대를 다시 생각한다」, 앞의 책, 32쪽.

7) 이에 대해서는 임종명, 「여순반란 재현을 통한 대한민국 형상화」, 『역사비평』 64호, 2003. 참조

8) 강웅식, 「전체주의적 반공주의와 순수·참여 논쟁」, 『상허학보』 15집, 2005, 197쪽.

니라 독재 권력의 유지와 강화에 이바지하고 있다는 사실은 반공주의가
여러 담론 중의 하나가 아니라 지배담론으로서 지배블록의 정치사회적
투쟁의 주요한 구성적 일부라는 것을 지시한다. 반공주의 담론은 단순
히 토대를 반영하는 허구적인 것이 아니라 현실투쟁을 구성하는 유기적
일부라고 할 수 있기 때문이다. 따라서 1950년대 사회에서 지배블록과
지배담론은 분리될 수 없다. 지배블록은 자신을 현실적인 정치사회세력
으로 재생산할 뿐만 아니라 자신을 담론적 존재로 재생산하기 때문이
다.9) 다시 말해 반공주의란 담론적 차원을 넘어 반공주의적 규율사회를
지칭한다고 할 수 있다. 이처럼 정치적 자유를 논하는 우리가 당대의
지배이데올로기라 할 수 있는 반공주의를 표나게 강조해야 하는 이유는
이 반공주의가 개인의 자유를 억압하고 국민의 자발적 동원을 강제하여
당대의 시대정신이었던 자유주의와 날카롭게 길항관계를 형성했기 때
문이다.

　1960년대 작가들은 이러한 반공주의에 대해 대부분 수용하는 양상
을 보이고 있는데 그러나 반공주의를 수용했다고 해서 그들이 항상 지
배 권력에 대해 우호적이었던 것만은 아니었다. 1960년대의 수많은 작
가들이 다양한 방식으로 지배 권력에 대한 비판적 담론화 작업을 수행
해 왔던 것이다. 작가들뿐만 아니라 비평가들까지도, 예컨대『한양』이
나『청맥』등의 필진들, 그리고 그들의 글을 보면, 급진적인 형태로 자
신들의 권력에 대한 비판 작업을 강도 높게 수행하였다. 이로써 우리는
4・19세대 뿐만 아니라 1960년대 대부분의 작가, 비평가들이 문학을 통
한 정치적 자유를 가장 화급한 화두로 설정하고 있음을 확인할 수 있
다.10) 그렇지만 한편에서는 이러한 정치적 자유에 대해 냉소적인 몇몇

---

9) 조희연,「정치사회적 담론의 구조 변화와 민주주의 동학」,『한국의 정치사회적 지배담
　론과 민주주의 동학』, 함께 읽는 책, 2003, 35쪽.
10) 1960년대 작가 비평가들 모두가 정치적 자유를 중요시했지만 본 논문에서 그들을 분
　석 대상으로 삼지 않은 이유는 그들의 이념이 반드시 자유주의로 수렴된다는 확신을
　가질 수 없기 때문이다.

작가들도 있었다. 다시 말해 1960년대 정치적 자유에 대한 요구가 그 어느 때보다도 높던 시기에 그 요구의 한 복판에서 그것을 거부하는 일단의 흐름들도 있었다는 것이다. 이러한 양상은 1960년대 지식인 사회의, 권력에 대한 혼란된 입장을 반영하는 것이기도 하다.[11] 이러한 부정적 양상에 대한 분석은 차후로 미루기로 하고 본 논문에서는 최인훈의 1960년대 소설을 정치적 자유라는 화두로 분석하여 이 주제를 반공주의와 관련하여 분석하게 될 것이다. 그것이 어떤 방식으로 수행되는지를 살펴본다는 것은 1960년대 문학의 지형도를 파악하게 해줌과 동시에 나아가 1970년대 문학의 구조까지도 분석할 수 있게 한다는 점에서 중요한 작업이 되리라 판단된다.

2. 반공주의적 폭력과 절차적 민주주의

1960년대는 4·19 혁명을 시발로 하여 자유와 정의, 그리고 평등에 관한 수많은 담론들을 생산해 냈다. 문학의 경우에 있어서도 예외는 아니어서 작가들은 문학을 통해 다양한 방식으로 자신들의 자유주의적 원칙들을 관철해 나갔다. 그 중에서도 저항적 자유와 관련하여 우리는 최인훈을 거론할 수 있다. 그는 이미 1950년대 후반기에 「GRAY구락부 전말기」에서 '취향'에 의해 결집된 소규모 공동체의 붕괴를 통해 권력에 침해되는 자유의 문제를 심각하게 거론한 바 있다.[12] 이 작품은 최인훈

---

11) 이에 대해서는 임대식의 「1960년대 초반 지식인들의 현실인식」을 참조할 수 있다. 그러나 임대식의 논의를 균형감각이 있게 읽으려면 1961년 박정희가 쿠데타에 성공한 직후 진보적 인사 2천여 명을 '빨갱이'라는 명분으로 구속한 사실을 잊지 말아야 한다. 다시 말해 군사정부에 대해 다층적인 입장표명이 가능했겠지만 쿠데타 성공 즉시 시행한 이러한 조치는 공포 분위기를 조성하기에 충분했다는 것이다.

12) 본 논문에서 1959년의 이 작품을 거론하게 된 것은 그것이 결국 4·19의 자장 안에 있다고 판단되기 때문이다. 60년대 문학의 기점문제에 대해서는 하정일, 「주체성의 복원과 성찰의 서사」, 『1960년대 문학연구』, 민족문학사연구소 현대문학분과, 깊은샘, 1998,

의 데뷔작이기도 한데 그렇다는 사실은 최인훈의 문학적 출발이 권력에 침해된 개인의 권리, 곧 정치적 자유에 있었음을 반증하는 것이다. 이러한 정치적 자유의 훼손은 파시즘적 권력에 의해 발생했다는 것은 주지의 사실이다. 그 권력은 무시로 개인에게 침투해 개인의 자율성을 근본적으로 억압한다.

사실 자유주의의 가장 큰 장점은 인간 개개인의 상이하고 다양한 가치관을 긍정한다는 점에 있다. 누구나 자신의 가치관에 입각하여 행복한 삶을 추구할 수 있다. 그런 의미에서 자유주의는 개인주의와 연결된다. 이러한 가치관은 너무나 다양해서 어느 하나의 가치관으로 수렴될 수 없다. 만약 어느 하나의 가치관으로 수렴된다면 그것은 그 외의 수많은 가치관을 억압하는 기능을 수행하게 될 것이다. 이를 두고 도덕적 삶의 비정치화, 혹은 가치의 사적화(privatization of good)라 부를 수 있다면 이는 도덕적 삶과 정치가 분리될 수 있다는 것을 말하는 것이 아니라 개인의 도덕적 삶에 대해 국가 권력이 부당하게 개입해서는 안 된다는 점을 강조하고 있는 것이다. 이와 관련하여 자유주의자들은 사회경제적 생활에서 국가는 가능한 한 적게 개입하여야 한다고 주장하는 쪽과 개인의 고유한 가치관에 따라 생활할 수 있는 공정한 기회를 각 개인에게 부여하기 위하여 총체적 사회적 자원을 공평하게 배분할 수 있도록 상당한 정도의 국가개입이 필요하다는 쪽으로 나뉘고 있지만 이들 모두 개인의 가치관이나 도덕적 판단에 대한 국가의 개입으로부터 개인을 보호하려는 데에는 의견의 일치를 보이고 있다.[13]

따라서 반공과 성장의 지배이데올로기가 개인의 가치관이나 도덕적 판단을 억압하고 국민을 획일적으로 동원하고자 했던 1960년대에 이러한 전체주의적 독재 권력에 저항하여 자신의 자유를 강하게 주장하고자 했던 작가들의 열망은 어쩌면 자연스런 현상이라 할 것이다. 1960년대

13-16쪽 참조.
13) 장동진, 『현대 자유주의 정치철학의 이해』, 동명사, 2001, 138쪽 참조.

는 반공이데올로기와 성장이데올로기가 지배집단의 이익을 대변하면서 국민의 일상생활을 통제하였고 그 결과 지식인들의 자기 삶에 대한 자기결정성 상실과 저임금과 관련된 노동자들의 궁핍이 만연하여 정치적 자유에 대한 갈망이 보편화된 시기였다. 이러한 갈망에 대해 지배집단은 이데올로기나 폭력 등 다양한 층위에서 통제와 억압을 제도화하였다. 이러한 전체주의적 흐름에 대해 작가들이 자유주의의 제 원칙들을 기반으로 하여 권력에 저항하였다는 것은 따라서 선택의 여지가 없는 것이었다. 저항이데올로기로서의 사회주의는 금기시되었고 오직 자유주의만이 남아 권력의 시녀로 봉사하고 있었기 때문이다. 그렇지만 허용된 이데올로기로서의 이 자유주의는 권력에 봉사할 뿐만 아니라 권력에 저항할 수도 있었다는 점에서 작가들이 선택할 수 있는 유일한 것이었다. 뿐만 아니라 4·19 혁명은 권력의 어용적 수단이었던 자유주의가 충분히 권력에 저항할 수도 있다는 것을 보여준 역사적 사례였다. 최인훈의 소설에서 이 자유주의가 풍성하게 논의되었다는 것은 1960년대 문학 전반의 성격이 어떠할 것이라는 것을 단적으로 보여준다.

「GRAY구락부 전말기」는 권력에 침해된 사적 자유의 회복과 관련되어 있다. 이 작품의 인물들은 젊은 헤겔주의자들이다. 그들은 스스로를 '부엉이'로 지칭하면서 "부엉이는 부엉이끼리 모여서, 그 속에 들어박힘으로써, 현실과의 쓸데없는 부대낌을 비키"기 위해 '비밀 결사'를 조직한다고 말한다. 현실과의 부대낌을 거부한다는 점에서 그들은 역사나 현실과 거리가 멀다. 미네르바의 부엉이는 현실이 역사(과거)가 되었을 때 비로소 날기 때문이다. 헤겔과 다른 점은 이들 젊은이들이 역사 자체를 부정한다는 점이다. 이 도피의 젊은이들, 혹은 '박제의 부엉이'들은 스스로를 지탱하기 위한 최소한의 원칙으로서 '취향의 자유'를 제시한다. 그들은 "남의 즐거움을 받아주는 것이 민주주의고, 남의 취미에 대한 너그러운 아량이 얼마나 동네를 숨돌릴 수 있게 만드는 것인가"라고 강조한다. 모임에서 각자는 자기 하고 싶은 일을 한다. 그러면서도 누구도 그것을 억압하거나 간섭하는 사람이 없다. 레코드를 듣고 싶으면 레코드를 듣고 그림을 그리고 싶으면 그림을 그리고 누가 오든 뭐라고 하든 그들은 각자 자기하고 싶은 일들을 해 나가는 것이다.

그들의 소모임은 개인을 억압하는 권력에 저항하여 일종의 해방구의 성격을 띠고 있다. 그들은 거기서 ‘구원’을 느낀다. 거기서 그들은 “갈래갈래 찢긴 나. 나의 마음 놀림이나 행동을 지켜보고, 흉보고, 놀리는 또 다른 나로 말미암은, 스스로를 우스개삼는다는, 참을 수 없이 비뚤어진 마음보가” 교정되고 “양양하고 따뜻한 밀물이 자꾸 가슴에 솟아오르”는 감동적인 순간들을 경험하는 것이다. 그들이 스스로를 비밀결사라 부르는 이면에는 그것이 실제로 정치권력에 저항하는 비밀스런 단체였다는 것을 말한다기보다는 “야릇한 일이지만 다른 어떤 단체나 모임에 낀다는 것, 회원 아닌 사람과 회원보다 더 친한 사이를 맺는다는 것은 안 될 일”이라는 자기들만의 취향 공동체를 강조하기 위한 것일 뿐이다. 그러나 전체주의적 권력은 이러한 사적인 모임조차 결코 용납하지 않는다. 어느 날 불시에 경찰에 붙잡혀 모두 취조를 받는 것이다.

여기서 중요한 것은 임의동행을 요구하는 형사에게 현이 ‘영장’을 보여달라고 하는 부분이다. 영장이란 피의자나 피고인을 체포 혹은 구속하기 위하여 검사가 법원 판사에게 청구하는 것인데 이는 국민들의 인권을 보호하기 위하여 오래 전부터 제도화한 것이다. 정당한 사유없이 체포를 위한 영장은 발부될 수 없고 체포한 이후에도 구속할 경우 48시간 이내에 구속영장을 청구하지 않으면 즉시 피의자를 석방해야 한다. 물론 현행범인 경우와 3년 이상의 형에 해당하는 죄를 범하고 도주 또는 증거 인멸의 우려가 있을 때에는 사후 영장의 청구도 가능하다. 사전 영장이든 사후 영장이든 영장제도는 궁극적으로 인권을 보호하기 위하여 제도화한 것으로 국가 권력에 부당하게 인권을 침해받은 개인을 보호하기 위하여 법으로 명시해 놓은 것이다. 따라서 현의 영장제시 요구는 당시의 무소불위의 전체주의적 폭력에 맞서는 개인의 권리와 관련되어 있다.[14]

이같이 법적 보호를 받지 못하는 자유주의적 사생활보장권[15]은 그의 소설 도처에 존재하고 있다. 『광장』의 이명준 역시 '비치는 단단함' 속에 젖어가면서 살 수 있는 삶을 추구하는 철학도이면서 공적인 영역과 절연되어 살고 있다. 그는 자신의 삶이 너무 무미건조하여 "가슴이 뿌듯하면서 머릿속이 환해질" "피처럼 진한 삶"을 살고 싶지만 권태와 무기력의 일상을 좀처럼 벗어날 수 없다. 이런 그에게 혁명가의 삶이니, 밀실과 광장 사이의 부패니 하는 자신의 말이 일종의 관념에 불과할 것임은 물론이다. 이런 무책임한 관념과 권태로운 일상은 갑작스런 구타와 고문으로 붕괴된다. 아버지의 이북 행적과 관련하여 체포되어 취조당하는 것이다.

> 그는 몸을 떤다. 빨갱이 새끼 한 마리쯤 귀신도 모르게 해치울 수 있어. 어둠에서 어둠으로 거적에 말린 채 파묻혀 가는 자기 주검이 보인다. 나는 법률의 밖에 있는가. 돈과, 마음과, 몸을 지켜준다는 법률의 밖에 있는 어떤 길. 무릎을 끌어안고 앉은 발끝에, 저희들 몸집보다 훨씬 큰 벌레를 여러 마리 개미가 굴리고 있다. 그는 발을 움직여 개미를 비벼죽인다. 풀과 흙에 묻혀서 자국도 없어질 때까지 발을 놀린다. 마지막에는 손바닥만한 땅바닥이 범벅이 되어 드러나고, 벌레와 개미는 말끔히 사라져 버렸다. 그 벌레처럼, 그 누군가 커다란 발길이 그, 이명준을 비비고 뭉개어 티도 없이 지워버린다면? 아니 아까 그 형사는 정말 그럴 수 있다고 했다. 법률이 있다. 시민의 목숨이 그렇게 어둠 속에서 다뤄질 수는 없지. 불쑥 한가지 생각이 떠오른다. 아까 그 형사를 폭행으로 고소를 하자. 그러나 그는 곧 머리를 젓는다.[16]

---

14) 절차의 중요성에 대해서는 노르베르토 보비오, 황주홍 역, 『자유주의와 민주주의』(문학과지성사, 1999, 49쪽) 참조. 여기서 보비오는 이를 다음과 같은 명제로 정식화한다. 1) 민주주의적인 절차는 자유주의 국가의 기초가 되는 개인들의 기본권을 보장하기 위해서 필수적이다. 2) 민주주의적인 절차가 작동하기 위해서는 그 같은 기본권들이 보장되어야만 한다.

15) 이들의 경우는 좀더 좁혀서 사생활보장권이라는 말이 더 적절할 듯하다. 이에 대해서는 지그문트 바우만, 문성원 역, 『자유』, 이후출판사, 2002, 95-97쪽 참조.

16) 본 논문의 테마와 관련하여 판본의 중요성은 크지 않다. 최인훈, 『광장/구운몽』(문학과지성사, 2001, 68쪽)을 텍스트로 한다.

이 무소불위의 폭력은 반공주의에 의해 뒷받침되어 있다. 「GRAY구락부 전말기」에서 "너희들이 매일같이 모여서 불온서적을 읽고 이 자들과 연락하여 국가를 전복할 의논들을 한 게 아니냐?"라는 형사의 말에서 볼 수 있듯 반공주의는 법 '위와 앞'에서 군림하며 언제든지 법적 질서를 유린할 수 있는 가공할 만한 폭력 그 자체였다.

이 시기 작가들은 반공 규율체계의 강압성과 이념 검증의 강박증에 사로잡혀 공포와 불안을 느껴야 했고 검열과 필화, 감시와 처벌을 일상적으로 경험해야만 했다. 그 결과 이 반공주의는 작가들에게 공포와 자기검열이라는 심리적 현실을 창출했으며 그래서 반공을 추문화하는 일체의 근원과 가능성에 대한 문제제기가 봉쇄되었다.[17] 이럴 경우 권력에 비판적인 사람들은 누구나 적을 이롭게 할 수 있다는 점에서 상시적으로 공산주의자가 될 수 있었다. 따라서 이 반공주의는 자유민주주의를 담론화하면서 그것을 실제적으로 무용화시키는 주범이었고 자유를 말하면서 끊임없이 그 자유를 억압한 전체주의적 폭력의 자기합리화 기제였다고 할 수 있다. 자유주의가 평등의 개념과 결합할 수 있는 것이 권리의 평등성과 그것을 제도적으로 보장해 주는 민주적 절차에 있다고 한다면[18] 반공주의는 이 절차를 무시하면서 개인의 권리를 제한할 수 있었고 불평등과 폭력을 합법화하여 결과적으로 자유주의의 비민주적 성격을 보편화하였던 것이다. 현의 영장 제시나 명준이 '법률'의 힘에 기대는 것은 당시로서는 기대할 수 없는 요구였다고 하겠다.

이러한 반공주의에 의해 「GRAY구락부 전말기」의 5명의 '비밀결사'는 스스로 정립한 자기위상과 달리 '잡담과 소일!'의 집단으로 전락하며 해체되고 『광장』의 이명준은 흡사 '개'같이 팽개쳐진다. '현자의 집'이며 '영혼의 밀실', '순수의 나라'인 GRAY구락부는 "무능한 소인들의 만화, 호언장담하는 과대망상증 환자의 소굴"로 전락해 버리고 '비치는

---

17) 유임하, 「마음의 검열관」, 『상허학보』 15집, 2005, 130-131쪽.
18) 노르베르토 보비오, 앞의 책, 45쪽.

삶'과 '진짜 이야기'를 듣고 싶은 명준의 관념적 삶은 갑자기 공포의 삶으로 뒤바뀌어 버린 것이다. 말하자면 그들의 자유가 부당하게 침해되면서 인권만 유린된 것이 아니라 그들이 마지막까지 숨쉴 수 있는 전우주가 붕괴되어 버린 것이다. 권력에 의해 구성된 그들의 소규모 공동체, 혹은 '비치는 삶'은 현실에서는 찾아볼 수 없는 것이라는 점에서 그것은 환상에 불과하다. 그 환상은 권력으로부터 독립된, 소외된 개인의 외로움과, 억압에 대한 공포 때문에 발생한 것으로 그렇기 때문에 그들은 그것들을 동시에 끝장내 줄 수 있는 절대적인 공동체를 눈앞에 불러내게 마련이다.[19] 그렇지만 최인훈 소설의 미덕은 그의 소설의 인물들이 이러한 환상, 혹은 유토피아에 결코 함몰되지 않는다는 점에 있다. 그의 소설에 등장하는 인물들이 이러한 유토피아를 불가피하게 꿈꿀 수밖에 없지만 작가는 이들의 유토피아를 파국으로 이끔으로써 그것의 실현 불가능성을 드러내는 것이다. 예컨대 『광장』의 이명준은 남쪽도 북쪽도 아닌 제3국을 선택하고 그곳에서의 아름다운 삶에 대해 꿈꾸지만 그 꿈은 그의 자살로 마무리된다. 그러한 파국을 통해 작가는 개인에게 가하는 권력이나 집단의 파괴력과 그 파괴력에 맞서는 개인의 존엄성을 대립시킨다.

그러한 대립은 작가가 자유주의 사상에 투철했음을 보여주는 증거이다. 왜냐 하면 원칙적으로 자유주의에서 개개인은 다른 사람의 권리를 침해하지 않는 한 어떤 목적이든 설정할 수 있으며 그렇게 하는 것을 제한하는 규칙은 없기 때문이다. 이와 같은 전제 때문에 자유주의에서는 개인에 대해 수많은 자유를 보장해 주고 있다. 표현의 자유, 특히 정치적 또는 종교적 표현의 자유, 숭배의 자유, 집회의 자유를 포함할 뿐 아니라 시민의 불복종의 권리까지 허용하는 것에서 볼 수 있듯 개개인의 도덕적 믿음이 국가와 마찰을 빚을 때 자유주의는 '자신의 양심을 따를' 권리를 더 존중해주고자 하는 것이다.[20] 그리고 이러한 권리의

---

19) 지그문트 바우만, 앞의 책, 98쪽.

현실적 보장이 민주주의적 절차에 기입되어 있는데 그 절차가 무시된다는 것은 자유주의자들에게는 심각한 위협이 아닐 수 없다. 최인훈은 이러한 절차의 붕괴를 통해 당대의 반공주의적 폭력을 고발하고 그 대안으로서 개인의 사적 자유가 보장되는 사회를 끊임없이 추구하고 있는 것이다.

3. 방법적 반공주의와 공·사적 영역의 분리

최인훈의 인물들이 자신의 자유를 확보하는 데 있어 가장 큰 걸림돌은 반공주의와 그것에 힘입은 절대 권력이었다. 이 반공주의는 1960년대 작가 전체를 규율하는 규율권력으로 자리잡고 있다. 따라서 1960년대 문학은 이 반공주의적 검열을 어떻게 피해가느냐, 혹은 수용하느냐의 다양한 지형도 속에 갇혀 있다고 해도 과언이 아니다.[21] 반공주의가 단순히 공산주의에 대한 반대이념으로 설명된다면 문제는 간단하다. 하지만 이 반공주의는 권력과 쌍생아로 작동하면서 공산주의 외의 세력까지도 억압하는 반공-권력의 형태로 존재했기에 복잡한 것이 되는 것이다. 작가들에게 있어 문제는 그 반공주의가 개인의 자율성을 억압하는 권력의 작동을 가능케 했기에 그것을 받아들인다는 것이 파시즘적 권력까지 수용해야 한다는 의미가 되기 때문에 발생하는 것이다. 그래서 작가들은 파시즘적 권력에 대한 비판이 국가보안법에 저촉이 되지 않도록 내부 검열을 가동시키지 않을 수 없었다.

최인훈 역시 예외는 아니어서 그는 반공주의를 다양한 방식으로 회피·우회하면서 권력에 대한 비판을 수행해 나간다. 명준이 취조 당할

---

20) 앨리슨 재거, 지역여성연구회 공미혜·이한옥 역, 『여성해방론과 인간본성』, 이론과
 실천, 1999, 198쪽.
21) 반공주의와 검열의 문제에 대해서는 이봉범, 「반공주의와 검열, 그리고 문학」, 『상허
 학보』 15집, 2005. 참조

때의 장면은 작가가 반공주의에 대해 얼마나 심도 있게 관심을 갖고 있는지를 잘 설명해 준다. 형사들이 과거 일제시대 때의 반공을 회상하면서 "그때가 좋았다"고 말하는 것이나 "빨갱이는 어떻게 다뤄도 좋다"는 그들의 표현에서 우리는 반공주의의 '역사'를 읽게 된다. 반공주의는 한국전쟁 이후에 생긴 것도 아니고 해방기 때 생긴 것도 아니다. 그것은 일제 때부터 민족분열정책의 일환으로 일본 제국주의가 역점을 두었던 통치의 하나였다.22) 동시에 그러한 이데올로기적 역사와 함께 그 이데올로기의 담당자 역시 해방을 겪고도 전쟁을 겪고도 여전히 한국 사회를 지배하는 지배세력으로 존재하고 있는 것이다. 그러한 것을 작가는 해방 이후 범이데올로기화한 탈식민적 민족주의의 도움을 받아 비판하고 있다. 일제 청산은 그 누구도 거부할 수 없는 명분이었기 때문이다. 그런데 그 비판 속에 지배 수단이었던 반공주의에 대한 비판과 '빨갱이'의 인권까지 옹호되고 있다는 사실은 놀랍다. 그러나 작가 최인훈이 보다 역점을 두고 있는 것은 반공주의에 대한 승인 여부가 아니라 그러한 반공주의로 인해 개인의 인권이 유린되고 있다는 인권 중시의 자유주의적 시각이다. 그런 자유주의적 시각에서 보면 '빨갱이'의 인권도 사람인 이상 보장되어야 한다는 것으로 읽을 수 있다. 이로 보아 최인훈의 소설에는 개인의 인권 유린의 주범으로서 반공주의가 강박관념일 정도로 작용하고 있음을 알 수 있다.

『광장』의 이명준이 활동하는 내용은 남한보다 오히려 북한에서 더 구체적이다. 경찰에 체포되어 곤욕을 치르고 월북한 이후의 행적이 주로 초점화되고 있다는 것이다. 이러한 구조는 당시의 정치문화적 현실에서는 아주 예민한 설정이라 할 수 있다. 따라서 우리는 작품의 구조가 북한 사회에 대한 냉혹한 비판의 형태를 띨 것이라는 점은 쉽게 짐작할 수 있다. 명준은 월북한 이후 북한의 실상에 대해 말할 수 없는 실망을 경험한다. 그곳은 개인은 없고 광장만 주어진 곳으로서 개인의 자

---

22) 강경성, 「반공주의」, 『역사비평』, 1999. 여름, 281-284쪽.

율성은 억압되고 ‘당사’만이 지배하는, 다시 말해 “색깔의 바뀜도 없고 냄새도 없”는 획일적이고 명령만 지배하는 공화국이다. 그곳은 과거의 혁명적 열정이 사라지고 부르주아적 안일이나 노동자 농민의 무관심만 만연한 죽은 도시인 것이다. 그것은 순교자들의 ‘피에 대한 배반’이며 ‘양들과 개들’만의 위대한 인민공화국에 불과하다. 그렇지만 중요한 것은 이러한 북한 실정에 대한 비판이 반공주의를 충실히 따르는 것이면서 사실은 그것이 남한의 정치적 부패에 대한 비판의 전제조건으로 활용되고 있다는 점이다.

> 저는 살고 싶었던 겁니다. 보람 있게 청춘을 불태우고 싶었습니다. 정말 삶다운 삶을 살고 싶었습니다. 남녘에 있을 땐, 아무리 둘러보아도, 제가 보람을 느끼면서 살 수 있는 광장은 아무데도 없었어요. 아니, 있긴 해도 그건 너무나 더럽고 처참한 광장이었습니다. 아버지, 아버지가 거기서 탈출하신건 옳았습니다. 거기까지는 옳았습니다. 제가 월북해서 본 건 대체 뭡니까? 이 무거운 공기. 어디서 이 공기가 이토록 무겁게 짓눌려 나옵니까? 인민이라구요? 인민이 어디 있읍니까? 자기 정권을 세운 기쁨으로 넘치는 웃음을 얼굴에 지닌 그런 인민이 어디 있습니까?[23]

『광장』에는 이처럼 양비론적 시각이 도처에 산재해 있다. 그것이 단순히 양비론적 시각만이라고 할 수 없는 것이 북한에 대한 비판도 기실 자유주의적 기준[24]을 통해 제시되고 있기 때문이다. 명준이 월북하여 강연을 맡게 되었을 때 그 원고는 당 선전부장의 사전 검열을 받아야 했다. 검열을 받고 나면 그 원고는 “말하고 싶어한 줄거리는, 고스란히 김이 빠져버리고, 굳이 명준의 입을 빌려야 할 아무 까닭도 없는 말로 둔갑해” 버리는 것이다. 노동신문사 파견 ‘조선인 꼴호즈’ 취재 기사를 둘러싼 자아비판 역시 진실을 표현한 수 없는 표현의 자유를 문제삼고

---

23) 최인훈, 『광장/구운몽』, 115쪽.
24) 위의 인용에서는 사회주의 혁명과 혁명후의 사회를 부르주아 혁명인 프랑스 혁명에 빗대어서 비판하고 있다.

있다. 뿐만 아니라 토지개혁의 문제에 있어서도 농토의 거래 불가에 대해서 농민들은 해방된 조국에 살게 된 것이 아니라 "지주 영감의 소작인에서 나라의 소작인으로 옮아 간 것뿐"이라고 지적하면서 '부자'가 될 가망이 없는 현실을 비판하고 있다. "개인적인 〈욕망〉이 터부로 되어 있는 고장"에 대한 비판은 사적 소유권을 기반으로 하고 있는 자유주의적 시각에서만 가능한 것이었다.

이렇게 본다면 작가는 당대의 지배이데올로기였던 반공주의를 수용하면서 공산주의를 강하게 비판하고 있지만 그 비판을 남한의 비민주적인 현실에 대한 자유주의적 비판에 활용하고 있음과 함께 그 비판의 자유주의적 기준을 북한 비판의 바로미터로 설정함으로써 자신의 자유민주주의적 시각을 일관되게 관철시키고 있다고 하겠다. 작가는 "한사람 한사람을 따지지 않는, 그 광장에서, 움직임은 낱이 아니라, 더미로 이루어진다"고 북한 사회를 개인주의적 시각으로 비판하는가 하면 남한 사회에 대해서는 친일관료와 섹스와 아메리커니즘이 범벅된, "이상주의적인 사회 개량의 정열"적인 '개인'들이 부재하는 현실을 비판하고 있는 것이다. 최인훈의 반공주의는 1960년대 작가들 대부분이 그랬듯 누구나 수용할 수밖에 없는 불가피한 것이었지만 그는 이 반공주의를 오히려 남한 사회의 부정과 부패, 그리고 폭력에 대한 자유주의적 비판의 수단으로 활용함으로써 반공주의에 종속된 자유주의를 그것으로부터 분리시키려 하였던 것이다.

최인훈이 자유주의의 핵심인 이 같은 개인주의를 전면에 부각시킴으로써 그것을 반공주의에 대치시키고자 한 이유는 반공주의가 공산주의에 대한 강한 적개심을 근거로 하여 자유민주주의의 기본 원칙들을 교란시키고 있다고 판단했기 때문이다. 반공주의의 원판이라고 할 수 있는 일민주의는 도덕과 윤리의 이름으로 공산주의를 공격한다. 그러한 도덕과 윤리는 적의 야만성에 대한 우월성을 의도한다는 점에서 고결한 성격을 부여받는다.[25] 그것은 고결하기에 누구나 수긍해야 할 절대 진리로 자리잡게 되는데 이로써 좌파로 비롯한 혼란을 정화시키고 재생의 길이 비로소 열릴 수 있다. 그렇지만 적에 대한 증오로 가능한 이 재생의 길은 무엇이 진정한 적인지, 무엇이 의미 있는 저항인지에 대한 일체의 사고를 차단한다.[26] 이 재생의 길은 민족과 국가를 최상급에 놓는 과정과 맞물려 전개되었는데 이로써 발생하는 사회적 현상은 공익의 우선성이다. 공익이 우선 순위를 차지할 때 발생할 수 있는 심각한 면은 개인간의 이해 관계를 사사로운 문제로 치부하고 거기서 발생할 수 있는 갈등을 합리적 조정과정 없이 조기에 종식시킬 수 있다는 것이다.[27]

이렇게 공익의 우선성과 그로 인한 갈등의 조기 종식을 강조할 때 문제점은 그것이 개인간의 불평등을 평등으로 호도하는 합리화기제가 된다는 것이다.[28] 이런 경로를 통해 사회적 모순이 은폐되고 지배 집단의 이익이 관철되게 된다는 점에서 그것은 자유주의적 원칙들을 심각하게 훼손시킬 수 있다. 지배집단의 이익이란 대중들을 동원하여 국민화하고 그들을 자신의 지배를 위해 포섭, 흡수하는 것이다. 그러한 목적을 위해 반공주의는 가족을 최우선의 가치로 여긴다. 가족의 화목함과 그것의 윤리적 덕목을 강조함으로써 국가를 가부장적 구조로 편성해야 하기 때문이다. 이러한 덕목은 북한을 가족주의의 강제적 해체와 기계적 배치로 구조화시키면서 남한의 지배체제를 강화하는 주요 이데올로기로 자리 잡게 된다.[29] 이때 강조되는 것은 이성과 개인이 아니라 감성과 핏줄, 운명공동체라는 비이성적이고 전체주의적인 성격들이다. 시민사회가 정착되지 않은 당시의 상황에서 감성과 핏줄, 그리고 운명공동

---

25) 조지 모스 지음, 서강여성문학연구회 역, 『내셔널리즘과 섹슈얼리티』, 소명출판사, 2004, 제1장 민족주의와 고결함 참조.

26) 김철, 「갱생의 도, 혹은 미로」, 『민족문학사연구』 28호, 2005, 344쪽 참조.

27) 우리는 이같은 현상을 선우휘의 「오리와 계급장」, 오상원의 「현실」 등에서 손쉽게 확인할 수 있다.

28) 공임순, 『식민지의 적자들』, 푸른역사, 2005, 353쪽.

29) 1950년대 육군종군기관지인 『전선문학』에 실린 소설에서 북한에 대한 비판의 구조는 북한사회의 가족적 불신과, 남한사회의 안정적 가족구조를 전쟁으로 파괴하는 공산주의에 대한 비난의 형태를 띠고 있다.

체라는 이 전체주의적 성격은 합리적인 민주적 절차와 자유주의적인 근본 원칙들을 제거하는데 막강한 위력을 과시했다. 다시 말해 반공주의는 북한을 주적으로 삼음으로써 국가주의를 정착시키고 그것의 활동을 공익으로 합법화해 주면서 감성과 핏줄, 운명공동체라는 비이성적인 성격들을 보편화시키고 그로 인해 자유민주주의적인 사적 가치들을 억압, 불법화하였던 것이다.[30]

최인훈의 소설에서는 이성과 개인의 공적인 성격 배후에 감성과 핏줄, 운명공동체라는 사적인 성격이 작동하고 있음을 예리하게 해부해낸다. 『광장』의 명준이 남한에서 체포될 때의 이유도 그렇지만 이와 유사한 사례는 작품 곳곳에 배치되어 있다. "국고금을 덜컥한 정치인을 아버지로 가진 인텔리 따님"의 "저희들에겐 좋은 아버지였어요"라는 말의 '수수께끼'라든가, "불란서로 유학 보내준 좋은 아버지"와 "깨끗한 교사를 목자르는 나쁜 장학관"이 같은 인물이라는 '역설', 뿐만 아니라 사디스트의 '네 개의 얼굴' 앞에서 "잘잘못간에 한 번 윗사람이 말을 냈으면, 무릎 꿇고 머리숙이기"를 강요하는 자아 비판의 상황 논리를 수락함으로써 비로소 "제가 가져야 할 몸가짐"을 알게 되는 명준의 성장 삽화, 나아가 "전국의 일터에서 모범 일꾼들만 오는 곳"에 명준이 올 수 있었던 이유가 "아버지가 마련한" 것이었다는 사실 등은 풍자와 자기 풍자의 형태로 자유민주주의가 공·사적 영역의 착종으로 인해 제대로 구현될 수 없다는 사실을 폭로하고 있는 것이다. 그렇게 함으로써 의도하는 바는 현실적으로 착종된 공·사적 영역을 분리시키고 훼손된 자유

---

30) 이러한 가족주의와 여성의 가족 내 위치에 대한 수많은 담론이 정권의 이데올로기차원에서뿐만 아니라 대중사회 일반에서도 광범위하게 전개되었는데 1950년대 중반에 창간하여 대중적인 인기를 누린 『여원』은 그 담론의 대중화 정도가 어느 정도인지를 가늠케 해준다. 최인훈 소설을 꼼꼼하게 읽어보면 그의 소설적 인물들이 다른 작가들의 작품에 나타나는 여성 인문과 비교할 때 상대적으로 상당히 대화적임을 알 수 있는데 이는 그가 남성에 의한 이러한 막강한 여성 구성화의 시대적 대세에 얼마나 거리를 두고 있었는가를 알게 해준다. 이는 여성을 남성적 욕망에 종속시키는 이청준의 소설과 대비시킬 때 상당한 미덕이라 하겠다.

주의적 원칙들을 다시금 현실화하는 것이다.

최인훈의 소설은 인간의 기본권을 사회적 모순 해결의 전제로 함으로써 한국 사회의 비민주적이고 파시즘적인 현실을 공격하였다. 그 공격의 핵심은 권력으로부터 이러한 기본권이 억압되었음을 고발함으로써 정치적 자유를 획득하고자 하는 것이었다. 이러한 맥락에서 볼 때 최인훈의 소설은 가히 자유주의의 보고라 할 만하다. 1960년대 작가들의 작품에는 정치적 비판이 소거된 형태 속에서도 사적 공간에서의 정치적 자유의 부정성을 폭로함으로써 정치적 비판의 역할을 충분히 수행해 나갔다고 할 수 있다. 이러한 정치적 비판의 노골적이고 적극적인 한 형태를 최인훈의 전 작품에서 확인할 수 있는 바 이를 통해 우리는 1960년대 문학을 형성하고 있는 문학적이고 내용적인 다양성을 자유주의적 방식으로 설명할 수 있는 근거를 확보할 수 있다.

4. 결론

생각해 보면 한국 사회에서 반공주의의 위력은 상상을 초월했던 듯하다. 그것이 일제하에서 배태되어 90년대까지 근 70~80년 간을 유지해 왔으니 임지현의 말마따나 합의독재가 충분히 가능했을 이야기다. 이 반공주의가 우리들 일상생활 곳곳에 침투하여 마치 그것이 진리인양 폭력적으로 작동해 왔음을 상기하면 모골이 송연하다. 그리하여 이에 대한 해독을 위해 다양한 인문학적 상상력들이 전개되어 왔음은 주지의 사실이다. 실로 숱한 이식 담론들이 실험되어 왔다. 그러나 그 담론들은 대부분 반공주의, 혹은 억압의 중심을 해체하기 위해서만 존재했다. 해체 이후의 미래에 대해서는 애써 무심한 척하며 당분간 파시즘에 길들여진 우리의 내면을 성찰, 정화시키는 것이 관건이라는 명제 아래 중심을 해체하는 데에만 몰두했던 것이다. 중요한 것은 그러한 해체의 노력들이 모두 소중한 것들이라는 것이다. 이는 중요한 사실이다.

그러나 그렇게 중심을 해체하자면서 스스로는 그 해체를 중심 삼아 그것을 또다시 중심화하지는 않았는가, 집단성과 단결성, 그리고 동원성을 해체하자는 슬로우건이 또 다른 집단성, 단결성, 동원성을 가져오지는 않았는가, 더욱 중요한 것은 그렇게 해체하자고 해서 중심으로 뚤뚤 뭉친 현실이 쉽사리 해체되겠는가. 요컨대 무엇인가 잃을지라도 무엇인가는 얻어야 할 것이 아닌가. 사회는 어차피 중심이 불가피하다. 이것을 부정하면 논의는 언제나 제자리다. 그렇다는 것은 사회는 언제나 단결을 요구한다는 것이다. 이 단결을 무시하면 아웃사이더로서 극단적이고 관념적인 논의만 거듭할 뿐이다. 문제는 이 단결의 사회가 단결의 경계를 벗어날 수밖에 없는 어떤 잉여, 혹은 사회적 약자들을 어떻게 감싸안을 것인가 하는 것이다.

이러한 문제는 쉬운 문제가 아니다. 여기서 자유주의를 운위해 봤지만 그것이 만능이 될 수도 없고 될 리도 없다. 그렇지만 장기적으로 이 담론을 중심으로 하여 논의를 거듭하고자 하는 이유는 현재로서는 그것이 우리에게 주어진 유일한 대안이 아닐 것인가 하는 불가피성 때문이다. 그것이 불가피하다는 이유는 무엇보다도 세계가 사적 소유권을 중심에 두고 구조화되어 있기 때문이다. 이것을 거부할 수 있는가. 이론적으로는 가능하겠지만 현실적으로는 절대로 불가능하다. 자유주의는 무엇보다도 이 사적 소유권에 기반하여 그 내포가 채워져 있다. 그 말은 자유주의가 아무리 현란하게 전개된다 할지라도 결국은 이 사적 소유권에 결박되어 있다는 것이고 그렇기 때문에 아도르노가 비극적으로 전망한 이 사적 소유권(자기보존본능에 입각한 자기동일성)을 어떻게 사회적으로 관장하느냐가 자유주의의 중요한 관건이라는 것이다.

반공주의를 다른 말로 하면 자기동일화의 필연적 과정의 결과로서 지배집단의 자기 동일화라고 할 수 있다. 지배집단은 끊임없이 적개심을 불러일으키면서 대중을 국민화 한다. 말하자면 대중을 국민이라는 이름으로 자기 안에 동일화시키는 것이다. 이때 공정성, 혹은 '자기동일성의 사회적 관장'은 소멸되고 지배집단의 국가, 지배집단의 동일성만

이 관철되게 된다. 1960년대 작가뿐만 아니라 지식인 일반은 이 국가의 폭력적인 자기동일성을 문제삼고 그 동일성의 사회적 관장의 일환으로 4·19 혁명의 자유와 평등을 전유했다. 국가 폭력이 전일화되는 과정에서 이들은 물질적인 힘을 상실하고 이러한 근대성으로서의 정신주의로 무장할 수밖에 없었던 것이다. 1960년대 작가들의 작품에서 이러한 정신주의는 필연적으로 정치성을 띨 수밖에 없었다. 사족 같지만 이런 의미에서 1960년대 자유주의는 반공주의와의 관계 속에서 존재했다.

본 논문은 이러한 정치적 자유에 대한 작가들의 반응을 살펴보기 위해 씌어졌다. 그것을 위해 1960년대 대표작가라 할 수 있는 최인훈의 작품을 분석해 보았는데 최인훈을 거론한 이유는 1960년대 작가들의 작품에 다양하게 전개되어 있는 정치적 자유의 스펙트럼을 분석할 수 있는 기준을 마련해 보자는 것이었다. 향후 이 주제에 대한 보다 정밀한 연구는 향후 나나 다른 연구자들의 연구를 기대해 보는 수밖에 없겠다.

주제어 : 자유주의, 반공주의, 정치적 자유, 예속적 자유주의

294

◆ 참고문헌

1. 기본 자료
최인훈, 『광장/구운몽』, 문학과지성사, 2001.
최인훈, 『우상의 집』, 문학과지성사, 1995.

2. 단행본
공임순, 『식민지의 적자들』, 푸른역사, 2005.
안호상, 『일민주의의 본바탕』, 일민주의연구원, 1950.
장동진, 『현대 자유주의 정치철학의 이해』, 동명사, 2001.
조희연 편, 『한국의 정치사회적 지배담론과 민주주의 동학』, 함께 읽는 책, 2003.
최원식·임규찬 편, 『4월혁명과 한국문학』, 창작과비평사, 2002.
노르베르토 보비오, 황주홍 역, 『자유주의와 민주주의』, 문학과지성사, 1999.
마크 네오클레우스, 정준영 역, 『파시즘』, 이후출판사, 2002.
슬라보예 지젝, 이수련 역, 『이데올로기라는 숭고한 대상』, 인간사랑, 2003.
앨리슨 재거, 지역여성연구회 공미혜·이한옥 역, 『여성해방론과 인간본성』, 이론과
        실천, 1999.
어네스트 바커 외, 강정인·문지영 편역, 『로크의 이해』, 문학과지성사, 1995.
조지 모스 지음, 서강여성문학연구회 역, 『내셔널리즘과 섹슈얼리티』, 소명출판사,
        2004.
지그문트 바우만, 문성원 역, 『자유』, 이후출판사, 2002.
피에르 부르디외, 하태환 역, 『예술의 규칙』, 동문선, 2002.

3. 연구논문
강경성, 「반공주의」, 『역사비평』, 1999. 여름.
강웅식, 「전체주의적 반공주의와 순수·참여 논쟁」, 『상허학보』 15집, 2005.
권오룡, 「어둠 속에서의 글쓰기」, 『소문의 벽―이청준문학전집』 7, 열림원, 1998.
김 철, 「갱생의 도, 혹은 미로」, 『민족문학사연구』 28호, 2005.
김미란, 「4·19혁명의 정치적 상상력과 개인 서사」, 『겨레어문학』 35집, 2005.
김영찬, 「불안한 주체와 근대―1960년대 소설의 미적 주체 구성에 대하여」, 『상허학
        보』 12집, 2004.
김진기, 「김성한 소설의 자유주의적 특성」, 『한국어문학연구』 45집, 2005.

김진기, 「반공에 전유된 자유, 혹은 자유주의」, 『상허학보』 15집, 2005.
박명림, 「1950년대 한국의 민주주의와 권위주의」, 『1950년대 남북한의 선택과 굴절』, 역사문제연구소 편, 역사비평사, 1998.
안병욱, 「자유의 윤리」, 『사상계』, 1955. 8.
유임하, 「마음의 검열관」, 『상허학보』 15집, 2005.
이봉범, 「반공주의와 검열, 그리고 문학」, 『상허학보』 15집, 2005.
이형기, 「작가의 성실성」, 『사상계』, 1965. 10.
임종명, 「여순반란 재현을 통한 대한민국 형상화」, 『역사비평』 64호, 2003.
조동일, 「순수문학의 한계와 참여」, 『사상계』, 1965. 10.
차혜영, 「이데올로기의 소설적 기능에 대한 연구」, 『겨레어문학』 35집, 2005.
최인훈, 「문학활동은 비판한다」, 『사상계』, 1965. 10.
하정일, 「주체성의 복원과 성찰의 서사」, 『1960년대 문학연구』, 민족문학사연구소 현대문학분과, 깊은샘, 1998.

◆ 국문초록

1950년대와 1960년대가 차별화되는 지점은 정치적 자유에 대한 인식의 차이에 있다. 1950년대에도 정치적 자유가 논의되기는 했지만 구체적이지 못했고 심지어 전체주의적 방식으로 이해되기도 했다. 4·19 혁명을 거치면서 이같은 정치적 자유는 전면화되거나 보다 구체화된다. 막강한 반공주의 체제하에서 1950년대 자유주의와 관련한 대표적인 문학적 응답으로서 우리는 선우휘와 김성한을 거론할 수 있다. 선우휘가 예속적 자유주의를 표상해 왔다면 김성한은 관념적인 한계를 보이고 있기는 하지만 저항담론으로서의 정치적 자유를 전면에 제시했다고 할 수 있다. 이같은 정치적 자유는 4·19 혁명을 계기로 하여 보다 전면화되고 구체화되었다. 4·19혁명을 계기로 하여 문학장은 다양한 형태의 미적 분화를 보이고 있는데 이는 4·19 혁명의 정치적 자유의 성격과 그것이 함축하고 있는 자유와 평등을 문학의 장 안에서 담론화하고자 하는 의지의 다른 표현이다.

그렇지만 그러한 의지가 항상 정치적 자유에 대해서 우호적인 것만은 아니었다. 이미 1950년대에도 그 분화의 양상이 확인되지만 1960년대라고 해서 예외는 아니었던 것이다. 그 의지는 때로 급진적인 형태로, 때로는 온건하거나 보수적인 형태로 전개되었는데, 형태야 어쨌건간에 그것은 지극히 정치적인 것이었고, 자유의 내포를 각자의 방식으로 채워나가는 개인적이고 계급적인 성격을 함축하고 있었다. 본 논문에서는 1960년대 작가들의 작품을 정치적 자유라는 개념으로 분석하여 특히 저항적 관점에서 그것이 어떻게 문학화 되는지를 살펴보았다. 이러한 분석을 위해 본 논문에서는 1960년대 대표작가라 할 수 있는 최인훈과 그의 작품을 대상으로 하였으며, 주로 그의 1960년대 작품들을 다루었다. 이 작가의 1960년대 작품을 정치적 자유라는 주제로 살펴 본 결과 그의 작품세계가 정치적 자유를 추구하면서 1950년대의 예속적 자유주의에서 강하게 벗어나려 했음을 확인할 수 있었다. 그것이 어떤 방식으로 수행되는지를 살펴본다는 것은 1960년대 문학의 지형도를 파악하게 해줌과 동시에 나아가 1970년대 문학의 구조까지도 분석할 수 있게 해 주기 때문에 중요한 작업이라고 판단된다.

♦ SUMMARY

An Aspect of the Political Liberty
- Aiming at novel of Choi, In-hun in 1960'

Kim, Jin-Gi

A position of discriminated between 1950's and 1960's has gap in cognizance on the political liberty. The political liberty in 1950's discussed about it does not make clear and even comprehend totalitarian method. Go through the revolution on April 19, such discussion of political liberty was regularized and took more concrete shape. In the system of mighty anticommunism, we can raise an issue of Sun, Woo-hui and Kim, Seong-han as literary reply in connection with the liberalism of 1950's. Sun, Woo-hui was emblematic of a government-patronized liberalism but Kim, Seong-han presented a political liberty as a discussion of resistance at the whole surface, even though his ideological limitations. After the revolution on April 19, a space of literature shows aesthetic differentiation of various form. It is another presentation of the will which discoursed with liberty and equality as the political liberty for the revolution on April 19 in a space of literature.

However, such a will was not always friendly about political liberty. The will was evolved now a radical form then a moderately or a conservative form, but anyway it was political contents that implied the private and classism character in liberty. This thesis is studying for an literary aspect of political liberty through 1960's literary work. And this thesis makes a study of writer's position about political liberty after the revolution on April 19.

Consequently this manuscript survey a situation how can writer's different position embody their literature about political liberty. For this analysis, this manuscript target on Choi, In-hun who was called as a typical writers of 1960's and deal with his literary works was from 1960's. In result, Choi sought to political liberty and made powerfully effort to overcome government-patronized liberalism. To search it carried out for what method grasped topographical map of literature in 1960's and this is important works because of it could analyze the structure of literature in 1970's.

Keyword : liberalism, anticommunism, political liberty, government-patronized liberalism

-이 논문은 2006년 3월 30일에 접수, 소정의 심사를 거쳐 2006년 5월 31일에 최종적으로 게재가 확정되었음.

미적 근대성의 해방적 가치와 새로운 타자성의 의미[*]

―서정주 『질마재 신화』를 중심으로―

김 용 희[**]

목 차

1. 전통서정의 문학적 딜레마와 서정주

한국 현대시에서 '서정'의 개념이 '동일성의 시학'으로 범주화되고 정전처럼 고수된 데에는 18세기 서구 낭만주의의 영향이 크다. 낭만주의에서는 유한한 것과 무한한 것, 주관과 객관 사이에 어떤 질적인 분리도 없다. 낭만주의가 추구하는 경지는 자신과 대상의 절대적인 통일이다. 셸링은 지적 직관의 객관성은 철학보다는 예술에 의해 구현될 수 있다고 믿었다. 낭만주의 시학에서는 근대 이전 종교가 구현했던 세계

---

 * 이 논문은 2005년도 평택대학교 학술연구비 지원으로 연구됨.
** 평택대학교 국어국문학과 교수.

의 통일성과 객관적 믿음을 예술이 다시 창출해 낼 수 있다 생각했다.[1] 예술작품은 어떤 것으로도 성찰되지 못하는 절대적 동일성을 제공해준 다는 사실이다.

한국시에서 '서정'의 범주는 낭만주의 시학의 핵심적 개념인 '동일성 의 시학'에 근거해 왔다. 시인은 직관으로 주관과 객관의 통합을 이룩하 고 이를 통해 동일성의 세계를 구축하여 궁극적 서정에 이른다고 여겨 져 왔다. 이와 같은 절대적 통합으로서의 미적 경지는 근대화 과정에서 '미적인 것'이 분화되어가는 과정과 긴밀하게 연관되어 있다. 즉 미적 근대란 예술이 사회 이념, 종교, 도덕으로부터 독립되고 분리되어 특수 하고 자율적인 영역으로 분화되는 과정이었던 셈이다. 칸트의 '무관심 성' 개념도 예술이 독립된 지위와 영역을 확보하는 과정과 연결된다. 그 러나 주지의 사실이지만 미적인 것의 자율성, 심미적 서정으로서의 세 계는 양가적인 두 가지의 방향을 가지게 된다. 즉 현실로부터 완벽하게 분리되면서 개별적 자율성을 획득하고 주체와 세계의 합일을 통해 분열 된 주체의 통합과 초월을 이룩하는 대신 미적 자율성은 정치적 이데올 로기에 효과적으로 복무하는 동원 수단이 된다는 혐의가 그것이다. 미 적 자율성은 예술의 독립된 미학성을 보존하는 대신 현실로부터 철저하 게 근대적 주체를 고립, 개별화시키는 경향을 낳았다. 이와 같은 이중성 이 아도르노나 벤야민, 뷔르거가 지적한 현대 예술의 이중성의 운명이 기도 한 것이다.

한국 현대시에서 근대적 미적 자율성은 궁극적으로 심미적 서정에 이르는 길이었다. 한국현대시는 1930년대가 되어서야 시가 자율적인 언 어 예술의 영역이라는 인식이 비로소 가능해졌다. 박용철은 『시문학』 창간사에서 '존재로서의 시' 개념을 설정하고 시 언어에 대한 자각을 보여주었다. 정지용은 '시의 신비는 언어의 신비'라는 명제를 통해 시의 언어와 정신에 관한 깊이 있는 성찰에 이른다. 정지용은 시언어의 미학

---

1) 최문규, 「근대의 예술과 종교, 그 가깝고도 먼 관계」, 『유심』, 2005년 겨울호, 194-195쪽.

적 가치를 강조하면서 교양적 고전주의를 내세운다. 이 두 사람은 시 장르가 가진 독립적인 차원에 대한 인식을 통해 다른 문학 장르와 구분되는 자립적인 시 언어에 대한 인식, 미적 영역을 강조했다.2)

한국 현대시에서 미적 영역은 시 언어에 대한 자각과 윤리 도덕과 구분되는 미학적 체험에 대한 인식과 연관을 맺는 셈이었는데 이와 같은 논리의 연장선에서 보면 한국현대시에서의 근대 미적 자율성이 심미적 서정과 긴밀한 연관을 지니고 있다 해도 무방하다. 물론 1930년대 임화가 말하는 시에서의 리얼리즘 주장이나 김기림이 말하는 시에서의 근대 문명 반영에 대한 주장 또한 문학에서의 '근대성'에 대한 논의들이었지만 시 장르에서의 자율과 독특성, 독립성에 대한 근대 미학적 자율성은 박용철과 정지용 시에서 보여주는 근대적 서정, 심미적 서정에서 그 계보를 찾을 수 있지 않을까 한다. 그러나 1930년대 시 언어에 대한 인식과 미적 영감에 대한 자각에서부터 시작되는 한국 현대시에서 '심미적 서정'은 도덕 윤리 등 사회가치 영역과 분리를 지향하지만 사회적 제도적 근대성을 비판하는 역사적 조건을 충분히 마련하지 못했다. 어떤 점에서 미학적 자율성을 취득하는 결과 운명적으로 근대적 주체로서 현실역사에서의 고립을 초래하는 이중성을 한국 서정시는 담보할 수밖에 없었는 지도 모른다. 1930년대 말 정지용의 『백록담』 시집, 식민지 말 청록파의 『청록집』 시집 등에 대한 양가적 평가도 이러한 맥락에서 형성된다.

한국 현대시사에서 심미적 서정의 영역에서 이와 같은 딜레마의 핵심에 놓인 시인이 바로 서정주이다. 서정주가 초기 시집 이후부터 보여주는 '신라정신' '신라주의'로의 지향, '영원성의 시학'3)은 주객관의 절

---

2) 이광호, 「미적 근대성의 네 가지 차원」, 『미적 근대성과 한국문학사』, 민음사, 2001, 222-227쪽. 이광호는 1930년대 한국시에서 미적 근대성의 네 차원을 박용철, 정지용, 김기림, 임화를 통해 살피고 있다. 박용철을 영감과 생리로 정지용을 신앙과 전통, 임화를 낭만성과 리얼리즘, 김기림을 문명과 모더니티로 구분하면서 1930년대 한국 현대시에서 근대성의 논의가 다양하게 충돌하면서 상호 교섭하고 있는 의미 있는 공간임을 설파한다.

대적 통합을 통한 궁극적 합일의 서정, 심미적 취향을 드러내는 국면이다. 서정주는 사회사적 측면까지도 자신의 예술적 자율성의 과정으로 수렴하면서 철저하게 자신의 심미적 자율성을 강화시켜 나갔는데, 이와 같은 궁극적 서정의 세계, 심미성의 세계가 서정주에 대한 양극단의 평가를 만들어내는 계기가 된 것이다.

서정주의 시세계는 초기『화사집』에서 원초성의 세계를 넘어 신라정신의 영원성을 거쳐 한국적 전통의 예(藝)를 실현하려는『질마재 신화』에 가서 그 심미성이 극치에 다다르게 된다. 유종호[4]는『질마재 신화』가 구비적 성격으로 독자적이고 성공적인 민중문학의 가치를 세웠다 파악했고 김윤식[5]은『질마재 신화』를 미당의 근원적인 본질로 평가하면서 근대에 대한 미당의 미학적 대응으로 평가했다. 이에 반해 최두석[6]은 순응주의와 역사의식의 마비로 인해 복고적이고 반근대적인 전통탐구에 그쳤다 파악했고 임우기[7]는 탐미적 언어관과 시학이 사회현실과의 무갈등성, 반역사성에서 기인한다는 비판을 가한다.

서정주 시에 대한 이중적 평가의 공존은 지속적으로 계승되는 바 최현식[8]은 서정주 시에서 '영원성'과 '심미성'에도 불구하고 주관적이고 탈현실적인 한계를 지닐 수밖에 없다고 평가하였다. 남기혁[9] 또한 서정주 시가 자기 완결적이고 순환적인 질서 속에서 지속성과 영원성을 유지하는 자기동일성의 세계이지만 현실의 고통을 은폐하는 신비주의의 한계를 지적한다. 사실 서정주 시를 1970년대 산업화에 대한 미학적 응전으로 보면서도 무역사성에 대하여 비판한다는 입장(최현식, 남기혁)은 근대 '미적인 것' '미적 자율성'이 가지는 딜레마를 고스란히 계승하는

---

3) 최현식,「서정주와 영원성의 시학」,『서정주 시의 근대와 반근대』, 소명출판, 2003.

4) 유종호,「시와 구비적 상상력」,『사회 역사적 상상력』, 민음사, 1995.

5) 김윤식,「전통과 藝의 의미 ─ 서정주」,『한국근대작가논고』, 일지사, 1974.

6) 최두석,「서정주론」,『선청어문』 Vol. 20. No. 1, 서울대 사범대학, 1992. 9.

7) 임우기,「오늘, 미당 시는 무엇인가? ─ '回歸'의 아름다움?」,『문예중앙』, 1994. 여름.

8) 최현식,『서정주 시의 근대와 반근대』, 소명출판, 2003, 238쪽.

9) 남기혁,「1950년대 시의 전통지향성 연구」, 서울대 박사논문, 1998, 74-79쪽.

입장이다. 즉 '미적 자율성' '심미적 자율성'의 강화는 정치적 종교적 언어를 심미화하여 궁극적으로 현실회피의 결과를 낳게 된다는 논의이다. 미적 자율성을 찾으려는 한국의 서정은 이와 같은 비판에서 결코 자유로울 수 없을 것이다. 더욱이 영통주의와 신라 영원회귀를 주장하는 서정주의 전통 서정성은 비현실적, 무역사적이라는 비판에 가장 적확한 대상이 될 수 있다.

그러나 근대의 '미적인 것' 또한 창조적 해방적 충동과 분리된 채 존재할 수 없으며 현실제도에 대한 팽팽한 긴장 속에서 '미적인 것'에 대한 창조가 이루어진다는 것에 주목해 볼 필요가 있다. 이를테면 서정주는 '질마재'사람들을 '유자' '자연파' '심미파' 세 부류로 나눈 뒤 도덕적 규범적으로 점잖치 못하고 풍류만을 즐기는 '심미파'를 질마재 인물 탐구의 주류로 삼고 있다. 김윤식에 의하면 '심미파'는 "남의 집 머슴이나 혹은 생활력은 전무하여 빈둥거리거나…… 반풍속적인 짓이나 하고 어린애들과 놀고, 몸치장 따위에 깊은 관심을 기울인다. 그러나…… 동네 초상이 난다든가 무슨 축제나 벌어지면 혼자 도맡아 신명을 떨치"[10]는 '변두리 인간'이다. 변두리 존재에 지나지 않던 이들을 끌어들여 심미적 가치를 추구하는 방식, 변두리의 삶에서 생명력과 삶의 심미화 능력을 발견하는 전복의 방식은 미적 자율성, 심미적 자율성 추구 안에 숨겨진 시적 현실 재구축의 전복성이 숨겨져 있다는 사실이다.

또한 『질마재 신화』에서 나타난 이야기형식에 대하여 "비시적인 줄글"에 불과하다는 비판적 견해[11]나 이야기꾼의 역할만 극대화했을 뿐 논평과 설명을 덧붙여 서정시다운 작품이 드문 것이 치명적인 결함이라고 비판하는 입장[12]이 있다. 그러나 어떤 점에서 서정시 양식으로서의

---

10) 김윤식, 「전통과 藝의 의미」, 『미당연구』, 민음사, 1994, 124쪽.
11) 황동규, 「두 시인의 시선」, 『문학과 지성』, 1975. 겨울호, 949-951쪽.
　　조창환, 「산문시의 양상」, 『현대시학』, 1975. 2월, 107쪽.
12) 고형진, 「서정주의 『질마재 신화』의 '이야기 시'적 특성 연구」, 예술논문집 제34집, 대한민국예술원, 1995. 12.

단형 시행들, 압축의 생략이 아닌 이야기체의 도입과 설화와 마술적 상상력의 수용, 구비적 이야기체의 비속성과 민중성의 도입은 제도화된 서정양식에 대한 양식적 일탈과 미학적 도전으로의 의미를 지닌다. 서정주의『질마재 신화』는 이전의 시집에서 서정주가 보여주었던 영원성과 영통주의라는 합일성의 영역과 분명 구분되는 중대한 변환지점이며 양식적 내용적으로 새로운 미적 근대성의 구축을 시도하고 있는 한국시사에서 새로운 분기점이라고 할 수 있다.

요컨대 서정주의『질마재 신화』는 그 이전 시집『신라초』시편과 연결되면서 '영원성 시학'의 연장선상에서 논의되어 왔다.『질마재 신화』는 근대에 대한 한 응전이면서도 신비주의, 반근대의 퇴행성이라는 혐의에서 자유로울 수 없었다. 이와 같은 평가는 한국 전통 서정, '미적 자율성'을 추구하는 한국근대 서정시의 운명과 동궤에 놓이는 것이기도 하다. 그러나『질마재 신화』는 서정주의 이전 시집『귀촉도』『서정주시선』『신라초』에서 보여주던 '전도된 오리엔탈리즘'[13)]의 양상과 구분되는 미학적 응전으로서의 동양주의라는 의미를 새롭게 구현하고 있다.

이 논문은 한국 전통 서정성이 담고 있는 '미적 자율성'이라는 딜레마 속에서 심미적 서정이 오히려 해방적 전복적 가치를 구현할 수 있다는 점을 서정주 시를 통해 살펴보고자 한다. 서정주의『질마재 신화』는 한국 전통 서정이 갖는 미학적 자율성의 해방적 의미와 동양주의의 '타자성'이 갖는 새로운 의미를 드러내는 분명하고 뚜렷한 지점이 될 수 있다 여겨진다.

---

13) 김재용은 〈서정주─전도된 오리엔탈리즘〉(『저항과 협력』, 소명, 2004)에서 서정주 시의 동양의식의 자각과 내면화는 대동아공영권과 긴밀하게 연결된 것이라 비판하면서 서정주의 친일파시즘 시에 대하여 살피고 있다. 이와 관련하여 졸고,「서정주 시의 시어와 이데올로기」(『한국시학연구』 12집, 한국시학회, 2005)에서 필자는 서정주의『귀촉도』,『서정주 시선』,『신라초』에서 나타나는 전통적 소재, 탐미적 서정이 서정주의 몰역사성의 근거가 되는 것을 지적한 바 있다.

2. 이야기체의 흥과 음성적 아우라

구술적 이야기의 형식은 집단적 공동체험과 공동환상을 전제하고 있다. 구비 전승되어온 설화를 민족적 형식으로 재창조, 계승하는 방식은 현대시사 전통에서 그리 낯선 것은 아니다. 그러나 '이야기꾼'을 시 속의 화자로 상정하면서 구술담론을 이끄는 것은 새롭고 적극적인 이야기성의 도입[14]이라 할만하다.

『질마재 신화』에서의 이야기성이 '시적 긴장'을 이완하고 전통에 대한 맹목을 초래했다는 비판[15]을 듣고 있지만 오히려 '이야기'에서의 구술 담론은 문자가 갖는 분석적이고 교화적인 근대적 사고를 넘어서 무의식적 감각의 일부를 이끌어낸다는 사실에 주목해 필요가 있다. 즉 활자에 깊이 영향을 받은 사람들은 말이 우선적으로 '목소리'로 이루어진 사건이며 그 말의 울림과 흐름 속에 음성의 힘이 흐른다는 사실에 주목할 필요가 있다. 목소리로서의 음성은 실제적인 사건의 현장을 제공하면서 종교적 아우라[16]를 발생시킨다. 근대를 부정하고 근대 이전으로 되돌아가는 반근대적 회귀성의 현장에는 구어적 목소리의 아우라를 찾으려는 객관적 믿음이 공존하는 것이다.

    질마재 상가수의 노랫소리는 답답하면 열두 발 상무를 젓고, 따분하면

---

14) 이계윤, 「서정주의 질마재 신화 연구―구연의 방식과 구연자의 태도를 중심으로」, 고려대 석사논문, 2002. 이계윤의 논문은 1970년대 시대적 요구와 부합하여 새로운 시형식을 추구했던 미당의 개인적 인식과 시 장르 확대의 한 양식으로 『질마재 신화』에서 이야기 시의 의미를 찾고 있다.

15) 최현식, 『서정주 시의 근대와 반근대』, 소명출판, 2003, 247쪽 참조.

16) 원형적 이미지로서 신의 임재는 청각적 '목소리'로 나타나고 있으며 목소리로서의 음성의 제공은 종교적 제의의 한 국면을 제공하면서 초월적인 것의 물질성을 대변한다 할 수 있다.(최문규, 「근대의 예술과 종교, 그 가깝고도 먼 관계」, 『유심』, 2005. 겨울호, 190쪽 참조. "예술과 종교는 형이상학적 종교적 세계상에 대한 통일성과 객관적 믿음을 가지면서 어떤 공통된 아우라를 지니는 것 같다. 그렇지만 종교는 '믿음'에 바탕을 두고 예술은 '상상력'으로 자신을 영위한다는 점에서 분리되고 있다.")

어깨에 고깔 쓴 중을 세우고, 또 상여면 상여머리에 뙤약볕 같은 놋쇠 요 령 흔들며, 이승과 저승에 뻗쳤읍니다.

그렇지만, 그 소리를 안 하는 어느 아침에 보니까 상가수는 뒤깐 똥오줌 항아리에서 똥오줌 거름을 옮겨 내고 있었는데요. 왜, 거 있지 않아, 하늘 의 별과 달도 언제나 잘 비치는 우리네 똥오줌 항아리, 비가 오나 눈이 오 나 지붕도 앗세 작파해 버린 우리네 그 참 재미있는 똥오줌 항아리, 거길 明鏡으로 해 망건 밑에 염발질을 열심히 하고 서 있었읍니다.

— 「上歌手의 소리」 중에서

홍청거리는 춤추고 잘 노는 상가수의 이야기는 심미적 삶을 실현하 는 핵심적 인물이라 할 수 있는데 시는 상가수의 노랫소리를 흉내내듯 가락과 리듬의 몸 감각17)을 드러내고 있다. "질마재 상가수의 노랫소리 는 답답하면 열두 발 상무를 젓고, 따분하면 어깨에 고깔 쓴 중을 세우 고, 또 상여면 상여머리에 뙤약볕 같은 놋쇠 요령 흔들며, 이승과 저승 에 뻗쳤읍니다" 시행들은 기억하기 쉬운 형태(patten)에 입각하여 리드 미컬하고 균형 잡힌 패턴으로 이루어져 있다. '~고'의 두운의 반복과 "젓고" "세우고" "흔들며"와 같은 서술구들을 열거하면서 이야기는 야 생적인 리듬을 따르게 된다. "고"와 "며"로 대등적 관계를 이루면서 전 개되는 시행들끼리 물리적 말의 길이에서 등가성을 지니게 배치한다. 이처럼 서정주의 정형구들은 "~고" "~며"와 같은 열거와 장광설을 일 찌감치 준비하고 있는데 이와 같은 열거와 연속적인 연결은 체계적인 사고를 분해하고 분석적인 사고를 와해하기 위한 것이다. 이것은 '구술 (말하기)의 즐거움', 그 자체에 시적 의미를 두는 심미적 목적에 부합한 다. 이것은 판소리사설에서의 열거법과 장광설과도 연결되는 국면인 바 이야기를 끊이지 않고 긴장과 이완의 장단을 맞추며 이어가려는 구술문 화 특유의 표현이다. 이야기는 새로운 이야기를 계속해서 생성해 나가

---

17) 몸의 작용과정은 단순한 '본능'이 아니라 생래적 호흡과 몸의 의식(意識)속에서 이루 어지는 몸 감각을 가지고 있다. 불교는 촉각을 '몸의 의식(身識)'이라 부르고 있다.(김 용호, 『몸으로 생각한다』, 민음사, 1997. 참조)

는 이야기 구조 자체의 자기생성적 본성을 지닌다. 이야기는 이야기하는 그 자체의 힘으로 시를 이끌어가면서 계속 생성되는 끝없는 이야기 구조를 형성한다. 이야기가 생성하는 구조적 층위, 이야기가 이끌어내고 복제하는 인물에 대한 미메시스적 층위는 하나의 독자적 생성의 힘을 지니면서 시 텍스트의 구연과 생성의 현장을 창출한다.

"그렇지만, 그 소리를 안 하는 어느 아침에 보니까 상가수는 뒤깐 똥오줌 항아리에서 똥오줌 거름을 옮겨 내고 있었는데요. 왜, 거 있지 않아,……" 추임새와 같은 상용구("왜, 거 있지 않아"), 구어체의 정형구들("있었는데요")은 상가수의 행태와 모양에 대한 재현에서 더 나아가 이를 초월하여 스스로가 지시하던 세계와는 무관한 몸의 리드미컬한 시언어 자체 '노랫가락'을 환기하고 있다. 상가수는 가장 지상적인 똥오줌 항아리를 이승과 저승을 잇는 명경으로 삼았으니 이 얄궂은 행위로 천상의 신성성을 전파하는 노랫가락의 가수가 되는 것인데 사실 이와 같은 해학스러운 익살은 서정주의 이야기로서의 '가락', '몸의 흥'을 들썩거리게 한다. 이야기 그 자체의 자기생성적 즐거움이 자아내는 리듬의 전달력이라 할 수 있다.

김윤식은 상가수가 보여주는 '똥항아리의 거울화'가 '삶의 촉각으로서의 예(藝)'의 세계임을 이야기하고 있다. 「상가수의 소리」가 심미화를 추구하는 서정주 세계관의 중심이라는 발언은 서정주 시에 대한 가장 핵심적인 논평이라 여겨진다. 그러나 이에 덧붙여 정리해본다면 이 시에서 이야기하는 자로서의 구술 내러티브는 화자의 '목소리'를 극명화하고 음성의 결을 통해 몸의 리듬을 들썩거리게 한다는 점을 기억할 필요가 있다. 이것은 한국말 그 자체의 운(韻) 감각을 찾아가고자 하는 시인의 '언어적 인식'이라 할 수 있다. 사실 근대적 문학이란 근대 언어에 대한 자각적 인식이라 할 수 있다. 서정주는 이와 같은 시에서의 언어의 감각을 '한국말' '말의 감각'에서 찾고자 했고 반복과 열거를 통해 몸의 흥과 리듬을 심리적으로 환기해 내려 했다.

　　그 애가 샘에서 물동이에 물을 길어 머리 위에 이고 오는 것을 나는 항
용 모시밭 사잇길에 서서 지켜보고 있었는데요. 동이갓의 물방울이 그 애
의 이마에 들어 그 애 눈썹을 적시고 있을 때는 그 애는 나를 거들떠보지
도 않고 그냥 지나갔지만, 그 동이의 물을 한 방울도 안 엎지르고 조심해
걸어와서 내 앞을 지날 때는 그 애는 내게 눈을 보내 나와 눈을 맞추고 빙
그레 소리없이 웃었읍니다. 아마 그 애는 그 물동이의 물을 한방울도 안
엎지르고 걸을 수 있을 때만 나하고 눈을 맞추기로 작정했던 것이겠지요.
　　　　－「그 애가 물동이의 물을 한 방울도 안 엎지르고 걸어왔을 때」 전문

　　"그 애"가 물동이에 물을 길어 머리에 이고 가는 모습은 일종의 "예
(藝)"의 경지와 다를 바 없다. 물동이에서 물 한 방울 떨어뜨리지 않고
지나갈 때 "그 애"는 자신의 일에서 '고수'가 되는 것이며 '고수'는 도
의 극치, 예의 극치를 실현하는 실체가 되는 것이다. "그 애"는 물 한
방울 떨어뜨리지 않을 때 비로소 "나"에게 눈을 맞추며 빙그레 웃는다.
서정주 시에서 일상의 업에서 '도사', '고수'가 되는 것으로 신성의 경
지에 오르는 인물들이 소개되기도 한다. 도를 닦는다는 것은 현실 밖의
숭고한 것에 있는 것이 아니라 비근한 생활의 현장 속에 있다는 사실
이다.

　　삶을 심미화, 도의 경지로 끌어당기기 위해 시인에게는 구술의 목소
리가 필요하다. 소리는 신체의 내부와 외부에서 동시적으로 울리면서
내부와 외부를 합치, 연결시키는 일종의 하모니를 구성한다. 목소리가
일종의 '주술성'을 지니면서 의식 이전의 무의식적 내면화를 가능하게
하는 것은 이와 같은 이유 때문이다. 하여 구술담론은 기억술과 청중의
호응을 이끌어내면서 반복적 정형구들을 만들어 리드미컬한 흐름을 돕
는다. 위 시에서 "그 애"는 여섯 번 반복되고 있고 "나" "내"는 다섯 번
반복되고 있다. "그 애"와 "나"는 구술담론에 지속적으로 병치, 대응을
이루면서 반복 서술된다. 시의 서술화는 세계와 삶에 대한 전체성의 파
악과 질서화의 욕구에서 비롯된다. 현실성 높은 의미로 재구성하고자
하는 의도가 깊다. 그러나 서정주 시에서 이야기체는 반복적 댓구적, 등

가적 통사구조의 나열을 통해 목소리의 질감을 촉지하게 하면서 몸의 언어로서의 의식 이전의 감각들에 호소한다. 이를테면 위의 시에서 "그 애가 ~ 이고 오는 것을 나는 ~지켜보고 있었는데요. ~ 그 애의 이마에 들어 그 애 눈썹을 적시고 있을 때는 그 애는 나를 ~ 그냥 지나갔지만, ~ 그 동이의 물을 한 방울도 안 엎지르고 ~ 그 애는 내게 ~소리없이 웃었읍니다." "그 애"의 반복은 목소리의 구술성을 극명화하고 신체의 목소리의 물리적 느낌을 전달한다. 기록어일 경우 텍스트의 문맥을 잘 모른다거나 그 문맥 자체를 잊어버렸더라도 텍스트를 쭉 다시 읽으면 그 문맥을 회복할 수 있다. 그러나 구술발화는 이와 달리 발화되는 순간 사라지기 때문에 다시 앞의 말들 되풀이 설명을 첨언하면서 반복하게 된다. 직전에 말해진 것을 되풀이 하는 것은 화자와 청자 양쪽을 이야기의 본 줄거리에서 벗어나지 않도록 단단히 비끄러매둔다.[18]

그리하여 "그 애"가 물동이에 물을 이고 조용히 "나"를 지나가는 모습, 빙그레 "내 눈"을 맞추며 소리 없이 웃는 그 모든 정경들은 구술의 반복과 소리(sound)의 가락으로 하나의 하모니를 이루면서 독자 개개인의 의식에 내면화된다.

서정주는 일상의 내부에서 '예'의 경지 '도'의 경지에 이른 이들을 찾아내고 그들을 심미화하되 이야기의 전달자로서 구술의 주술과 리듬으로 호흡과 신체적 실감을 이끌어낸다.

알뫼라는 마을에서 시집 와서 아무것도 없는 홀어미가 되어버린 알뫼댁은 보름사리 그뜩한 바닷물 우에 보름달이 뜰 무렵이면 행실이 궂어져서 서방질을 한다는 소문이 퍼져, 마을 사람들은 그네에게서 외면을 하고 지냈읍니다만, 하늘에 달이 없는 그믐께에는 사정은 그와 아주 딴판이 되었읍니다.

陰 스므날 무렵부터 다음 달 열흘까지 그네가 만든 개피떡 광주리를 안고 마을을 돌며 팔러 다닐 때에는 「떡맛하고 떡 맵시사 역시 알뫼집네를

---

18) Walter J. Ong, 이기우·임명진 역, 『구술문화와 문자문화』, 문예출판사, 1995, 65쪽.

당할 사람이 없지」모두 다 흡족해서, 기름기로 번즈레한 그네 눈망울과 머리털과 손 끝을 보며 찬양하였읍니다. 손가락을 식칼로 잘라 흐르는 피로 죽어가는 남편의 목을 추기었다는 이 마을 제일의 烈女 할머니도 그건 그랬었읍니다.

─ 「알뫼집 개피떡」 중에서

알뫼댁은 홀어미가 된 후 달이 차면 서방질을 하고 다니지만 그믐께는 맛좋은 개피떡을 만들어 마을사람들의 칭찬을 도맡는다. 달이 찰 때 과잉되는 알뫼댁의 성욕은 달이 기울 때 음식을 해서 먹이는 대모신적인 풍요로 연결된다. 현실제도적으로 비난받는 성욕도 개피떡을 맛있게 잘 빚는 그 솜씨 하나로 덮어진다는 사실이다. 서정주는 알뫼댁의 이야기를 다시 이야기의 말투로 장황스럽게 풀어 이야기 자체의 즐거움을 전달한다.

기록담론이 분석적이고 조리정연하게 반복을 삭제하는 데 반하여 구술은 마음 속의 긴장을 풀고 몸의 리듬으로 말을 장황하게 늘어놓는다. 「알뫼집 개피떡」은 하나의 문장이 다섯줄의 시행으로 이루어질만큼 긴 호흡과 유장한 다변을 촉발한다. 유창하고 거침없는 말투는 구체적인 생활세계에 밀착되어 세계를 감정이입, 참여적인 것으로 만든다. 알뫼집이 시집와서 한 행적들은 목소리로 된 말(the spoken word)로 전달되면서 독자 존재 감각 깊숙이 파고 든다. 말은 소리라는 물리적인 상태로 인간의 내부에서 생겨나서 의식을 가진 내면, 즉 인격을 인간 상호간에 표명한다. 말은 이야기하는 자와 청자 사이에 일체감을 형성하면서 알뫼댁의 흥미로운 사실에 대한 집단적 공동체적 구술현장을 형성한다.

모든 인간들은 태어나면서부터 몸에 지니는 구술성과 또 태어나면서부터 몸에 지니고 있지 않는 쓰기라는 기술과의 사이에 상호작용을 겪게 된다. 쓰기가 분할과 소외를 향하게 된다면 구술성은 저 먼 기원, 종교적 전통에서와 같이 말해지는 언어(spoken word)의 신성함을 취한다. 서정주의 이야기체는 유장한 흐름과 신체감각의 리듬, 목소리의 질감의 극대화를 통해 '말해지는 언어'로서 일종의 성스러운 텍스트가 되고 마는 것이다.『질마재 신화』의 해방적 가치는 이야기의 소재적 차원이 환기시키는 분위기뿐만 아니라 이야기체의 가락과 거친 장광설이 뿜아내는 '주술'과 '흥'에서 기원하는 것이라 할 수 있다.

3. 비루함의 숭고, 미학적 변칙

『질마재 신화』에는 해괴하고 기괴한 이야기들, 인물들이 등장하고 있다. 서정주가 그로테스크한 인물과 기괴한 이야기를 통해서 보여주고자 하는 것은 전근대적 풍속의 해괴함이 아니라 '비속함'을 통한 역설적 의미에서의 '해방'이다. 도덕과 제도로 운영되는 지배계층의 규범들을 단순간에 뒤집어 경직되고 획일적인 질서를 우스꽝스러운 것으로 만드는 것, 정상적인 것과 비정상적인 것을 뒤바꾸어 놓는 전복,[19] 이와 같은 것이 서정주가『질마재 신화』에서 보여주고자 하는 그로테스크한 미학적 변칙이다.

> 〈눈들 영감 마른 명태 자시듯〉이란 말이 또 질마재 마을에 있는데요. 참 용해요. 그 딴딴히 마른 뼈다귀가 억센 명태를 어떻게 그렇게는 머리끝에서 꼬리끝까지 꾀끔도 안 남기고 목구멍 속으로 모조리 다 우물거려 넘기시는지, 우아랫니 하나도 없는 여든 살짜리 늙은 할아버지가 정말 참 용해요.(중략)
> 이것도 아마 이 하늘 밑에서는 거의 없는 일일 테니 불가불 할 수 없이 神話의 일종이겠읍죠? 그래서 그런지 아닌게 아니라 이 영감의 머리에는 꼭 귀신의 것 같은 낡고 낡은 탕건이 하나 얹히어 있었읍니다. 똥구녕께는 얼마나 많이 말라 째져 있었는지, 들여다보질 못해서 거까지는 모르지만
> — 「눈들 영감의 마른 명태」 중에서

---

19) Bakhtin, Mikhail. M, 이득재 역,『바흐찐의 소설미학』, 열린책들, 1988, 243쪽 참조. 카니발의 세계는 고정된 위계질서를 전도하고 지배이데올로기를 낯설게 한다는 점에서 문학이 갖는 현실로부터의 해방적 성격과 연결되는 지점이 있다.

이 시는 이미 잘 알려져 있는 바지만 시인은 시에서 귀신과 사람의 구분과 경계를 섞어놓는 독특한 경계를 만들어낸다. 위 아랫니가 하나도 없는 눈들 영감이 마른 명태를 먹어치우는 신기함도 신기함이지만 식욕은 오히려 과잉된 본능으로 사람을 귀신의 영역으로까지 전이시키는 매개가 되고 있다. 눈들 영감은 마른 뼈다귀 억센 명태를 머리끝에서 꼬리 끝까지 조금도 남기지 않고 모조리 우물거리며 넘긴다. '눈들 영감(늙음)/과잉된 식욕(젊음)'이라는 이 이중적 신체가 동시적으로 한 몸에 공존하면서 일상적 누추함이 전복되는 현실 해방적 양상이다. "우 아랫니 하나도 없는 여든 살짜리 늙은 할아버지"는 "똥구녁께는 얼마나 많이 말라 째져 있"을지도 모르지만 귀신처럼 탈속적 인물로 변화하고 만다는 사실이다. 신성한 것과 비속한 것이 결합하고, 하락하고 물질적인 육체적 층위가 영적이고 해방적인 본능으로 재생성된다. 서정주가 이렇게 비속한 것을 숭고의 자리로 옮겨놓고자 하는 것[20]은 금제(禁制)의 세계를 무너뜨리는 것으로 비로소 '유희성'의 자유와 해방적 창조를 만끽할 수 있기 때문이다.

　　小者 李 생원네 무우밭은요. 질마재 마을에서도 제일로 무성하고 밑둥거리가 굵다고 소문이 났었는데요. 그건 이 小者 李 생원네 집 식구들 가운데서도 이 집 마누라님의 오줌 기운이 아주 센 때문이라고 모두들 말했읍니다.
　　옛날에 新羅 적에 智度路大王은 연장이 너무 커서 짝이 없다가 겨울 늙은 나무 밑에 長鼓만한 똥을 눈 색시를 만나서 같이 살았는데, 여기 이 마누라님의 오줌 속에도 長鼓만큼 무우밭까지 鼓舞시키는 무슨 그런 신바람도 있었는지 모르지. 마을의 아이들이 길을 빨리 가려고 이 댁 무우밭을 밟아 질러가다가 이 댁 마누라님한테 들키는 때는 그 오줌의 힘이 얼마나 센가를 아이들도 할수없이 알게 되었읍니다.―「네 이놈 게 있거라. 저 놈을 사타구니에 집어 넣고 더운 오줌을 대가리에다 몽땅 깔기어 놀라!」 그

---

20) 그로테스크와 숭고함은 질서와 그 질서의 역전이라는 점에서 같은 대척점에 놓인 동일한 시각의 다른 얼굴이라 할 수 있다.

러면 아이들은 꿩 새끼들같이 풍기어 달아나면서 그 오줌의 힘이 얼마나
더울까를 똑똑히 잘 알 밖에 없었읍니다.
　　　　　　　― 「小者 李 생원네 마누리님의 오줌 기운」 전문

　근대적 이성은 정신, 질서, 계몽을 신성시하기 위해 성, 배설, 놀이본
능을 철저하게 이분하여 폄훼해 왔다. 시인은 근대 이성이 규범으로 삼
는 높은 것, 영적인 것, 이상적인 것을 물질적 차원인 '대지' '몸'의 세
계로 환원시킨다. 도덕 윤리, 종교와 같은 기성의 가치체계를 뒤집어 비
속하고 저급한 것으로 대치한다. 현실제도가 주는 엄숙한 공포를 '웃음'
으로 변형한다. 서정주의 『질마재 신화』에서 오줌, 똥, 소망(똥간), 서방
질 등 비속한 것들은 오히려 신이한 능력으로 찬양된다.
　시인은 여성에게 억압적인 본능인 '성' '배설'의 욕망을 비정상적일
만큼 과대하게 극대화함으로써 해체된 질서의 통쾌한 반동을 체험하게
한다. 오줌기운은 성 본능의 기운과 비례한다고 할 수 있다. 마누라님은
오줌기운을 성적 부끄러움으로 숨기고 은폐하는 것이 아니라 무우밭을
튼실하게 키우는 생명력의 기운으로 삼고 있다. 마누라님은 장난치는 마
을아이들을 사타구니에 집어 넣고 더운 오줌맛을 보여주겠다 소리친다.
　여성의 성과 배설의 과잉된 노골화를 보여주고 그것이 우주 생명을
지탱하는 근원적인 것으로 숭배될 때 서정주 시에 와서 '숭고함'이란
새로운 국면이 되고 마는 것이다. 비속하고 저급한 것이 초월적인 것,
신성한 것으로 변이된다. 기성의 가치체계가 파괴되며 현실논리가 역상
되며 극복된다.
　『질마재 신화』에서는 위생적이고 깨끗한 문명적인 것보다 불결하고
더러운 것이 신성한 것으로 승화되는 바 「외할머니의 뒤안 툇마루」에서
'때거울' 또한 그러하다. 오래되고 낡은 외할머니의 툇마루는 때절은
"때거울"이 되어 마음을 정화시키며 얼굴을 맑게 비추는 명경이 된다.

　〈싸움에는 이겨야 멋이라〉는 말은 있읍지요만 〈져아 멋이라〉는 말은
없사옵니다. 그런데, 지는 게 한결 더 멋이 되는 일이 陰曆 正月 대보름날

이면 이 마을에선 만들어져 그게 1年 내내 커어다란 한 뻰보기가 됩니다.
(중략)
　　막상 勝負를 겨루어 서로 걸고 재주를 다하다가, 한 쪽 鳶이 그 鳶실이
끊겨 나간다 하드래도, 敗者는 〈졌다〉는 歎息 속에 놓이는 게 아니라 그
반대로 解放된 自由의 끝없는 航行 속에 비로소 들어섭니다.
— 「紙鳶勝負」 중에서

　　위 시는 근대적 생존경쟁의 승부의식과 정반대의 '해탈' 논리가 담
겨 있다. 연날리기 승부에서 패자는 "졌다"는 탄식보다는 오히려 "解
放"의 기쁨 속에서 자유로움을 만끽한다. 근대의 지배의지와 권력 의지
에 대한 유쾌한 반역이자 저항이라 할 수 있다. 열등한 위치에 있던 인
물이 오히려 격상하고 우월한 위치에 있는 인물이 격하된다. 근대적 승
부논리의 현실에서 서정주는 지배와 피지배의 계급적 관계를 뒤집어 해
소한다. 경직된 질서와 계급화의 논리를 해학과 뒤집기로 희화화해 보
는 것이다.

　　서정주 시에서 나타나는 현실 역상의 논리를 통해 알 수 있는 것은
현실의 엄숙주의와 경건주의를 뒤집는 시인의 '광대의식'이라 할 수 있
다. 광대의식이야말로 위선적 질서와 권력적 규범을 뛰어넘어 온전한
해방으로서의 '자유로움'에 대한 추구라 할 수 있다. '광대의식'은 서정
주가 말하는 '심미형의 인간'[21]으로서 비도덕적이고 변두리의 존재지만
풍류적 인간으로 해학과 심미성과 놀이의식을 삶의 가장 중요한 기제로
삼는 인간형이라 할 수 있다. 서정주의 '광대의식'은 현실에 대해 철저
하게 비역사적 태도를 견지하면서 현실을 전복적으로 넘어서려는 서정
주의 심미성 추구, 자유와 삶의 해방적 탈출을 찾는 탐색지점이라 할
수 있다.

---

21) 서정주, 「내 마음의 편력」, 『서정주 문학전집』, 일지사, 1972, 26-31쪽 참조, 서정주는
　　'질마재' 사람들을 '유자' '자연파' '심미파' 세 부류로 나눈 뒤, '자연파'와 '심미파'가
　　자신의 원체험 형성에 가장 큰 영향을 미쳤다고 술회한 바 있다. 서정주의 『질마재 신
　　화』는 이러한 '심미파'를 중심으로 인물 탐구를 한다.

4. 마술적 사실성과 동양적 괴기담

『질마재 신화』는 시편에 자주 등장하는 혼령체험이나 기이하고 마술 같은 이야기들로 인해 현실감각이나 현대적 방향성이 상실된 것이라는 비판을 계속해서 받아왔다. 인간과 혼령, 죽음과 삶, 인간과 자연, 성과 속이 기이하게 혼융되면서 마술적 상상력이 사실적 재현으로 펼쳐진다. 미당이 근대 이성과 폭력적 현실에 대하여 저항하기 위한 대안으로서 선험적 과거 환상을 재구성한 것이라 할지라도 기존의 연구자들이 보기에 미당의 혼교의식이나 영통주의는 전근대적 신비주의나 과거회귀의 복고적 반동으로 여겨졌던 것이 확실하다.

그러나 살아있는 자와 죽은 자가 함께 혼교로서의 만난다는 설정이 전근대적인 시간 체험이란 점에서 비역사적이라 비판받는다면 그러한 시각 또한 '근대적' 시각에 의한 재단이라는 점을 전제할 수 있다. 어떤 점에서 미당의 혼교체험, 신비하고 마술적인 상상력이 제도적 이성에 대한 하나의 전복으로의 환상체험이라는 점에서 오히려 후근대적 상상력에 맞닿아 있을 수도 있다는 점을 환기해 볼 수 있다.

> 항시 누에가 실을 뽑듯이 나만 보면 옛날이야기만 무진장 하시던 외할머니는, 이때에는 웬일인지 한 마디도 말을 않고 벌써 많이 늙은 얼굴이 엷은 노을빛처럼 불그레해져 바다쪽만 멍하니 넘어다보고 서 있었읍니다.
> 그때에는 왜 그러시는지 나는 아직 미처 몰랐읍니다만, 그분이 돌아가신 인제는 그 이유를 간신히 알긴 알 것 같습니다. 우리 외할아버지는 배를 타고 먼 바다로 고기잡이 다니시던 漁夫로, 내가 생겨나긴 전 어느 해 겨울의 모진 바람에 어느 바람에 선지 휘말려 빠져 버리곤 영영 돌아오지 못한 채로 있는 것이라 하니, 아마 외할머니는 그 남편의 바닷물이 자기집 마당에 몰려 들어오는 것을 보고 그렇게 말도 못하고 얼굴만 붉어져 있었던 것이겠지요.
>
> — 「海溢」 중에서

어린아이들은 현실을 어른보다 훨씬 극적인 환상으로 구성하는 유희적 본능을 지니고 있다. 보고 있는 현실을 환상적으로 구성할 수 있는 능력, 현실과 그 한계를 뛰어넘을 수 있는 경계 넘나들기의 유연한 상상적 본능 때문이다. 어린 화자가 "기쁜 종달새 새끼"처럼 마당을 뛰어다니고 있던 날, 언제나 옛날이야기를 쉬지 않고 하던 외할머니가 "한마디도 말을 않고" 늙은 얼굴에 엷은 노을빛이 불그레 물들어 바다 쪽을 멍하니 보고 있는 모습을 보게 된다. 시인은 나중에 바다의 어부로 고기잡이 나갔다 영영 돌아오지 못한 외할아버지가 바다의 해일이 되어 외할머니의 마당에 몰려 온 것이라 여기게 된다.

어린화자의 시선 속에서 자기 집 마당에 바다의 해일을 이끌어오는 것은 마술적 상상력일 뿐만 아니라 보이는 세계 너머에 포착할 수 없는 '또 다른 현실'에 대한 제시라는 점에 주목할 수 있다. 어린아이의 세계에서는 비현실적이라 여겨져 오는 것이 오히려 '극적인 현실'일 수 있다. 일테면 미당에게 "혼교의식이 지식을 통해 습득된 관념이 아니라 생리의 차원에 속하는 어떤 것"22)이라는 것을 받아들인다면 보이지 않는 허공에서 '혼령'을 감지하는 태도는 '허구'나 '환각'이 아닌 '실제적 현실'(the real)체험에 다름 아니다. 어린아이에게 꿈과 환상이 현실과 통합되는데 '비현실과 현실'이 긴밀하게 '혼합'될 수 있는 것은 그들에게 '환상'이 일상의 현실처럼 경계침범 가능한 영역이기 때문이다. 그런 점에서 서정주에게서 혼교의식은 비현실적 신비체험이라기보다는 현실 속에서 마술체험이라 할 수 있다. 일테면 현실의 일상에 마술적 요소를 조직적으로 증대시킨, 즉 사실주의와 환상문학을 결합시킨 마술적 사실주의23)라는 개념을 상정해볼 수 있다. 마술적 사실주의는 물질세계를 상세하고 다채롭게 서술한다는 점에서 현실 너머의 무의식 영역으로만

---

22) 최현식, 『서정주 시의 근대와 반근대』, 소명출판, 2003, 223쪽. 최현식은 혼교의식이 미당 자신의 말을 인용하면서 종교성에 기반한 '고대적 사유태도'이자 '고대적 감응태도' 다시 말해 '믿는다'와 '느낀다'는 동사가 하나로 결합된 정신의 운동으로 설명하고 있다.

23) Wendy B. Faris, 김용호 역, 「세헤라자데의 아이들: 마술적 사실주의와 포스트모더니즘 소설」, 『마술적 사실주의』, 한국문화사, 2001, 147쪽 참조.

작동하는 '초현실주의'와 구분된다. 환상이 철저하게 물질적으로 메타포가 되면서 이성과 논리에 도전하는 시적 매력을 극단적으로 발휘한다. 그런 점에서 죽은 혼령이 거대한 바닷물이 되어 마당으로 몰려오는 '물질적 메타포'는 마술적이면서 사실주의적 실감을 가능하게 하는 시적 실재(實在)가 되는 것이다.

서정주 시에서 '마술의 물질화'는 여러 시에서 등장한다. 「상가수의 소리」에서 "똥오줌 항아리"는 이승과 저승을 연결하는 명경(明鏡)으로 나타나며 「沈香」에서 "沈香"은 선조와 천년 뒤 후대를 연결하는 신비로운 향내로 등장한다. 「石女 한물宅의 한숨」에서 한물댁의 웃음은 뒷산과 풀섶에서 '바람'을 일으키는 마술적 힘으로 물질화된다. 환상은 메타포를 통해 물질화, 사물화되고 그리하여 마술적인 것의 '사실주의'를 이룩하는 한 근거로 작용한다 할 수 있다.

하여 마술은 모든 이질적인 것들을 중첩하고 새롭고 낯선 경험으로서의 '낯설게 하기 시학'을 완성시킨다. 시인은 '어린 화자/늙은 외할머니', '늙은 얼굴/붉은 새색시'의 얼굴을 중첩하고 삶과 죽음이 하나의 몸에 공존하는 양립불가능한 것의 공존을 극단화한다. 하나의 세계가 다른 세계, 표피 아래 비밀스런 세계로 형성되며 잠복해 있다 표면으로 드러나게 되는 것이다. 「海溢」에서의 유년의 사건이 등장인물의 '환각'인가 '기적'인가 하는 근본적인 갈등을 느끼는 것은 시인이 보기에 근대적 인식론이 주는 인식적 망설임이라는 사실이다. 시인에게 자연과 인간과 혼령 사이 긴밀한 혼융 속에서 세계 간의 경계를 넘나드는 것은 '자연스러운' 우주적 감각이다. 그러나 서정주 시에서 시적 내용이 환각인가 사실인가 하는 '인식적 주저함'이 미학적 현실부정성을 성취하는 근거가 되기도 하는 것이다.

新婦는 초록 저고리 다홍치마로 겨우 귀밑머리만 풀리운 채 新郎라고 첫날밤을 아직 앉아 있었는데, 新郎이 그만 오줌이 급해져서 냉큼 일어나 달려가는 바람에 옷자락이 문 돌쩌귀에 걸렸습니다. 그것을 新郎은 생각이 또 급해서 제 新婦가 음탕해서 그 새를 못 참아서 뒤에서 손으로 잡아다리는 것이라고, 그렇게만 알곤 뒤도 안 돌아보고 나가 바렸습니다. 문 돌쩌귀에 걸린 옷자락이 찢어진 채로 오줌 누곤 못 쓰겠다면 달아나 버렸읍니다.

그러고 나서 四十年노인가 五十年로이 지나간 뒤에 뜻밖에 딴 볼일이 생겨 이 新婦방 문을 열고 들여다보니 新婦는 귀밑머리만 풀린 첫날밤 모양 그대로 초록 저고리 다홍치마로 아직도 고스란히 앉아 있었습니다. 안스러운 생각이 들어 그 어깨를 가서 어루만지니 그때서야 매운재가 되어 폭삭 내려앉아 버렸습니다. 초록 재와 다홍 재로 내려앉아 버렸습니다.

— 「新婦」 전문

사실주의적 미메시스의 세계에 의문을 던지면서 마술적 세부를 들여다보려는 노력은 포스트모던의 입장과 연결되는 부분이기도 하다. 근대적 절대이성이 재현하는 현실에 저항하면서 마술적 상상 속에서 오히려 역사적 경험적 현실의 리얼리티를 구현하려는 노력이 제3세계 문학, 남미문학에서 일어나고 체험되고 있다. 마르께스의 「백년 동안의 고독」의 환상성은 역사와 신화와 관련을 맺고 있다. 이처럼 역사에 마술과 민간전승을 끌어들이는 것은 서구중심의 이성적 근대문학에 대항하는 민간전승의 미학적 시공간 창조라 할 만하다.

「신부」는 익히 알고 있는 바 한국 전래 민간 전승 전설을 소재로 삼고 있다. 시의 전반부는 현실적 실재의 세계가, 후반부에는 기이한 괴기담의 세계가 전개되고 있다. 현실과 비현실이 혼합되는 세계, 꿈과 환상이 현실 속에서 통합되면서 '마술적 사실주의'를 이룩하는 순간이다. 혼령은 '초록 재'와 '다홍 재'로 물질화되면서 기시감의 환각을 현실적 실재감으로 떠올리게 한다. 서정주의 시세계에서 혼령은 인간세계에 함께 공존하는 존재로 자연과 초자연의 이율배반의 세계를 드러낸다.

서양의 괴기담에 '프랑케슈타인' '흡혈귀'와 같이 남성적 존재가 등장한다면 동양적 괴기담은 '여귀'와 같이 여성인 경우가 많다. 음양론의 논리를 떠나서 동양적 괴기담은 죽음과 삶의 형이상학적 넘나듦의 세계를 보여주는데 경계의 넘나듦을 위해 여성적 슬픔의 요소가 필요한 셈이다. 동양적 괴기담은 서양적 파멸 대신 안타까운 비애의 '보존 형식'으로 지속된다. 비애가 강렬한 보존의 형식으로 남게 되는 것은 "예(禮)"에 대한 수호24)를 통해 이루어진다.

'신부'가 신랑의 오해를 받아 첫날밤을 치르지도 못하고 도망간 신랑을 수 십 년을 기다리며 앉아 있었던 것은 한국의 전통적인 '한'(恨)의 요소로만 설명될 수 없을 듯하다. 이 시에서의 '안스러운' 비애감은 신부가 '예(禮)'를 다해 "귀밑머리만 풀린 첫날밤 모양 그대로 초록 저고리 다홍치마로 아직도 고스란히 앉아 있"다는 점이다. 신부는 첫날밤의 '예'를 다하는 초심의 단심(丹心)으로 비극미를 극대화한다. 부부간의 예의를 다하는 것, 군신간의 의리를 다 하는 것, 친구간의 우애를 다하는 것, 남녀간의 사랑의 예를 다하는 것에서 동양적 비극, 비애는 어떤 숭고의 의미로 확대 전이된다.

「신부」에서 보여주는 동양적 괴기담의 비현실적 마술성은 탈식민지적 관점에서 볼 수 있는 시각을 허용하기도 한다. 역사적 전설 속에서 역사와 존재론과 마술적 현실간의 상관성을 문제 삼으면서 시인은 전통과 공동체의 믿음이 가지는 경이로운 공동환상과 마술적 숭고를 보여준다. 동양적 괴기담에는 이승과 저승을 넘나드는 혼령이 대부분 등장하고 있으며 괴기담의 비애는 여성적 슬픔과 순결한 예의를 다하려는 서정의 국면을 지닌다는 점에서 민간 전승과 공동체 환상을 완성한다.25)

『질마재 신화』에서 현실과 비현실의 혼융, 혼령주의의 환상, 마술적

---

24) 장파, 유중하 외 역, 「문화적 곤경의 표현: 비극」, 『동양과 서양 그리고 미학』, 푸른숲, 1999, 166-196쪽 참조.

25) 〈李三晩이라는 神〉에서 '李三晩'은 여름에 징그러운 뱀을 쫓아내는 소임을 가진 자로서 그가 죽고 나서도 그 이름 석자를 써 집 안 기둥 밑둥에 붙여두면 뱀들이 더 이상 기어오르지 못한다는 샤머니즘적 주술의 세계를 보여준다. 「내가 여름 학질에 여러 직 앓아 영 못 쓰게 되면」에서 여름 학질에 걸린 어린 화자는 "봉숭아 푸른 잎"을 밥풀로 짓이겨 등에다 붙여놓고 꼼짝 않고 바위에 누워 한 나절을 보내고 나서 비로소 성한 아이가 되었다는 민간요법을 전한다. 『질마재 신화』에서 비현실적 신념과 혼령의 신이한 힘은 현실에서 절대적 논리가 되고 있다.

샤마니즘의 실재는 동양적 괴기담의 일종으로 전통적 원형과 집단 환상의 힘을 드러내고자 한다. 서정주는 전통의 비현실적 마술성으로 한국 근대시단에서 새로운 '낯설게 하기'의 환상성을 보여준다. 숨겨져 있던 민간 문화를 마술적으로 승화하는 것은 근대 제도적 문학규범을 벗어나 전복과 이탈의 탈식민지적 한 관점을 제공한다 할 수 있을 것이다.

5. 근대적 미의식의 방법론적 전개와 동양 전통 문학성의 해방적 가치

이 논문은 서정주 시가 '영원성의 시학'이라는 전제 속에서 민족의 원형을 회복하려 했다는 찬사와 동시에 신비주의적인 신라주의로 회귀했다는 비판의 양가적 평가가 한국 현대 '서정시'의 미학적 이중성 자체가 이미 가지는 근본적인 딜레마였다는 데에 논의의 출발점을 두었다. 한국적 서정이 낭만주의 서정의 전통 속에서 미적 직관에 의해 객체와 주체의 통일적 합일을 추구하는 범주를 의식적 메커니즘으로 삼아왔다는 점을 전제하면서 서정주 시가 보여준 서정성을 이러한 메커니즘으로 재단한다면 언제나 이중적 평가를 동어반복할 수밖에 없을 것이다. 오히려 중요한 것은 서정주 시의 미학적 원리를 추적하고 그 속에서 시인의식의 궤적을 탐색하는 일일 것이다.

무엇보다 본 논문은 서정주의 '영원성의 시학'이 『질마재 신화』에 와서 서정주 시세계에 중요한 전환적 분기점을 제공하고 있다는 것에 주목하고 싶었다. '신라주의'의 주관통합의 세계가 『질마재 신화』에 와서 민간전승적 집단기억 속에서 모순과 대립의 역설적 통합을 시도하는 근대적 미의식의 방법론적 전개를 보여준다는 점이다. 필자는 『질마재 신화』가 보여주는 미적 근대성, 미적 자율성의 특질들을 세 가지 국면에서 살피고자 했다. 『질마재 신화』는 이야기체의 흥과 음성주의, 그로테스크한 미학적 변칙들, 그리고 포스트모던적 의미에서의 마술적 사실주의를 미학적 실체로 드러내고 있다.

우선 구어체의 음성주의를 통해 비루한 것에서 숭고를 찾는 태도는 정신적 도덕적 힘에서 숭고를 찾고 있는 한국문학사에서의 전통과 구별되는 독특한 지점이다. 조선적인 것으로서의 고전의 탐구가 미적인 것으로 처음 표출된 것이 1930년대 후반 『文章』에서부터였다고 전제할 수 있다면 당시 이병기, 이태준, 정지용 등은 정서적 합일의 체험을 주로 '매화, 난' 등 유교적 이념의 자연물을 통해 그리고자 하였다. 1950년대 전후 전통시에서 조지훈은 유가 사상에 기반한 선비 정신으로서 시 형태에 관한 의식과 언어의식을 보여준다. 조지훈의 「고풍의상」 등은 문사적(文士的) 전통을 전형으로 인간과 자연의 유기적 생명의식을 드러내고자 한 것이다.

이에 반해 서정주의 전통시는 민간의 중요한 의식적 토대로서 역사적으로 기층 불교와 도교적 문화에 깊숙하게 관여하고 있다. 이와 같은 이유로 인해 서정주의 시는 상층 지배 이데올로기였던 유교와 달리 반권위적이고 다원적인 문화가치를 추구할 수 있었던 것이다. 이야기체의 '흥'과 음성주의가 갖는 민주주의적 집단성, 그리고 현실에서 소외되고 결핍된 것들의 신성성을 찾아가는 작업은 근대에서의 '타자성'의 복원을 시도하는 방법론적 전개라 할 수 있다.

무엇보다 한국 근대문학담론에서 지루하게 반복되는 '전통적 신비주의' '과거의 이상화'에 대한 비판적 시선에 대해 재주목할 필요가 있다. 전통적인 것 혹은 과거적인 것에 대한 추구가 근대에 대한 대항의 의미라는 것을 승인하면서 동시에 탈역사적인 나르시시즘으로 한계 짓고 있는 부분에 대한 새로운 관점의 필요하다. 전통파 시인들이 전통문화로 회귀하는 것을 반성적 이성으로 성찰하는 것은 온당하지만 어떤 점에서 이 또한 서구적 근대주의 시각을 답습한다는 사실이다. 근대문학 제도의 태동과 생성 이래 동양적인 것, 비서구적인 것은 비합리적인 것으로 차별받아 왔으며 특히 '신비주의'라는 관점에서 '주변화' 되는 과정을 거쳐 왔다. 동양적 전통주의를 '신비화—주변화' 시키는 것은 근대 지배

문화가 대상을 동화시키기 위한 방법이라는 것은 탈식민주의 논의에서 충분히 숙지하고 있는 사실이다. 특히 고유 문학 전통에 대한 배제화, 주변화의 기제가 발동하는 가운데는 '비서구적=전근대적 후진성'이라는 등식을 따르고 있는 것은 아닌가 하는 의문이다. 비서구적인 것으로서의 후진성과 미신성, 통속성을 지닌다고 여겨지는 것이 동양적 괴기담, 무협지적 상상력이다. 일테면 동양적 괴기담이 가지는 민간 전승적 요소는 강한 이야기성과 사전성(史傳性), 현실과 초자연의 교융(交融)[26]을 지니는데 이와 같은 요소는 '문화적 낙후성'으로 지속적으로 인식되어 왔다. 동양적 신비주의에 대한 '감상주의' '복고주의'와 같은 부정적 함의와 무의식적 폄하는 근대적 이성에 의해 제도화된 또 다른 오리엔탈리즘의 변주는 아닌가 스스로 질문해 볼 필요가 있다. 서정주 시집 『질마재 신화』에서 샤마니즘적 요소나 혼령과 인간의 교융, 동양적 기이함과 괴기담이 비현실성, 비역사성으로 비판된다고 볼 때 오히려 서정주 시의 한계가 서구 근대문학이 결여하고 있는 한국 시의 전통적 특징으로 치환될 수도 있다는 점이다. 오히려 해학과 익살, 그로테스크한 변칙미학, 비속한 것의 숭고성은 해방적 가치로서의 현대적 전복성의 미학을 지닌다.

무엇보다 서정주의 시는 모더니즘의 양식에서 앎의 문제를 다루는 인식론적 사조로 이해할 때 기존의 이데올로기적 비판에서 자유로울 수 없다. 서정주의 시학은 인식적 영역을 다루는 것이 아니라 존재와 미학적 문제를 다루고 있으며 그런 점에서 서정주의 시는 존재론적 영역에서 파악될 필요가 있는 것이다.

주제어 : 미적 근대성, 미적 자율성, 구술성의 몸의식, 음성적 아우라, 비루함의 숭고, 마술적 사실주의, 미학적 응전으로서의 동양적 기괴담

---

26) 정재서, 『동양적인 것의 슬픔』, 살림, 1996, 75쪽 참조.

◆ **참고문헌**

1. 기본자료
서정주, 『미당 시전집』 1, 민음사, 1994.
서정주, 『미당자서전』 1 · 2, 민음사, 1994.

2. 단행본
김윤식, 『미당의 어법과 김동리의 문법』, 서울대학교 출판부, 2002.
장파, 유중하 외 역, 『동양과 서양 그리고 미학』, 푸른숲, 1999.
정재서, 『동양적인 것의 슬픔』, 살림, 1996.
조연현 외, 『미당 연구』, 민음사, 1994.
최문규, 『문학이론과 현실인식』, 문학동네, 2000.
최현식, 『서정주 시의 근대와 반근대』, 소명출판, 2003.
Bakhtin, Mikhail. M, 이득재 역, 『바흐찐의 소설미학』, 열린책들, 1988.
Lois Parkinson Zamora, 우석균 · 박병규 외 역, 『마술적 사실주의』, 한국문화사, 2001.
Walter J. Ong, 이기우 · 임명진 역, 『구술문화와 문자문화』, 문예출판사, 1995.

3. 연구논문
고형진, 「서정주의 『질마재 신화』의 '이야기'시적 특성 연구」, 『예술논문집』 34집,
       대한민국예술원, 1995. 12.
김윤식, 「전통과 藝의 의미–서정주」, 『한국근대작가논고』, 일지사, 1974.
남기혁, 「1950년대 시의 전통지향성 연구」, 서울대 박사논문, 1998.
박현수, 「현대시와 마법성의 수사학,–서정주와 김종길의 논쟁을 중심으로」, 『현대
       시와 전통주의의 수사학』, 서울대학교 출판부, 2004.
유종호, 「시와 구비적 상상력」, 『사회역사적 상상력』, 민음사, 1995.
이계윤, 「서정주의 질마재 신화 연구–구연의 방식과 구연자의 태도를 중심으로」,
       고려대 석사논문, 2002.
이광호, 「미적 근대성의 네 가지 차원」, 『미적 근대성과 한국문학사』, 민음사, 2001.
임우기, 「오늘, 미당 시는 무엇인가?–'回顧'의 아름다움?」, 『문예중앙』, 1994. 여름.
최두석, 「서정주론」, 『先淸語文』 Vol. 20. No. 1, 서울대 사범대학, 1992. 9.
최문규, 「근대의 예술과 종교, 그 가깝고도 먼 관계」, 『유심』, 2005년 겨울호.
최현무, 「미하일 바흐찐과 후기구조주의」, 『문학사상』, 1985. 3.

◆ 국문초록

이 논문은 한국 전통 서정성이 담고 있는 '미적 자율성'이라는 딜레마 속에서 심미적 서정이 오히려 해방적 전복적 가치를 구현할 수 있다는 점을 서정주 시를 통해 살펴보고자 한다. 서정주의『질마재 신화』는 한국 전통 서정이 갖는 미학적 자율성의 해방적 의미와 동양주의의 '타자성'이 갖는 새로운 의미를 드러내는 분명하고 뚜렷한 지점이 될 수 있다.『귀촉도』,『서정주시선』,『신라초』에서 보여주던 '신라주의'의 주관통합의 세계가『질마재 신화』에 와서 민간전승적 집단기억 속에서 모순과 대립의 역설적 통합을 시도한다. 이는 근대적 미의식의 방법론적 전개라 할 수 있다.『질마재 신화』에서 나타나는 미적 근대성의 해방적 가치는 세 가지 국면에서 살필 수 있다. 이야기체의 흥과 음성주의, 그로테스크한 미학적 변칙들, 그리고 탈근대적 의미에서의 마술적 사실주의를 미학적 실체로 드러내고 있다.

이와 같은 특질들은 한국 문학사에서 시적 전통과 매우 구분되는 독특한 지점이다. 1930년대 고전에 대한 숭배와 상고취미를 환기해보자. 1930년대 정지용, 1950년대 조지훈, 등한국 전통서정은 철저하게 유가적 전통에 기반하고 있다는 것을 전제할 수 있다.

이에 반해 서정주의 전통시는 민간의 중요한 의식적 토대로서 역사적으로 기층 불교와 도교적 문화에 깊숙하게 관여하고 있다. 이와 같은 이유로 인해 서정주의 시는 상층 지배 이데올로기였던 유교와 달리 반권위적이고 다원적인 문화가치를 추구할 수 있었던 것이다. 이야기체의 '흥'과 음성주의가 갖는 민주주의적 집단성, 그리고 현실에서 소외되고 결핍된 것들에서 신성성을 찾아가는 작업은 근대에서의 '타자성'의 복원을 시도하는 방법론적 전개라 할 수 있다. 서정주의 〈질마재 신화〉는 그런 점에서 근대적 제도성을 벗어나는 탈근대적 해방감과 동시에 미적 근대성의 전복적 의미 전개를 보여준다. 이로 인해 서정주 시는 한국전통 서정이 갖는 주객관 통합의 시학, 혹은 '동일성 시학'이 갖는 배타적 현실인식의 한계를 벗어날 수 있었다.

◆ SUMMARY

Liberating Value of Aesthetic Modernity, Significance of New Otherness

−With Focus on of "Jilmaje Mythology" of Suh Jungjoo

Kim, Yong-Hee

This paper endeavors to examine the fact that aesthetic lyricism can actually embody liberating and subversive values within the dilemma of 'aesthetic independence' within Korea's traditional lyricism through the poetry of Suh Jungjoo. Suh Jungjoo's "Jilmaje Mythology" may be a clear and definite point that reveals the liberating meaning of aesthetic independence in Korea's traditional lyrics and a new meaning of 'otherness' in Orientalism. The world of subjective integration of 'Shilla-ism' revealed in "Gwichokdo", "Suh Jungjoo's Poems", and "Shillacho" is attempting a paradoxical integration of contradiction and conflict within collective folkloric memory in "Jilmaje Mythology". This may be considered a methodological development of modern aesthetic consciousness. The liberating value of aesthetic modernity found in "Jilmaje Mythology" may be examined in three aspects. It reveals the excitement and phonetics of storytelling, grotesque aesthetic anomalies, and the true aesthetic identity of magical realism in the ex-modernistic sense.

Such are the features that distinguish it from the poetic tradition of Korean literature. Let's think back to the adoration of the classics in the 1930s and hobbies of antiquity. As in the case of Jung Jiyong of the 1930s and Cho Jihoon of the 1950s, Korea's traditional lyrics are thoroughly based on Confucianist traditions.

On the other hand, historically, Suh Jungjoo's traditional poetry has been deeply involved in foundational Buddhism and Taoist culture as key ceremonial bases of civilians. For such reasons, Suh Jungjoo's poetry was able to pursue diverse and anti-authoritarian cultural values unlike Confucianism, which was an dominating ideology of the upper class. The democratic collectiveness inherent in storytelling 'excitement' and phonetics, and the search for sacredness in those that are excluded and lacking in reality may be considered a methodological development attempting to restore 'otherness' in modernity. From that point of view, Suh Jungjoo's ⟨The Myth of Jilmaje⟩ shows the ex-modernistic liberation from modern institutions while a subversive development of the meaning of aesthetic modernity is shown. For this reason, Suh Jungjoo's poetry is able to move beyond the limits of exclusive reality awareness inherent in the poetry of subjective/objective integration or 'poetry of sameness' inherent in Korean traditional lyrics.

Keyword : Aesthetic modernity, artistic independence, verbal body aware-
ness, phonetic aura, sublimity of baseness, magical realism,
orientalism as aesthetic retaliation.

—이 논문은 2006년 3월 30일에 접수, 소정의 심사를 거쳐 2006년 5월 31일에 최종적
으로 게재가 확정되었음.

한국근대문학의 작가의식

2006년 6월 25일 인쇄
2006년 6월 30일 발행

지은이   상 허 학 회
펴낸이   박 현 숙
찍은곳   신화인쇄공사

110-320 서울시 종로구 낙원동 58-1 종로오피스텔 606호
TEL : 02-764-3018, 764-3019   FAX : 02-764-3011
E-mail : kpsm80@hanmail.net

펴낸곳 도서출판 **깊 은 샘**

등록번호/제2-69. 등록년월일/1980년 2월 6일

ISBN   89-7416-164-8

※ 잘못된 책은 교환해 드립니다.

값 15,000원